리버프

Rebuff

초판 1쇄 찍은 날 │ 2014년 03월 26일
초판 1쇄 펴낸 날 │ 2014년 03월 31일

지은이 │ 최양윤
펴낸이 │ 서경석

편 집 장 │ 권태완
편집책임 │ 손수화
편   집 │ 장미연
디 자 인 │ 이혜정

펴낸곳 │ 도서출판 청어람
등록번호 │ 제387-1999-000006호
등록일자 │ 1999. 5. 31
어람번호 │ 제5-0367호

주소 │ 경기도 부천시 원미구 부일로 483번길 40 서경B/D 3F (우) 420-822
전화 │ 032-656-4452 팩스 │ 032-656-4453
http://www.chungeoram.com
E-mail │ chungeorambook@daum.net

ISBN 979-11-5681-945-5 03810

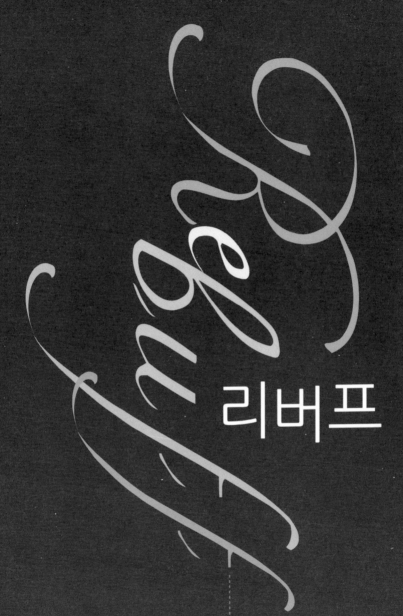

리버프

최양윤 장편 소설

Chungeoram romance novel

청어람

Contents

어쨌거나 오늘은 '날치기' 범죄로 한 건 잡았으니 여느 때보다도 위풍당당한 걸음으로 신문사에 들어가겠구나 싶어 그녀는 기분이 좋아졌다. 저도 모르게 샐쭉 웃으며 카메라를 살폈다. 오늘은 무려 시장 뒷골목에서 부녀자의 핸드백을 오토바이를 이용해 날치기하는 것을 생생히 목격한 걸로도 모자라 직접 사진까지 담아냈다. 그래서 바로 경찰서에 신고를 하고 근처 카페로 들어가 턱하니 기사를 써서 회사로 보내고 들어오는 길이었다.

경찰서에 도착하자마자 마치 형사라도 되는 듯 어깨를 펼친 뒤, 당당히 강력 1팀의 문을 열고 그 안으로 들어섰다. 그리고 날카로운 눈을 하고서는 피의자들을 보기 위해 고개를 휙휙 돌렸다.

"아이고, 이게 누구셔. 우리 채구영 기자님 오셨습니까, 아이고."

이놈의 '구영'이란 별명은 그녀가 경찰서를 오지 않을 때까지 계속 불릴 별명인 모양이었다.

국제일보 기자 생활 7년.

말 그대로 어리바리한 기자 생활 초년에 정해진 수순으로 선배를 따라 경찰서를 와 맨 처음 한 일이 명함 돌리기였다. 그날따라 아침에 먹은 베이컨이 잘못됐는지 배도 슬슬 아픈데다 긴장까지 해서 눈에 말 그대로 뵈는 것이 없었다. 얼른 명함을 돌리고 화장실을 가야겠다 싶어 주머니에서 지갑을 꺼내 앞에 있는 사람을 향해 90도로 꾸벅 인사를 했다.

"국제일보 채영입니다. 잘 부탁드리겠습니다."

예의범절에 어긋남이 없이 완벽히 인사를 한 것까지는 좋았다. 그런데 고개를 들자 이상하게 인사를 했던 상대방의 몸통 가운데가 포승줄로 포박되어 있는 것이 아닌가. 그리고 주변에선 웃음이 터졌다.

인사를 한 사람은 다름 아닌 살인, 강도, 강간치사로 잡혀 들어온 범죄자였다. 영은 강간범에게 명함을 돌리며 예의 바르게 90도 인사를 했다는 이유로 그 뒤로 계속 구영 기자라고 불리고 있었다.

"야, 자토. 넌 나한테 그렇게 부르면 안 되지."

영이 책상에 가방을 내려놓으며 민지를 향해 말했다. 민지는 작년에 이 강력반으로 발령받아 온 영의 고등학교 동창이었다. 여자인데 키가 173㎝가 넘어 거대 토끼, 자이언트 토끼로 불렸는데 그걸 줄여 별명이 자토가 되었다.

본인은 그 별명은 무척이나 싫어했는데 영은 강력반 한가운데에서 민지를 발견하고 보자마자 '자토!' 라고 외치며 동창과의 재회를 반가워했다.

민지는 덕분에 발령받은 첫날부터 강 형사 대신 자토 형사라고 불리게 되었다며 영을 원망하고 있었다. 하지만 그 다음날 바로 영의 별명을 알고서는 채구영 기자라고 부르기 시작했다. 하여간 동창이라는 것이 당최 도움을 주질 않는다.

"오늘 투표는 하고 왔냐?"

민지의 물음에 영은 피곤한 얼굴로 고개를 끄덕이며 괜히 책상을 두리번거렸다. 그리고 민지의 책상 왼쪽 구석에 있는 오렌지주스를 발견하고는 재빨리 낚아챘다.

"야! 너 그게 어떤 건데!"

"어떤 건데?"

"아니다, 마셔라."

이상하게 찝찝한 느낌에 이리저리 둘러보며 유통기간을 확인했다. 아직 종료가 될 날까지는 많이 남아 있어 자신 있게 뚜껑을 열어젖혔다.

"말도 마, 나 오늘 아침 5시 반까지 술 펐잖아. 완전 좀비 된 상태로 경찰서 왔다가 보고하고 나서, 사우나 가서 씻고 나오다가 민철 선배한테 끌려가서 투표하고 왔다. 집에 들어갈 시간도 없어서 공약도 모르는데."

사실 그녀가 특종을 터뜨리고 싶어서 터뜨렸던 건 아니었다. 우산지구 쪽 시의원 비리 사건을 우연히 하나 냄새를 맡았는데 정치부랑 부딪쳤다. 하지만 그 쪽은 한발이 늦었고, 특종을 터뜨린 건 그녀가 된 것이다.

자존심이 상한 건지 정치부장이 이 꼴뚜기 자식 얼굴 한번 보자 해서 어젯밤 그녀는 횟집으로 불려 나갔다. 아주 그냥 밤을 새고 술을 마실 작정인지 제일 먼저 겔포스와 컨디션까지 먼저 먹이고 그렇게 술자리가 시작되었다.

"네가 우리 새끼들 다 제치고 특종을 내면 어쩌냐, 인마."

정치부장의 그 말에 살짝 술에 취해 있던 영은 마치 열받은 코뿔소처럼 콧바람을 씩씩거리며 대꾸했다.

"알 권리 앞에 밥그릇 싸움이 어디 있습니까? 그저 그런 기자 될 거면 지금 당장 때려치우고 나가겠습니다!"

말 그대로 젊은 패기에 술김으로 말한 것이었는데 정치부장은 그녀가 꽤 마음에 든 모양이었다. 처음엔 영역 침범하지 말아라, 하는 의미로 얼굴을 보자고 한 것이었을 텐데 그녀의 근거를 알 수 없는 자신감에 정치부장은 박수를 보내주었다.

다시 한 번 말하지만 분명 그녀는 장어 쓸개주를 마시고 취했었다. 제정신이었다면 감히 그런 말을 하지 못했을 것이다.

"너 좀 마음에 든다. 너 내년에 정치로 와라."

물론 그 뒤로 계속 우스갯소리를 하며 술을 마셨지만 그 내년에 정치로 오라는 말이 진심인지 아닌지는 모를 일이었다. 정치부를 가고 싶어 줄을 서 있는 사람들이 얼마나 많은데. 당연히 빈말일 것이다. 어쨌거나 그렇게 온몸에서 술 냄새가 풀풀 날 정도로 알코올로 샤워를 하고 동이 터서야 술집을 빠져나올 수 있었다.

오렌지주스는 미지근했지만 상큼하고 새콤해서 알코올의 기운을 날려주는 역할을 제대로 해내었다. 순식간에 주스를 비워 낸 뒤 저도 모르게 캬, 소리를 내며 빈병을 민지의 책상 구석으로 슬쩍 밀어 넣었다.

"아우, 술 냄새. 아주 쩐다, 쩔어. 너 좀 떨어져서 앉아. 무슨 40대 아저씨들이 풍기는 냄새를 하고 있어."

"그렇게 냄새 나? 아오, 내가 이 짓 하면서 마신 술만 해도 아주 그냥 저수지 하나는 될 거다. 그래도 오늘 사우나 한 뒤에 투표하고 해장하려고 시장 국밥집 가다가 날치기를 바로 봤잖냐.

우리 부장 아주 그냥 입이 째져요. 그사이 무슨 별일은 없었냐?"

"걔네 기껏 3만 원 얻어내려고 날치기 하셨단다. 그것도 동네 친구들끼리. 별일 없었어. 그나저나 너 누구 찍었어?"

하여간 이 나라 사람들은 남의 비밀 보장권 따윈 존중해 주지도 않는다. 엄연히 비밀로 해야 할 것을 왜 이리 알려 드는 건지. 영은 혀를 쯧쯧 찼다.

"어허, 남의 비밀 알아서 뭐 하시게. 내가 요즘 정신도 없어가지고 누구 나오는지도 몰랐어요. 민주주의 나라에서 살기도 힘들어. 그리고 우리 동네 뻔하지. 국민당 그 누구냐, 정철? 그 인간 될 거 아니야?"

"지금 너희 동네 완전 잘생긴데다 젊은 의원 하나 나왔잖아. 거기다 무소속. 인터넷에서 아주 난리던데?"

"무소속? 그러고 보니 나 무소속 찍었던가?"

말 그대로 술에 취해 투표하러 갔으니 눈앞에 보이는 게 없었다. 국민당 정철은 무려 3선을 노리는 주제에 안전하다고 생각했던 건지 어쨌던 건지 제대로 지역구를 위해 하는 일이 없었다. 그냥 늘 제자리걸음이었다. 사람들은 그것으로도 만족을 하는 건지 모르겠으나 그녀가 살고 있는 구는 계속 국민당이 계보를 이어갔다.

그래서 이번엔 위기 좀 느껴보라는 심정으로 무소속을 찍었던 것 같기도 하다. 아니, 확실히 무소속을 찍었다. 딱 세 명이 출마했는데 그중 하나가 대한민국 사회의 악인 친일파, 매국노

들로 득실거리는 민진당이었으니 당연히 찍지 않았다. 그러니 그녀가 찍은 건 그 무소속 의원이었다.

"얼굴 보고 의원 뽑냐? 지가 잘생겨 봤자 어디 우리 인성 오빠만 하겠어?"

"무려 서른하나래. 우리랑 동갑."

"아이고, 비례도 아니고 젊은 나이에 뭐 하러 나왔대. 초선? 그래 봤자 이미 젊고 잘생긴 국회의원은 신강오가 저번에 싹쓸이했었지. 돈 많은 집 도련님이라 이력서에 한 줄 더 넣으려고 그랬나? 그나저나 우리 동네는 또 국민당이 되겠네. 뭐, 그 인간은 해봤자 제대로 일 처리 하는 게 없더만. 사무실 들어가 봐야겠다. 오늘 우리 부장님이 한턱 쏘신대잖냐. 무려 소고기! 나 오늘 육회 원 없이 얻어먹을 거다. 자토, 일 터지면 바로 콜 때려라? 알지? 너는 나와 한 몸이야."

"한 몸 같은 소리 하고 있네. 소고기 많이 드시고 콜레스테롤 열심히 쌓으세요."

"거어, 자토 말을 해도 참. 아무리 네가 그런 저주의 말을 쏟아내도 나는 육회 신나게 먹을 거야. 간다."

민지가 준 자료를 대충 훑으며 가방에 넣고 자리에서 일어섰다. 그리고 다른 형사들에게 내일 보자는 인사를 하며 서를 빠져나왔다.

다행히 차는 서에 있었고 설마 지금 운전을 한다고 해서 설마 음주운전으로 걸리진 않겠지, 생각이 들었다. 술을 마신 지 이미

12시간이 지나가고 있었으니 상관없다 싶었다. 민지의 말대로 온몸에서 술 냄새가 팍팍 풍기고 있었지만. 이럴 줄 알고 선물 받은 미니어처 향수를 늘 가지고 다녔었는데 또 어디에 흘린 건지 보이지가 않았다.

"하여간 정신도 없어요. 키는 또 왜 안 보여? 이놈의 키를 또 내가 어디에 뒀더라? 몰라, 스마트키 좋다는 게 뭐야."

차로 가까이 다가가자 다행히도 사이드미러가 펼쳐졌다. 그건 몸 어딘가에 키가 있다는 증거였다. 문을 열고 차에 올라타 시동을 걸기 위해 스마트키 버튼을 누르는데 핸드폰이 울렸다.

"네, 국제일보 채영입니다."

〈채 기자, 너 박진오 알지? 거 새끼 지금 병원 누워 있어.〉

"아, 부장님? 진오가요? 병원은 왜요?"

진오는 정치부 막내 기자였는데 그녀가 살고 있는 지역구 담당이기도 했다. 거기다 갑자기 왜 정치부장이 전화를 했단 말인가? 설마 후배 병원에 좀 가보라는 소리? 아무리 어제 같이 밤새도록 술을 같이 마셨어도 그건 좀 너무 심했다.

〈땜방 좀 뛰자, 너네 부장한테 얘기해 놨다. 뭐 해? 빨리 동구로 뛰어가! 출구조사 보니까 뭔가 냄새 난다. 빨리 뛰어갓!〉

갑자기 웬 땜방이야, 내 소고기는 어쩌지 하면서도 영은 재빨리 안전벨트를 매고 RPM을 올렸다. 특이하게 후보자들이 당사에서 결과를 보는 게 아니라 구청 회의실에 모두 모여 있다는 소식이었다. 어쨌거나 보나마나 뻔했다. 늘 그랬듯 국민당의 승리

일 텐데 다른 후보자들은 들러리라 이건가 싶어 왠지 웃음이 나올 뻔했다. 그녀가 살고 있는 지역구는 늘 국민당이 승리의 깃발을 가져갔던 곳이었다.

구청 앞에 도착하자 이미 취재 차량들과 당원들로 아주 인산인해였다. 카메라와 노트북 가방을 어깨에 짊어지고 재빨리 뛰기 시작했다. 사람들 틈에 끼어 안으로 들어가자 익숙한 얼굴들이 몇 보였다. 가방을 내려놓는데 옆에서 누군가가 그녀의 팔뚝을 툭툭 쳤다. 송보일보의 장영수 기자로 그녀의 대학 선배이기도 했다.

"뭐야, 채 기자? 정치부로 옮겼어?"

"선배, 잘 지냈어요? 저 땜방 나왔어요. 진오가 여기 올라오다 넘어져서 다리 나갔대요. 걔는 왜 그리 덤벙대나 몰라."

"그나저나 우리 채 기자 오늘 충격 좀 받았겠네?"

"충격이요? 제가 왜요?"

"뭐야, 정말 모르고 왔어? 것참, 사회부 기자가 너무하네."

"정치부 일까지 신경 쓰면 저 머리 터지거든요? 안 그래도 저번 기사 정치부랑 겹쳐가지고 오늘 새벽까지 정치부장이랑 술 푸다 왔잖아요. 저 아직 술 냄새 쩔죠? 나 진짜 죽어도 시체가 안 썩을 것 같잖아."

영은 그렇게 말하고 팔을 들어 올리며 냄새를 맡았다. 몸에서 풍기는 알코올 냄새에 2차로 취할 것 같았다. 그 말에 영수가 픽 웃으며 고개를 저었다. 그러곤 보란 듯이 볼펜으로 앞을 가리켰다.

"저 앞에 안 보여?"

이게 무슨 소리야 싶어 영수가 가리키는 곳을 보았다. 대체 뭐 때문에 충격을 먹어야 하나 싶어 고개를 돌리다 영은 대각선으로 보이는 한 남자를 보고 그대로 바쁘게 움직이던 손을 멈추고 말았다.

민지가 말했던 그 서른하나의 젊은 후보가 그럼……. 거기다 이름도 제대로 보지 못한 상태에서 자신이 직접 도장을 찍은 사람이…….

"기, 김…… 도규?"

사람들이 웅성거리는 소리와 셔터 소리가 엄청 커서 그녀의 목소리가 들렸을 리가 없다. 분명히 혼자 내뱉는 작은 목소리였다. 그런데 거짓말처럼 누군가와 인사를 나누며 고개를 돌리던 그와 시선이 부딪쳤다.

도규 역시 그녀를 보고 조금은 놀란 듯한 표정을 보였지만, 그건 아주 찰나였다. 그녀가 너무 놀라서 잘못 봤을지도 모른다. 언제 그런 표정을 보였나 싶게 이내 그가 입가에 살짝 미소를 지은 채 고개를 살짝 까닥이며 인사를 대신해 왔다. 그래, 착각이었을 것이다. 놀란 건 본인이라 지금 상대도 똑같이 놀랐다고 착각을 했을 수도 있다.

그녀는 그저 눈이 커진 채 놀라움을 감추지 못하고 입을 쩍 벌렸다. 영수의 말이 정확히 맞았다. 영은 지금 놀라움을 넘어선 충격을 받은 채 멍하니, 아무것도 하지 못한 채로 도규를 바라보고 있었으니까.

"최종 투표 마감 결과 72.2%의 투표율을 보였습니다. 지난 18대 총선 투표율 62.2%보다 무려 10% 높은 투표율을 나타냈습니다. 오후 3시가 넘어서 2, 30대층의 젊은 유권자들의 투표가 높아지며 이 같은 투표율을 보인 것으로 예상되고 있습니다. 현재 개표율 1.4% 국민당의 정철 후보가 근소한 차이로 앞서 나가고 있습니다. 리서치 조사에서는 국민당 정철 후보가 무소속 김도규 후보를 3.8%, 민진당 지학수 후보를 8.9% 앞서는 것으로 조사되었습니다. 오차 범위는 3.5%입니다. 오후 약 열 시쯤에는 당선자 윤곽이 드러날 것으로 전망됩니다. YMN 나정호입니다."

옆에서 들리는 소리에 가까스로 정신을 차린 영은 고개를 돌렸다. 이곳은 계속해서 국민당의 무조건적인 텃밭이었다. 그런데 리서치 조사에서 무려 3선을 넘보는 정철 후보가 이제 처음 정치에 첫발을 내딛는 무소속 김도규를 3.8% 차이로 겨우 앞서고 있었다.

김도규는 그녀의 대학 동창임과 동시에 첫사랑이었다. 그리고 그녀의 고백에 단번에 퇴짜를 놓은 그 인사였다.

1

고백

 듣고 싶었던 교양이 워낙 인기가 좋아 튕기는 바람에 할 수 없이 울며 겨자 먹기로 '한국 문화와 전통의 중요성'이라는 과목을 선택하게 되었다. 그땐 이런 따분한 걸 누가 들을까 했지만 교수님이 꽤 학점을 잘 준다는 선배들의 말에 솔깃해서 그녀의 팔랑 귀가 마구 날갯짓을 했다.

 점수만 잘 받을 수 있다면야 무엇을 듣든 상관없었다. 특히나 커닝 따위를 할 요령이 없는 그녀에겐 무조건적으로 점수를 잘 주는 교수님이라면 무사통과였다.

 2학년 2학기 마지막으로 듣는 교양이었다. 3학년 때부터는 언론학과 광고학을 모두 전공하기 위해 정신없이 바빠질 터였으니 졸업하기 위한 최저 교양 이수과목으로 택한 것이었다. 점수는 잘 주지만 매우 따분하다는 이야기에 살짝 진이 빠졌는데 앞으로 들어오는 광채에 그녀는 저도 모르게 자리에서 일어설 뻔했다.

다행히 자리에서 일어서지 않은 건 옆에 있던 그녀의 친구들 때문이었다. 다들 보는 눈은 비슷한 건지 그녀를 대신해 자리에서 삼삼오오 일어나 그 광채의 주인공을 보고 있었다. 그 미남의 등장으로 일대 파란이 일어났다.

그녀의 친구이자 별명이 MBC인 경은은 그 다음날 바로 그의 신상명세에 대해 모든 걸 줄줄이 꿰어왔다. 경은이 MBC인 이유는 문화방송 즉, 그녀의 귀에 들어가면 그때부터 모든 것이 방송처럼 알려져 모든 사람들의 비밀이 들통 난다는 데에서 유래된 것이었다.

늘 그 별명을 가진 경은이 안쓰러웠는데 오늘은 이렇게나 고맙다니. 세상 참 오래 살고 볼 일이었다. 물론 그 별명을 가진 경은은 대수롭지 않게 생각하고 있는 듯했지만.

"이름 김도규. 21살, 법학과. 지금 국제정치학도 복수 전공한대. 키 184㎝, 몸무게 72㎏. 이건 고3 때 잰 거라 키는 더 컸을 수도 있어. 아버지는 지금 대전지법 판사 김석균, 어머니는 첼리스트 유정인. 외동아들에 한국외고 출신, 인문사회과학대 수석 입학. 지금까지 과 탑을 놓친 적 없으며 현재 여자친구 없음. 얼굴 보면 바람둥이일 것 같은데 사귄 여자 한 명도 없대. 완전 완벽하지 않냐?"

경은의 재빠른 소식통에 영을 비롯한 모두가 혀를 내둘렀다. 하지만 아무도 경은을 타박하지 않았다. 오히려 그 광채를 내뿜는 주인공의 신상을 알게 되었으니 밥을 사도 모자랄 지경이었다.

생각했던 것보다 그는 훨씬 엘리트인 남자였다. 감히 범접할 수 없는 저 멀리 사는 사람이라고 해야 할까? 그것도 아니면 다른 행성에서 온 외계인?

다들 그녀와 같은 생각인지 동시에 깊은 한숨을 토해냈나. 모두가 김도규에 대해 눈을 반짝이고 있는 듯했지만 경은은 그다지 관심이 없는 듯했다. 그래서인지 그런 여자들을 보며 경은은 기가 차다는 듯 혀를 쯧쯧거리며 손가락으로 타박하듯 모두의 이마를 한 번씩 찔렀다. 영 역시 경은의 손가락에 의해 머리가 뒤로 살짝 갔다 앞으로 되돌아왔다.

"설마 조금이라도 가능성 있다고 생각하는 거야?"

"생각도 못해?"

"못 올라갈 나무는 쳐다보지도 말라는 속담도 안 배웠어?"

경은과 미주가 투닥거리기 시작했다. 물론 상대를 두고 멋대로 생각하는 건 자유다. 그건 다들 그렇지 않은가. 다들 괜찮은 연예인이나 운동선수가 있으면 멋대로 망상을 펼치곤 했는데 지금 상대는 가까이에 있는 남자였다. 그것도 같은 학번에 같은 학교. 유명인들과는 다르게 말이라도 한 번 정도는 섞어볼 수 있는 사람이었다. 물론 저 하늘에 떠 있는 별과 같은 남자였지만.

그 뒤로 모두의 짝사랑은 가을처럼 깊어져만 갔다. 그리고 그녀 역시 짝사랑에 앓는 평범한 여학생일 뿐이었다.

2학기가 벌써 중반으로 접어들었다. 중간고사가 끝나고 다시 재개된 수업을 들으러 오면서 피곤함을 감출 수가 없었다. 영은 아직 중간고사 마무리가 되지 않아 오늘도 도서관에서 새벽부터 공부를 하다 수업을 왔다. 대리라도 맡길까 하다 무슨 일이 있어도 수업은 들어야 한다는 생각에 무거운 몸을 이끌고 왔다.

무려 40명이 듣는 수업이었고, 도규는 늘 친구 셋과 함께 다니며 수업 시간 직전에 왔다가 수업이 끝나자마자 나가 버렸다. 아무도 그를 잡지 못하고 그저 뒤에서 바라볼 수밖에 없었다. 이미 그 법학부 세 명의 자리는 늘 맨 앞자리에 고정되어 있었다.

수업이 시작되기 30분 전부터 강의실로 와 자리를 잡고 앉은 뒤 또다시 수다 삼매경이 시작되었다. 미주는 벌써 사랑에 빠진 얼굴이었다.

"이 수업 듣기 정말 잘한 것 같아."

"언젠 지겨워서 어떻게 듣냐고 난리더니."

경은이 미주를 향해 고개를 저으며 타박을 했다. 미주는 괜히 입술을 삐죽거리며 삐친 척을 했지만 다시 도규를 떠올리는 것만으로도 행복한 표정을 짓고 있었다.

"그땐 그때고. 지금은 도규를 뒤에서라도 지켜볼 수 있잖아."

미주는 아무래도 도규에게 푹 빠진 듯했다. 두 손을 모으고 마치 꿈을 꾸듯 허공을 보고 있었다. 모두가 미주를 보고 고개를 저었다. 하지만 미주는 그칠 줄 모르고 무려 '왕자님'이라는 단어까지 내뱉고 있었다. 그런 미주의 행동이 우스워 영은 배꼽을 잡고 웃다가 뒤로 넘어갈 뻔했다.

이런 젠장, 뒤통수를 찧겠구나 싶었지만 무엇인가 단단한 벽에 부딪쳐 다행히 뒤통수는 사수할 수 있었다. 분명 뒤는 그냥 빈 공간이거나 책상이어야 하는데…….

그런데 뭔가 이상했다. 다들 영을 잡아줄 생각도 하지 않고 넋이 나간 얼굴로 그녀의 뒤만 보고 있었다. 뭐야, 싶어 뒤를 돌아봄과 동시에 영의 두 눈이 더 이상 커질 수 없을 만큼 부풀어 올랐다.

키가 커서 한껏 고개를 치켜올려야 했다. 바로 그녀가 넘어지지 않게 받쳐 준 상대가 미주의 계속된 그 타령 속 '왕자님'이었다.

"괜찮아?"

이럴 수가. 보통 얼굴이 잘생기면 목소리는 깨게 마련이다. 그 예로 데이비드 베컴이 유명하지 않던가. 그런데 이 남자는 목소리까지도 성우와 맞먹을 정도다. 부드러운 중저음에 다정한 목소리. 게다가 저 또래에서는 도무지 날 수 없는 향기로운 냄새까지. 어떻게 신은 저 남자에게 모든 것을 다 준 것일까. 영은 저도 모르게 침을 꿀꺽 삼켰다.

"고, 고맙습니다."

저도 모르게 존대를 하고 말았다. 씩 웃으며 살짝 고개를 끄덕이곤 옆으로 앉는 도규를 보며 영은 천천히 몸을 앞으로 돌렸다. 정신을 차리지 못하고 있는데 어느덧 교수님이 들어와 출석을 부르기 시작하셨다. 다들 제대로 말도 하지 못하고 그저 그녀를 향해 부러움과 시기가 섞인 눈빛만 보내고 있었다.

흥분하지 말자. 이럴 때일수록 침착해져야 한다. 스스로를 그렇게 다독였지만 자꾸만 시선은 제멋대로 왼쪽으로 향하려고 했다. 왼쪽 팔을 들어 올려 턱을 괴고 멋대로 고개가 돌아갈 수 없도록 지지대를 세웠다.

왜 하필 그는 바로 옆에 앉은 것일까. 앞에 앉으면 뒷모습이라도, 대각선으로 앉으면 옆모습이라도 볼 수 있는데. 오늘 누가 자리를 잡았더라? 미주가 잡았나? 왜 하필 앞에서 세 번째 줄에 앉아서 그의 모습을 훔쳐볼 수도 없게 만든단 말인가.

"그럼 한류문화의 발전과 미래에 대해 발표할 조는 세 번째 줄에 앉아 있는 여섯 명이 하도록 하지."

방금 전까지 미주를 욕했던가? 아니다, 오늘 당장 밥이라도, 아니, 술이라도 사야 될 것 같았다. 방금 전까지 미주를 욕하고 있던 자신의 가벼운 주둥아리를 손바닥으로 마구 때려주고 싶었다.

오늘 대출을 부탁했더라면 얼마나 후회했을까? 물론 그녀가 오지 않았더라도 미주가 어떻게든 자리를 만들어주었겠지만, 도규와 같은 조가 될 수는 없었을 것이다. 수업 오길 잘 생각했다며 영은 자신의 머리를 쓰다듬어 주고 싶은 심정이었다.

그러다 새로운 걸 깨달았다. 잠깐, 그녀는 오늘 급하게 나오
느라 모자를 쓰고, 안경까지 끼고 있는 민낯이다. 고개를 제대로
들 수도 없겠구나 싶어서 절로 고개가 푹 숙여졌다. 이럴 줄 알
았으면 차라리 대출을 맡기는 게 나았을 것이다.

쉬는 시간 없이 한 시간 반 동안 쭉 이어진 수업이 드디어 끝
이 나고 조원들끼리 모이기 시작했다. 여학우들은 모두 그녀가
속해 있는 조가 부럽다는 듯 질투와 시기, 부러움이 어린 눈을
숨기지 못하고 있었다. 쉬는 시간이라도 있었으면 화장실에 가
서 BB크림이라도 좀 바르고 오는 건데.

"여긴 아무래도 시끄러운 것 같은데 옆 빈 강의실 자리 옮길
래?"

미주의 제안에 모두가 찬성했다. 하지만 다른 조 여학생들의
눈빛은 마치 그녀들을 갈아 마시기 일보 직전이었다. 도규 역시
그러는 편이 좋겠다고 생각했는지 고개를 끄덕이곤 짐을 챙겨
들며 자리에서 일어서고 있었다. 영은 살짝 한숨을 내쉬며 책을
가방에 집어넣고 천천히 자리에서 일어났다.

"여기가 비었다, 이리 들어가자."

도규 무리 중 한 명이 말하면서 1007호 강의실로 들어갔다.
경은에게 가방을 건네며 잠깐 화장실 좀 다녀오겠다고 말한 뒤
뒤로 돌아섰다.

화장실로 들어와 거울을 마주 보고 야구모자를 벗었다. 아무

리 귀찮아도 매일 씻고 나왔는데 왜 하필이면 오늘 같은 날……. 이럴 줄 알았으면 차라리 정말 대리출석을 맡기는 건데, 하며 또 한 번 후회를 했다. 도규와 이야기를 할 기회는 줄겠지만 이런 후줄근한 모습은 보이지 않아도 되었을 것이다.

오히려 모자라도 안 썼으면 눌린 자국이 없어 괜찮았을 텐데……. 이래 봬도 피부 하나는 관리받는 애들보다 좋다는 말도 들었다. 하지만 이제 와 어떻게 할 수도 없었다. 여기서 머리를 감고 가면 정말 미친 애 취급을 받을 것이다.

영은 할 수 있는 모든 것을 포기한 채 모자를 고쳐 쓰며 화장실을 빠져나왔다. 그때 막 강의실에서 나오는 도규와 마주쳤다. 가방을 들고 있지 않은 것을 보니 회의를 빼먹는 건 아닌 모양이었다. 뭐라 말을 붙여야 자연스러울까.

"마시고 싶은 음료수 있어?"

"어?"

"같이 가자. 손 좀 빌려줘."

얼떨결에 고개를 끄덕인 영은 도규와 함께 자판기가 있는 휴게실로 걷기 시작했다. 교양시간은 맨 마지막 강의시간이었으므로 건물은 마치 거짓말처럼 적막한 공기만이 흐르고 있었다. 늘 학생들로 진을 치고 있는 곳이 아닌 것 같았다.

짙은 베이지색 면바지 주머니에서 지폐를 꺼내며 도규는 버튼을 눌렀다. 그 모습을 멍하니 보고 있는데 도규가 고갯짓을 했다.

"안 골라?"

"아, 골라야지."

저도 모르게 손을 재빨리 뻗어 버튼을 눌렀다. 사실 무슨 음
료수가 나오든 상관없었다. 도규가 뽑아주는 건데 집에 가져가
서 평생 간직할 가보로 여기고 싶었다. 살짝 허리를 구부린 채
음료수를 꺼내던 도규가 픽 웃으며 그녀의 손에 캔 하나를 들려
주었다.

"건강 많이 생각하나 봐?"

그게 무슨 뜻인가, 싶어 고개를 숙여 손 위에 올려진 캔을 보
았다. 영은 두 눈을 질끈 감았다. 하필 그 많고 많은 음료수 중에
따뜻한 홍삼드링크라니. 재빨리 표정을 바꿨지만 도규는 이미
눈치챈 모양이었다. 다시 강의실로 돌아가며 영은 저도 모르게
한숨을 살짝 내쉬었다.

"여자 몸에 좋다더라."

"어? 어. 맛있어. 인삼껌도 맛있는데……."

이런 제길, 주먹으로 입을 한 번 막을까? 그럼 이런 말실수를
좀 줄일 수 있지 않을까? 그녀의 대답에 도규는 슬쩍 입술을 깨
물며 웃음을 참고 있었다.

"우리 할아버지도 좋아하셔."

그래, 내 입맛은 노인네. 찹쌀떡, 보리빵 좋아하는 7, 80 먹
은 노인네. 하지만 여기서 변명을 해봤자 더욱 비참할 뿐이다.
예쁜 모습을 각인시켜 줘도 모자랄 판에 코믹 이미지만 심어주

었다. 이왕 버린 이미지, 되돌릴 수도 없었다.

양손에 음료수를 들고 있는 도규를 대신해 문을 먼저 열어주었다. 그는 고맙다는 뜻으로 살짝 고개를 숙이며 먼저 안으로 들어갔다. 이미 경은과 미주는 요조숙녀 코스프레를 하고 있었다. 평소엔 두 다리를 쫙 펼치고 앉더니 오늘은 일주일 중 유일하게 도규를 볼 수 있는 날이라 무려 살랑살랑한 원피스까지 입고 왔다.

벌써 10월에 들어섰다고는 해도 아직 날은 더웠다. 그래도 아침저녁으로는 살짝 쌀쌀하다는 그녀의 말에 카디건은 가방에 있고 건강에 자신 있다면서 늘 벗어두었다. 그런데 이젠 연약한 척을 하기로 한 모양이다. 둘 다 하얀 레이스에 등이 망사로 된 카디건을 걸치고 있는 것을 보니.

어떻게 사도 저렇게 똑같은 것을 샀는지 누가 보면 두 사람을 쌍둥이로 알지도 몰랐다. 하긴, 둘 다 쌍꺼풀 수술도 같은 곳에서 해서 사람들은 쌍둥이냐고 물어보기도 했었다. 물론 그럴 때마다 서로 기분 나빠하며 서로를 쳐다보고 한숨을 내뱉었지만.

"음료수 한 잔씩 마시고 회의 시작할까?"

도규가 각자의 자리에 음료수를 나누어주며 말했다. 경은과 미주는 살짝 고개를 끄덕이며 여전히 요조숙녀 코스프레를 하고 있었다.

"같이 수업 들은 지 2달 가까이 되어가는데 통성명도 못했네? 반갑다. 나는 법대 안재윤이야."

가자미 같은 눈으로 두 사람을 흘겨보는데 커다란 손이 성큼 다가왔다. 고개를 들자 도규만큼은 아니지만 어디 내놔도 빠지지 않을 법한 얼굴을 하고 있는 상대가 보였다. 도규가 워낙 뛰어나서 그렇지 재윤도 꽤 인기가 많을 꽃미남이었다.

"언론광고 채영. 반가워."

"채영? 성이 채고 이름이 영이야? 이름 예쁘다."

"고마워."

사람들은 거의 그녀의 이름을 듣고 특이하다고 했었다. 예쁘다는 이야기를 들어본 기억은 거의 없었다. 칭찬에 왠지 기분이 좋아져 영은 씩 웃으며 재윤의 손을 잡아 반갑게 악수를 했다.

"우리는 인사 다 나눴어. 이쪽은 같은 과 장병선, 저쪽은 김도규."

직접 통성명을 하고 싶었단다, 안재윤아. 하지만 차마 그렇게 말할 수 없어 그녀는 그저 어색하게 고개를 숙이며 인사를 해야 했다.

"회의 끝나고 다 같이 한잔하기로 했는데 괜찮지?"

"어? 아, 그게……."

"영이 너 아직 한 과목 남지 않았어?"

미주는 아무래도 경쟁자를 한 큐에 제거하기로 마음을 먹은 모양이었다. 입은 웃고 있으면서 눈으론 노려보고 있다니.

"그렇지. 아직 한 과목 남아서 공부해야 돼."

같이 술 마실 기회를 이렇게 날리다니. 이럴 줄 알았으면 그

수업을 듣지 않는 건데! 뭔가 오늘 일이 잘되는 듯싶다가도 꼭 하나씩 방해물들이 있었다. 저놈의 하늘은 하여간 남 잘되는 꼴을 못 본다.

"나도 아직 시험 남았는데. 공부 어디서 해? 도서관?"

다시 한 번 자신의 못된 주둥아리를 때려야 할 것 같았다. 이런 걸 보고 하늘이 돕는다고 하는 걸까? 영은 재빨리 고개를 끄덕였다.

"그럼 나하고 같이 밥 먹고 도서관 가자."

도규도 아직 시험이 안 끝났다니. 이거 제대로 밥은 먹을 수 있을까? 밥을 먹어도 코로 들어가는지 입으로 들어가는지 알지 못할 것 같았다.

"그럼 밥은 다 같이 먹고 두 사람 간 뒤에 우린 술 마시러 가자."

아, 또 산통 깨졌다. 저 안재윤은 왜 여기서 밥을 다 같이 먹자고 한단 말인가. 안주 시켜 먹으면서 배 채워, 라고 이를 꽉 깨물고 말하고 싶었지만 그녀는 주먹을 꽉 쥐어가며 참아내었다.

다행히 다이어트를 하는 경은은 그런 그녀의 소원도 이루어주었다. 어차피 안주를 먹으면서 술을 마시면 배가 부르다면서 바로 술집으로 갈 것을 제안했다. 병선과 재윤 역시 그 생각이 좋다고 했고 미주는 안타까운 표정을 지으며 그저 고개를 끄덕이는 수밖에 없었다. 영은 내일 꼭 경은에게 맛있는 과일주스라도 한 잔 대접해야겠다고 생각했다. 오늘따라 왜 이렇게 경은이 예뻐 보이는 것일까. 할 수 있다면 뽀뽀라도 해주고 싶었다.

네 사람과 후문 앞에서 헤어지고 두 사람은 앞에 있는 초밥집으로 들어갔다. 초밥 정식 코스를 시키는 도규를 따라 그녀도 같은 것을 주문했다. 평소 같으면 초밥 하나에 락교를 두세 개는 먹었겠지만 오늘은 그것을 과감히 패스하기로 했다.

"셋이 친한가 봐?"

그는 다정하게 물어보며 그녀에게 젓가락과 숟가락을 챙겨주었다. 아차, 싶었다. 이런 건 여성스럽게 먼저 했어야 하는데 한 발 늦었다는 생각에 괜히 물컵을 매만지며 저도 모르게 슬쩍 어색하게 웃고 말았다.

"재미있고 좋은 애들이야."

"우리도 좀 더 빨리 알았다면 친해졌을 텐데."

그게 안타깝다는 거다. 그를 본 순간 왜 법학부를 신청하지 않았나 스스로를 원망하고 싶었으니까. 물론 법학부를 갔어도 딱히 그녀가 사법고시에 열정을 품을지도 의문이었다. 그렇다고 다른 공무원 쪽으로 눈을 돌려봐도 딱히 적성에 맞는 것은 찾기 힘들었다.

"왜 언론광고학부 선택했어?"

"TV가 재밌어서."

"TV?"

"재미있는 프로그램 보고 있으면 기분 좋아지잖아. 걱정도 좀 내려놓을 수 있고, 그런 프로그램을 만들고 싶기도 해."

"어떤 프로그램 좋아하는데?"

"주로, 동물다큐?"

그 말에 도규가 막 나온 음식들을 정리하며 픽 웃음을 터뜨렸다. 전혀 예상하지 못한 대답이었던 것 같았다.

"동물 좋아해?"

"요즘 내셔널 지오그래픽에서 만든 동물다큐 많이 보고 있거든. 수중생물 같은 게 되게 재밌어. 범고래 위주로 특히 봤는데 보면 깜짝 놀랄걸? 머리가 얼마나 좋은데. 걔네는 정치도 하고, 배신도 하고, 정치행위까지 한대. 그리고 지역마다 방언도 달라서 통역해 주는 애도 있대. 되게 똑똑하지?"

이런, 저도 모르게 말이 터지고 말았다. 이런 이야기에 공감을 해주는 사람들이 별로 없어서 이야기를 해볼 기회가 없었다. 그런데 고개를 끄덕이며 이야기를 들어주는 도규를 보고 저도 모르게 열성적으로 범고래에 대한 이야기를 주구장창 늘어놓고 말았다.

그 모습이 또 재미있었는지 그가 주먹으로 입을 가리며 웃었다. 아무래도 웃음이 나오는 걸 계속 참는 것 같았다. 그리고 초밥을 먹기 좋게 그녀의 앞쪽으로 밀어주었다. 그녀는 얼떨결에 고개를 끄덕이며 초밥 하나를 입으로 가져갔다. 고추냉이의 강한 맛이 코끝을 강타해서 절로 눈물이 쏟아질 것 같았다. 눈물이 정말 그렁그렁 맺혔는지 그가 티슈를 한 장 뽑아 그녀에게 내밀었다.

"많이 매워?"

"아냐, 잠깐 숨을 잘못 쉬어서."

"천천히 먹어, 모자라면 말하고."

지금 앞에서 초밥을 입으로 먹는지 코로 먹는지도 모를 판에 모자랄 리가 있겠는가. 그냥 그를 보고 있는 것만으로도 배가 불러서 포만감에 행복할 지경이었다. 사실 도규를 만나기 전까지 남자친구를 사귀는 동기들을 보고 신기하다고 생각했다. 어떻게 누군가를 좋아하게 되고 사귀게 될 수 있을까, 그런 생각을 하는 그녀를 보며 경은과 미주는 눈이 높아도 너무 높다며 좀 깎으라고 말을 했었다.

물론 결론적으로는 누구나 탐을 내는 도규를 좋아하게 되었지만, 그녀는 눈이 높은 게 아니었다. 단지 누군가를 존중할 수 있고, 존경할 줄 아는 사람을 만나게 되는 게 어렵다고 생각했을 뿐이었다.

"사진전은 좋아해?"

"사진전?"

그가 고구마크로켓을 먹기 좋게 반으로 잘라 그녀의 앞접시로 놓아주며 말했다.

"내셔널 지오그래픽 사진전 티켓이 있거든."

티켓을 주겠다는 말인가? 아니면 같이 가자고 하는 것일까? 어차피 둘 중 하나였다. 어쨌든 그런 것을 보러 가는 것도 좋은 경험이 되겠다 싶었다.

"그렇지 않아도 광고 봤었는데."

"내일 보러 갈까?"

"그래도 돼?"

"시험도 일찍 끝나고 오후엔 좀 쉴까 했었거든."

그녀가 기쁜 마음에 고개를 재빨리 끄덕이자 그가 또다시 웃음을 터뜨렸다. 그 뒤로 어떻게 음식을 집어 먹었는지도 모르게 식사가 끝이 나고 식당에서 빠져나왔다. 그녀가 정신을 반쯤 놓고 있을 때 이미 그가 계산을 한 뒤였다.

"어, 내 건 내가 낼게. 얼마야?"

"이 정도는 내가 사도 돼."

"어? 그럼 미안한데……. 커피라도 내가 사면 안 될까?"

"그럴까?"

밥 정도는 그녀가 사고 싶었다. 고운 얼굴 보며 밥을 먹게 해주셔서 감사하다고 인사라도 해야 할 판이었는데 밥까지 사게 만들다니. 그녀는 가까운 대형 프렌차이즈 커피 매장으로 들어가 메뉴판을 보았다.

"주문하시겠어요?"

"저는 아메리카노로 주세요. 넌?"

하필 골라도 그는 왜 제일 가격이 싼 메뉴를 고른 것일까. 더 비싼 걸 사주고 싶었는데. 그녀 역시 하는 수 없이 그와 같은 것으로 골랐다. 계산을 하고 픽업 테이블 쪽으로 발걸음을 옮겼다.

뭔가 시선이 따라온다는 생각에 고개를 돌리자 매장 안에 있는 여자들의 시선이 그녀를 향해, 아니, 정확히 말하자면 그와 함께 있는 자신을 향해 몰려 있었다. 그녀는 저도 모르게 모자를 더욱 깊게 눌러썼다.

"왜 그렇게 얼굴을 가려? 나하고 있는 게 창피해?"

"어? 아니, 그런 거 전혀 아니거든?"

"그렇게 너무 강하게 부정하니까 더 의심 간다."

"그런 거 아닌데……."

"농담이야. 커피 나왔다."

그와 함께 있는 건 물론 기분 좋은 일이었다. 다만 괜히 김도 규가 수준 낮은 여자와 사귄다며 욕을 먹을까 봐 미안한 마음에 얼굴을 감춘 것뿐이었다. 하지만 또 그렇게 말할 수 없어 그녀는 낮은 한숨을 내쉬어야 했다.

✤   ✤   ✤

내셔널 지오그래픽 사진전을 간다는 생각에 들뜬 그녀는 무 엇을 입어야 하나 고민을 했다. 그렇지 않아도 어제 엉망진창인 모습을 보여주었는데 풀 세팅을 하면 괜히 속보이지 않을까 싶 었다. 하지만 조금이라도 예쁘게 보이고 싶은 것이 사람 마음인 지라 그녀는 지난봄 엄마가 사주었던 원피스를 몇 번이나 들었 다 놨다.

물론 마음으로야 몇 백 번이라도 입고 싶었지만 그녀에게 플

랫슈즈 따위는 없었다. 유일하게 있는 구두라고는 힐이 무려 7㎝였고, 그걸 신고 걸었다간 그녀는 몇 날 며칠을 발이 까져 고생을 할 것이라고 스스로 예언할 수 있었다.

결국 그녀가 택한 것은 청바지에 분홍 파스텔 톤의 니트였다. 화장은 최소한 잡티만 보이지 않을 정도로 가볍게 바르고 머리를 하나로 질끈 묶은 뒤 거울을 보고 고개를 끄덕였다. 혹시 저녁이 되면 추울지도 몰라 바람막이 하나를 들어 팔에 걸치고 집을 나섰다.

어차피 오늘은 미주와 경은이 시험이 없는 날이라 학교에 나오지 않았고, 그녀는 혼자서 듣는 강의의 시험을 보기 위해 강의실로 들어섰다. 다들 시험 준비를 하느라 초췌한 모습이었는데 평소보다 유난히 깔끔한 모습의 그녀를 보고 다들 놀란 모습이었다. 하긴, 그동안 웬만하면 제일 편한 트레이닝복으로 연명하고 있었으니 사람들이 놀라워하는 것도 당연한 일이기도 했다.

그런데 대부분 이렇게 입을 정도면 데이트하는 거냐고 물어볼 만한데도 불구하고 다들 '드디어 채영이 인간이 됐다' 면서 놀라워했다. 평소 이렇게 사람들의 신뢰를 쌓지 못했나 하는 생각에 영은 입술을 삐죽거렸다.

그렇게 기대하던 마지막 시험답지를 들고 있어 섰을 때 주위를 둘러보자 모두가 머리를 끙끙 싸맨 채 멍하니 시험지만 보고 있었다. 그러게 평소에 공부를 했어야지 이 사람들아, 라고 속으로 생각하며 그녀는 당당히 조교에게 답안지를 제출하고 조금의 힌트를 기다리는 사람들의 애처로운 눈빛을 뒤로한 채 조용히 강의실을 빠져나갔다.

조심스럽게 문을 닫고 몸을 돌렸을 때 그녀는 하마터면 소리를 지를 뻔했다. 바로 앞 벽에 기대어 서 있는 사람은 다름 아닌 도규였기 때문이다. 분명히 시계탑 앞에서 보기로 했는데, 혹시 그가 착각한 건 아닌가 싶어 잠시 고개를 갸웃거렸다.

"문제를 빨리 풀었거든. 일찍 나왔네?"

"아는 문제가 나와서."

"그럼 갈까?"

그녀는 고개를 끄덕이며 그와 함께 나란히 서서 걷기 시작했다. 오전에 시험이 있었으면 같이 밥이라도 먹고 사진전을 보러 가는 건데. 괜히 어중간한 시간대가 아쉬웠다. 도규는 자연스럽게 인문사회과학대 앞 주차장으로 그녀를 이끌었고 다른 사람들이 말한 차와 그의 차가 다르다는 것을 알았다.

문화방송 경은이 말했던 차는 분명히 재규어라고 했었다. 그런데 그가 타고 다니는 차는 국내 차량으로 흔히 볼 수 있는 중형차였다. 문화방송도 틀릴 때가 있구나 싶어 자리로 앉으며 픽 웃고 말았다.

"왜?"

"아니, 경은이가……. 아냐."

"뭔데?"

그가 부드럽게 차를 출발시키며 물어왔다. 괜히 경은을 촉새로 만드는 것 같아 미안해졌지만 그녀의 입술을 저도 모르게 움직이기 시작했다.

"너 외제차 타고 다닌다고."

"외제차? 아, 재윤이 거 말한 건가? 한 번 재윤이가 술 마셔서 대신 운전해 준 적 있는데 그때 보고 소문이 잘못 났구나. 어쩐지, 공무원 자녀가 사치한다고 하더라."

하긴, 이 나이 대에 차를 가지고 다닌다는 것 자체가 일반적으로 집안이 경제적 여유가 있다는 뜻이었다. 게다가 더 놀라운 건 도규는 자신에 대한 루머가 돈다는 것을 알고 있다는 것이었다. 그녀가 놀란 표정을 숨기지 못하자 그가 픽 웃었다.

"왜?"

"소문 같은 거 알고 있었어?"

"대충은."

"기분…… 나쁘지 않아?"

"어차피 소문인데 뭘. 내가 좋아하는 사람들만 진실을 알고 있으면 된다고 생각해."

그녀였더라면 이상한 소문이 번지게 되었다는 걸 들었을 때 저렇게 생각할 수 있었을까? 아마 소심해서 아무 말도 하지 못하고 혼자서 속으로 끙끙 앓았을 것이다. 하지만 그는 신경은 쓰되, 남들이 하는 말은 사실도 아니니 무시해도 된다고 생각하고 있었다. 그런 마인드를 배우고 싶었지만 역시 타고난 그릇이 다른 모양인지 그녀는 영원히 그를 따라가지 못할 것이라는 생각이 들었다.

　평일이라 그런 것인지 전시관은 사람이 없었다. 한가한 편이 사진을 감상하기는 더 좋았다. 그녀는 고릴라가 사람의 어깨에 손을 올리고, 사람은 고릴라를 바라보며 앉아 있는 사진 앞에서 한참 동안 서 있었다.

　인간들은 참 이기적인 동물이라 한쪽에선 사냥을, 또 다른 한쪽에선 보호를 하려고 한다. 이 모순적인 관계 속에서 동물들은 살아갈 터를 잃어가고 있었다. 그래서 이런 사진들이 더 많은 생각을 하게 해주는 것인지도 모른다.

　서로 말이 통하는 사람과 사람의 관계 속에서도 서로를 이해하기가 어렵다. 하물며 말이 통하지 않는 사람과 동물들의 교감은 더욱 힘들다. 그래서 이런 사진을 보면서 인간은 위로를 받는 것인지도 모른다는 생각이 들었다. 어쨌든 이런 사진을 보면서 스스로 위안을 받는다는 것 역시 이기적일지도 모르지만.

　"이 사진, 많은 걸 생각하게 만드네."

　이제껏 사진이 빠져 있어 바로 옆에 도규가 있다는 것을 잊고 있었다. 그리고 이 사진을 보면서 비슷한 생각을 하고 있었을지도 모른다는 생각에 영은 왠지 모르게 뿌듯한 마음에 고개를 끄덕였다.

　"가까이 있는데도 왠지 먼 거리인 것 같잖아."

　그런 생각을 했다. 다정한 것 같으면서도 사람의 시선과는 달리 고릴라는 카메라를 보고 있었다. 손은 분명 사람의 어깨에 올라가 있었는데.

"왠지 인간과 인간 같아."

"인간과 인간?"

"한쪽이 일방적으로 좋아하는 느낌?"

도규의 이야기를 듣다 보니 어쩌면 그럴지도 모른다는 생각이 들었다. 사람은 일방적으로 고릴라를 좋아하고 있었지만 고릴라는 그렇지 않은 느낌. 이 사진이 또 그렇게 해석될 수도 있구나 싶어 영은 다시 흥미 있게 바라보았다.

"동물 좋아했으면 수의학 같은 것에도 흥미가 있었겠네?"

"그것보다는 사육사. 그런데 사육사는 모든 동물들을 다 돌봐야 한다고 하더라고. 나는 파충류하고 양서류는 절대 못 만지거든. 그래서 포기했어."

"수의사는?"

"내가 주사기로 동물 피부를 찌를 순 없을 것 같아서."

그 말에 도규가 참지 못하고 웃음을 터뜨렸다. 그녀는 정말 심각하게 한 이야기였다. 하지만 거의 대부분의 사람들이 그녀의 이런 말을 들으면 도규 같은 반응을 보였었다. 하긴, 스스로가 생각해도 조금 웃긴 이야기이긴 했다.

"그럼 몇 살 때 사육사를 포기한 건데?"

"열일곱 살 때인가? 친구들과 동물원 갔는데 비단뱀 만지기 체험 같은 게 있었거든. 그때 태어나서 처음으로 기절할 뻔했잖아. 결국 주저앉았고, 그때 사육사 아저씨가 나보고 힘들겠다고 하서서 그 길로 포기했지, 뭐."

지금 생각해도 그건 굴욕적인 일이었다. 그녀와 친구들을 빼고는 죄다 유치원생이었는데 절대 뱀 못 만지다고 엉엉 우는 바람에 옆에 있던 유치원생들 45명에게 울음을 전염시켰던 날이었다. 차마 그 말까지는 하지 못하고 살짝 각색을 했다. 그럼에도 불구하고 도규는 웃음을 참지 못했다.

천천히 관람을 마치고 나오지 시계는 5시 20분을 가리키고 있었고, 그녀는 차마 차라도 한잔 마시자고 말도 하지 못한 채 차에 올라탈 수밖에 없었다. 집 주소를 알려주고 고개를 돌려 창밖을 보았다. 이제 정말 가을이 성큼 다가온 것 같았다.

사진전이 열리면 또 보고 싶을 정도로 매력적이라 그녀는 그가 사준 사진첩을 훑어보았다. 나갈 때쯤 사가야겠다 생각을 했는데 그녀가 사진에 빠져 있을 때 그가 사온 것이었다. 사진전을 보여준 것도 고마운데 이것까진 받을 수 없다고 했더니 도규는 그럼 다음에 근사한 밥을 사달라고 했다.

"고마워, 사진첩 잘 볼게."

고개를 끄덕이는 도규를 보며 영은 차에서 내렸다. 그리고 인사를 하기 위해 뒤를 돌아보았는데 그는 운전석에 내려 그녀를 보고 있었다.

"어? 내릴 필요 없는데."

"들어가는 건 보고 가야지."

그녀 같았더라면 아마 운전석에 앉은 채 창문을 열고 인사를 했을 것이다. 역시 매너가 좋은 애들은 다른 법이라고 생각하면서 고개를 끄덕이는데 등 뒤에서 그녀를 부르는 목소리가 들렸다.

"영아."

뒤를 돌아보자 그녀의 엄마인 미자가 양손에 커다란 에코백을 들고 걸어오고 있었다. 영은 재빨리 뛰어가 미자의 손에서 에코백 하나를 받아 들었다.

"뭘 이렇게 많이 사와?"

"조금만 사려고 했는데 세일을 많이 해서."

그때였다. 도규가 순식간에 앞으로 걸어와 미자의 손에 남아 있는 에코백을 받아 들고, 그녀의 손에 있던 것마저 가져가 들었다. 무게가 꽤 될 법한데도 남자라 그런지 아주 가벼운 것을 들고 있는 것 같았다.

"안녕하세요, 김도규라고 합니다."

"그래요. 그런데 우리 영이하고는……."

번듯한 도규의 모습에 미자의 눈이 반짝였다. 또 우리 엄마 앞서 간다는 생각에 영이 재빨리 입을 열었다.

"엄마, 학교 친구. 지금 같은 수업 듣거든."

"친구?"

"응, 친구."

무조건 그저 성별이 남자인 친구일 뿐이라고 못을 박아둬야 했다. 그렇지 않았다간 빨리 사위를 얻고 싶다는 미자의 평소 말

버릇에 도규가 당황할지도 몰랐다.

"바쁘지 않다면 저녁 시간인데 들어가서 식사하고 갈래요? 마침 갈비 재워둔 거 먹으려고 했었는데."

"제가 끼어도 될까요?"

"그럼요, 수저 하나만 더 놓으면 되는데 그게 무슨 일이라고. 무거울 텐데 빨리 들어가요."

미자의 도규 보는 눈이 심상치 않았다. 그래서 그냥 도규가 바쁜 일이 있다고 말하며 거절해 주길 원했다.

"그럼 염치불구하게도 얻어먹겠습니다. 주차 좀 하고 짐 가지고 올라가겠습니다."

"그래요, 천천히 올라와요."

도규가 먼저 차가 있는 쪽으로 움직이기 시작했다. 그런 도규의 뒷모습을 보고 있는데 미자가 그녀의 어깨를 툭 치며 눈을 빛내고 있었다.

영은 고개를 푹 숙였다. 이제 그녀가 남자친구를 데리고 왔었다는 소문은 친척들 내에 쫙 퍼질 것이 틀림없었다. 명절에 가면 놀림의 대상이 될 건 틀림없었으니 이제 마음을 비워야 했다. 영은 고개를 푹 숙였다.

✤　　✤　　✤

평평한 이마에서 우뚝 솟은 콧대로 떨어지는 선, 질감 좋아

보이는 입술에 야주 살짝 각이 진 턱 선. 한눈에 보아도 반할 만큼 잘생겼다고 생각했지만, 같은 조원이 되면서 영은 그의 새로운 모습을 알게 되었다. 절로 시선을 끄니 조장이 되었고, 각자 맡아야 할 자료들을 분담을 적절히 수준에 맞춰 나누는 모습이라든지 하는 것들 말이다.

그와 함께 식사를 하고 나서 미자는 가정교육 잘 받고 나이가 어린데도 불구하고 미래가 밝아 보인다며 많은 칭찬을 했다. 그 말에 영은 공감하면서 고개를 끄덕였다.

도규는 생각보다 훨씬 소탈하고 밝은 성격의 소유자였다. 잘 웃고, 남의 이야기도 잘 경청할 줄 알면서 또 리더답게 중심을 잘 잡아주었다.

그는 알면 알수록 좋은 남자였고, 그녀의 대책 없는 짝사랑은 깊어져 갔다. 어차피 3학년이 되면 공부를 하느라 제대로 얼굴이 볼 시간이 없을 거라고 하면서, 여섯은 시간이 날 때마다 뭉쳐 술을 마시거나 주말엔 교외로 드라이브를 다녀오기도 했다.

그러는 사이 경은과 병선은 커플이 되었고, 네 사람은 진심으로 둘을 축하해 주었다. 특히 그녀와 미주는 라이벌이 한 명 줄어들었다는 생각에 정말, 진심으로 축하의 박수를 보냈다. 그렇게 시간을 보내는 사이 어느덧 시간은 12월로 넘어왔고 방학을 겨우 며칠을 앞두게 되었다.

교양은 별다른 시험이 없었고 오늘은 마지막 조가 발표를 하는 날이었다. 기말고사 때문에 도서관에서 밤을 새다시피 하던 영은 조금 일찍 강의실에 도착했다. 도서관에서 본관으로 오는 동안은 눈이 내리지 않았는데 어느 순간 하늘에선 눈송이가 쏟아지기 시작했다. 올해의 첫눈이었다.

창문 앞으로 걸어가 서서 하늘을 보았다. 커다란 눈송이가 틈도 보이지 않을 만큼 흐드러지게 내리고 있었다. 창문을 열고 손을 앞으로 뻗었다. 손바닥 위로 동전만 한 눈송이가 떨어졌다 순식간에 녹아 흔적도 없이 사라졌다. 그때 그녀의 손 옆으로 커다란 손이 창밖으로 똑같이 내밀어졌다. 고개를 돌려보니 언제 온 건지 하얀 셔츠에 랩코트를 걸치고 있는 도규가 보였다.

"첫눈이네?"

"도규야."

그녀의 입술이 허락도 없이 멋대로 움직였다.

"널 좋아해."

확 혀를 깨물고 싶었다. 어떻게 된 이 혀는 뇌로 생각을 거치지도 않고 그냥 마음대로 지껄이는 걸까. 그야말로 김도규는 그 많은 여자들이 고백도 할 수 없는 신성한 존재였는데.

그러니까 여학생들 사이에 암묵적인 룰이 있었다. 김도규는 만인의 연인이다. 그러니 누구라도 차지하려는 자 가만히 두지 않겠다.

물론 개중에는 욕심을 내어 고백을 했던 사람들도 있다고 했다. 하지만 그때마다 그는 웃고 있던 낯을 순식간에 지운 채 거절했다고 들었다. 말 그대로 찬바람이 쌩쌩 불 정도로 냉정해서

두 번 다시 말도 붙이지 못했다고 했다. 조금 친해졌다고 혼자 멋대로 생각한 모양이다. 이렇게 난데없이 고백을 해버리다니.

"유감이지만 널 여자로 생각해 본 적이 없어."

더 이상 접근할 여지조차도 없는 깔끔한 거절이었다. 차라리 찬바람 쌩 불게 다른 여자들처럼 대해줬다면 그나마 덜 비참했을 것이다. 여자로 생각해 본 적조차 없다는 건 말 그대로 미련의 가치도 없이 싹을 싹둑 잘라 버린 것이다. 아니, 아예 뿌리째 뽑아내어 버린 그녀의 수줍은 고백이었다.

"하하하, 그렇구나. 어쩔 수 없지 뭐."

확 입술을 꿰매면 안 되는 걸까? 이럴 땐 그냥 고개만 끄덕이든지 숙여야 했다. 하지만 그녀의 혀는 또 뇌를 거치지 않고 말을 내뱉었다.

그때였다. 뒤에서 엄청난 웃음소리가 들린 것은.

뒤를 돌아보자 언제 온 건지 같이 수업을 듣는 사람들이 그녀의 고백을 죄다 듣고 결과까지 안 다음 마음껏 웃고 있었다. 그래, 비웃으라지. 이렇게 차인 것도 차인 거지만 더 우울한 건 이제 정말 친구로도 남아 있을 수 없는 건가? 아니, 하지만 그녀가 들었던 이야기와 다르다. 원래 도규는 다신 보지도 못할 정도로 냉정하게 찬다고 했었는데…….

다시 고개를 돌리자 도규는 싸늘한 눈으로 그녀를 비웃고 있는 사람들을 보고 있었다. 그런 그의 눈빛을 읽었는지 거짓말처럼 주위가 조용해졌다.

"우리 꽤 좋은 친구는 될 수 있을 것 같은데."

"그럼, 좋은 친구 당연히 되지."

아마 다른 사람들은 그녀를 보고 '저 벨도 없는 것'이라고 생각할지도 몰랐다. 하지만 영은 그가 다른 고백했던 여자들처럼 자신을 냉정하게 차지 않았다는 것에 고마워 그렇게 말할 수밖에 없었다.

✦ ✦ ✦

그 고백 사건은 겨울방학 기간이면 다 잊을 거라고 생각했는데 개강을 하고 나서도 마찬가지였다. 아니, 오히려 더 심해졌다. 그녀가 가는 곳마다 '김도규에게 고백했다가 진짜 잔인하게 차였대' 혹은 '김도규가 여자로도 생각 안 한대'라는 말이 늘 들려왔다. 그 뒤로 그녀의 별명은 '채불감'이 되었다. 말 그대로 채영은 성적 매력을 느끼지 못하는 불감증을 유발하는 여자라나 뭐라나.

당연히 그 법학부 3학년 무리들과 멀어지는 건 무리도 아니었다. 경은은 눈치껏 병선을 만날 때 미리 그녀에게 귀띔을 해주었고, 영은 무조건 그 자리를 피했다. 어떻게든 도망칠 구실이 필요했다.

마침 사회적으로 관심이 많은 친구들과 친해졌고, 그녀는 공부와 집회를 병행했다. 사실 언론학을 공부하고 있었지만 사회의 부조리에 대해선 잘 알지 못했고 그녀가 언론광고학부에 입학했던 건 도규에게 말했던 대로 단지 'TV'가 좋아서였다.

졸업을 하고 나서 방송국 PD가 되어보고 싶다 생각을 했지만, 위안부 할머니들을 위해 늘 정기집회에 참석을 하면서부터는 뉴스 기자가 되어야겠다로 마음을 바꾸었다. 하지만 마지막에 탈락의 고배를 마셨고, 결국 그녀는 최후의 보루로 남겨두었던 '국제일보'에 취직을 하게 되었다.

물론 김도규에 대한 소식은 들었다. 아니, 듣고 싶지 않아도 워낙 유명인사다 보니 자연히 들려왔다. 4학년 때 그는 사법시험에 합격을 했고 바로 연수원으로 들어갔다고 했다. 연수원에서의 성적도 우수해서 판, 검사 직은 따 놓은 당상이라고 했는데 그는 거절하고 바로 미국으로 유학을 갔다고 했다. 그 뒤로는 경은도 병선과 헤어지고 더 이상 소식을 듣지 못했는데 하필 이곳에서 김도규를 만나다니.

사회부에서 기자 노릇을 하며 산전수전 공중전까지 겪어보지 않은 일이 없었다. 나름 열심히 일하면서 사명감을 가지고 살아왔다고 생각했다. 더 이상의 불운은 이제 없을 것이다, 생각했다. 하지만 세상은 그녀의 생각만큼 녹록치 않았다. 기자로서의 채영은 제법 인정을 받고 살아왔지만, 여자로서의 채영은 그렇지 못했다. 아무래도 '채불감'의 저주가 내린 탓 같았다.

그녀는 대학 기간엔 남자친구를 사귀지 못했다. 그렇게 절로 모태솔로가 될 수밖에 없었던 건 그 김도규에게 고백했다가 차인 이유가 컸다. 어떤 남자든지 그녀를 보면 웃기 바빴고 경은과 미주가 소개해 주는 다른 학교 남학생들은 나중에 그녀의 고백 사건을 듣거나 혹은 학력이 부담된다면서 쳐다보지도 않았다.

그녀를 제법 마음에 들어 하다가도 우리나라 최고의 대학이라는 한국대 출신이라는 말에 남자들은 떨떠름한 표정을 지었다. 학력에 대한 것을 전혀 생각해 보지 않아서 영은 왜 남자들이 껄끄러움을 가지는지 이해를 하지 못했다. 아무래도 남자들은 여자가 자기보다 아래에 있는 걸 좋아하는 모양이었다. 이놈의 질긴 유교사상 같으니, 라며 그녀는 하늘에 있을 공자를 향해 가운뎃손가락을 시원스레 날리기도 했었다.

사회에 나와서도 몇 번인가 소개팅을 했다. 사귄 것까지는 아니었지만 몇 번 만나기는 했다. 하지만 역시나 오래가지 못했다. 두 번 만났던 남자가 그녀를 찬 이유는 '애교가 없으며, 남자 같다'는 것이었다. 그건 자기가 워낙 애교덩어리였기 때문에 상대적으로 그녀가 애교가 없어 보였던 것뿐이었다. 그리고 남자 같다니……. 안 그래도 그 '채불감'이라는 별명 때문에 스물네 살까지 원치 않던 모태솔로가 되어 김도규를 미친 듯 원망했었는데…….

그 뒤로 제법 충격을 받았던 그녀는 스타일부터 바꾸기로 마음먹고 제법 여성스럽게 꾸몄다. 늘 청바지에 티만 걸치고 다니던 그녀가 정장 바지에 셔츠를 입기 시작했다.

그리고 두 번째 만났던 남자는 스물여섯 살에 만나게 되었는데 딱 세 번을 만났다. 그가 그녀를 찬 이유는 '일하는 시간이 너무 불규칙하고, 만나기도 힘들다'라는 이유였다. 언제는 네가 참 멋진 일을 하는 게 자랑스럽다, 라고 말했으면서. 하여간 남자들의 마음은 죄다 흔들리는 갈대였다.

그 뒤로 어언 5년. 그녀는 더 이상 남자를 만나는 일을 하지 않고 일과 연애를 하고 있었다.

늘 경찰서에서 시간을 보내고 사건을 뒤쫓다 보니 연애에 시간을 할애할 수가 없었다. 거기다 불규칙적인 그녀의 생활을 이해해 줄 마음 넓은 남자도 없어서 사실상 포기한 것과 다름없었다.

주변 사람들의 등에 떠밀려서 선도 몇 번인가 봤었다. 그런데 선을 볼 때마다 사건이 터지거나 땜빵을 뛰어야 해서 늦을 수밖에 없었고 남자들은 하나같이 고개를 저었다. 그중에 딱 한 명 네 번을 만난 남자가 있었는데, 네 번 만나는 날마다 지각을 한 그녀 보고 앞으로도 계속 이럴 것 같냐고 물어보았다. 그때 그녀는 솔직하게 그럴 것 같다, 대답을 했고 그다음부터는 그 남자의 연락을 받을 수 없었다.

무난하고 평탄할 것 같았던 그녀의 인생은 저 '김도규'를 만난 뒤부터 완전히 꼬였다. 더 이상 처참하게 꼬일 수 없을 정도로. 맨 처음 그를 보았을 땐 인생의 꽃을 본 느낌이었는데 그건 얼마 지나지 않아 완전히 뒤집어졌다.

옆에서 방송을 하던 YMN 기자를 그대로 바라보면서 영이 입을 열었다.

"영수 선배."

"어, 왜."

기사를 쓰느라 바쁜 모양인지 건성으로 대답하는 영수를 돌아보았다. 인상을 찌푸린 채 키보드를 부서져라 두드리는 영수는 니코틴이 필요한 모양인지 자꾸 곁눈질로 옆에 둔 담배를 보고 있었다.

"김도규 약력이 어떻게 돼요?"

그 말에 드디어 영수가 그녀에게로 시선을 돌렸다. 정말 하나도 모르냐는 눈빛에 영은 어색하게 웃으며 고개를 슬쩍 끄덕였다. 대강 약력이라도 알아야 제대로 된 기사를 쓸 수 있을 거 아닌가.

"너 수암지구 살지 않냐?"

"어디 뭐 집에 들어가 본 적이 있었어야죠. 경찰서가 하숙집인데, 뭘."

"연수원까지 다녀온 건 알 거고, 그 뒤엔 미국 하버드로 유학. 1년 반 만에 외교학 석사 받고 귀국. 곧 바로 군대 가서 수색대 제대. 그 뒤 김관진 의원 보좌관으로 올 초까지 활동하다가 총선 출마."

입이 쩍 벌어졌다. 정말 그야말로 빈틈없이 알뜰하게 20대를 보낸 사람이었다. 거기다 김관진 의원이라면 이 나라 민주주의에서 빼놓을 수 없는 인물이었다. 그야말로 민주주의 확립을 위해 온몸을 바쳐 가며 싸운 사람이었다.

고문 후유증으로 올 초 사망을 했었는데 그때 갑작스런 그의 죽음에 모두가 충격을 받았었다. 늘 건강하게 보였던 그가 사실 오랜 세월 고문 후유증으로 고통받았다는 걸 모르고 있었다. 말 그대로 정신력으로 버티고 있었던 사람이었고, 다음 대선에 나온다면 당선이 유력한 사람이었다. 때문에 또 하나의 별이 졌다며 사람들은 많은 눈물을 흘렸었다.

도규가 김관진 의원의 보좌관이였다라……. 그녀의 시선이 도규에게로 향했다. 뒤에 앉은 사람들과 이야기를 나누며 진지한 얼굴로 고개를 끄덕이고 있는 그를 보며 그녀는 인터넷 검색을 시작했다.

영수의 말은 하나도 틀린 게 없었다. 그녀가 지금 눈앞에서 보고 있는 도규는 생각했던 것보다 훨씬 대단한 사람이었다. 저 젊은 나이에 꽤 많은 것을 이룩해 놓은 남자였다. 게다가 얼마 전까지만 해도 3선이 당연한 듯 유력했던 국민당 정철 의원을 순식간에 따라잡으며 무섭게 압박하고 있었다. 그것도 이제 갓 서른을 넘긴, 그것도 말 그대로 정치계에선 햇병아리 같은 남자가.

잠시 혼자 생각에 빠져 있는데 곳곳에서 함성이 터져 나오기 시작했다. 민진당 지학수 후보는 이미 1시간 전에 당사에 갑자기 일이 생겼다며 자리를 떴다. 그건 말 그대로 어차피 이 자리에 미련이 없다. 즉, 패배를 인정하고 떠난 것이었다.

21시가 가까워진 순간부터 말 그대로 이변이 일어나기 시작했다. 비록 소수점 차이였지만 국민당의 정철 후보의 당선이 확실시되던 상황이었다. 이제껏 리서치 조사에서 단 한 번도 실수가 없었다던 곳도 이례적인 일이 일어날 것 같다며 낭패를 맛보고 있었다. 더불어 기자들의 손가락이 날아갈 듯 빨라지기 시작했다.

1,000표가 순식간에 2백 표 차이로 줄더니 이젠 겨우 3표 차이, 그다음 엎치락뒤치락하더니 21시 17분을 기점으로 무소속 김도규의 표가 정철을 앞지르기 시작했다. 기사를 쓰던 사람들은 일제히 자리에서 벌떡 일어서기 시작했지만 그녀는 차분하게 앉아서 기사를 쓰기 시작했다.

어쨌거나 그녀는 일을 할 때면 세상 그 어느 때보다 차분해졌다. 어떻게 해서든 제일 처음 기사를 올려야만 했고, 결국 22시가 되기 1분 전 그녀는 제일 먼저 인터넷 창을 확인했다. 그녀의 입에서 회심의 미소가 지어짐과 동시에 핸드폰이 울렸다.

〈이 꼴뚜기 자식, 기어이 일을 쳤구나.〉

"이 모든 게 부장님 덕입니다."

〈아주 쭉쭉이다. 내가 곧 장어 사마.〉

"곱배깁니다."

김도규에 대한 관심은 2, 30대에게 무척이나 높았고, 덕분에 그게 클릭으로 이어진 모양이었다. 검색 사이트에선 그녀가 제일 먼저 올린 기사에 말 그대로 광클이 계속되고 있었고, 옆에서 영수는 허탈한 표정으로 그녀를 보고 있었다.

"너 무섭다, 야."

"속도가 생명이라고 선배가 가르쳐 줬거든요?"

"그나저나 김도규 대단하네. 국민당 텃밭에서, 그것도 정철을 누르고 승리라니. 저 녀석 어디까지 올라갈지 기대되는데."

영수가 혀를 차며 질렸다는 듯 고개를 내저었다. 이제껏 아무 생각 없이 있던 영도 영수의 그 말에 현실 세계로 돌아왔다. 앞으로 국정 생활을 깨끗이 이어 나가고 사생활에 치명적인 일만 없다면, 그는 말 그대로 끝도 없이 승승장구할 것이다.

순식간에 주변이 아수라장이 되며 당선자에 대한 인터뷰가 이어졌다. 그녀는 그대로 앉아서 그저 기자들의 질문에 도규가 답변하는 것을 들었다. 그리고 먼저 올려두었던 기사 내용을 수정, 보완하기 시작했다.

"가자, 간만에 한잔해야지."

영은 고개를 끄덕이며 다시 수정된 기사를 보았다. 밑에서 기다리고 있겠다며 사람들과 회의실을 빠져나가는 영수를 보고 어질러진 것들을 정리하기 시작했다. 방금 전까지만 해도 떠들썩했던 것이 거짓말인 것처럼 주변이 고요하게 잠들었다. 마지막으로 노트북을 가방에 막 넣었을 때 앞이 그늘진 것을 느끼고 불안한 느낌에 천천히 앞을 보았다.

몸에 잘 맞는 슈트. 그래, 여기 있는 사람들 거의 모두 슈트 차림이다. 하지만 지금은 모두 나가 아무도 없어야 했다. 거기다 이렇게 늘씬한 몸에 잘 맞는 슈트를 입은 사람은 자신이 젊다는 것을 잘 어필하고 있었다.

이 중에 이런 차림을 하고 있는 사람은 단 한 명. 아니, 이제 그만 문을 닫아야 하니 빨리 나가라고 재촉하는 관계자이길 원했다. 하지만 고개를 완전히 들었을 때 영은 그 불길한 예감이 딱 들어맞자 자신도 모르게 이마에 힘을 주고 말았다.

"채영, 오랜만이다."

이렇게 황송할데가, 라고 인사라도 해야 하는 걸까? 앞으로 내밀어진 키다란 손을 보고야 말았다. 그녀는 자리에서 벌떡 일어서며 저도 모르게 두 손을 덥석 잡았다. 그것도 허리까지 숙여 공손히 인사하는 자세로……. 이건, 굴욕이었다.

영은 눈을 질끈 감으며 후회스러운 표정을 재빨리 숨기고 고개를 들었다. 그리고 아주 반갑다는 듯 잡고 있는 그의 손을 세차게 흔들었다.

"그래, 엄청 오랜만이야."

"기자 됐다는 이야기는 들었어."

"누, 누구한테?"

"미주."

그 소리를 듣자마자 고개를 살짝 돌려 숙인 채 입으로 '죽일 년'을 내뱉었다. 물론, 목소리는 자체 음소거를 해서. 절대 도규와 연락 같은 거 하고 있지 않다더니 그녀를 계속 속이고 있었던 것이다.

"국제일보?"

기자석엔 왜 회사 이름이 큼직하게도 써져 있는 걸까. 그녀는 고개를 끄덕이며 재빨리 주머니에서 명함을 꺼내 앞으로 내밀면서도 내가 왜 이러나, 하는 생각을 했다. 이놈의 직업병, 무조건 사람을 만나면 명함을 돌리는 이 버릇을 고치고 싶었다. 하지만 이미 그녀의 명함은 그의 손에 들어간 뒤였다.

"정치부가 아니라 사회부?"

"오늘 일이 좀 있어서 내가 오게 됐네."

명함을 다시 한 번 훑어 본 도규는 고개를 끄덕이며 왼쪽 안주머니에 넣고 그 안에서 지갑을 꺼내 들었다. 그리고 하얀 명함 하나를 내밀었다. 그건 그의 명함이었다.

"예전에 쓰던 명함인데 번호는 그대로거든."

"아, 그렇구나. 참, 축하해."

"뭐가?"

"이번에…… 당선된 거."

여기 이 자리에서 뭘 축하한다고 했겠는가. 당연히 당선 이야기지. 설마 천하의 김도규가 아직 꿈을 꾸고 있는 거라고 생각하는 걸까? 하지만 표정을 보아하니 그건 아니라는 데에 이번 달 월급을 걸 수 있었다.

기자 생활 7년.

늘어난 거라곤 술로 인한 뱃살과 눈치뿐이었다. 뭐야, 당선된 거 축하한다는 말을 꼭 이 입으로 듣고 싶어서 그런 건가? 그게 뻥 차놓고 10년 만에 만나서 듣고 싶은 건가? 그래, 넌 성공한 자고 난 패배자다.

"참, 병선이하고 경은이 다음 달에 결혼한다던데."

"그래, 경은이가 결혼한다고 하긴 했…… 뭐? 누구?"

분명히 병선이와 경은은 대학 시절 무려 3년을 넘게 사귀다 헤어졌었다. 사시 공부를 하느라 절까지 들어간 병선을 기다리기 힘들다며 경은이 이별을 고했었다. 그리고 그 뒤로 딱히 남자 친구를 만들지 못하더니 갑자기 폭탄 발언을 했다.

경선은 5월에 결혼한다고 하면서 쑥스럽게 웃었었다. 그렇게 같이 밥을 먹자고 했는데 꼭 약속을 잡은 날들이면 일이 생겨서 보지 못했었다. 그러다 결혼식도 못 오는 거 아니냐고 했을 땐 나라님이 죽는 게 아니라면 무조건 달려간다고 손가락 걸고 약속까지 했었다. 경은은 꼭 그녀에게 부케를 받아야 한다고 신신당부를 했었다. 왜 하필 미주도 아니고 자기냐고 했을 때 미주는 더 이상 부케 받는 건 사양이라고 말했었다.

그래, 그것까진 다 좋다 이거다. 그런데 누구랑 결혼? 병선이랑? 이 앙큼한 게 이때까지 사람을 속이고 있어? 이름을 말했으면 바로 알아챘을 거 아닌가.

"몰랐나 봐?"

왠지 즐거워 보이는 도규의 얼굴을 보니 허탈해졌다. 그는 그녀가 곤혹스러워하는 걸 즐기는 모양이다. 그래, 이 녀석아. 친한 친구라는 애가 누구랑 결혼하는지도 모르고 거기 가서 부케 받을 생각하고 있었다. 아무래도 경은의 결혼식에는 무릎 툭 튀어나온 추리닝에 얼굴을 반쯤 가릴 선글라스를 끼고 가야 할 것 같았다. 정장을 입고 가서 축하해 줄 마음은 전혀 없었으니까.

"오빠."

옆에서 들리는 간드러지는 목소리에 고개를 돌렸다. 상대를 확인한 영의 눈이 살짝 커졌다. 여리여리한 분위기가 잘 어울리게 파스텔 톤 분홍빛 미니 원피스를 입고 서 있는 여자는 그녀도 알고 있는 사람이었다.

지난 2월 가출 청소년의 살인에 대한 재판이 있었다. 그 가출 청소년은 감금을 당한 채 성매매에 이용을 당했다. 가학적이고 동물 같은 취급에 더 이상 참지 못했던 그 가출 청소년은 결국 자신을 성폭행하기 위해 들어온 업주를 살인하게 되었다. 앞에 있는 이 여자는 그때 그 가출 청소년을 보호해 주던 변호사였다. 영도 그 재판에 참관해 진심을 다해 변호하는 모습을 보며 감동을 받아 기사를 썼었다.

"당선 축하해, 오빠. 갑자기 법률상담 때문에 늦어져서 꽃도 못 사왔네."

"진…… 예원 변호사님?"

예원의 눈에 그제야 영이 들어온 모양이었다. 예원의 눈에 살짝 궁금함이 어리면서 그녀와 그를 번갈아 바라보았다.

"우리가 구면…… 인가요? 오빠, 아는 분이야?"

"아, 도규와는 같은 대학 출신입니다. 전 국제일보 채영이라고 합니다. 2월에 그 가출 청소년 변호하실 때 재판에 참여하고 감동받아서 기사도 썼었습니다."

도규가 답변을 하게 만들었다간 예전에 나에게 차여서 '채불감'이라는 별명 얻었던 여자야, 라고 해맑게 말할지도 몰랐다. 그러니 먼저 선수를 치는 게 좋았고 영은 재빨리 앞으로 명함을 내밀면서 눈을 크게 뜨고 말았다. 이런, 하필 받았던 도규의 명함을 앞으로 내밀다니. 다시 손을 거둬들이려고 할 때 예원이 이미 그 명함 한쪽을 붙잡고 있었다.

"제가 방금 도규한테 받은 명함이라서…… 제 명함으로 바꿔드릴게요. 제가 요즘 이렇게 정신이 없……."

"그러셨구나. 만나서 반가워요. 진예원이에요. 그리고 우리 도규 오빠완 곧 결혼할 사이구요."

❷
바람재

　하긴, 요즘 서른하나면 결혼을 했어도, 혹은 곧 결혼을 하기에도 어색하지 않은 나이였다. 누차 생각하지만 그녀는 7년차 기자였다. 이거야말로 바로 내일 아침 터뜨리면 그야말로 특종이 될 일이었다.

　영은 곧 바로 눈을 굴렸다. 하지만 도규가 손을 들어 올려 마치 아주 친한 친구에게 하듯 예원의 머리에 꿀밤을 먹였다.

　"인마, 다 진짠 줄 알아."

　이거 뭐야. 기사거리 날아간 건가? 눈치도 빠른 놈. 김도규 당선자, 약혼자 있다, 라고 기자 쓸 거라는 걸 바로 알고 있었던 거군.

　중간중간 도규에 대한 인터넷을 검색했을 때 미혼에, 지식인엔 애인조차 없다고 올라와 있었다. 그래서 이걸 지금 바로 회사로 돌아가 기사로 써서 올려 묶으면 대박이라고 생각했다. 하지만 도규의 행동과 예원의 얼굴을 보니 저 결혼할 거란 말은 사실이 아니라는 데 이번엔 월급이 아니라 기자 직을 걸 수 있었다.

"어른들도 빨리 약혼하라고 하시는데 그거 그냥 건너뛰고 결혼하자니까."

예원은 마치 애교를 부리듯 도규의 어깨를 툭 치면서 말하고 있었다. 재판장에서 보았던 예원은 냉철하고, 지적인 변호사가 무척이나 잘 어울리는 여자라고 생각했었다. 그런데 도규 앞에서의 예원은 또래의 여자들처럼 상큼하고 애교가 많은 사랑스러운 타입이었다. 그 모습에 저도 모르게 입매가 올라가고 엄마 미소가 나올 뻔했다. 어쨌거나 예쁜 여자를 보는 건 기분 좋은 일이었다.

"너 그냥 동생이야. 여자 아니야."

순간 가슴이 철렁 내려앉았다.

"유감이지만 널 여자로 생각해 본 적이 없어."

꼭 10년 전 들었던 그 고백의 거절이 다시 생생이 들려오는 듯했다. 이미 오랜 세월이 지나 희미해졌다고 믿었는데 그날 맡았던 향, 그날 그의 목소리, 그날 그의 표정이 너무나 뚜렷하게 떠올랐다. 하지만 센치해진 것도 아주 잠깐.

그렇게 앞에서 뭐? 결혼할 사이? 잘난 척을 해대더니 정작 도규에게는 어린애 취급을 받고 있었다. 잠깐, 그때 대충 듣기로 예원이 몇 살이었더라. 기억을 떠올려 보자 예원은 이제 스물여덟 살이 된 파릇파릇한 청춘이었다. 고작 나이 차이는 세 살이었지만 20대와 30대는 마치 끝이 보이지 않는 바다처럼 멀었다.

그녀가 20대 때는 정말 3일간 불철주야(不撤晝夜) 일을 하고 술을 마셔도 몇 시간만 자면 끄떡없었고, 철근도 떡볶이처럼 씹어 먹었었다. 그런데 정말 그 남들이 계란 한 판이라 부르는 이립(而立)은 눈에 띄게 체력을 저하시키고, 염산도 탄산음료처럼 소화시킬 것만 같던 위장은 각종 위장병을 앓게 만들었다.

요즘은 술을 마시기 전에 기본적으로 밥이나 따로 갤포스 같은 상비약을 꼭 섭취하고 나서 자리를 가져야 했다. 하루 날을 새면 말해 뭣 하랴, 오전 내내 좀비처럼 걸어 다녀야만 했다.

조금 전까지만 해도 살짝 예원이 우스웠는데 이젠 부러워지고 있었다. 그녀가 스물여덟 살 때는 저렇게 반짝반짝 빛이 났었을까? 그때도 일에 치여 며칠 내내 같은 옷을 입고 기사 한 번 써보겠다고 이 현장, 저 현장 뛰어다니고 일 좀 없냐며 경찰들을 닦달하기가 대부분이었다. 말 그대로 경찰서, 사무실, 취재 현장 이게 다 그녀의 반짝반짝 빛이 나야 할 20대의 대부분이었다.

왜 갑자기 삶에 회의가 드는 걸까. 영은 고개를 숙여 자신의 옷차림을 살폈다. 어제 입은 그대로의 주름이 꾸깃꾸깃 간 짙은 남색 면바지에, 하늘하늘하다 못해 후줄근한 쉬폰 소재의 단순한 셔츠. 고개를 슬쩍 돌리자 등받이에 걸쳐 두었던 검정색 기본 재킷도 바닥에 떨어져 있었다.

"……하자? 듣고 있어?"

"그래, 그러자."

재킷을 털어 탈탈 터는데 워낙 생각에 깊이 빠져 있어 앞에 뭐라고 했는지 제대로 듣지 못했다. 어차피 다음에 보자는 소리이겠거니 고개를 끄덕이며 건성으로 대답했다.

"제대로 들은 거 맞아?"

의심스럽다는 말투에 재킷 한쪽에만 겨우 팔을 껴 넣은 채 도규를 바라보았다. 하여간 눈치는 귀신이다. 요즘 살이 좀 쪘는지 재킷으로 팔이 잘 들어가지 않는다. 아니다, 오전까지만 해도 무리 없이 들어갔던 재킷이었다.

결국 도규가 팔을 뻗어 그녀의 꼬여 있는 소매 부분을 펴주며 걸치기 좋게 잡아주었다. 평상시엔 누군가가 옆에서 그렇게 해주었으면 고맙다고 인사를 했겠지만, 이상하게 예원의 눈치가 보여 슬쩍 몸을 뒤로 빼며 겨우 재킷에 몸을 구겨 넣었다.

"미안, 생각 좀 하느라고 제대로 못 들었어. 뭐라고?"

"한잔하자고."

"지금? 너 당선됐으니까 당원들하고 같이 한잔하고 그래야지."

"모를 리는 없을 테고 나 무소속이야. 그리고 늦었으니까 내일 점심 식사로 대신하자고 했고. 대부분 술을 안 좋아하시거든."

급하게 말하느라고 당원이라는 말이 나왔다. 그냥 넘어가면 될 일이지 그걸 꼭 꼬집어서 말하기는. 거기다 네놈하고는 술을 같이 기울이며 마실 만큼 매끄러운 사이도 아닌데. 그때 주머니에서 진동이 울리기 시작했다.

"네, 선배."

〈우리 여기 앞에 곱창집에 왔다, 이리 와.〉

"저기, 그게……."

앞에서 보고 있는 도규 때문에 어떻게 말을 해야 하나 싶었다. 사실 술을 영수가 먼저 마시자고 했으니 선약은 그쪽이었다. 그런데 왠지 모르겠지만 도규에게 선뜻 선약이 있다는 말을 꺼내기가 어려웠다.

"애들하고 다 같이 한잔하기로 했어."

그 애들이 누군지 말 안 해도 잘 알 것 같았다. 법대의 꽃들이라고 하더니 셋은 여전히 잘 뭉쳐 다니는 모양이었다. 그리고 나머지는 당연히 미주와 경은일 것이다. 오랜만의 회포도 풀 겸, 이 빌어먹을 계집애들을 벌해주기도 해야 할 것 같았다. 이 시각이면 이미 술자리를 펴고 있을 테고, 그녀가 도규의 뒤에서 딱 나타나면 아마 지옥에서 온 저승사자를 보는 느낌이지 않을까?

"선배, 제가 조만간 밥 살게요."

〈알았다.〉

평소 같으면 갑자기 왜, 라고 물었을 텐데 역시 노련한 영수는 그저 짧게 말하고 전화를 끊었다. 또 내일 만나면 김도규에 관한 걸 모두 내놓으라고 으름장을 놓을 게 뻔했다. 어차피 그녀야 정치부도 아니고 얼마든지 영수에게 넘겨줄 수도 있었다. 회사 내에서 그녀가 김도규와 안면이 있는 사이라는 걸 아는 사람이…… 많겠구나, 하는 생각에 절로 한숨이 새어 나왔다.

"내 차로 이동하자, 어차피 술 마실 건데."

운전하기도 귀찮은데 그럼 그럴까, 라고 생각했지만 예원의 희번덕거리는 눈빛에 절로 깨갱 꼬리를 말 수밖에 없었다.

"나도 내일 출근해야지. 차 가지고 가서 대리 부르면 돼. 애들 어디서 보기로 했어?"

예전엔 다시 도규를 만나면 창피해서 얼굴도 못 들 것이라고 생각했었다. 그런데 사람들의 말이 맞다. 세월이 약인 모양인지 그저 그땐 어렸고, 순수했던 마음이었다는 게 왠지 그리운 마음까지 생겨나고 있었다. 이미 사회에 찌들 대로 찌들어서 그녀 역시 그렇고 그런 어른이 되었다.

그런 흐리멍덩한 눈을 가진 어른이 되는 것처럼 모두가 그럴 거라고 생각했다. 하지만 지금의 김도규는 그때보다 훨씬 더 맑고 깨끗한 눈빛을 하고 있었다. 초선의원이 될 김도규는 마치 이제 막 세상에 첫발을 내딛는 것처럼 조심스러워 보이기도 했지만, 희망에 차 있는 사람 같았다. 왠지 저런 순수한 열정을 가지고 있는 도규가 내심 부러워졌다.

정치부장 앞에서는 기세 좋게 그렇고 그런 기자가 될 거라면 때려치울 거라고 말했었다. 하지만 어느 순간 그녀도 자리를 지키기 위한 사람이 되어가고 있진 않은지 마음속으로는 스스로에게 질문을 던지고 있었다. 아니, 얼마 전까지만 해도 1면을 잡았다고 속물처럼 좋아하지 않았던가.

처음엔 도규를 보고 원수를 외나무다리에서 만난 것 같았지만 지금은 아니었다. 이렇게 만나서 오히려 고마웠다. 처음 기자가 되었을 때의 그 마음이 새록새록 기억나고 마음을 다잡는 계기가 될 줄이야. 스스로 이런 감정을 느낄 수 있다는 게 우습기도 하고, 재미있기도 해서 절로 웃음이 나왔다.

"학교 앞, 바람재."

"거기 아직도 있나? 가본 지 워낙 오래돼서. 그래, 그럼 거기서 보자. 난 아직 짐을 덜 챙겨서, 먼저 내려가."

"천천히 와."

예상외였다. 그곳은 여섯 명이 우르르 몰려다닐 때도 잘 다녔던 학교 앞의 허름한 술집이었다. 제법 괜찮은 인사가 되었으니 룸 하나 정도는 빌려서 놀 거라고 생각했는데 역시나 김도규는 그녀의 단순한 생각을 벗어나는 인물이었다.

하여간 정신이 없다. 무선 마우스를 그렇게 챙긴다고 생각했는데 덩그러니 책상 위에 놔두다니. 아무래도 무선이 맞지 않는 모양이다. 그냥 유선을 사서 뽑지 않고 대충 구겨 넣고 다니던가 해야지.

서둘러 짐을 모두 챙기고 걸음을 바삐 재촉했다. 그리고 이를 빡빡 갈았다. 오늘 아주 그냥 제대로 마시고 멍멍 거려주마. 로트와일러나 셰퍼트로 빙의 되어 물어야 할 사람들이 여럿이었다.

아무리 오늘이 총선으로 인한 휴가였다고 해도 내일은 그저 평범한 평일이었다. 그런데 사람들은 그 짧은 휴일에도 어딜 이렇게 다녀오는지 도로는 혼잡하기 이를 데 없었다. 빨리 가서 이것들의 하얗게 질린 얼굴을 봐야 하는데 신호가 떨어져도 도로는 마치 주차장이 된 것처럼 움직일 기미가 없었다.

절로 한숨이 새어 나오고 피곤함에 목 뒤를 주무를 때 핸드폰이 울리기 시작했다. 생전 처음 보는 번호에 설마 이 시각에 무슨 사건이 터진 건 아니겠지, 하는 불안함이 밀려왔다. 초심을 되찾은 지 얼마나 됐다고 벌써 술 마실 유혹에 흔들리다니. 재빨리 블루투스를 연결해 핸드폰을 받았다.

"네, 국제일보 채영입니다."

〈아직 도착 전이야?〉

"누구신지……."

〈저장 안 한 모양이군.〉

생각해 보니 도규의 목소리를 핸드폰을 통해서 들은 적이 단한 번도 없었다. 그럼 예전엔 어떻게 연락을 했더라? 대부분 문자로 해결을 했었다. 그리고 전화를 거는 건 주로 재윤이었고.

"아, 미안. 급하게 나오느라 저장을 아직 못했네. 사거리만 지나면 학곤데 주차장처럼 막히네. 금방 갈게."

〈그래, 천천히 와.〉

매너도 좋은 자식. 그때 시계를 보던 영은 살짝 놀랐다. 그냥 차가 조금 막힌다고 생각했는데 벌써 30분 넘게 도로에 있었을 줄이야. 평소 그곳에서 학교까지는 10분이면 충분히 도착할 수 있는 거리였다. 생각 같아선 앞에 있는 차들을 죄다 불도저로 밀어버리고 싶었지만 어디 그런 생각을 하는 게 자신뿐이랴. 지금 모두가 같은 마음일 것이다.

하여간 학교 앞 사 차선은 조금만 차량통행이 많아진다 싶으면 막히기 일쑤였다. 몇 번의 신호를 견뎌내고 겨우 사거리로 빠져나왔을 때 교통체증의 원인이 사고로 인한 것이라는 것을 알게 되었다. 그냥 범퍼 정도가 떨어진 간단한 사고 같았는데 두 사람은 내려서 치고받고 싸우기 일보 직전이었다. 고개를 저으며 그녀는 핸들을 돌렸다. 학교 앞은 여전히 많은 학생들로 붐비고 있었다.

학교 안으로 들어가 후문에서 가까운 곳 주차장에 주차를 하고 차에서 내렸다. 졸업한 이후로 거의 찾지 않았었다. 물론 그 '채불감'이라는 별명 때문에 찾고 싶지 않은 곳이었다. 이제는 학생들도 죄다 물갈이가 되어서 기억하고 있는 사람도 없을 텐데 하여간, 괜한 걱정을 지고 살았다.

당당하게 차에서 내려 후문을 빠져나왔다. 거의 10년 가까이 학교를 찾지 않았더니 건물들이 죄다 리모델링을 한 건지 새로워 보일 정도였다. 그래도 몇몇 가게는 간판만 바꾸고 그대로이기도 했지만 왠지 모르게 씁쓸하고 섭섭한 마음이 드는 건 그녀도 어쩔 수 없었다.

자신도 그렇게 변했는데 왜 다른 것들이 변했다고는 생각을 못했던 걸까. 익숙했던 것이 사라지고, 변화를 받아들여야 한다는 것은 사회생활을 하면서 너무나도 잘 알고 있는 것이었다. 그런데 마음은 모순적이게도 알고 있던 것들이 변하지 않았으면 했던 것이다. 기억 너머로 흐릿하게 흩어져서 사실은 제대로 기억나지 않는 것이 많으면서.

그때그때 막 닥치는 일들은 얼굴을 후끈거리게 만들고, 한밤중 침대에 누워 문득 생각이 나 이불 속에서 저도 모르게 하이킥을 차게 만든다. 하지만 시간이 흐르면 정말 그게 별일 아닌 것이다. 앞으로 닥쳐올 일들에 비하면……. 그런데 그땐 왜 그렇게 그게 그렇게 부끄럽고 창피했는지…….

혼자 이런저런 생각을 하다 보니 어느덧 구불구불한 골목 끝으로 다가섰다. 골목 끝자락에 위치해 있는 바람재는 무려 50년이 넘은 술집이었다. 주로 파는 것은 고기나 김치찌개, 오징어볶음 같은 것들이었는데 주인 할머니의 푸짐한 인심과 싼 가격에 학생들이 많이 찾던 곳이었다.

그런데 세월이 정말 많이 흐르긴 흐른 모양이었다. 이곳을 걸어오면서 모든 술집들이 번쩍이며 빛이 나고 최신식으로 변한 것을 볼 수 있었다. 거기다 요즘엔 영국식 펍 같은 술집이 인기를 끄는 모양이었다.

골목 끝으로 다가가자 익숙한 바람재의 건물이 보였다. 꼭 70년대 건물 같은 옛날 나무로 된 문에 창살 사이로 난 뿌연 유리 속의 사람들은 제법 나이가 들어 보였다. 이젠 파릇한 학생들보다 옛 추억에 젖어 있는 3, 40대들이 많이 찾는 모양이었다. 그나마 테이블도 딱 세 자리를 차지하고 있었다. 하긴, 내일은 직장인들이 일을 해야 하는 평일이었다.

문을 옆으로 밀치며 안으로 들어서자 막 술잔을 들던 사람들의 시선이 모여들었다. 도규와 예원만 빼고들 모두 취신이라도 본 듯한 모양이었다.

"뭐야, 그 표정들은? 벌떡 일어난 시체 같냐?"

"채, 채영? 정말 오랜만이다."

제일 먼저 자리에서 일어나 그녀를 반겨준 건 재윤이었다. 예전이나 지금이나 재윤은 여전히 꽃미남이었다. 나이가 들었어도 그 흔한 주름 하나 없었다.

"예쁜 얼굴 여전하다?"

영은 자연스럽게 재윤의 악수를 받은 뒤 옆으로 앉고 어깨로 툭 밀었다. 재윤은 놀란 얼굴이었지만 정작 하얗게 질려 있는 건 나머지 셋이었다.

"병선아, 결혼 엄청, 어마어마하게 축하한다?"

"어, 야. 영아, 그게……."

"오늘은 기쁜 날이니까 취조는 나중으로 미루자. 유경은과 나

미주는 나하고 할 이야기가 참 많을 것 같으니 내일 저녁에 시간 좀 내고?"

원래 웃는 낯짝이 더 무서운 법이다. 얼떨결에 고개를 끄덕이는 경은과 미주는 잔뜩 불안한 얼굴로 고개를 끄덕이고 있었다.

"이것들 봐라, 진짜 굳은 모양이네? 그러게 진작 불었어야지. 그나저나 너희는 나 다 뭐 하는 줄 알 거고. 명함이라도 주랴?"

마주 앉아 있는 병선은 그녀를 보고 여전히 굳은 표정으로 그저 고개만 끄덕였다. 하여간 덩치는 곰처럼 산만 해서 소심한 건 여전히 안 변했다.

"병선이 넌 요즘 뭐 해? 경은이가 잘 해주나 봐? 너 살 좀 많이 붙었다?"

"뭐 하긴 법률회사 다니지."

영과 병선이 명함을 서로 주고받았다. 하긴, 병선도 공부를 꽤 집중해서 열심히 하는 타입이었다. 경은과 연애를 하면서 살짝 엇나가긴 했지만 그래도 열심히 해서 사법시험에 합격한 모양이었다. 거기다 지금은 대기업 법률 팀에 있는 것으로 꽤 잘나가는 변호사임을 증명하고 있었다.

"자식, 잘나가네. ST전자면 와우, 여기 우리나라 최고 대기업 아니야. 우리 경은이 시집 잘 가네. 참, 재윤이 넌?"

"난 그냥 작은 약국 하나 차렸어."

"약국? 갑자기 무슨 약국? 너 약대 갔어?"

"그렇게 됐어. 다시 수능 봐서 갔지, 뭐."

재윤이 내미는 명함을 받으며 영은 질렸다는 얼굴로 고개를 저었다. 생각해 보니 재윤도 무척이나 공부를 잘했었다.

"의전 볼 생각은?"

"피 보는 건 도무지 정성이 안 맞아서."

"대단하다. 약학과 경쟁률 장난 아니라던데. 피부에 좋다는 것 좀 줘봐. 요즘 재생 능력이 전 같지가 않아요. 친구니까 당연히 원가에 주는 거지?"

"약국 한번 들러. 줄게."

"웬일이야. 어? 여기, 우리 집 근처잖아? 한 달 전에 오픈했지? 여기 지나갈 때마다 보는데. 야, 작은 약국? 거기 엄청 크잖아. 오, 안재윤. 너 성공했다?"

"성공은 무슨. 부모님 원조지."

"요즘은 금수저 물고 태어나는 것도 하나의 성공이에요."

물론 이렇게 말하면서도 속으론 씁쓸함으로 위액이 솟아오르는 것 같았다. 자꾸만 기회는 공평해지지 않고, 사회는 있는 자와 없는 자로 구분한다. 옛날엔 그래도 열심히 한 만큼 먹고살수 있다고 했는데 요즘은 그럴 수도 없게 사회가 변해 버렸다.

"참, 재윤이 넌 결혼했어?"

"결혼은 무슨, 얘 제대한 지 이제 겨우 두 달이야."

미주가 아주 당당히 말했다. 하지만 곧 이어지는 영의 눈빛에 깨갱, 하고 고개를 숙이고 말았다.

"약국 자리 좀 잡히면 그렇지 않아도 너 만나러 가려고 했어.

나도 계속 공부하다 보니까 군대 다녀오고 하느라 정신이 없었거든."

"물론 재윤이 너는 그렇겠지. 그런데 저 유경은하고 나미주는 그게 아니거든. 오늘로 내가 아주 그냥 이 얄팍한 우정의 끝을 본다, 봐."

"영이도 왔으니까 이제 다 같이 잔 맞추자. 도규 오늘 당선도 됐는데."

그러고 보니 앞에 도규가 앉아 있던 걸 아주 잠시 깜박했다. 그래도 역시 그 고백은 아주 오래된 이야기였고 이젠 아무렇지도 않을 만큼 세월이 흐른 뒤였다. 이젠 정말 진심으로 도규를 보며 친구로 돌아가 축하를 할 수 있을 것 같았다.

"고맙다."

"건배."

모두의 잔이 부딪치고 다들 소주를 넘기고 있었다. 그녀는 오늘까지 치면 연속 5일째 달리고 있는 중이었다. 오늘 새벽까지 술을 마셨는데 또 알코올 냄새를 맡자니 절로 속이 울렁거린다. 그러고 보니 오늘도 오전에 사우나 마치고 국밥을 먹으러 가려다가 갑자기 날치기를 봐서 그것마저 먹지 못했다.

오후 내내 기사를 쓰고 이제 밥 좀 먹으려나 했더니 땜빵까지 뛰고. 온종일 알코올에 찌들어 있는 빈속에 지금 이 소주까지 넣으면……. 그래도 축하주인데 한 잔 정도는 마셔야 할 것 같아 잔을 입으로 가져가려는데 커다란 손이 눈앞에 다가오더니 그녀의 손목을 턱 잡았다.

모두의 시선이 한곳으로 모여들었다. 그 커다란 손의 주인공
은 다름 아닌 김도규였다.

방금 전까지만 해도 서로의 안부를 확인하고 떠드느라 시끌
벅적했었는데 꼭 그랬던 것이 거짓말이었던 것처럼 조용해졌다.
물론 신경을 쓰지 않으려고 해도 자꾸만 촉이 예원을 향하고 있
었다. 이걸 어쩌나. 아주 그냥 눈에서 레이저가 발사돼서 자신의
몸 한가운데에 구멍이 날 지경이었다.

분명 이게 만화거나 SF영화였다면 그렇게 됐을 것이다. 그만
큼 예원의 노골적인 질투는 온몸이 활활 타오를 듯이 뜨거웠다.
그런데 김도규는 그걸 느끼는 건지, 아닌지 예원뿐만이 아니라
놀라워하는 사람들 모두를 신경도 쓰지 않고 있었다.

"넌 음료수 마셔라."

"뭐?"

난데없이 음료수를 마시라니. 그렇게 말한 도규가 그녀의 손
에서 잔을 낚아채 자신의 몫으로 따라져 있던, 즉 음료수 잔에
가득 따라져 있던 소주 안으로 덜더니 자리에서 일어나 직접 냉
장고에서 사이다를 한 병 꺼내왔다. 그리고 그녀의 빈 소주잔에
사이다를 따라 그녀에게 건네주었다. 이건 설마 흑기사?

"너 술 냄새 진동하더라."

얼굴이 순식간에 붉어지는 듯했다. 그래, 나 오늘 새벽까지
술 펐던 여자다, 라고 온몸으로 광고를 하고 말았다. 그게 아니

라 해장이라도 했다면 그나마 술 냄새는 덜 났을 텐데. 인정하고
싶지는 않았지만 도규는 그녀의 첫사랑이었다. 멋진 모습을 보
여줘도 모자랄 판에 아주 그냥 술고래다, 라면서 기자의 생활을
알려주고 말았다.

하긴, 전 의원 보좌관에 이제 현직 의원이 될 텐데 가장 자주
만나고, 물어뜯기고 하는 사람이 기자였다. 굳이 이걸 말하자면
악어와 악어새의 관계 정도라고 봐야 할까? 기자들의 실체야 의
원의 보좌관을 하고 있던 김도규가 아마 잘 알고 있을 것이다.
차라리 우선 속이라도 해장하지 싶었다.

"이모, 저 해물라면 하나요."

도규의 말처럼 정말 숨만 쉬어도 알코올 냄새가 느껴지는 것
같았다. 아마 오늘 술을 더 마신다면 이대로 쓰러져 병원에 실려
갈지도 몰랐다. 저번 달에 속이 너무 아파서 식은땀을 뻘뻘 흘리
는 그녀를 보고 후배가 병원으로 끌고 갔다. 응급실에 들어서자
마자 안면이 있는 의사가 혀를 끌끌 찼었다.

이제 위천공으로 넘어가고 싶으면 앞으로 딱 소주 한 궤짝만
더 마시고 오라고 했었다. 그땐 딱 한 병씩만 마시겠다고 약속을
했는데 의사는 굳이 마셔야 한다면 반병이라면서 딱 잘라 말했
다. 하루 한 병씩 마시다 보면 분명 퇴사 후 병원에서 볼 거라면
서. 물론 그녀가 그렇게 병원으로 끌려갔다는 건 가족에겐 비밀
이었다. 알게 된다면 틀림없이 그만두라 성화일 것이 분명했다.

사실 작년까지는 그럭저럭 잘 버텼던 것 같은데 확실히 계란

한 판이 넘어가면서부터는 재생 능력이 뚝 떨어진 것 같다. 얼마 전 얼굴 몇 번 보지 못한 파릇파릇한 신입들을 보면서 저 때가 좋을 때지, 라고 말했던 경윤이 이제야 이해가 갔다.

학교를 다닐 땐 몇 번 말을 해보지 못했던 경윤과는 회사에서 동기로 만났다. 여자임에도 불구하고 어찌나 깡이 센지 어느 부서에서든 그녀를 탐냈었다. 그런데 경윤은 안 보이는 손에 의해 연예부로 빠졌다. 저기 가서 혼자서도 능히 열두 명 분의 일을 해낼 것이다, 라고 했는데 그 예언이 사실인 것처럼 입사 첫해부터 아주 1면 기사를 팡팡 터뜨렸다.

고위간부와 연예인의 성매매 증거를 확실히 잡아내며, 말 그대로 첫해부터 대한민국을 아수라장을 만들었다. 그렇게 경윤은 동기 중 제일 먼저 승진을 했고, 그 뒤로도 계속해서 특종들을 잡아내는 바람에 연예가에서는 물론 정·재계에서도 한경윤 하면 눈도 마주치기 싫어했다.

그러고 보니 경윤도 언젠가 한번 도규 이야기를 했었다. 김도규의 대한 이야기가 나오면 그녀는 늘 한발 뒤로 물러섰었는데, 그때 경윤은 이상한 이야기를 했었다.

기억이 나진 않지만 그때 그 교양을 경윤도 같이 들었다고 했다. 그리고 몇 번인가 그가 그녀를 빤히 보고 있었다고. 도규가 영을 바라보고 있다가 경윤과 눈이 마주치면 그냥 한 번씩 웃곤 했다는 것이다. 그래서 경윤은 도규도 그녀에게 마음이 있다고 생각을 했는데, 그렇게 차였다는 게 의외라고 말했었다. 워낙에

신기하게 생겨서 한 번씩 쳐다봤나 보지, 라고 영은 고개를 저었
었다.

 워낙 시원하게 차여서 정말 다시는 우연이라도 도규를 보지
않았으면 좋겠다고 생각했다. 그런데 하늘은 역시 장난을 좋아
하는 모양이다. 아니, 설마 도규가 국회의원에 출마할 줄이야.
당연히 판사 아버지를 두고 있으니 사시를 봐서 법조계에 종사
할 거라고 생각했다. 그럼 당연히 두 번 다시 만나지 않을 거라
고 생각했는데. 이럴 줄 알았으면 기자는 무슨, 그냥 아빠가 말
하는 대로 공무원 시험이나 볼걸 그랬다. 그때 그녀의 핸드폰이
울리기 시작했다. 역시, 양반은 못 되시는 모양이다.

 "네, 아부지."

 〈오늘도 못 들어오냐?〉

 "12시 전에 들어갈게요."

 어차피 오늘은 술도 못 마시겠다, 벌써 4일이나 집에 들어가
지 못했다. 집에 들어가서 좀 씻고 하면 네 시간은 잘 수 있었다.
집에 있는 강아지 똘이도 이젠 주인 얼굴도 잊고 짖는 건 아니겠
지? 저번에 봤을 때 은근히 그런 기가 보이던데…….

 유기견 똘이는 5년 전 아버지인 채 경감이 파출소로 들어온
것을 보고 주인을 찾지 못해 집으로 데리고 왔다. 사실 그때까지
만 해도 영은 설마 채 경감이 동물을 키울 거라고 전혀 예상을
하지 못했다.

 동물을 워낙 좋아했던 그녀와 달리, 채 경감은 밖에서는 괜찮

지만 집 안에서는 안 된다는 입장이었다. 그녀의 말이라면 무조건 들어주었던 채 경감은 애완동물만은 반대했었다. 하지만 갑작스레 엄마가 돌아가신 뒤로 혼자 적적해하시는 것 같던 채 경감은 똘이를 그렇게 새 식구로 받아들였다.

시츄인 주제에 제법 똑똑해서 집안의 서열을 제일 먼저 익히고 그에 따라 행동하고 있었다. 역시 1순위는 채 경감이었고, 2순위는 그녀의 동생인 진이었다. 그리고 3순위가 똘이, 자연히 4순위는 그녀가 되었다. 말로는 '이 똥개놈의 쉐이, 언젠간 내 발에 키스를 하게 될 거다' 라고 했지만 오히려 똘이의 애교를 보기 위해 그녀가 배를 뒤집는 것이 대부분이었다. 정말이지 하극상이 따로 없었다.

"진이는요?"

〈저녁에 수제비 만들어줘서 같이 먹었다.〉

"참, 아빠. 금요일 저녁에 시간 되시죠? 제가 7시까지 그 근처로 갈게요. 빵집 앞에서 볼까요?"

〈그러자. 진이한테 말해놓으면 되는 거지?〉

"네."

〈운전 조심히 하고.〉

"그럴게요."

누구보다 화목한 가정이었다. 채 경감은 누구보다 아내를 사랑했고, 아꼈다. 갑작스런 음주운전 교통사고로 엄마를 잃었을 때 영은 채 경감도 쓰러져 영영 일어나지 못하면 어쩌나 걱정했었다. 하지만 채 경감은 의외로 잘 버텨주었다.

그때 그녀는 어떤 후회를 했더라. 그렇게 사위를 갖고 싶다는 엄마에게 결혼은 너무 이르다면서 5년 후에 갈 거라고 했던가? 그럴 줄 알았으면 대학을 졸업하자마자 선이라도 봐서 결혼을 하는 건데 하고 생각했었다.

그녀의 앞으로 보글보글 끓고 있는 해물라면이 나왔지만 차마 젓가락을 들지 못했다. 그동안 스스로 잘 참고 있다고 생각했는데 가슴이 답답해지며 무엇인가가 훅, 치고 올라오는 것 같았다.

무언가가 볼을 타고 흐르나 싶었는데 그것이 양은 냄비 안으로 톡, 떨어졌다. 왠지 고개를 들 수 없어 한참 동안을 그렇게 고개를 숙이고 있었다. 아무렇지 않은 척 눈물을 슥 닦고 고개를 드는데 갑자기 도규가 자리에서 일어섰다. 그리고 테이블을 돌아와 그녀의 팔을 잡아 일어나게 만들었다.

"좀 마시고 있어라. 데려다 주고 올게. 차 키 이리 줘."

"오빠."

"너도 조금만 마시다 가, 내일 재판 있다면서."

뭐라 할 새도 없이 그의 손에 힘이 확 실리며 마치 그녀는 마리오네트가 된 것처럼 움직일 수밖에 없었다. 아직 친구들에게 제대로 인사도 하지 못했는데 그대로 그에게 끌려갔다.

순식간에 골목을 빠져나와 단번에 바뀐 신호등을 보고 도로를 건넜다. 학교 후문에 들어서자마자 보이는 주차장에 그녀의 차가 보였다. 그가 키 버튼을 누르자 틱, 하는 소리와 불이 켜지며 접혀 있던 사이드미러가 펴졌다.

단번에 그녀를 조수석으로 앉힌 도규는 운전석으로 돌아와 앉아 시동을 걸었다. 순식간에 이게 무슨 일인가 싶어 그를 빤히 보았다.

"벨트도 매줘?"

"어? 아니, 내가 매야지. 그게 아니라…… 나 술 안 마셨어. 내가 운전하고 가도 돼."

"너 지금 음주단속하면 걸릴 정도야."

연속으로 며칠 술을 마셨던가. 도규의 말에도 일리가 있었다. 그래도 제정신인데……. 살짝 입술을 삐죽이며 오른손을 뻗어 벨트를 확 당겼다. 그녀가 벨트를 착용하고 나서야 그는 미러와 의자를 조절했다.

만약 그가 운전을 하다 사고가 나더라도 걱정하지 않아도 된다. 보험이야 워낙 빵빵하게 들어놨으니까. 내비게이션에 집 모양의 버튼을 누르자 그가 알았다는 듯 고개를 끄덕였다. 영은 시트 온열 버튼을 누르고 몸을 맡기자 하루 종일 했던 긴장이 슬며시 풀리는 것처럼 느껴졌다.

분명히 몇 시간 전 땜빵을 때우러 가서 도규를 보자마자 긴장했는데. 지금은 그 김도규가 운전하는 차에서 긴장을 풀다니.

인생사란 참으로 아이러니했다. 아무리 비참하게 차였던 첫사랑이라지만 이미 시간은 10년 가까이 흘렀고, 오랜만에 보니 반가운 마음까지 들었다. 아무래도 오늘 하루 종일 마음이 갈대처럼 왔다 갔다 하는 게 PMS, 즉 생리전 증후군인가 싶었다. 날짜를 보자……그래, 오늘이 21일이니까 이틀 내로 곧 생리를 할 것 같기도 했다.

스피커 소리를 아예 줄여 버린 건지 시동을 걸면 바로 나왔던 유행가는 들리지 않았다. 그저 조용한 진동 소리만 느껴질 정도였다. 영은 차창을 지나쳐 가는 야경을 보면서 천천히 눈꺼풀을 감았다.

"그동안 어떻게 지냈어?"

"보시다시피. 신문사 들어가서 이리저리 채이며 지내지. 어쩔 땐 내가 기자가 아니라 경찰이 된 것같이 느껴질 정도고."

"경찰?"

"새벽에 가서 밤사이 일어난 일 다 훑어보고, 6시까지 회사에 보고 올리고. 무슨 일 있나 없나 계속 강력반 기웃거리고. 이럴 줄 알았으면 아빠 말씀대로 경찰시험이나 볼걸 그랬나 싶어."

"지금도 늦지 않았잖아."

"어휴, 내 나이가 몇인데. 필기 붙어도 체력이 안 돼. 아마 꼴등할 거야."

참 이상하다. 도규가 편한 상대는 아니라고 생각했었는데 지금은 꼭 늘 옆에 있던 친구인 것처럼 느껴진다. 원래 사람과의 관계는 이런 것일까? 하긴, 기사 하나 따려고 생전 처음 보는 사람에게도 친한 척 구는 건 늘상 있는 일이었다.

게다가 김도규는 거물급이었다. 앞으로 기사가 펑펑 터져 나올 그럴 거물급. 이 나이에 국회의원 친구라니……. 왠지 신기하기도 하고, 현실감도 제대로 느껴지지 않는 것 같기도 했다.

"어머님은 잘 계셔?"

"우리 엄마?"

"같이 저녁 먹었었잖아. 우리 내셔널 지오그래픽 사진전 보고 와서. 어머님이 만들어주신 등갈비 맛있었는데."

그러고 보니 그런 적이 있었다. 그때 그가 사주었던 내셔널 지오그래픽 사진첩도 아직 가지고 있었다.

그날 그가 그녀를 집까지 바래다주었는데 장을 봐오던 엄마와 부딪쳤었다. 마침 등갈비를 재워놓은 게 있다며 시간이 있으면 저녁을 먹고 가라고 했었고, 도규는 갑작스런 저녁 식사 초대에 흔쾌히 응했었다. 그러고 보니 그런 추억도 있었다.

"우리 엄마가 만든 등갈비…… 맛있었는데."

"오랜만에 뵈러 가도 될까? 그러기엔 시각이 너무 늦었나?"

"엄마…… 5년 전에 돌아가셨어."

그 소리가 끝남과 동시에 그녀의 몸이 앞으로 확 밀렸다 다시 뒤로 돌아왔다. 갑작스런 급브레이크에 놀란 뒤차가 클랙슨을 울리고 옆으로 지나갔다. 늦은 시각이라 차량이 많지 않은 게 다행이었다. 그는 다시 차를 부드럽게 출발시켰다.

"미안……. 몰랐어."

"괜찮아. 많이 좋아졌어."

정말 이젠 괜찮아졌다고 생각했다. 한 번씩 생각나는 엄마의 기억에도 웃을 수 있을 정도로. 장례를 치르고 집에 왔을 땐 들어서자마자 나는 엄마의 냄새에 그녀는 그대로 주저앉아 울었었다.

장례를 치르는 내내 눈물 한 번 보이지 않았던 그녀를 보고 사람들은 대견하다, 역시 큰딸이다, 라고 했지만 막상 영은 그저 인정을 하지 않고 있던 것뿐이었다. 아니, 인정할 수 없었던 일이었다.

냉장고를 열어 가득 들어 있는 반찬들을 썩을 때까지 먹지 못했다. 엄마가 입었던 옷도 버리지 못했다. 늘 엄마가 베고 자던 베개도, 이불도 모두 버리지 못했다. 장례를 치르고 3주 뒤, 가해자의 판결이 내려졌을 때 채 경감은 그날 엄마에 대한 모든 것을 정리했다.

그녀는 엄마가 유난히 좋아했던 노란색 코트를 버리지 못하고 채 경감 몰래 쓰지 않는 가방에 넣어 침대 밑에 보관을 해두었다. 그리고 더 이상 엄마의 냄새가 나지 않을 때쯤 그 코트를 마당 구석에서 태웠다. 허무한 마음으로 집 안으로 들어왔을 때 채 경감은 이사를 가자고 했다. 그때 그녀는 그저 고개를 끄덕였고, 채 경감 손에 들려 있던 부모님의 결혼식 사진을 보고 어린 아이처럼 엉엉 울고 말았다.

정말 매정하게 엄마의 모든 유품을 버리는 채 경감을 보면서 그녀는 너무하다고 생각했었다. 그런데 채 경감 손에 들려 있는 그 사진을 보는 순간 아주 잠시 아빠를 미워했던 마음이 미워서 스스로를 때리고 싶었다.

채 경감은 너무도 어이없는 사고로 평생을 함께해 왔고, 또 해갈 반려자를 잃은 것이었다. 감정을 누르는 것을 왜 보지 못했던 걸까. 그날 처음으로 채 경감 역시 그녀의 손을 잡고 엉엉 울었다. 학교 수업을 마치고 왔던 진도 그때 두 사람을 보고 현관에 주저앉아 그렇게 한참을 울었다.

그리고 그다음 세 사람은 어떻게 했더라? 엄마가 좋아하던 동네 어귀에 있는 비빔밥집으로 가서 볼이 미어터져라 밥을 입에다 넣었다. 그리고 엄마가 하늘에서 걱정하지 않게 울지 말고 꼭 행복하자고 약속했었다.

"음주운전 차에 치이셨어."

도규는 말없이 정면을 응시한 채 운전을 하고 있었다. 그녀는 고개를 돌리며 차창을 스쳐 지나가는 야경을 바라보았다. 조금 높은 곳에 올라가서 저 야경을 봤으면 좋겠다고 생각했다. 창문을 살짝 내리자 시원한 바람이 흘러들어 왔다.

"경찰한테 즉사라는 말을 들었을 때 거짓말이라고 생각했는데. 나 장례가 끝날 때까지도 안 울었거든, 엄마가 돌아가셨다는 게 안 믿겨서."

그 죽음을 인정해야 한다는 것은 참 잔인한 일이었다. 어느 날은 저도 모르게 집에 들어오며 '엄마, 나 왔어' 라고 말했었다. 엄마와 같이 살던 집도 아니고, 새로 이사한 아파트였는데…….

그날도 참 많이 울었었다.

"그런데 우리 엄마도 참 독하시더라. 어떻게 5년이나 꿈에도 한 번을 안 나타나. 한 번이라도 보면 참 좋을 것 같은데. 야경 예쁘다."

더 말했다간 정말 눈물이 날 것 같아서 화제를 돌렸다.

"보러 갈래?"

"야경? 지금?"

그녀의 집으로 가려면 오른쪽으로 빠졌어야 했다. 하지만 그는 그대로 직진했다. 그리고 내비게이션 안내를 종료시켰다. 이 시각에 야경을 보자고 하다니…….

그러고 보니 사람들의 데이트 장소라고 했던 등산로를 떠올렸다. 차를 가지고 산장이 있는 곳까지 올라가면 시내의 전경이 온통 들어와 그것이 장관이라고 했었다. 그런데 그가 향하고 있는 곳은 산이 아니었다. 오히려 도심 한복판으로 들어서고 있었다.

여기가 어디야, 라고 묻기도 어색해서 그녀는 그저 잠자코 있었다. 어쨌거나 야경을 본다는 생각에 며칠이나 쌓였던 피로가 풀리는 것 같았다. 아침에 사우나에서 씻고 나왔을 때만 해도 온몸이 천근만근이었는데.

지하주차장으로 들어선 이곳이 어딘지는 그녀도 잘 알고 있었다. ST건설에서 세운 주상복합 아파트였다. 브랜드 값을 받지 않아 꽤 합리적인 가격에 나왔다면서 사람들 틈에서 많이 회자가 되던 그 아파트였다. 그리고 분양 시에 경쟁률이 만만치 않았다고 들었다.

그녀가 알기로 주상복합은 본래 외국에서 맨 위층을 사람들이 기피해 조금 더 호화스럽게 만들었다고 했다. 그렇게 만들어도 가격이 낮은데 그럼에도 불구하고 외국 사람들은 맨 위층을 꺼린다고 했다.

하지만 우리나라에 들어오면서 그게 최상의 층이라며 오히려 분양가를 더 받는 식으로 변질되었는데, ST건설에서는 의례적으로 외국 기호 그대로 들여와 건설회사에서는 일대 파란이 일어났던 그 최초의 아파트였다. 어쨌거나 차에서 내려 엘리베이터에 올라탔다.

"왜 아파트로 와?"

"여기서 바라보는 야경 괜찮거든."

보통 아파트는 옥상을 개방하지 않는다. 그런데 이 아파트는 특수한 모양이었다. 도규의 말에 별 의심 없이 영은 뒤로 돌아섰다.

전면 유리로 된 엘리베이터 뒤로는 층이 올라갈수록 도심의 야경이 한눈에 들어왔다. 저도 모르게 감탄사를 내뱉으며 감상을 하고 있는 사이 엘리베이터가 멈추었다. 그리고 엘리베이터 문이 열리자마자 한눈에 확 트인 내부가 눈에 들어왔다. 잠깐, 그럼 여기가 맨 위층? 그러고 보니 그가 엘리베이터에 올라타 비밀번호를 누르는 것 같기도 했다.

"이쪽으로 와."

대리석으로 된 거실은 그녀가 걸을 때마다 뚜벅뚜벅, 소리를 내었다. 말 그대로 초호화 아파트였다. 들고 있던 가방은 짙은 베이지색의 소파 위에 올려두고 그를 따라 걸었다. 투명한 창을 열자 옥외 정원이 그대로 드러났다. 도심 속에서 자연을 찾기 위해 사람들이 이 아파트의 맨 위층을 원한 모양이었다.

방금 대리석을 밟았던 것이 거짓말인 것처럼 잔디가 깔린 옥외 정원은 무척이나 잘 꾸며진 식물원에 온 것 같은 느낌을 주었다. 커다란 나무 옆엔 그네로 된 의자가 있었고, 도규는 이미 거기에 앉아 옆자리를 톡톡 두드리고 있었다.

마치 뭐에 홀린 것처럼 거기로 다가간 영은 의자에 앉으며 정면을 바라보았다. 그녀가 보고 싶어 했던 야경이 옥외 정원의 숲과 함께 한눈에 들어왔다. 귓가를 스치는 봄의 바람과 꽃, 나무의 향기가 코끝을 간지럽혔다.

"어때?"

그가 물었지만 대답을 바란 건 아니었을 것이다. 그저 그녀의 표정으로 모든 걸 읽을 수 있었을 테니까.

"야경이 보고 싶으면 언제든 와. 비밀번호는 0926."

"너 살고 있는 집이었어?"

아직도 놀라움에 얼떨떨해서 영은 주위를 둘러보며 물어보았다. 그러면서 은근히 장난기도 솟아났다.

"야경 보고 싶을 때만?"

"스트레스 받거나 힘들 때도."

"말만으로도 고맙다."

정말 말만으로도 고마웠다. 비밀번호까지 가르쳐 줄 줄이야. 어쨌거나 친구라는 사이로 함께 있었지만 알고 지냈던 기간도 3개월 정도로 짧았고, 더군다나 그녀는 그에게 시원하게 차인 여자 중 하나였다. 그저 그런 짧고도 얄팍한 인연이었는데 이런 호사를 누려도 되나 싶을 정도였다.

"엄마가 보고 싶을 때도."

그래, 야경을 엄마가 참 좋아했다. 그래서 그녀는 밤의 거리 풍경을 어느 순간부터인가 좋아하지 않게 되었다. 그래서 차를 사게 된 계기도 있었다. 운전을 하면 풍경을 보지 않아도 되니까…….

"힘들었겠다, 채영."

별말 아니었다. 그저 위로차 누구나 할 수 있는 말이었는데 왜 이렇게 마음을 파고드는 걸까. 아니다, 오늘따라 유난히 엄마 생각이 많이 나서 그런 것일지도 모른다. 저도 모르는 새 눈물이 흐르기 시작했는데 점점 흐느낌이 커지기 시작했다.

어깨로 따뜻한 온기가 느껴졌다. 그가 그녀의 어깨를 끌어안아 가슴을 빌려주었다. 가족이 아닌 타인의 품에 기대어 이렇게 울어본 적이 있었을까? 그녀가 알기로는 처음이었다. 사람의 체온이 이렇게 많은 위로가 되어준다는 것을 처음 알았다. 그에게 고맙다고 말을 해야 할 것 같았다. 이렇게 위로를 해주어서, 야경을 보게 해주어서…….

그의 어깨를 슬쩍 밀어내고 고개를 들었다. 말을 해야 하는데 눈물은 계속 볼을 타고 흐르고, 숨은 제대로 쉬어지지 않아 자꾸 꺽꺽 소리만 내어지고 있었다. 흐린 시야 사이로 그의 얼굴이 조금씩 가까워진다고 생각했다.

아무래도 눈물은 돋보기 작용을 하는 것일까, 라고 말도 안 되는 엉뚱한 생각을 하는 사이 그의 입술이 그녀의 입술에 내려앉았다. 그리고 이마에 차가운 물줄기가 닿았다. 이게, 눈물일 수는 없었다. 하늘에서 비가 쏟아지기 시작했고, 그 순간 그의 키스가 깊어졌다.

❸
도망자

　연이어 며칠째 술을 마셨더라. 술이야 이 생활에서 빼려야 뺄 수 없고, 영원한 공생 관계였다. 그녀는 술에 약한 편은 아니었고 오히려 강한 편에 속했다. 그래도 7년 내내 마셔온 술이 저수지를 이룰 만큼 많고도 많았으니.

　아니, 솔직히 저수지까지는 오버고 작은 우물 하나 정도는 메울 수 있는 정도는 되니 보통은 아니었다. 슬슬 서른이 넘으며 떨어지기 시작한 체력이나 노화는 장기에도 영향을 미치니 그녀의 생생했던 간도 마찬가지로 나이가 들었을 것이다. 그러니 해독 능력이 당연히 한창 때보다는 떨어질 것이다.

　어디서부터 꿈일까? 김도규를 만난 것부터? 그래, 아마도 그럴 것이다. 앞으로 평생을 마주칠 일이 없다고 생각했던 도규를 떡하니 만난 것부터가 꿈이었을 것이다. 겨우 서른한 살의 나이에 국회의원이 된다는 것부터 웃기다. 그것도 비례대표로 나온 것도 아니고.

커다란 손은 그녀의 뒤통수를 누르고 있고, 멋대로 입술을 가르고 들어온 혀는 마치 제집인 양 마음껏 돌아다니고 있다. 하늘에서 떨어지고 있는 비는 순식간에 정수리를, 이마를, 어깨를 적신다. 벌어진 입술 틈 사이로 그 빗줄기가 흘러들어 온 것 같기도 하다. 아니, 이건 그의 타액인 걸까? 영은 저도 모르게 그것을 꿀꺽 삼키고 말았다.

잠시 허공에서 멈추어 있던 그녀의 손은 자신의 허벅지로 내려왔다. 그래, 이게 정말 꿈이라면 아플 리가 없다. 하지만 뒤통수를 누르고 있는 손은 마치 마사지를 받을 때처럼 아픔을 불러일으켰다. 그녀의 눈 바로 앞에는 두 눈이 감긴 채 길고 숱이 많은 속눈썹이 보였다. 그래, 꿈이니까 이것도 자세히 보이는 것이다. 인정사정 볼 것 없이 허벅지를 손가락으로 꽉 쥐어짰다.

순식간에 눈물이 핑 돌았다. 이렇게 아플 줄 알았다면 꼬집지 않았을 것이다. 이거 당장 피멍이 든다고 해도 이상할 리가 없었다. 그리고 그 아픔과 동시에 저도 모르게 이에 힘을 준 모양이다.

잠시 윽, 소리가 들리며 그의 혀가 빠져나갔다. 하지만 입술이 완전히 떨어진 건 아니었다. 그녀의 눈이 더 크게 떠졌다. 그의 입술이 가볍게 그녀의 아랫입술을 빨아 당기며 깨물었다. 절로 악, 소리가 나올 뻔했지만 영은 그것을 참아내었다. 왠지 여기선 작은 소리 하나도 내면 안 될 것 같았기 때문이다.

드디어 입술이 떨어졌다. 그리고 슬쩍 눈을 뜬 도규와 눈이 정면으로 부딪쳤다. 그의 입술이 열리는 순간 그녀는 자리에서 벌떡 일어섰다. 그리고 마치 왼발과 왼손이 함께 나가는 얼빠진 군인처럼 로봇과 같은 걸음으로 걷기 시작했다.

거실로 들어온 그녀는 재빨리 눈에 보이는 가방을 챙겨 들고 엘리베이터에 올라탔다. 닫힘 버튼을 눌렀는데 차를 지하 몇 층에 댔었는지 기억이 나질 않았다. 하지만 이대로 있다가 그가 다시 문을 열고, 이렇게 환한 조명 아래에서 얼굴을 마주한다면?

생각났다. 지하 3층이었다. 버튼을 누르자마자 엘리베이터가 윙, 소리를 내며 움직이기 시작했다. 우선은 그를 보지 않아도 된다는 생각에 정신을 차리며 영은 고개를 돌려 엘리베이터 벽면에 있는 거울을 바라보았다.

"이런!"

절로 큰 소리가 터져 나왔다. 아깐 그냥 그가 가볍게 입술을 깨문 거라고 생각했다. 그런데 그녀의 아랫입술은 피멍이 들어 있었다. 설마 김도규는 전생에 개였을까? 왜 난데없이 사람 입술에 피멍이 들도록 깨물고 난리? 아니, 그보다 도대체 키스는 왜 한 걸까? 그녀가 키스를 해달라고 졸랐나? 아니면 그런 얼굴을 하고 있었던 걸까? 그녀는 단지 운 죄밖에 없었다.

엘리베이터 문이 열리자 그녀는 보폭을 크게 해 걷기 시작했다. 그리고 차 앞에 도착했을 때 깨달았다. 운전은 도규가 하고 왔다. 그리고 그녀는 차 키를 그에게 건네주었고, 그 키는 도규의 재킷 주머니로 들어갔었다.

이걸 도대체 어떻게 해야 하나. 하지만 여기서 더 이상 머무를 시간이 없었다. 그가 언제 내려온다는 보장도 없었고. 고개를 들어 올리자 그녀가 타고 내려왔던 엘리베이터가 움직이고 있었다.

지체할 것 없이 움직였다. 그녀는 비상계단으로 갈 생각도 못하고 차가 내려오는 입구로 걷기 시작했다. 아니, 거의 뛰었다고 보는 게 맞았다. 마치 차가 빠져나올 때와 같은 빠른 속도였다.

주차장 입구에서 나오는 그녀를 본 경비가 이상하다는 듯 바라보았다. 하지만 지금은 비가 오고, 더 이상 설명할 힘도 없었다. 도로로 나서자마자 다가오는 빈 택시에 재빨리 손을 흔들고 잡아탔다. 어쨌거나 지금은 집에 들어가 좀 씻고 잠을 자야 할 것 같았다. 그럼 술이 깨고 정신도 차릴 수 있을 것 같았다.

새벽 5시.

알람 울리는 소리에 두 눈이 번쩍 뜨였다. 집에 들어오자마자 샤워를 하고 그대로 잠이 들었다. 머리카락을 말릴 생각도 못하고 잠이 들어 아직 촉촉이 젖어 있었지만 신경 쓰지 않고 재빨리 화장실로 뛰어 들어갔다. 치약에 칫솔을 묻힌 뒤 이를 닦으며 방으로 들어와 짙은 갈색의 면바지에 노란색 남방을 걸쳐 입었다.

가방에 빠진 게 없나 확인을 하고 다시 화장실로 들어가 입안을 헹구었다.

차가운 물이 입술에 닿자 아려오기 시작했다. 고개를 들어 거울을 보았을 때 그녀는 경악한 얼굴로 입을 쩍 벌리고 말았다. 어젠 그냥 피멍 정도만 들었다고 생각했는데 오늘 보니 평소의 두 배 정도로 퉁퉁 부어 있었다.

망할 김도규, 변태 김도규, 죽일 김도규.

하지만 지금 이러고 있을 시간이 없었다. 그녀는 화장실에서 나오자마자 자신을 멀뚱히 바라보는 똘이의 머리를 한 번 쓰다듬어 준 뒤 가방을 마치 독수리처럼 재빠르게 낚아채서 집을 빠져나왔다.

그래도 똘이가 오늘은 짖지 않는 걸 보니 그동안 준 간식이 효과가 있는 모양이었다. 똘이 때문에 살짝 기분이 좋아져서 나왔는데, 그녀의 차가 있어야 할 자리가 텅 비어 있는 것을 보고 한숨을 푹 내쉬었다.

그 차는 대체 어떻게 가져와야 하는 걸까. 할 수 없이 그녀는 주차장에서 나와 아파트 단지를 벗어나 입구에 줄줄이 대기 중인 택시에 올라탔다.

"서부경찰서요."

가방에서 지갑을 꺼내 현금 몇 장을 주머니로 옮겨 담았다. 수첩과 펜을 손에 쥐고 한숨을 푹 내쉬었다. 정말이지 오늘은 일하기 싫었다. 고개를 오른쪽으로 돌리자 아직 벽면에 붙어 있는 후보자들의 포스터가 눈에 들어왔다.

살짝 미소를 지은 채 측면을 바라보고 있는 도규는 학생 때와 별로 변한 게 없어 보였다. 반듯하고 깨끗한 이마와 정말 잘생겼다고 생각했던 콧대도 그대로였다. 어떻게 세월의 흐름을 피해 간 것일까. 그리고 질감 좋아 보이는 붉은 입술.

그래. 어제 저 김도규와 키스를 했다. 얼굴로 열이 확 올랐다. 대체 어떻게 하다가 키스를 하게 되었더라? 키스하기 전을 생각해 보려고 해도 제대로 기억이 나질 않는다. 어쩌자고 키스를 했던 걸까. 그것도 그녀의 인생에 있어 그건 첫 키스였다. 하지만 아무리 처음이래도 상대가 키스를 잘하는지 아닌지 정도는 알 수 있을 것 같았다. 그는…… 키스를 정말 잘했다.

그 당혹스러운 상황에서도 아주 솔직히 터놓고 말하자면 기분이 좋다고 생각했다. 사실 키스가 어떤 걸까, 생각을 해본 적은 있었다. 그냥 뜨겁고 축축한 혀가 왕래를 하는 것인데 조금은 찝찝한 느낌이 들지 않을까, 상상했었다. 그런데 키스라는 건 참 따뜻하고, 부드럽고, 또 기분이 좋은 거라니.

영은 머리를 쥐어뜯었다. 아직도 입술에선 그의 입술이 느껴지는 것 같았다. 입안은 그의 혀가 들어올 때 느꼈던 박하향이 그대로 남아 있는 것도 같았다. 영은 저도 모르게 아랫입술을 깨물다 윽, 소리를 내고 말았다. 이 피멍은 대체 언제 빠질까.

경찰서에 들어서자마자 평소 하던 일을 해내었다. 오늘은 날이 좋은 건지 별다른 사건도 없었고, 딱히 보고할 만한 것도 없었다. 사무실에선 어제 있었던 총선 때문에 쓸 기사거리가 많아서 그런지 그녀를 쪼아대지도 않았다. 이제 사무실에 들어가서 처리할 것들을 정리했다. 이것저것 정리하는 것뿐이라고 해도 시간은 어느덧 훌쩍 8시를 넘어섰다. 자리에서 일어나며 수고하라고 말한 뒤 그녀는 기자실 문을 닫고 나왔다.

"채구영, 어디 가?"

"어, 자토. 나 사무실."

"너 어제 술 많이 마셨어?"

"무슨 소리야?"

"입술 좀 봐라. 또 술 취해서 전봇대에 박은 거 아니야?"

그 말에 또다시 얼굴로 열이 확 오르는 것 같았다. 내가 그렇게 얼빠지고 다닐 것 같냐, 이거 키스해서, 아니, 키스를 당해서 생긴 거다, 라고 그녀는 뻔뻔하게 말을 할 수가 없었다. 만약 그렇게 말한다면 민지는 누구랑 키스했냐고 꼬치꼬치 캐물을 것이 틀림없었다. 꼴에 형사 아니랄까 봐 취조하는 건 또 굉장히 좋아했다.

그녀가 모태솔로라는 건 민지도 잘 알고 있었다. 상대가 누구냐고 물으면 뭐라고 대답해야 한단 말인가. 게다가 영은 거짓말도 못한다. 거짓말을 할 때면 왼쪽 눈썹이 자꾸 위로 솟구쳐 오른다고 알려준 것도 민지였다.

"몰라, 어디서 그랬나 보지. 그리고 어제 술 안 마셨거든!"

"이거이거 또 눈썹 올라간다. 술을 안 마시긴 무슨. 너 365일 중에서 350일 술 마시는 여자잖아. 참, 김도규가 됐더라? 인터넷도 난리 났던데? 하긴, 그 얼굴에 그 인성에 그 비율에. 세상에 어떻게 그런 남자가 다 있지? 참, 너하고 같은 학교 나오지 않았어? 서로 몰라?"

"하, 학교가 얼마나 큰데!"

"하긴."

이번엔 눈썹이 올라가지 않은 것일까? 아니다. 설마 그 잘난 김도규와 쭈구리 채영이 어떻게 아나 싶을 것이다. 차라리 빈지한테 솔직히 말을 할까? 첫사랑이자 첫 고백에 비참하게 자신을 찬 남자가 바로 그 김도규라고? 아니다, 괜한 놀림감만 될 텐데 말할 필요 뭐가 있으랴.

"간다."

"점심에 같이 밥 먹어."

"왜?"

"월급 날."

"어이고, 짭새님 월급 얼마나 된다고 내가 그 코 묻은 돈을. 내가 산다."

"점심은 내가 사고, 저녁은 너."

그럼 그렇지. 저 짠순이가 웬일로 밥을 사나 했다. 술을 마시고 싶은데 대신 돈을 내줄 사람이 필요한 것이다. 하긴, 생각해보니 그녀도 이틀 전에 월급이 통장으로 들어왔을 것이다. 하지만 워낙에 제 시간이 없는지라 통장은 그냥 돈이 들어오기만 했다. 그래, 일 때문에 돈 쓸 시간이 없어 그냥 통장에 쌓여 있는 돈을 보며 흐뭇해한다고 어떤 선배가 그랬더라?

하지만 그녀는 제대로 통장 정리도 하지 못하고 있었다. 언젠가 한 번 통장 정리를 하러 갔다가 은행원이 압축량이 상당하다고 해서 민망했던 기억이 있었다. 이번에도 그 말을 듣기 전에 정리를 해야 할 텐데. 오늘은 들어가서 영수증 정산 좀 하고 난 뒤 은행에 좀 다녀와야겠다고 생각했다.

"알았어. 이따가 봐."

민지는 저녁을 그녀가 산다는 말에 기분이 좋아진 모양이다. 남자에 버금가는 튼실한 어깨를 덩실덩실 움직이며 복도를 걷고 있었다. 하여간, 쟤도 곧 시집을 보내야 할 텐데. 영은 고개를 저으며 경찰서를 빠져나왔다.

✣　✣　✣

차를 가지고 다닐 땐 주차 때문에 골머리를 썩었는데, 그건 아무것도 아니었다. 차가 없다는 게 이렇게 힘들 수도 있다니. 겨우 택시를 타고 사무실로 돌아와 어제 쓴 기사의 축하를 받으며 자리에 앉았다.

결제해야 할 영수증을 모두 처리하고 부장과 이런저런 이야기를 하다 보니 어느새 시각이 11시가 넘었다. 경찰서에 들어가

봐야겠다는 말을 하고 다시 자리로 돌아와 가방을 챙겨 드는데 머릿속으로 번뜩 섬광처럼 무엇인가가 지나갔다.

재빨리 마지막 서랍을 여니 그곳엔 그녀가 넣어두었던 세컨드 차 키가 있었다. 그래, 김도규한테 가서 내 차 키 내놓으라고 말할 배짱도 없으니 이걸 사용하면 된다. 주말쯤 자동차 서비스 센터에 가서 차 키 하나를 더 제작해 달라고 하면 될 것이다. 역시 그녀의 잔머리는 타의 추종을 불허했다.

신나는 걸음으로 빌딩을 빠져나와 옆 건물에 있는 은행으로 들어갔다. 정리된 통장을 보고 흐뭇해하며 가방에 집어넣고 콧노래를 부르며 택시를 잡아탔다. 아무래도 오늘 점심은 꿀떡꿀떡 잘도 넘어갈 것 같았다.

생각해 보니 그제 술을 말술로 푸고 나서 어젠 온종일 굶었다. 그러니 위장이 데모를 하는 것도 당연했다. 개운한 콩나물국이나 좀 먹었으면 좋겠다, 생각했는데 민지는 대낮부터 그녀를 족발집으로 이끌었다.

낮부터 족발이 뭐냐고 타박한 영은 순대국밥까지 한 그릇 시켜 마하의 속도로 삼킨 뒤, 족발도 입으로 우겨 넣었다. 민지는 정말 족발이 먹고 싶었던 모양인지 발톱을 뜯어 먹는 데 사력을 다하고 있었다.

"구영아, 너하고 족발 먹으면 참 좋아."

"왜?"

"넌 발톱을 안 먹잖아."

"너 먹으라고 양보한 거야."

그 말에 민지의 얼굴에 전투심이 떠올랐다. 하여간, 발톱은 절대 양보하지 않으려고 든다. 영은 고개를 저으며 부채꼴 모양의 족발을 집어 들어 초장에 찍어 입으로 가져갔다. 언젠가 한 번 벌교 지역으로 가서 순대와 족발을 먹게 되었는데, 그쪽 지방은 초장에 찍어 먹는 것을 보고 신기해했었다. 그런데 한 번 맛을 보니 정말 잘 어울려서 그녀는 그 뒤로 어디에서든 초장을 찾게 되었다. 처음엔 민지도 어떻게 쌈장이 아니고 초장에 먹냐고 하더니 지금은 없어서 못 먹고 있었다.

손과 입술은 돼지기름으로 번질번질해서 그렇게 맛있는지 빙구처럼 실실 웃으며 먹는 것을 보라지. 누가 저 여자를 서른하나의 꽃 같은 처녀라고 하겠는가. 이래서 둘 다 시집은 갈 수 있을까 걱정스러워졌다.

"자토야."

"먹는데 말 걸지 마."

"소개팅할래?"

"누구?"

말 걸지 말라면서 소개팅이라는 말에 귀가 번쩍 뜨이는 모양이었다. 하긴, 외로운 처지끼리 이렇게 도우면 얼마나 좋을 것인가. 이제 민지도 가정을 꾸리고 살 나이가 되었다. 그리고 좋은 남자를 만날 자격도 있었다.

"이름은? 나이는? 키는? 직업은 뭔데?"

그동안 왜 소개시켜 달라고 말하지 않았는가. 그냥 운만 슬쩍 띄웠을 뿐인데 저렇게 묻는 걸 보니 그동안 민지도 참으로 외로웠구나 하는 생각이 들었다. 이렇게까지 남자에게 목이 말라 있는 친구를 위해 그녀는 고개를 끄덕였다.

"중학교 동창인데 엘리트야. 키는 180cm."

"뭐 하는 사람이야?"

민지는 슬쩍 하나 남은 발톱까지 그녀의 앞으로 내밀며 궁금증을 마구 내뿜고 있었다. 정말 남자를 소개받고 싶긴 싶은 모양이었다. 영은 슬쩍 발톱을 집어 입으로 가져가 골라겐 덩어리를 물어뜯었다.

"지금 경찰청 인사교육과 재직 중인 민영환 경위."

"야!"

민지가 순식간에 손을 뻗어 그녀가 들고 있던 발톱을 빼앗아 갔다. 하여간 자기도 경찰이면서 경찰 되게 싫어한다.

"경찰이 왜 싫어?"

"넌 기자 좋냐?"

물론 아니다. 사내 연애라는 건 스스로를 무덤으로 끌고 가는 것이었다. 비단 사내 연애뿐만이 아니다. 같은 직업을 가진 사람끼리 만나? 아, 정말 싫었다.

"경위님 그렇게 좋으면 너나 만나던가."

"친구끼리 어떻게 사귀냐?"

"나는 그냥 평범한 사람 만나서 결혼해 평범하게 사는 게 꿈이거든? 네가 누구 소개시켜 준다고 할 때부터 내가 알아봤다."

살코기 부분을 초장에 퍽퍽 찍어 입으로 가져가는 민지를 보며 그녀도 픽 웃고 말았다. 농담으로 말할 게 아니라 정말 민지에게 소개시켜 줄 사람 좀 살펴봐야 할 것 같았다. 족발집을 하는 총각이라도 찾아봐야 하나.

"저녁에 뭐 먹을 건데?"

"아무거나?"

"너 먹고 싶은 걸로."

"그럼 회?"

"야, 물고기는 제발 그만. 이러다가 온몸에서 비린내 나겠다."

이놈의 기자들도 무슨 술만 마셨다고 하면 죄다 회였다. 그놈의 건강 좀 지켜보겠다고 육고기보다는 물고기를 외쳤는데, 그렇게 몸이 걱정되면 술을 안 마시면 되지. 하여간 다들 생각하는 것도 일차원적이었다.

"내가 소고기 쏜다."

"친구야, 역시 넌 멋져."

민지가 엄지손가락을 치켜들며 브라보를 외쳤다. 족발집을 나와 민지와 헤어진 뒤 영은 며칠 전 약속했던 사회복지센터로 향했다. 건질 만한 게 있을 거라고 부장이 슬쩍 던져 줬는데 막상 와보니 그냥 평범한 사회복지센터였다. 요양원도 같이 운영하는 곳이었는데 원장은 서글서글한 인상에 주위 사람들에게 평판도 좋은 사람이었다.

이런저런 센터의 고충도 이야기를 듣다가 경제가 어려워지며 힘들 텐데도 꾸준히 이어지는 후원에도 감사하다는 말까지 하며 원장은 눈물을 글썽거렸다. 남자가 참 감수성도 풍부하구나, 싶어 그녀는 다른 직원들과도 함께하는 자리에서 여러 이야기를 들으며 감동적인 이야기를 써보고자 마음먹었다.

드릴 게 이런 것뿐이라며 곶감과 두유까지 수줍은 손길로 내미는 원장을 보며, 평소 별로 좋아하는 것도 아니었는데도 불구하고 그녀는 깨끗하게 먹어 치웠다. 그리고 센터를 나서는 그녀의 한 손엔 곶감이 들어 있는 비닐봉지가 들려 있었다.

시각은 오후 5시. 지금이면 도규의 집으로 차를 찾으러 가도 마주칠 확률은 지극히 적었다. 어제 당선이 되었으니 오늘은 이곳저곳 일들이 많을 것이다. 여러 인터뷰도 잡혀 있을 테고. 바로 지금이 차를 가져올 수 있는 기회였다.

택시를 타고 그의 아파트 앞까지 날아오긴 했는데 안으로 어떻게 들어가야 할지 그녀는 잠시 고민을 했다. 고급 아파트답게 검정 양복을 입은 보디가드들이 자리를 지키고 있었다. 어차피 비밀번호가 있어야 안으로 들어갈 수 있는데…….

"어떻게 오셨습니까?"

기웃거리는 그녀가 수상했던 모양인지 한 남자가 다가와 물었다.

"수상한 사람이 아니고, 이런 일 하는 사람입니다."

영은 서둘러 주머니에서 명함을 꺼내 앞으로 내밀었다. 남자는 명함을 쭉 훑더니 무슨 일이냐는 얼굴로 그녀를 바라보았다.

"어제 제가 취재를 잠깐 왔다가 차를 놓고 가서요. 차 가지러 왔습니다."

"차 번호가 어떻게 되십니까?"

"1954입니다."

"잠시만 기다리십시오."

설마 차를 가지러 왔는데 누군가에게 보고할 일은 없겠지, 생각했다. 잠시 핸드폰으로 무엇인가를 보는 듯하던 남자가 고개를 끄덕였다.

"이쪽으로 오십시오."

다행히 별 의심 없이 입구의 문이 열리고 남자는 친절하게 엘리베이터까지 잡아주었다. 그녀는 고개를 꾸벅 숙이고 엘리베이터 문이 닫히자 안도의 한숨을 내쉬었다. 지하 3층에 도착해 문이 열리자마자 눈에 들어오는 차의 모습에 감격의 눈물이 다 나올 것 같았다. 정말 저 차가 없어서 얼마나 서러웠는지. 재빨리 차 근처로 걸어갔는데 뭔가 이상했다.

가까이 다가가면 사이드미러가 펴져야 하는데 감감무소식이다. 그리고 조명이 들어와야 하는데 들어오지도 않는다. 에이, 설마 하면서 열림 버튼을 눌렀다. 차는 꿈쩍도 하지 않았다. 이걸 보니 차 키 배터리가 방전된 게 틀림없었다. 잠깐, 이거 스마트키가 안 먹히면 어떻게 해야 한다고 했더라?

차를 바꾼 지 2년이었다. 그동안 보조키는 한 번도 사용하지 않았으니 먹통이 될 만도 했다. 차를 살 때 들었던 직원의 말이 기억날 일은 당연히 없었다. 이럴 줄 알았으면 책자 좀 제대로 살펴볼걸. 그딴 건 펴보지도 않았다.

바로 앞에 떡을 두고도 못 먹는다는 게 바로 이런 경우인 걸까? 진에게 전화해서 물어볼까, 하다가 동생의 차는 스마트키를 장착한 게 아니라는 게 떠올랐다. 스마트키를 가지고 있는 사람이 누가 있더라……. 아니, 그보다 지금 시각은 벌써 5시 55분. 차 앞에서 서성인 것도 벌써 20분이 지나고 있었다.

아니다. 괜히 겁먹을 필요 없다. 어차피 이 시각에 도규는 바쁠 것이고, 그녀는 어쨌거나 빠르게 해결 방법을 찾아 나갈 것이다. 이럴 게 아니라, 제조사에 전화해서 물어보면 될 일이었다. 문명의 이기를 눈앞에 두고 그걸 생각 못하다니. 그녀는 희망이 가득한 얼굴로 핸드폰을 찾기 위해 가방을 뒤졌다.

"채영."

낮은 목소리가 지하에서 울렸다. 설마, 잘못 들은 걸 거다. 이 시각에 도규의 목소리가 들릴 리가. 아니, 지금 그게 중요한가? 빨리 이 차를 가지고 빠져나가야 했다.

"국제일보 채영 기자님?"

움직임이 그대로 멈춘 영이 천천히 고개를 돌려 뒤를 돌아보았다. 엘리베이터 바로 앞에 도규가 주머니에 손을 꽂은 채로 서 있었다. 그녀의 얼굴이 마치 지옥에서 온 사자를 본 것처럼 하얗게 질리고 말았다.

도망자가 되고 싶다. 꼭 도망 노비를 쫓는 추노 같은 자식. 사실은 살짝 고민했다. 뒤로 한 세 걸음 무른 다음 자동차 출구가 있는 왼쪽을 향해서 마치 단거리의 왕자 치타가 된 것처럼 뛸까? 그것도 아니면 아무렇지 않은 척 아, 그래라고 하며 아무렇지 않은 척 인사를 할까. 하지만 보통 그냥 친구 사이에서 키스까지 한 뒤에 아무렇지 않게 인사를 하던가? 할 수만 있다면 머리를 쥐어뜯고 싶었다.

여기가 자유주의의 끝판 왕이라는 아메리카 대륙도 아니고 그녀는 평범한 한국 사람이었다. 아니, 도규는 미국에 유학까지 다녀왔으니 그게 가능하지 않을까? 그래도 미국 물 먹은 세월이 몇 년인데.

피할 곳이 없어지자 그녀는 말도 안 되는 상상만 해댔다. 그 말도 안 되는 상상을 해대는 사이, 도규와의 거리는 어느덧 두 걸음만 걸으면 닿을 정도로 가까워져 있었다. 서둘러 정신을 차리고 안 되겠다, 뛰자 라고 뇌가 명령을 내리기 직전, 디딕 하는 소리와 함께 헤드라이트에 불이 들어왔다.

"이거 찾으러 온 거 아니었어?"

그가 손에 스마트키를 들고 그녀를 향해 보여주었다. 그래, 보조 스마트키를 하나 찾았지. 하지만 2년 내내 방치해 두어 키 안의 건전지가 방전되었고 그래서 널 이렇게 만나게 되었다, 라고 말하고 싶은 마음이 굴뚝같았다. 영은 저도 모르게 침을 꿀꺽 삼키었다. 그리고 죄지은 사람처럼 그의 얼굴을 똑바로 바라보지 못했다.

그녀가 덮친 것도 아니고 바로 저 남자가 덮친 거였는데, 왜 그녀가 꼭 죄지은 사람처럼 굴고 있느냔 말이다. 입술을 슬쩍 한 번 씹고는 손을 뻗어 키를 가져오려고 했다. 하지만 도규의 행동이 그녀보다 훨씬 빨랐다. 슬쩍 팔을 위로 해 그녀의 손이 허공에서 허무하게 아래로 툭 떨어졌다.

지금 키 큰 거 자랑하는 건가? 안됐지만 그녀도 여자치고 그렇게 작은 키는 아니었다. 하지만 184cm와 165cm의 차이는 어마어마하게 커서 그녀는 결국 포기할 수밖에 없었다. 아니, 대학을 다닐 때보다 그가 조금 더 커진 것 같기도 했다.

지금 그의 키가 중요한 게 아니다. 이럴 줄 알았다면 오늘은 스니커즈가 아닌 힐을 신고 오는 건데 그랬다. 그럼 간당간당하게라도 저 차 키를 빼앗아올 수 있었을 텐데. 아니, 지금 이런 걸 아쉬워할 때가 아니었다.

정신을 차리려 두 눈을 부릅뜨고 그의 눈이 아닌 이마를 바라보았다. 아무리 뻔뻔한 기자 생활 7년을 했다고 하더라도, 어제 키스한 남자의 눈을 똑바로 바라볼 만큼 배짱이 좋지는 못했다. 그런데 그의 이마에 맺혀 있는 땀이 보였다.

4월 중순이라지만 꽃샘추위로 인해 그녀도 오늘은 제법 두꺼운 재킷을 입고 왔다. 땀은커녕 오히려 으스스 추울 정도인데……. 아무리 더운 날에도 땀 한 방울 흘리지 않을 것 같은 그였는데, 이마에 송골송골 맺혀 있는 도규를 보자 무언가 불안한 기운이 스멀스멀 올라오는 것 같았다.

그는 어제 당선된 초선의원이다. 그러니 당연히 정신없이 바쁠 것이고, 이 시각이면 디너에 초대를 받았거나 간담회 같은 것이라도 있을 것이다. 그런데 이 시각에 어떻게 여기에 있는 것일까?

영은 이곳에 온 자신을 후회했다. 괜히 차를 찾겠다고 여기까지 온 모양이다. 하긴, 언젠가는 찾아가지 않으면 안 될 물건이기는 했지만 차라리 그가 멀리 지방 갔을 때를 알아봐서 찾아와야 했었다. 이렇게 빨리 얼굴을 마주 볼 거라고 생각도 해보지 못했는데.

그때 그의 다리가 움직이며 한 발자국 더 가까이 다가왔다. 이런, 뒤는 차라 이제 더 이상 물러설 곳도 없다.

"이제 그만 내 차 키 줄래?"

나름대로 용기를 내서 말한 것이다. 그녀는 대범한 척하는 소심한 성격이었다. 그래서 사실 지금 도규와 마주치고 있는 이 상황이 너무나 부끄럽기도 하고 민망하기도 했다. 사실 고백을 하던 장면이 한 번씩 떠오를 때면 그래서 이불 속에서 하이킥을 하지 않는가. 그땐 젊은 날의 패기였고, 또한 겁이 없음이었다.

"그 키는?"

이런, 스페어 키를 손에 쥐고 있다는 걸 잠시 잊고 있었다. 서둘러 주머니 속으로 숨기려고 했지만 이미 들키고 난 뒤였다. 이걸 또 뭐라고 설명해야 하나. 머리에 쥐가 다 날 지경이었다.

"내가 불편해?"

그 물음 하나엔 아주 많은 것들이 함축되어 있었다. 그걸 못 알아들을 정도로 눈치가 없는 건 아니었다. 하지만 사람이 민망한 건 민망한 거다. 사실 그녀가 잘못한 건 하나도 없는데 왜 이렇게 괜한 주눅이 드는 걸까.

그건 도규가 국회의원이라서 그런 게 아니었다. 그냥, 그는 존재만으로도 빛나는 사람이었고, 그러므로 그녀와는 몇백 광년 떨어진 그런 인사라고 저도 모르게 은연중 생각하고 있었던 것이다.

"너 같으면 편하겠어?"

드디어 용기를 냈다. 불퉁하고 잔뜩 불만이 가득한 말투. 그래, 이제 그녀도 이 정도 불만은 터뜨릴 수 있는 그런 나이가 되었다. 그럼에도 불구하고 묘하게 시선을 피하고 있었는데 그는 그것도 알아챈 모양이었다.

가까이 다가왔을 때 느낄 수 있는 건 그의 숨이 조금 고르지 못하다는 점이었다. 마치 전력 질주를 해 뛰어오기라도 한 것처럼 약간 거친 숨을 몰아쉬고 있었다.

턱 끝을 보고 있던 영이 슬쩍 고개를 들어 올려 도규의 얼굴을 온전히 보았다. 열이 나서인지 얼굴이 살짝 상기되었고, 정갈해야 할 넥타이는 비뚤어져 있었으며, 숨을 몰아쉬는지 어깨가 위아래로 거칠게 움직이고 있었다.

"경비실에 이야기해 놨거든. 이 차 찾아오는 여자가 있으면 바로 연락해 달라고."

집요한 놈. 그런 걸 대체 왜 부탁해? 제주도에 있었으면 아주 제트기를 타고 날아왔겠다, 라고 속으로는 마음껏 비꼬았다. 하지만 그녀는 그걸 입 밖으로 내뱉을 정도로 정신이 없는 건 아니었다. 물론, 생각 없이 산다고 몇몇 선배는 그녀를 보고 거침없이 무뇌아라고 부르기도 했지만. 하여간 별명 하나를 잊을 때쯤이면 또 다른 별명이 생겨나 그녀의 뒤꽁무니를 졸졸 쫓아다녔다.

"이거 내 차 거든?"

"알아."

"그런데 왜 꼭 도둑놈 잡듯 그런 부탁을 해봐?"

"우리, 이야기가 좀 필요할 것 같지 않아?"

그렇게 말하며 그가 손가락으로 위를 가리켰다. 영은 살짝 인상을 찌푸리고 손을 뻗어 그의 어깨를 밀쳐 냈다. 의외로 힘없이 뒤로 물러선 그를 보고 때는 이때라는 걸 깨달았다. 그가 방심한 사이 손에 들려 있는 키를 빼앗아냈다.

재빨리 팔을 뻗어 차 문을 열었지만 이내 탕, 하는 소리와 함께 다시 닫히고 말았다. 아무리 그녀가 발군의 운동신경이 있다고 하더라도 남자는 이길 수 없는 노릇이었다. 아니, 사실 거리가 가까워서 팔만 뻗으면 얼마든 문을 열지 못하게 만들 수도 있었다.

"아, 왜! 대체 왜 사람을 이렇게 곤란하게 만들어!"

"곤란? 오히려 채 기자님이 날 그렇게 만들어야 하는 거 아닌 가?"

"뭐?"

저 채 기자님이라는 말투는 누가 들어도 비꼬고 있다는 것을 알 수 있었다. 덕분에 그녀의 입에선 쳇소리가 튀어나가고 말았다. 귀가 울렸는지 도규는 슬쩍 한쪽 눈을 찌푸리면서 손을 귓가로 가져갔다.

"김도규 당선자, 본 신문사 기자에게 성추행 저지름."

이건 또 무슨 개소리야, 하는 눈으로 영이 도규를 바라보았다. 그러자 그가 한쪽 입매를 씩 올리며 웃어 보였다. 아주 잠깐이었지만 대학 시절의 그가 보인 듯했다. 밝게, 그 또래답게 웃던 모습이.

"드디어 날 똑바로 보네?"

이런, 다 들킨 거다. 이제껏 묘하게 보는 척하면서 다른 곳으로 시선을 뒀던 것을 그는 알고 있었던 것이다. 괜한 부끄러움에 얼굴로 열이 훅 올라왔다.

"나한테 죄졌어?"

"내가 뭘!"

"그런데 왜 안 보는데?"

"너 이런 데서 나하고 이럴 시간 있어? 엄청 바쁠 것 같은데."

"이야기 좀 해. 장소가 이래서 여기서 할 이야기는 아닌 것 같고."

"너희 집으론 안 올라가."

그 말에 살짝 그의 인상이 굳었다. 하지만 언제 그랬냐는 듯
평소의 무덤덤한 표정으로 돌아왔다. 역시 정치인은 정치인인
모양이다. 순식간에 표정을 바꿀 수 있다니. 하지만 그녀도 나름
기자 짬밥 7년, 아무리 순식간이라도 그 정도는 캐치해 낼 수 있
었다.

"손 안 댈게."

그 손대지 않는다는 의미를 그녀는 바로 알아듣고 잠시 고민
을 했다. 이곳은 그의 말대로 뻥 뚫린 주차장이었고 김도규는 바
로 어제 당선이 된 초선의원이었다. 그의 말대로 그 키스라는 게
성추행이었다고 남의 귀에 들어가 알려지면 김도규의 이미지 실
추는 당연한 일이었다.

물론 웬 남자가 갑자기 키스를 했다면 때려죽여도 시원찮을
일이었지만, 우선 그는 그녀에게 있어 말만으로도 무서운 첫사
랑이었다. 그리고 인정하고 싶지는 않지만 그 키스에 위로를 받
은 느낌이었다.

아니, 더 솔직히 말하자면 좋았다. 다시 하고 싶을 정도로. 하
여간 마음속의 이 모순들은 하루 종일 그녀를 괴롭혔다. 결국 고
개를 끄덕인 그녀가 엘리베이터가 있는 쪽으로 발걸음을 옮겼
다. 그는 그녀의 뒤에서 한 발자국 떨어진 거리를 두고 따라왔
다. 문이 열리고 두 사람이 타자 영의 주머니에서 핸드폰이 울렸
다.

"네, 부장님."

〈갑자기 일이 생겼지 뭐냐. 장어는 다음 주에 먹는 걸로 하자. 다음 주는 내가 꼭 장어 비린내 나도록 먹여준다.〉

"잊지 마십시오. 그럼 들어가세요."

사실 그 약속을 잊고 있던 건 그녀였다. 그리고 생각해 보니 영수에게도 저녁을 산다고 했었고……. 전화를 끊고는 영수에게는 다음에 보자고 문자를 보냈다. 아마 경은과 미주는 언제 그녀에게서 전화가 올까 발발 떨고 있을 것이다. 아무래도 더 떨게 해줄 필요가 있으니 당분간은 연락을 하지 말자, 마음을 먹었다.

오늘은 민지와 함께 소고기를 입에서 누린내가 나도록 토할 때까지 먹어줘야겠다. 몸이 튼튼하기 위해선 단백질은 필수였다. 그리고 본능적으로 도규와의 일이 장기전이 될 거라는 건 느끼고 있었다.

엘리베이터 속도는 무척이나 빨라 순식간에 맨 위층에 도착했다. 밤에 올 때와는 분위기가 사뭇 달랐다. 매끄러운 바닥은 마치 거울처럼 그녀의 모습이 반사되어 비쳤고, 기둥 하나 없는 넓은 공간은 정원을 사이에 두고 통유리가 놓아져 마치 온실 속에 들어와 있는 듯한 착각마저 들게 만들었다.

도규는 복도 오른편에 있는 미니 바 앞으로 가 커피 머신을 만지기 시작했다. 곧 커피의 은은한 향이 공간을 가득 메우도록 퍼지기 시작했다.

"앉아."

영은 고개를 끄덕이고 그가 가리키는 스테인리스 재질로 된 바텐 의자에 걸터앉았다. 커피가 다 뽑아지자 그는 하늘색 머그에 뜨거운 물을 담고 에스프레소를 부어 그녀의 앞으로 내밀었다. 그리고 똑같은 컵에 커피를 하나 더 준비해 마주 보며 앉고는 스틱 슈거를 앉아 있는 오른쪽 서랍에서 꺼내 내려놓았다.

"하나 더 줄래?"

점심에 족발을 먹고 이도 닦았으나 커피도 제대로 마시지 못해 정신이 몽롱하다고 생각했다. 사실은 그게 아니라 머릿속으로는 계속 그를 생각하고 있던 것이다. 계속 일을 하면서도 왼쪽 뇌는 계속 김도규만을 생각했다.

그래, 그만큼 그 키스는 강렬했다. 그리고 계속 의문이 떠올랐다. 그는 대체 왜 키스를 한 것일까? 무려 채불감이라는 어마어마한 별명을 가진 그녀를 보고도 설마 동했던 걸까? 그것도 아니면 정말 위로의 키스를 해준 것일까?

이제 그만 생각하자 싶었다. 혈압이 올라 안압이 상승해 금방이라도 눈알이 앞으로 튀어나올 것 같았으니까. 커피라도 마시며 진정을 해야 할 것 같았다. 설탕을 무려 두 개나 넣고 젓자마자 입으로 가져갔다.

"윽, 뜨거!"

하여간 조심성이라곤 눈곱만큼도 없었다. 혀가 얼얼해서 저도 모르게 인상을 찌푸렸다. 이래가지고 오늘 소고기 맛이나 제대로 느낄 수 있을까? 혀는 화상을 당한 것처럼 홧홧했다.

그는 티슈를 뽑아 그녀에게 건네주며 자리에서 일어나 작은 제빙기에서 얼음을 꺼내 투명한 잔에 넣고 물을 채운 뒤 그녀에게 내밀었다. 재빨리 얼음물을 마신 뒤 입을 닦아내고 그를 바라보았다.

"괜찮아?"

"괜찮으니까 이제 할 말 해."

"내가 왜 키스를 했다고 생각해?"

이런, 방금 마신 얼음물이 그대로 입 밖으로 튀어 나올 뻔했다. 아주 조금이라도 돌려 말할 줄 알았다. 그런데 그는 돌려 말할 생각 따위 전혀 없다는 듯 직설적으로 물어왔다. 아니, 그렇다고 그렇게 물으면 어떻게 하나? 저 머릿속을 읽을 수 있는 것도 아니고. 10년 만에 만난, 자신에게 고백했던 여자를 정말 시원할 만큼 뻥 찼던 사람이 할 말은 아니었다.

"그걸 내가 어떻게 알아."

깡이 좀 세졌다. 이런 깡은 기사 취재나 할 때 좀 나와 주었으면 좋겠는데……. 분명 김도규는 만만한 상대가 아니었다. 하지만 지금 그녀가 더 이상 꿀릴 게 없다고 생각해 당당하게 나가자고 마음먹었다. 그런데 저 사람을 뚫을 듯이 쳐다보는 눈빛을 보니 정작 잘못을 누가 했는지 헷갈릴 지경이었다.

절로 열이 올라 저도 모르게 한숨을 후, 뱉고 말았다. 선배들이 말하는 담배가 말린다는 게 이럴 때인가 보다. 물론 그녀는 태어나 담배를 피워본 적은 없었지만 이참에 좀 배워둘까 진지하게 고민을 했다. 담배 연기를 보고 흔히 보이는 한숨이라고 하지 않는가. 보이지 않으니 눈으로 조금이라도 확인하고 싶었다.

"관심 없었다면 거짓말이고."

이 종자가 지금 뭐라고 하는 건가? 관심? 대체 언제부터 관심을 가졌다는 말이지? 이왕 말을 할 거면 확실하게 해주었으면 했다. 그래서 영은 입술을 꾹 다물고 그를 바라보았다. 그런데 참 이상하다. 이번엔 그가 눈길을 피하기 시작했다.

"사실 나도 내가 어제 채영에게 키스를 하게 될 줄은 몰랐거든."

그 키스라는 단어에 오늘 몇 번이나 얼굴이 붉어져야 하는 걸까? 아침에 눈을 뜨자마자, 그리고 보고를 하는 내내, 기사를 쓰는 동안도, 밥을 먹는 동안도 잊혀지지 않았다. 그리고 왜 사탕을 먹고, 껌을 씹고, 족발을 먹는데 입에선 묘한 이물질이 느껴진단 말인가. 사람의 혀가 그렇게 강력한 힘을 가지고 있다는 건 정말이지 31년 인생 처음 깨닫게 되었다.

"내가 충동적인 성격도 아닌데 말이야."

"그래, 넌 그런 성격이 아니지."

"그런데 내가 왜 채영에게 키스를 했을까?"

자꾸 그런 식으로 뱅뱅 돌리지 마라, 말하려 고개를 들었을 때 그와 눈이 마주쳤다. 사람을 꿰뚫을 듯 바라보는 큰 검은 눈동자에 그녀는 입을 열 수가 없었다. 혹 메두사와 눈이 마주쳤을 때 사람들은 이런 심정이었을까? 피하고 싶은데 피할 수가 없는 느낌. 저도 모르게 침이 꿀꺽 목울대를 타고 넘어갔다.

"채영에게 반한 건 내가 먼저였는데."

"뭐?"

"말이 조금 늦었어."

"무슨…… 소리야?"

"난 원래 후회 같은 건 하지 않는 성격인데, 그때 처음으로 늘 신중하게 말을 뱉는 내가 후회스러웠거든."

알아듣게 설명해 주었으면 좋겠다. 아니, 차라리 그녀가 그냥 가만히 말을 듣는 게 좋겠다. 급한 성격에 이것저것 말을 끊고 물어볼 게 아니라.

"재윤이가 그러더라, 널 좋아한다고."

전혀 눈치를 채지 못했었다. 그때 재윤과 무슨 이야기를 나누었던가? 아니, 단둘이 이야기를 나누었던 적이 없었다. 늘 재윤은 병선과 함께이거나 아니면 도규와 함께, 그것도 아니면 셋이 함께였다. 그래서 딱히 이야기를 나눈 기억도, 추억을 함께한 기억도 없었다. 오히려 추억이라면 도규와 함께했던 게 훨씬 많았다.

"제일 친한 친구가 먼저 말을 내뱉었는데 차마 내색은 할 수 없잖아, 마음이 쓰려도."

영은 꼭 자신이 연극을 보고 있는 것 같다고 생각했다. 도규는 혼자 무대 위에서 연기를 하고 있는 배우이고, 이건 꼭 독백 연기를 보는 기분이 들었다. 아니, 왠지 현실 감각이 느껴지지 않아 그렇게 느껴지는 것인지도 몰랐다.

친구들 말처럼 늘 남자 없는 박복한 인생이라고 30년을 넘게 믿고 살아왔는데 그런 황금기가 있었다니. 그것도 본인이 전혀 모를 때 순식간에 지나가 버린 황금기. 아까워서 피눈물이 날 것 같았다.

"그런데 재윤이가 그렇게 네 앞에서 쩔쩔맬 줄은 몰랐어. 난 재윤이가 누구 앞에서 그렇게 부끄러움을 타고, 말도 제대로 하지 못하는 건 처음 봤었거든. 어지간히 좋아하는구나 싶었지. 그 녀석 라디오에 사연도 보내더라고."

그 말에 영은 자신도 모르게 손가락을 들어 올렸다. 그리고 그 손가락은 그녀의 얼굴을 가리켰다. 그런 그녀의 행동에 그는 가볍게 고개를 끄덕이며 커피를 입으로 가져갔다. 커피를 한 모금 마시고 잔을 내려놓은 도규는 왠지 모르게 그때가 떠오른 것인지 조금은 씁쓸한 얼굴을 하고 있었다.

"내게 고백했을 때, 열려 있는 강의실 문 사이로 눈이 마주친 재윤이가 아니었다면 아마 내가 먼저 말했을 거야. 정말, 머리론 생각할 틈도 없이."

"뭐…… 라고?"

궁금했다. 그때 정말 그녀도 그런 생각을 했다. 정말 그 '좋아해'라는 단어는 생각이 아닌 혀가 먼저 움직여 나온 말이었다. 그도 그렇게 생각했었다니 뭔가 조금 신기하기도 하고, 기분이 좋아져서 저도 모르게 바보처럼 웃음이 흘러나올 뻔했다.

"채영이."

하지만 그때의 그녀는 무척이나 순수했었다.

"내 첫사랑이라고."

지금의 그녀는 세상의 무서움이 무엇인지 잘 알고 있는 어른
이 되어 있었다.

"우리, 도망치지 말고 보통의 연애를 해보는 건 어때?"

그녀는 눈을 감고, 귀를 막았다.

❹
오보

첫사랑이란 추억할 때 비로소 아름다운 것이다. 그녀는 그 말을 진리라고 생각했다. 주변에서 첫사랑을 만났네, 어쨌네 하는 이야기들을 들은 뒤 결과를 보면 97% 이상이 참담했다. 아니, 참담을 넘어선 참혹이라고 해야 맞는 걸까?

어쨌든 그때는 순수했고 순진했으며 결정적으로 세상에 물들지 않았었다. 하지만 그녀는 이제 나이가 벌써 계란 한 판을 넘어섰고, 순진하기에는 세상의 때에 이미 온몸을 던져주어 버렸다.

스무 살 초반의 젊고, 활기차고, 순수했던 채영은 이제 한창 세상에 눈을 떴다는 서른 초반의 나이를 먹은 그저 그런 사회인, 즉 커서는 되고 싶지 않던 어른의 부류가 되어버렸다. 이젠 입으

로 들어가면 뭐가 쓰고 뭐가 달다는 것쯤은 먹지 않아도 쉽게 알
수 있는 그런 눈치쯤은 가지게 된 것이다.

기자 생활 7년을 하면서 제법 눈치도 빠르고 상황 파악도 할
줄 알고, 이젠 제법 쓸 만해졌다고 생각했다.

언제였더라. 직장에 들어온 지 얼마 되지 않아 상수도공사에
문제가 생겨 긴급 취재를 나간 적이 있었다. 그때 우연히 TV뉴
스 매체와도 시간이 겹쳤는데 카메라 샷 포커스도 몰라 앞에서
어물쩍거리다가 욕을 진탕 먹었었다. 카메라와 동시 출동하는
사건은 처음인지라 긴장했던 탓도 있었다.

방송기자들은 갑자기 생방송이 걸릴 수도 있어서 웬만하면
영상 찍을 땐 말을 하지 않는다. 그리고 카메라 기자들은 카메라
를 어깨에서 내려놓는 일도 거의 없었다. 말 그대로 목숨이 좌지
우지할 만한 상황이 아니라면 무슨 일이 있어도 포커스를 놓치
지 않는 사람들이었다.

그녀는 그때 한창 일에 지쳐 찌들고, 계속되는 술 마시고 밤
샘을 하는 생활에 고3 때보다 살이 더 올라 있는 상태였다. 그
덩치로 카메라 영상 포인트도 모른 채 얼쩡거리다 결국 카메라
를 어깨에서 내려놓게 만든 뒤 한 소리를 들었었다.

"너 이 X새끼 어디 소속이야? 안 꺼져? 씨X."

지금 생각하면 재미있는 추억거리지만 그 당시엔 정말 한 대

맞지 않은 게 다행이었다. 어쨌거나 그런 세상 풍파를 다 겪고 이제 더 이상 당할 것도 없다, 모든 일을 노련하게 대처할 수 있다 생각했건만 김도규는 아닌 모양이었다. 그녀의 머릿속에서 김도규는 대체 어떤 존재였을까?

그냥 첫사랑의 순정을 아작 낸 상대. 그녀에게 채불감이라는 무지막지한 별명을 안겨준 존재 정도라고만 생각했었다. 그런데 이렇게 고민을 하고 있는 걸 보니 그래도 첫사랑이라는 건 역시 사람들에게 있어 무척이나 큰 사건인 모양이다.

탁자 위에 있는 컵에선 커피가 이미 식어버렸는지 더 이상 김이 나질 않는다. 영은 그 고백을 듣고 나서 꽤 오랜 시간이 흘렀다는 것을 그때서야 깨달았다. 이 정도 생각하는 것만으로도 그 뜨거웠던 커피가 식을 정도로 시간을 할애했다는 것이 왠지 믿기지가 않았다.

그러고 보면 도규는 무척이나 인내심이 많은 타입인 듯했다. 그 뜨겁던 컵이 이젠 차가워질 정도가 되었는데도 그녀에게 답을 재촉하지 않는다. 하긴, 저런 성격이니 저 나이에 선거에 출마해서 3선이 유력했던, 그것도 국민당 텃밭의 정철을 몰아내고 당선이 된 것일까? 어쨌거나 그의 이력은 무척이나 화려해서 아마 지금도 인터뷰 요청들이 줄줄이 이어지고 있을 것이다.

영은 우두커니 도규를 바라보았다. 지하주차장에서 만났을 때까지만 해도 바쁘게 뛰어왔는지 이마에 땀까지 흘리고 있었고, 옷차림도 살짝 흐트러져 있었다. 하지만 지금 그의 얼굴은 여느 때보다 깨끗해 보였고 이미 옷매무새도 만졌는지 흐트러짐 하나 없었다. 왠지 국회의원에 딱 어울리는, 아니, 마치 그런 사람이 되기 위해 태어난 사람처럼 보였다. 예전엔 법관이 참 잘 어울릴 거라고 생각했었는데…… 역시 사람의 위치란 멋대로 이미지를 만들어내는 모양이었다.

단정하고 여유 있어 보이는 모습인데도 불구하고, 모순적이 게도 왠지 모르게 초조한 기색이 담겨 있는 얼굴 표정에 영은 이 제 더 이상 입을 다물고 있을 수 없다고 판단했다. 그리고 주머 니에서 자꾸 울리는 진동에도 이제 신경을 써야 했다.

"첫사랑, 그렇게 대단한 거 아니야."

그 말에 컵을 쥐고 있는 그의 선홍빛 손가락이 하얗게 질리는 게 보인다. 아무리 평온함으로 가장하고 있다 하더라도 그 역시 긴장하고 있는 게 틀림없었다. 그 정도의 눈치도 없을 정도로 어 리숙한 채영이 아니라는 게 왠지 미안해졌다.

"어느 날 생각해 보면 내가 왜 저런 앨 좋아했었지? 이런 생각 들걸?"

"채영, 난……."

"그리고 난 감투 대단한 남자와 연애할 마음은 더더군다나 없 고."

그녀는 자리에서 일어섰다. 더 이상 이 자리에 있어야 할 이 유도, 그의 얼굴을 마주할 생각도 없었다.

그녀의 말에 충격을 받은 건지 그는 그녀가 일어섰는데도 불구하고 우두커니 앉아서 살짝 입을 벌린 채 식탁만 바라보고 있었다. 생각을 정리하는 건지 짙은 눈썹이 한 번씩 움직이기는 했지만 그것뿐이었다.

"아주 예전의 네 말대로 우린 친구가 잘 어울리는 것 같아."

이렇게까지 말을 했는데도 도규는 가만히 앉아서 아무 말도 하지 못하고 있었다. 뭘까, 설마 거절당할 거라곤 생각지도 못한 걸까? 에이, 설마 그 정도로 뻔뻔한 녀석은 아닐 것이다. 아니, 어쩌면 이런 상황이 처음이라 당혹스러울지도 몰랐다.

"바빠서 먼저 가볼게. 참, 비밀번호는 바꾸는 게 좋겠어. 내가 술 마시고 멋대로 들어와 깽판 부리면 어떡해. 안 그래? 그럼 바빠질 텐데 수고해."

더 이상 놓고 가는 게 있으면 안 된다는 생각에 영은 재빨리 주위를 스캔한 뒤 엘리베이터가 있는 쪽으로 향했다. 엘리베이터 문이 열리자마자 안에 타 버튼을 누르고 천장을 바라보았다.

요즘 엘리베이터는 참 고속인지라 순식간에 바닥으로 곤두박질을 쳤고 곧 지하 3층을 가리키며 문이 열렸다. 여유로운 걸음걸이로 차로 걸어갔다. 평소처럼 시동을 건 뒤 안전벨트를 매고 액셀러레이터를 밟았다.

이제 차도 찾았으니 경찰서로 가서 주차해 놓은 뒤 민지와 함께 소고기를 먹으러 가면 되겠다, 생각하는데 지상으로 올라와

도로에 들어서자마자 그녀는 갓길로 차를 세우고 말았다. 손이 덜덜 떨린다. 그러니까 그녀는 지금 다른 사람도 아닌, 무려 김도규에게 첫사랑이었다는 고백을 받은 것이다.

"그래, 채영! 아직 죽지 않았어!"

거기다 그 김도규를 뻥 찼다. 그것도 아주 멋지게. 설마 목소리가 떨린다거나 긴장하는 기색은 보이지 않았겠지?

안 믿기겠지만 그녀의 모토가 폼생폼사 인생인지라 남들에게 보이는 걸 중히 여겼다. 하지만 순식간에 바뀐 표정으로 한숨을 내쉬며 핸들에 얼굴을 묻었다. 빵, 하는 소리가 귀를 찌르며 퍼졌고 그녀는 두 눈을 질끈 감았다.

그렇게 매정하게 말할 건 없었나? 아니, 따지고 보면 매정하게 말한 것도 아니다. 어차피 그녀는 누군가를 사귈 만한 여유도 없었고, 현재의 일에 충실하기로 마음먹었으니까. 어차피 되지 않을 관계는 빨리 정리를 하는 게 서로에게 이로운 일이었다.

✤ ✤ ✤

일주일이 순식간에 흘러갔다. 세상은 새로 뽑힌 총선 때문에 난리가 났다. 국민당은 민진당에게 무려 16년 만에 의원좌석수를 밀리면서 온 나라가 들썩이기 시작했다. 더군다나 이번 총선엔 역대 최고로 무소속 당선자들이 많아 각 당에서는 무소속 당선자들을 모셔가기에 혈안이 되어 있었다.

서로를 비방하는 말도 서슴치 않았고, 국정 임기가 시작도 되지 않았는데 분란이 일어나자 성난 민심들이 두 개의 거대 당사를 향해 비난을 멈추지 않았다. 결국 서로 중재에 들어갔지만 여전히 여기저기서 잡음이 많이 들리고 있었다.

금요일엔 오붓하게 가족이 오랜만에 모여 식사를 했다. 곧 공중보건의사로 목포까지 가야 하는 진을 보고 채 경감은 조금은 씁쓸한 표정을 지었다. 과외나 사교육 하나 없이 혼자의 힘으로 의사가 된 진을 채 경감은 대견해하기도 했고, 힘든 길을 갈까 봐 내색은 하지 않았지만 늘 걱정을 많이 하고 있다는 것을 알고 있었다.

엄마의 교통사고 때 음주운전을 했던 남자는 꽤 힘 있다는 집안의 남자였고, 결국 합의를 하기는 했지만 결국 제대로 된 사과를 받진 못했었다. 사과는 오히려 그 남자의 부모님이 했고, 그때 진은 어떻게 해서든 돈을 많이 벌고 싶다고 했다. 그래서 가고 싶어 했던 물리학과 대신 의대를 택했다고 알고 있었다.

그랬던 진이였기에 나중에 과를 선택할 때는 당연히 최고 인기가 있고 돈을 많이 벌 수 있다는 정피안, 즉 정형외과, 피부과 혹은 안과를 택할 거라고 생각했었다.

다들 힘들다고 기피하는 외상의학과를 지원했다는 소리를 처음 들었을 때까지만 해도 영은 자신이 잘못 들은 줄 알았다. 하지만 채 경감과 영은 놀라긴 했지만 반대하진 않았다. 왜 진이 외상외과를 택했는지 정도는 말하지 않아도 알 수 있었기 때문이었다. 오히려 그 힘들다는 과를 선택해 준 진이 고마웠다.

외상외과 전문의가 많지 않아 긴급 상황에 대처할 전문 인력이 부족하기도 했고, 그 때문에 그들은 아내를, 엄마를 잃었다. 엄마가 실려 갔던 응급실에 외상외과 전문의만 있었더라도 어쩌면 조금 더 희망을 찾을 수 있었을지도 모른다.

넷에서 셋이 된 식구가 이렇게 웃으며 같이 외식을 할 수 있게 된 지는 얼마 되지 않았다. 한 3년간은 누구도 외식을 하자는 말을 꺼내지 않았다. 작년부터쯤 그녀가 외식을 제안했고, 채 경감도 한 번씩 그러는 게 좋겠다고 판단한 모양이었다.

진은 채 경감을 향해 여자친구도 좀 만들고, 동호회 활동도 좀 하라고 말을 했지만 채 경감은 그저 웃고 말 뿐이었다. 처음엔 주변에서 아직 젊은데 아버지도 좋은 사람 만나야 하지 않겠냐는 말을 했을 땐, 있지도 않은 상대에 대한 배신감과 분노가 치밀어 올랐었다. 그런데 이제 진의 저런 말에 그녀도 고개를 끄덕일 수 있는 건 혼자 남은 채 경감에겐 앞으로 살아갈 날이 많이 남아 있다는 걸 깨달았기 때문이다.

진은 봐둔 아줌마라도 있는 것인지 소개팅 좀 해보라 난리였고, 영은 꼭 재혼까지는 아니더라도 좋으니 데이트 정도는 할 수 있지 않냐고 채 경감을 설득했다. 가만히 듣고 있던 채 경감은 마음의 여유가 생기면 너희들이 말 안 해도 알아서 데이트를 할 거라고, 아빠 아직 죽지 않았다고 웃으며 말을 했다. 영은 채 경감의 마음에 엄마의 그림자가 깊게 남아 있다는 것을 알고 더 이상 아무 말도 하지 않았다.

"그런데 요즘에 준희 아줌마는 왜 안 보이세요?"

"그 녀석 뭐에 삐쳤는지 전화도 안 받더라."

준희는 채 경감과 엄마의 친구였었다. 어려서부터 워낙 친하게 지냈고 여행도 같이 자주 다녔었다. 그래서 그녀는 가족 관계를 정확히 알게 되었을 때 준희가 친이모가 아니라는 것을 꽤 놀라워했었다. 그러고 보니 이번에는 바쁘다는 핑계로 준희의 생일에도 사무실로 꽃다발과 케이크를 보낸 정도밖에 하지 못했다. 아무래도 조만간 준희의 사무실에 찾아가 밥이라도 같이 먹어야 할 것 같았다.

⚜ ⚜ ⚜

주말엔 드디어 참지 못하고 전화가 온 경은과 미주를 만나기 위해 호텔을 찾았다가 우연히 언론매체들과 인터뷰 중인 국민당 신강오 의원을 보았다. 경은과 미주에게는 먼저 식사를 하고 있으라고 말한 뒤 두리번거리다 '국제일보' 기자가 없는 것을 보고 은근슬쩍 끼어들어 갔다. 그녀를 보고 영수가 손을 슬쩍 흔들었다.

"뭐야, 왜 우리 신문사는 안 보여요?"

그녀가 소곤거리며 영수에게 물었다. 영수가 주위 눈치를 보며 슬쩍 대답했다.

"몇몇이 우연히 모여 있는데 신 의원이 나타나서 갑자기 이뤄진 거야. 채불감, 너 진짜 운도 좋다?"

그놈의 채불감. 사실 그게 잘못된 거라고 확 말을 해버릴까 싶다가 자리가 자리인지라 그녀는 참을 인 자를 삼키며 꾹 참았다. 기자들의 질문이 이어지고 신 의원의 답변이 계속되었다. 역시 젊지만 노련한 남자라 민감한 부분에 대해서도 요리조리 잘 피해가고 있었다. 영은 영수의 옆구리를 쿡쿡 쳤다.

"새로운 정치를 표방했던 야권이 총선에서 왜 밀렸는지, 결국 실패였다는 거 아닌지 물어봐요."

아주 조용히 영수에게만 들리게 말했다. 영수의 눈엔 갈등이 서려 있었다. 같은 신문사도 아니고 이걸 물어봐야 말아야 하나 고민하고 있는 게 틀림없었다. 하지만 신강오 의원은 흡사 배트맨의 귀를 가지고 있는 게 아닐까 할 정도로 그녀를 보고 씩 웃었다. 엄마야, 나 국회의원한테 찍혔나 보다.

"인정합니다. 우리 국민당은 국민의 선택에 수긍을 하고 앞으로 제대로 된 공약 지키기를 위한 정치의 로드맵을 짜, 야당으로서의 책임을 회피하지 않고 적극 수정하며 검토해 나갈 예정입니다. 그렇다고 해서 새로운 정치에 대한 것을 포기한 것은 아닙니다. 시대의 흐름과 국민의 정서가 같을 수 없는 거 아니겠습니까? 그래서 우리 국민과 정치인이 같이 성장할 수 있는 그 토대에서 약간의 착오가 있는 것이라고 생각합니다. 우리 국민당이 조금 더 진실된 모습을 끊임없이 보여준다면 그땐 국민들도 우리들이 찍은 정치인이 결국 옳은 길로 가고 있구나, 잘못 선택한 게 아니라는 걸 확신하실 겁니다."

정치인이 자신이 속해 있는 당의 실패를 인정하기란 쉽지 않았다. 하지만 이 신강오란 남자는 그릇부터가 남달랐다. 외모가 화려하고, 경력이 뛰어나다 해도 으레 까마귀가 노는 곳에 백로가 들어가면 같은 색으로 물들게 마련이었다.

그녀는 기자의 감보다 자신의 감으로 이 사람 믿을 만하다는 생각을 처음으로 하게 되었다. 사실 기자임에도 불구하고 정치엔 크게 관심이 없어서 무심하게 지내왔었는데, 이제는 그러면 안 된다는 것을 깨달았다.

사실 국민당이 밀릴 거라곤 상상도 하지 못했고, 친일·친미파가 득실한 민진당의 행태를 보면서 묵인하는 것도 이 나라 국민으로서 안 된다고 생각했다. 기자로서 중립 입장은 지키겠지만 마음속으로는 어느 곳을 응원하든 자신의 마음 아니던가. 영은 흡족한 얼굴로 고개를 끄덕이면서도 그 뒤로 계속 영수의 옆구리를 찌르기를 계속했다.

"아, 거. 채구영 기자님. 지방방송 좀 끄소."

나름 소곤댄다고 했는데 목소리가 컸던 모양이다. 결국 사람들이 크게 웃음을 터뜨리고 나름 말랑한 분위기였던 인터뷰가 종료되었다.

어쨌거나 그녀는 나름 만족할 만한 결과를 얻고 자리에서 일어섰다. 하지만 문제는 그 '채구영'에 있었다. 그 구영이는 경찰서 내 사람들과 그녀와 친한 기자들밖에 모른다. 여기서 그 별명을 말할 사람은 바로 장영수 선배뿐이었다.

"선배, 이럴 거예요? 선배가 결혼할 수 있게 만들어준 사람이 누군데!"

"내가 뭘?"

"아니면 다른 사람들이 채구영이란 별명을 어떻게 알아요? 선배밖에 더 있어? 내가 선배한테 어떻게 아영이를 소개시켜 줬는데 이럴 수 있어."

"그래도 채불감은 안 불렀잖냐."

그 채불감이라는 소리에 그녀의 이마에 빠직, 힘줄이 세워졌다. 이마에 힘줄이 올라왔다는 건 나 참기 직전이니 한 번만 더 건드려 보소, 라는 소리와 다름없었다. 영수는 이미 그녀의 기분을 파악한 모양이었다.

"아영이가 그렇지 않아도 너 보고 싶다고 하더라. 그때 네가 사기로 했던 술은 내가 살게. 여, 연락해라?"

하여간 정치부 기자 생활을 10년 가까이 하더니 철판만 두꺼워지고 미끄럽기로 치자면 미꾸라지 못지않았다. 재빨리 사라지는 영수를 보고 그녀는 입술을 질끈 깨물었다. 그러다 이럴 때가 아니라는 걸 깨닫고 재빨리 13층으로 올라가 경은과 미주를 찾았다.

두 사람은 창가에 있는 테이블에 앉아 웃으며 음식을 먹고 있었다. 그녀는 자리에 앉기 전에 알아서 뷔페 음식들을 이것저것 담아 접시를 들고 자리로 갔다. 그녀가 앉자마자 두 사람은 놀랐는지 눈을 동그랗게 뜨고 서로 눈치를 보고 있었다. 두꺼운 회를 얹은 초밥을 입으로 가져가 오물오물 씹으며 물을 찾자, 죄가 큰 경은이 알아서 그녀를 향해 물컵을 내밀었다.

"내가 할 말이 참 많은데, 그깟 얄팍한 우정을 생각해 참는다."

"영아……"

"눈물 글썽한 척하지 마. 이 빚은 두고두고 받을 거니까."

"그런데 우리도 도규랑 연락한 건 정말 얼마 안 돼."

"그러시겠지."

"걔 미국 가고 연락 완전히 끊겼었거든. 병선 씨 말로는 정말 공부 독하게 했대. 자기들하고도 연락 안 했다더라고."

김도규 독한 놈.

남자들은 무언가 목표가 있으면 주변을 돌아보지도 않고 파고들어 가는 습성이 있는 것 같았다. 가까이 있는 그녀의 동생인 진을 봐도 그건 알 수 있는 것이었다. 어릴 적에 공부를 잘했다고 하더라도 수재만 모여 있는 대학에서 뒤처지지 않기 위해 집에도 잘 들어오지 않고 거의 도서관에 박혀 있었던 게 대부분이었다.

인턴을 하던 중에도 병원 도서관에서 제일 자주 볼 수 있는 사람이 채진이라는 말을 들었다. 그런 식으로 도규도 공부에만 매진했던 모양이다. 하긴, 그 성격이 아니었으면 그 나이에 비례도 아닌 그가 감히 당선을 하지 못했을 것이다.

갑자기 또 도규 이야기가 나오자 속이 답답해지는 것이 그는 그녀의 인생에 있어 영원한 태클이 될 모양이었다. 평소 그렇게 미친 듯 먹던 초밥을 앞에 두고도 먹지 못하다니. 그녀의 인생에 이런 날이 올 줄은 몰랐다. 이 뷔페에 오면 적어도 초밥만 열 접시를 먹어보자 다짐을 했건만.

"됐으니까 앞으로 내 앞에서 김도규 이야기 꺼내지도 마. 그리고 채불감도 더 이상 금지야."

단호한 말투에 경은과 미주가 고개를 끄덕였다. 하지만 두 사람이 정말 채불감이라는 별명을 꺼내지 않을 거라고 그녀도 썩 기대하는 건 아니었다. 사람이란 습관의 노예인지라 몇 년이나 그렇게 불렀는데 쉽게 고치기는 어려울 것이다.

그녀만 해도 민지를 보고 이름보다는 '자토'라고 부르는 게 더 편하지 않던가. 물론 그녀도 채불감이나 채구영이라는 별명을 더 이상 듣기 싫은 것처럼 민지도 자토란 별명을 듣기 싫겠지만. 아무튼 앞으로 채불감으로 부르면 마음껏 째려봐 주거나 욕을 해주리라 마음먹었다.

"결혼 선물 뭐 해줄까? 밥통? 친구가 밥통 해줘야 잘산다더라."

다시 초밥을 입으로 집어넣으며 영이 경은을 향해 말했다. 경은은 고개를 끄덕이며 최신형으로 부탁한다고 말했다. 하여간 말이라도 못하면 밉지나 않지.

"너 속도위반은 아니지?"

넌지시 영이 물어보았다. 그러자 경은의 얼굴이 붉게 타 올랐다.

"아니야!"

"요고 봐라? 흥분하는 거 보니까 진짜 뭔가 있는데? 너 우리한테 혼전순결 지킨다고 했어, 안 했어?"

영이 초밥을 넣고 오물거리고 있자 미주가 나서서 경은을 공격했다. 꼭 이럴 땐 행주산성의 여인네를 미주를 통해 보는 기분이 들었다. 하여간 뭔가 건수 하나만 잡으면 핏불테리어처럼 물고 늘어지는 건 잘했다. 그래서 이 세 사람의 얄팍한 우정이 계속 가는 건지도 몰랐다.

가만히 있어도 알아서 잡아먹을 것처럼 구니 밥맛이 제대로 꿀맛이구나. 영은 만족스러운 웃음을 지으며 생새우 초밥을 입에 넣고 꼬리 끝을 꼭 물었다. 그러자 미주가 그 꼬리를 톡 떼어 가며 빈 접시에 놓고 경은을 흘겨보았다.

"뭐야, 병선이 배가 나오는 이유가 요즘 그거였어?"

미주의 말에 영은 못 말린다는 듯 주먹으로 탁자를 마치 드럼을 치듯 두드렸다. 남자들이 만족스런 성생활을 하면 슬슬 배가 나온다는 이야기를 언젠가 들었던 적이 있었다. 하여간, 말만 한 계집애 입에서 못하는 말이 없어, 라고 하면서도 은근히 경은의 대답을 기다렸다. 나이가 먹어가면서 19금 이야기에도 관대해졌다.

"잠깐만."

갑자기 전화라도 온 건지 경은이 핸드폰을 보며 시선을 피하자 실망했다는 듯 두 사람이 '에이' 하는 소리를 냈다. 대답을 기다리는 사이 더 먹자 싶어 영은 광어 초밥을 한꺼번에 두 개나 입에 넣고 락교를 찾아 입으로 넣으려고 하는 순간 경은의 입에서 나오는 말에 젓가락질을 그대로 딱 멈췄다.

"와, 대박."

"왜? 뭔데?"

"도규 열애설 터졌어."

경은의 말에 미주가 영을 바라보았다. 그리고 경은 역시 곧 눈동자가 떼구루루 구를 정도로 눈을 크게 뜨고 그녀를 바라보았다. 젓가락 위에 아슬아슬하게 걸쳐져 있던 락교가 테이블로 툭 떨어져 떼구루루 굴렀다.

손가락으로 락교를 집어 입으로 넣은 후 바지에 손을 슥 닦은 후 앞으로 내밀어진 경은의 핸드폰 화면을 보았다. 거기엔 도규와 함께 걷고, 차에 올라타고 있는 여자의 모습이 찍혀 있었다.

김도규(무소속) *당선자와 연인으로 보이는 미모의 여인과 함께 차에 타는 모습.*

사진 밑에는 아주 상세한 설명도 나와 있었다. 예원이 미모의 여인인 건 사실이었다. 요즘 기자들이 파파라치인 양 유명인들을 쫓아다닌다는 그 문제의 신문사였다. 하여간 기자 본분도 잊고 말만 그럴싸하게 해놓지.

영이 가만히 그 사진을 보고 있자 경은이 답답했던지 다시 핸드폰을 들고 가 기사를 읽기 시작했다.

"사진 속의 여인은 변호사로 김도규 당선자와는 어려서부터 친분이 있고, 현재 좋은 감정을 가지고 있는 건 맞지만 그 이상은 아니다, 라면서 인터뷰를 미뤘다? 뭐야? 진짜 둘이 사귀는 거야? 저번에 만났을 땐 그런 말 없지 않았어?"

"그러게. 그냥 부모님들 친분으로 오빠 동생 하는 사이라면서. 그럼 김도규가 우리 속인 거야?"

젊고 미혼인데다 인물이 출중한 국회의원 당선자는 벌써 온라인상에서 연예인급의 인기를 구사하는 모양이다. 이미 가장 많은 조회수에 댓글수를 가지고 있는 기사였다. 검색 순위 1위는 김도규, 2위가 김도규 애인이었으니 영은 다시 한 번 그 고백을 무시한 것을 잘했다고 생각했다.

예전에 한 번 앞에 있는 두 사람과 함께 사주를 보러 간 적이 있었는데, 그때 그 사주를 보는 사람이 그녀를 보고 그릇이 작아서 너무 많이 담으면 넘친다고 했었다. 욕심을 부리지 말고 그냥 적당히 살라고 말을 해서 그녀는 그 사람이 참 족집게라고 생각했다. 그녀는 스스로가 참 그릇이 작은 사람이라는 것을 알고 있었고 늘 분수에 맞게 살자, 라며 스스로를 다독이면서 살아왔다.

아마 저런 유명한 인간의 애인이라도 되면 그녀의 심장은 견뎌내지 못했을 것이다. 그도 그럴 게 국회의원이라는 자리가 편한 자리도 아니었고, 정치라는 게 어디 혼자 잘해서 되는 일이던가?

그러고 싶지 않아도 시대의 흐름도 따라야 할 것이고, 고개를 숙여야 할 일도 생길 것이다. 차라리 할 말 다 할 수 있는 소시민이 나을지도 몰랐다. 뭐, 요즘은 우스갯소리로 욕하면 잡혀갈지도 모르니 조심하라고는 하지만.

"영아, 넌 아는 거 없어?"

"내가 뭘?"

"기자들은 이런 거 되게 잘 알잖아."

"뭐, 그 변호사가 도규랑 결혼하고 싶다고 하긴 했던 것 같은데……."

요즘 들어 어제 일도 가물가물 한 것이 그때 예원이 결혼할 사람이라고 했었는지, 약혼할 거라고 했는지 기억이 잘 나지 않았다. 어쨌든 그게 그거였다.

"어머, 진짜 결혼하려나 봐."

"그때 집안 엄청 좋다 하지 않았나?"

이런 데서 유언비어가 잘못 퍼지면 안 되는데……. 혹시라도 나중에 두 사람이 잘 안 됐을 때 도규가 명예훼손 뭐, 이런 걸로 고소를 하면 어떡하나. 친구니까 좀 봐달라고 하면 안 되려나?

"야, 그런 게 아니라……."

변명을 하려 했지만 이미 두 사람은 예원을 미래 도규의 와이프로 확정 짓고 있었다. 나중에라도 그때 왜 헛소리했냐고 하면, 자신은 변명하려 했는데 너희가 안 들었다, 말하면 그만이었다. 뭐, 그동안 자기들이 지은 죄가 있으니 큰소리 좀 쳐주면 알아서 깨갱 댈 것이다.

"근데 도규는 연애한다는 게 좀 안 어울리지 않아?"

"맞아, 그냥 나는 도규가 계속, 영원히 솔로였으면 좋겠다. 우리만의 애인이었으면 좋겠어. 만인의 연인이 잘 어울리잖아."

어쩌구리, 아주 그냥 둘이 쿵짝이 잘 맞는다. 어른들이 말씀하시길 다들 짝을 짓고 살려고 태어나는 거라고 그랬다. 그런데 자기들은 연애하고 결혼하면서 남보고는 하지 말라니. 정말 기가 차고 목이 차는 광경이었다.

자리에서 일어나 먹을 것들을 더 퍼와 가득 먹을 때까지도 두 사람은 앉아서 계속 이야기를 하느라 정신이 없었다. 대화의 50%는 연애와 결혼에 관한 것이었고, 나머지 50%는 도규나 연예인의 스캔들에 관한 것들이었다. 어떻게 이렇게 만나서 할 얘기가 그렇게 없을까. 영은 티슈를 뽑아 입술을 닦아내고 자리에서 일어났다. 그러자 두 사람의 시선이 자연히 그녀를 향해 올라왔다.

"어디 가?"

"피곤해서. 나 그리고 오늘 간만에 쉬는 거거든?"

"좀 이따 애들 오기로 했어."

그 애들 속에 설마 김도규도 껴 있는 걸까? 아니다, 그럴 리가 없다. 당선자가 얼마나 바쁜데……. 뭐, 새 국회 일정이 시작되는 건 5월 30일 이후부터겠지만 아무래도 여기저기 인사를 다니고 받고 정신이 없을 것이다. 그래도 혹시 모르니 만날 수도 있는 일은 미리 방지해야만 했다.

"나중에 보자 해. 간다."

붙잡을 시간도 주지 않고 그녀는 재빨리 그곳에서 빠져나왔다. 호텔을 벗어나자마자 지하철역으로 내려갔다.

바로 도착한 지하철에 올라타자 일요일이라 그런지 앉을 자리도 있고 제법 한산했다. 부른 배를 두드리며 만족스런 미소를 짓는데, 앞에 있는 젊은 여자들이 뉴스면을 보고 이야기를 하고 있었다. 역시나 그들의 화두는 다름 아닌 김도규였다.

"변호사? 하긴, 이런 남자가 웬만한 여자 만나겠지?"

"이 여자 집안 엄청 좋겠지? 김도규 집안도 장난 아니라던데."

"원래 여기 다 끼리끼리 이어졌잖아."

그 세계가 끼리끼리 다 이어진 건 맞지만 그 기사는 오보입니다! 라고 크게 외치고 싶었다. 영은 이제야 연예인들의 답답한 마음이 이해가 갔다. 한때 아주 잠깐 연예부에 있을 때가 있었는데, 그때 불을 떼지 않은 굴뚝에서도 소문이 이상하게 난다며 무척이나 억울해했던 연예인을 알았다.

아주 오랜 시간이 흐른 뒤에 정말 뜬소문이라고 밝혀졌는데도 사람들 인식은 아직도 그 루머에 잡혀 있었다. 도규도 아마다른 여자와 결혼한다고 하면, 저 열애설이 끝까지 그를 물고 늘어질 것이라는 것은 보지 않아도 뻔했다.

영은 고개를 흔들었다. 지금 누가 누굴 걱정해 주는 거야. 참배부른 생각을 하고 있다. 정치인들은 남들이 걱정해 주지 않아도 알아서 잘 먹고 잘살았다. 김도규는 그저 그녀의 인생에서 신경 꺼도 되는 그런 인사였다.

✤ ✤ ✤

월요일 출근은 누구에게나 그렇겠지만 그녀에게는 더더욱 힘든 날이었다. 특히나 주중, 주말 구분 없이 일하는 그녀였지만이상하게 월요일은 사람 기를 빨리게 하는 무엇인가가 있다. 일주일 중 딱 월요일과 목요일이 그랬다. 월요일은 다가오는 게 싫었고 목요일은 시간이 가지 않아 싫었다. 생각해 보니 그건 학교를 다닐 때도 마찬가지였었다.

보고 들어온 자료들을 살피고, 기사도 써내고, 회의를 하느라오전 시간이 후딱 지나갔다. 점심을 먹고 들어오니 점심시간이끝날 때까지는 아직 20분 정도 시간이 남아 있었다. 메신저 창을 올리고 말을 걸어온 경윤과 열심히 서로의 부장을 까며 이야기를 나누었다. 역시 세상에서 제일 재미있는 이야기는 상사를 까는 거다.

[나 : 컴퓨터가 요즘 좀 이상해. 악성코드 깔려서 그런가?]

[경윤 : 네 손에만 들어가면 어쩜 그러냐? 그거 받은 지 얼마 안 되지 않았어? 하여간 넌 내가 인정할 수 있는 마이너스의 손이야.]

[나 : 회사에서 싸구려 사줘서 그래. 좋은 것 좀 사주면 내가……]

그때였다. 부장이 가까이 다가왔고 그녀는 재빨리 창을 닫으려고 했다. 하지만 그 작은 X 자를 누르는 것보다 인터넷 창을 켜는 게 낫겠다는 생각이 들었다. 재빨리 인터넷 창을 눌렀다. 그런데 하필 창에 뜬 게…….

"어디, 우리 채 기자 일 얼마나 열심히…… 이게 뭐야? 화끈한 러시아 누나들의 노모? 야! 채영!"

"부장님, 그게 아니라……. 이게 악성코드가 깔려가지고……."

하필 이 순간 늘 시장통 같던 사무실이 왜 이렇게 조용했을까? 여기저기 다들 웃음을 참지 못하고 터뜨리고 있었다. 불독같이 두 볼이 축 처진 부장만이 얼굴이 벌겋게 익어서 그녀를 보고 제대로 말도 하지 못한 채 입만 벙긋거리고 있었다. 그리고 그때 스피커에서 '아앙', '으흑' 하는 별 이상한 신음이 흘러나왔다.

사무실이 떠나가라 사람들의 웃음이 터져 나왔고, 당황한 영은 몇 번이나 헛손질을 하며 스피커 버튼을 눌러댔다. 겨우 스피커 전원이 꺼지고서야 그 신음 소리도 흔적 없이 사라졌다. 하지만 화면엔 여전히 낯부끄러운 영상들의 지나가고 있었다.

"어후, 내가 진짜, 이걸⋯⋯. 내가 정말 낯부끄러워서. 그나저나 이쪽 인사했어? 인턴 강민경."

"안녕하십니까, 선배님. 강민경입니다. 잘 부탁드리겠습니다."

꾸벅 인사를 하며 고개를 드는 민경을 보고 영은 여전히 붉은 얼굴로 가방을 뒤져 명함을 꺼내 내밀며 인사를 대신했다. 앞으로 6개월간 또 인턴을 민철이 얼마나 개처럼 부려먹을지 생각하니 괜히 가여워지고 있었다.

역시 젊음은 좋은 것이다. 저렇게 블라우스 하나만 걸치고 있는데도 불구하고 반짝반짝 윤이 나는 피부를 봐라. 그녀도 저 나이 때는 저런 반짝거림이 있었을 것이다. 그걸 즐길 여유도 없이 그저 여기에 뼈를 묻고 지나가 버린 시간이 이제 와 야속해지는 것을 보니 나이를 먹기는 먹은 모양이었다.

"그래, 가서 일 봐."

부장이 먼저 민경을 보냈다. 부장은 저 화끈한 러시아 언니들이 마음에 들지 않는 듯 곱지 않은 얼굴로 그녀를 위아래로 쭉 훑었다.

"민철이한테 컴퓨터 손 좀 봐달라 그래."

"네."

괜히 헛기침을 하던 부장은 살짝 고개를 숙여 그녀에게 귓속말을 했다.

"쟤 아버지가 거물급이라 웬만한 정치 쪽 인사들한테 삼촌이라고 한다더라."

"네."

"뒤지지 말고."

평소 정치부와는 서로 잡아먹을 듯 구니 뒤시시 말라는 부상의 말도 이해가 되었다. 영은 자신 있는 목소리로 말했다.

"부장님, 저 벌써 이 바닥에서 구른 지 7년이거든요?"

"어쨌거나. 서 갈 거냐?"

"네. 다녀오겠습니다."

가방을 들고 메모지를 꺼내 '민철 선배, 내 컴퓨터를 부탁해'라고 쓴 뒤 민철의 자리에 붙여두었다. 하여간 저놈의 악성코드는 사람을 아주 그냥 밑바닥까지 가게 만든다.

사무실을 나와서 서로 가는 도중에 별다른 일은 없는지 먼저 재래시장을 둘러보기로 했다. 날이 좋아지면서 재래시장도 슬슬 다시 살아나고 있었고 가서 기사거리도 좀 보면 좋겠다는 생각이었다.

이상하게 요즘 밥을 먹어도 돌아서면 배가 고프다. 그녀의 단골 가게인 꽈배기 가게에 가서 꽈배기 좀 먹고, 경찰서에도 싸가야겠다고 생각했다. 경찰들이란 이런 먹을 것 하나에 하나씩 기사거리를 던져 주곤 했다. 요즘 민지에게 좀 소홀하기도 했으니 이런 여물을 좀 먹여 기사거리를 뜯어내야 할 것 같았다.

"어? 이게 뭐야?"

며칠 전까지만 해도 잘 다녔던 골목길인데 거길 갈 수 없게 셔터가 내려와 있었다. 영은 여기저기 둘러보며 셔터를 올려보려고 했지만 그건 꿈쩍도 하지 않았다. 할 수 없이 건물을 삥 돌아 걸어가는 수밖에 없었다. 꽈배기 가게로 가자 늘 그녀의 서러운 이야기를 들어주는 이모가 열심히 도넛을 튀기고 있었다.

"어, 채 기자. 왔어?"

"꽈배기랑 도넛 만 원어치씩 싸주세요. 근데 이모, 갑자기 생긴 그 셔터는 뭐예요? 괜히 돌아왔잖아."

"그거 때문에 요즘 얼마나 말이 많은데. 갑자기 그게 자기네 땅이라면서 셔터로 막았어. 그리고 그거 열려면 월세를 내라고 하지 않아. 가격도 얼마나 터무니없이 부르는데. 이쪽에 있는 식당들이 죄다 울상이잖아."

"자기 땅이오? 골목길을?"

"무슨 땅 문서 가지고 와서 그렇게 해대는데 어떻게 할 수가 있어야지. 그리고 또 깡패들 끼고 있는 모양이더라고."

눈치를 보듯 주위를 훑어보며 말하는 꽈배기 이모를 보고 영은 이상하게 기자의 촉이 섰다. 포장을 해달라고 말한 뒤 재빨리 시장 관리소로 튀어갔다. 다들 자장면을 먹으며 웃고 있는 것을 보니 한통속이 아닌가 생각이 됐다.

"저기 건어물 쪽에 있는 골목이오. 그거 왜 셔터로 막아놓으셨어요?"

다짜고짜 따지자 다들 당황한 눈치였다. 하긴, 국제일보는 제법 힘도 있었고 그녀가 기자라는 건 다들 아는 사실이었다. 다들 아무 말 없이 우물쭈물하고 있자 그녀는 열이 받아서 주위를 둘러보았다.

"무려 45년간 골목길로 썼는데 지금 이게 말이 되는 거예요? 서류에 진짜 그렇게 나와 있어요? 구청에서도 허락 떨어진 겁니까? 토지대장 봐요."

"채 기자, 그게 좀 애매하게 나왔어. 그래서 그냥……."

"좀 보게요."

"그게…… 그 비어 있던 건어물 가게를 산 사람이 이쪽 일대에서 알아주는 깡패라서 우리도 곤란하고……."

"깡패면? 어깨들이면 그렇게 겁주면서 사람들 다니는 골목 그렇게 막아도 돼요? 이게 말이 되는 거예요?"

우물쭈물 소장이 꺼내서 준 토지대장을 보고 영은 실소를 머금었다. 이런 식으로 보자면 골목 절반 정도까지가 그 건물의 주인이었지만 예전부터 그 건물을 샀던 사람이 시장인과 이용객들의 편의를 위해 50㎝ 정도 되는 거리를 1m까지 늘려준 것이었다.

"아니, 이거면 50㎝는 남겨놔야지 왜 골목 입구에 셔터를 내렸어요?"

"그게……."

"여기 망치나 몽둥이 없어요?"

그거라도 들고 나가서 시위라도 해야지 안 되겠다. 지금 당장 불편하니 우선 그렇게 시위해서 셔터를 열게 만들고, 당장 기사를 써서 올려야 할 것 같았다. 생긴 지 며칠이 된 것 같은데 왜 사람들이 그동안 제보를 하지 않았나 모르겠다. 어쩌면 그녀가 늘 뻔질나게 드나들어 곧 올 거라고 생각했는지도 모른다.

우물쭈물 아무것도 못하는 사람들을 보고 그녀는 관리실에 있는 대걸레를 들고 밖으로 나갔다. 그리고 문제의 골목 앞으로 걸어가 셔터를 살짝 쳤다. 부러지면 또 개인재산 훼손했다고 뭐라 할 것이 분명해서 그냥 소리만 나게 좀 때린 것뿐이었다. 역시 깡패들은 소식이 빠르다. 셔터를 때린 지 5분도 되지 않아 어깨들이 분명한 남자들 셋이 뛰어왔다.

"아가씨 뭐야?"

"여기 사람들이 45년간 골목 지름길로 썼던 곳입니다. 그리고 토지대장을 봐도 50㎝는 남아 있어야 정상이에요. 빨리 올려주세요."

"나 이 건물 산 사람이야. 이 땅까지. 법대로 해, 법대로."

"법대로 해도 50㎝는 남겨둬야 하는 거 아닙니까!"

그녀는 늘 작은 일들엔 소심했다. 하지만 이런 큰일에 눈이 뒤집히면 그야말로 보이는 게 없는 전설의 투우 소처럼 덤벼들었다. 마치 상대가 눈앞에서 펄럭거리는 새빨간 수건이 된 것처럼.

어깨들은 그런 그녀가 가소로운지 짝다리를 짚고 침을 뱉어대며 웃고 있었다. 그중 한 명이 뱉은 침이 그녀의 워커 코에 툭 떨어졌다.

"닦아요."

"아가씨가 닦으시던가."

"그리고 셔터 올리고."

"법대로 해."

"경찰 부릅시다. 그리고 아저씨들 뭘 모르나 본데 요즘 제일 무서운 무기가 뭔 줄 알아요? 아저씨들이 들고 다니는 사시미? 아니거든?"

그녀가 고개까지 들이밀고 말하자 어깨는 가소로운 모양이었다. 검지로 그녀의 이마를 쭉 뒤로 밀었다.

"이게 얼굴 좀 반반하다고 봐달라는 거야?"

"어? 그거 성희롱 발언이에요. 고소할 겁니다."

"고소해 봐."

"이거 지금 나비효과가 될 수도 있는 거거든요?"

"나비효과? 야, 나비효과가 뭐냐?"

이 무식한 어깨들. 이런 것들은 제대로 풀어서 설명을 해줘야 한다. 하지만 영은 이미 화가 났고, 워커에 떨어진 침을 보고 참을 수가 없었다. 이건 바로 금요일에 진이 사준 새 신발이었기 때문이다.

"단순한 날갯짓이 날씨를 변화시킨다는 이론이다, 이 새끼야. 그리고 너! 좋은 말 할 때 침 닦아라!"

옆에 있는 그 침을 뱉은 어깨에게 재빨리 침을 닦으라 말했다. 고개를 돌리자 대장으로 보이는 어깨는 설명해 주었음에도 불구하고 반도 알아듣지 못한 표정이었다.

"더 쉽게 풀어줘? 어떤 일이 시작될 때 있었던 아주 작은 변화가 결과에서는 매우 큰 차이를 만들 수 있다는 거다. 내가 이런 사람이에요. 요즘 세상은 칼이나 총보다 펜대가 더 무서운 거 모르십니까? 빨리 열라고!"

그녀가 명함을 앞으로 날리며 더 이상 참지 못하고 셔터를 잡았다. 저놈의 셔터 뜯어버리면 그만이다. 물어내라고 하면 물어내면 된다. 까짓것 월급보다 비싸지는 않을 것이다. 하지만 침을 뱉었던 어깨가 그녀가 잡고 있는 걸레 대를 붙들고 놓지 않았다. 어쭈, 남자라고 힘이 꽤 세다. 하지만 그녀도 나름대로 깡과 힘이 있었다. 힘을 주었지만 어깨가 확 힘을 주었다가 놓자 그녀는 그대로 걸레와 함께 나뒹굴었다.

남들이 말하는 눈앞에 별이 보인다는 게 이런 느낌이라는 것을 처음 알았다. 그녀는 정말 머리 주위에서 별이 뱅뱅 도는 것을 목격했다. 주변에 몰려든 사람들이 어떡해를 외치고 있었지만 어깨들 때문인지 그녀를 일으켜 줄 생각은 하지 못하고 있었다.

"다수한테 힘없는 여자가 이렇게 밀렸는데 도와주는 사람 하나 없습니까?"

아직까지 돌고 있는 세상 속에서 그녀는 누군가의 도움에 의해 일으켜 세워졌다. 마치 햇살에 갓 말린 듯한 포근한 향인 이 향을 그녀는 알고 있었다. 겨우 정신이 이 세상에 착지했을 때 그녀는 이 익숙한 향과 품이 누구인지 깨달았다. 김도규였다.

❺
Basic

사람이 놀라면 아무 말도 할 수 없다는 게 바로 이런 때를 두고 하는 말인가 보다. 영은 정말 눈만 끔벅이며 앞을 바라보았다. 도규가 사람들을 향해 뭐라고 하는데도 귀에 그게 제대로 들리지 않았다.

대충 이야기를 들어보니 약 9년 전에도 골목에 대한 문제가 있어 대법원 판결이 내려졌다는 것이다. 40년 가까이 사람들의 길목 역할을 해온 것이니 그건 시장인과 시민들을 위해 계속 길로 사용된다는 내용이었다. 경찰만 불러서 이야기해도 되었을 것을 괜히 일을 크게 만들었다는 생각에 영은 고개를 살짝 숙였다.

발목이 시큰거리는 게 아무래도 넘어질 때 다친 모양이었다.

주변 정리가 되고, 어깨들이 셔터를 철거하겠다는 약속을 사람들 앞에서 하고 나서야 마무리가 되었다. 도규의 뒤로 보이는 사람들을 보니 당선이 된 후 시민들에게 인사를 나왔다가 다투는 모습을 발견한 듯했다.

왜 하필 이 시각에 시장을 온 건가, 생각했는데 1시가 좀 넘어 아무래도 시장에서 식사를 하기 위한 모양이었다. 얼떨결에 그녀도 그의 일을 도와주는 사람들과 동네에서 유명하다는 국밥집으로 끌려갔다.

아픈 티를 내지 않기 위해 최대한 정상적으로 걷는데 이마 옆으로 식은땀이 흘러내리는 것 같았다. 걸을 때마다 찌릿거리는 통증이 올라왔다. 하지만 그녀는 초인적인 힘을 발휘해 정상과 다름없이 걷기에 성공했다.

저는 앞에 있는 이 사람이 무척이나 부담스러운 사람입니다, 라고 외치고 싶었지만 그녀는 이미 그와 한 테이블에 나란히 마주 보고 앉아 있었다. 차라리 그와 같이 다니는 사람들과 같은 테이블에 앉았더라면 덜 어색했을 텐데 그 사람들은 두 사람을 배려하는 것처럼 죄다 다른 테이블로 앉았다.

뚝배기에 보글보글 끓고 있는 순대국밥을 보고서 들깨가루가 들어 있는 통의 뚜껑을 열어 걸쭉해지도록 부어 넣었다. 새우젓을 조금 넣고 양념을 잘 푼 뒤 앞을 보았다.

그는 맑은 국을 좋아하는 모양인지 새우젓만 넣어 간을 맞추고 있었다. 괜히 시선이 마주칠까 봐 영은 서둘러 고개를 숙이고 입으로 순대 하나를 집어넣었다. 하지만 너무 뜨거워 저도 모르게 욱, 소리를 냈고 도규는 그녀의 앞으로 물컵을 내밀었다. 어색함은 나중 문제였다. 지금은 입안에 난 불을 식혀주어야만 했다.

서둘러 컵을 받아 들어 마시고는 제대로 씹지 못한 순대를 꿀꺽 삼켰다. 지옥의 문턱 앞에 다녀간다는 게 바로 이런 느낌일까? 그녀는 정말 레테의 강에 발을 넣었다 다시 나온 것만 같았다. 지옥의 화로가 아마 이런 뜨거움일 것이다.

"괜찮아?"

"괜찮아. 순대가 원래 뚝배기에 들어오면 뜨겁잖아."

"아니, 다리."

"어?"

"접질린 것 같던데."

눈치도 빠른 녀석. 그걸 어떻게 눈치챈 걸까? 최대한 자연스럽게 걸었고, 남들도 다리에 대해 묻지 않을 정도면 정말 평소와 다름없었을 텐데. 이건 정말 말도 안 되는 생각이지만 좋아하는 여자라 촉각을 곤두세우고 있는 건가?

"아까 일으켰을 때 신음 소리 냈잖아."

역시 혼자 착각에 빠졌던 거다. 괜한 상상을 해서 왜 스스로의 얼굴을 붉어지게 만드는 것일까. 이것도 이불 속에서 하이킥백 번짜리 생각이었다.

"괜찮아. 뭐, 그런 거 한두 번도 아니고."

"경찰을 부를 생각을 해야지 왜 겁도 없이 혼자 나서? 내가 여기 지나가지 않았으면 어떻게 하려고."

"시장 이모들이나 삼촌들이 도와주셨…… 겠지? 아마?"

잘못한 게 없는데 왜 이렇게 목소리가 기어들어 가는 걸까. 그러고 보니 그녀가 그렇게 패대기쳐지는데 도와준 사람은 도규가 유일했다. 그러다 무언가 이상한 느낌에 주위를 슬쩍 둘러보았다.

으레 당선자들이 이런 곳을 나설 때면 꼭 끌고 다니는 기자들이 보이지 않았다. 왠지 모르게 앞에 있는 그가 새롭게 보였다. 정말 그는 슬로건처럼 그저 묵묵히 일하겠다는 포부를 가진 듯했다. 그를 도와준 사람들도 그녀가 국제일보 기자라고 인사를 하자 의외라는 듯 도규를 바라보았었다. 영은 서둘러 도규와 대학 동기라면서 어색함을 무마했다.

"안 먹어?"

"어? 아, 먹어야지."

저도 모르게 멍하니 그를 보고 있다 눈이 마주치고 말았다. 영은 서둘러 다시 국밥에 집중을 했다. 그러고 보니 점심을 먹은 지 채 1시간도 지나지 않아서 또 밥을 먹고 있다니. 그녀는 슬쩍 반 공기만 말아 공기 뚜껑을 덮어놓았다.

그 모습을 못 봤을 거라고 생각했는데 그는 그녀 몫의 밥까지 자신의 국밥에 말아 넣었다. 이것저것 양념이 묻은 숟가락으로 밥을 퍼내서 조금 거북스러울 텐데도 그는 아무렇지도 않은 듯

했다.

"요즘 바쁘지 않아? 당선되고 나면 바쁘다던데."

"나야, 뭐. 인사 다닐 곳도 없고. 한 번씩 지역구 다니면서 시민분들 만나뵙고 인사하는 게 다니까."

잠시 잊고 있었다. 그는 무려 무소속으로 나와 당선된 사람이었다. 저쪽 세계도 연줄이 없으면 힘들다고 하던데……. 왠지 모르게 앞으로 그가 겪어야 할 고군분투가 눈앞에 스크린처럼 쫙 펼쳐지는 느낌이었다. 그래도 정치인에게 어느 정도의 광고는 필요한 법이었다. 이거 몰래 기사를 써줄 수도 없는 노릇이고.

"뭐가 궁금한데?"

그가 먹던 것을 멈추고 그녀를 바라보았다. 보지 않으려고 해도 자꾸만 시선을 끄는 사람이었다, 김도규는. 원래 태생이 그런 것인지 자연스레 사람의 시선을 끄게 만드는 아우라 같은 것이 있었다.

"그 젊은 나이에 왜 벌써 국회의원 출마했나 싶어서. 너 정도면 실력 좋은 판검사나 변호사도 될 수 있을 것 같고."

"기자로서 묻는 거?"

이럴 땐 그냥 눈치가 가출을 해줬으면 좋겠다. 저 물음 속에 뻔히 숨어 있는, 생략된 '여자로서 묻는 거?' 라는 것에 어떤 대답을 해주어야 하나. 실은 기자로서 물은 말도 아니고, 순수하게 그냥 한때 같은 교양 수업을 들었던 친구로서 묻는 것이었다. 어쨌거나 그는 한국대 법대의 희망이었고 재원이었으니까. 게다가

학부 시절에 사시 합격을 했다며 학교가 떠들썩했었다.

말을 들어보니 연수원에서도 성적이 좋아 다들 판사 임용은 따 놓은 것이라면서 아버지에 이어 그렇게 될 가능성이 다분하다고 했었다. 어쨌거나 그냥 뻥 차버리기엔 너무나 아까운 이력이 아닌가.

물론 젊은 국회의원이라는 캐치프레이즈를 걸고 신강오가 나오면서부터 사람들의 인식이 변하기는 했다. 하지만 신강오 같은 경우는 아버지도 몇 선을 한 국회의원에 다음 대선에서 승리가 유력한 사람이었다.

기자들 사이에서도 '흑석동 어르신'이라면서 명절이나 새해가 되면 대통령보다도 더 인사받기에 바쁜 사람이라고 했었다. 물론 신강오가 아버지의 후광을 등에 업고 당선이 된 것도 아니었고, 의원의 능력으로서는 출중했다. 하지만 신강오는 비빌 언덕이라도 있지 김도규는 말 그대로 바위에 맨몸을 부딪치는 격이었다. 김관진 의원이라도 살아 있다면 그나마 걱정을 덜 수 있겠지만…….

영은 고개를 저었다. 지금 누가 누구 걱정을 하는 건가. 보통의 평범한 사람 중에서도 기준에 속하는 그녀와 다르게 그는 말 그대로 용의 우두머리가 될 만큼 뛰어난 사람이었다. 하여간 곧 죽을 사람이 오래 살 사람 걱정한다고 하더니, 딱 그 짝이었다.

"친구로서 묻는 거."

"닿는 곳에 늘 가까이 있고 싶어서."

명사가 빠졌다. '국민'들 곁에 가까이 있고 싶어서라고 분명히 말을 한 것인데 그녀는 왜 그게 꼭 자신에게 하는 말처럼 들리는 건지. 아, 자신을 이런 도끼병 환자로 만든 건 모두 죄다 김도규 책임이었다.

이런 왕자님이 무려 자신을 첫사랑이라고 해주셨으니 어찌 착각에 빠지지 않을 수 있단 말인가. 지금이라도 정신을 똑바로 차려야 했다.

영은 이미 배가 부르다는 것도 잊고 열심히 입속으로 순댓국을 집어넣었다. 자신을 바라보는 그의 끈질긴 시선을 느꼈지만 그녀는 애써 그것을 무시했다. 각자 먹는 데 집중한 두 사람은 뚝배기를 깨끗이 비우고서야 자리에서 일어섰다.

"사무실로 들어가?"

"아니."

그냥 여기서 딱 끊을 수 있다면 얼마나 좋을까. 하지만 까맣고 큰 동공이 따라오자 그녀는 저도 모르게 입을 벌리고 말았다.

"경찰서."

"같이 가, 바로 앞에 사무실 있거든."

"걸어서 10분인데 뭘."

왜 하필 사무실을 경찰서 바로 앞에 얻었단 말인가? 그녀가 365일 집이나 사무실보다 더 뻔질나게 드나드는 곳이 경찰서인데. 아무래도 지역을 좀 바꿔달라고 부장에게 사정을 해봐야 할 것 같았다. 하긴, 여기에 너무 오래 있었다. 그만 채구영이라는 별명에서도 벗어날 때가 되었고.

"일단 타. 그 다리로 걷기는 좀 무리 아닌가?"

그건 도규의 말이 맞았다. 주변을 둘러보니 의원실 사람들은 그에게 잠시 후에 보자고 말하며 다른 차를 타고 있었다. 둘만 타야한다는 긴장감을 숨겨야 해서 영은 괜히 죄 없는 꽈배기를 품에 꼭 안고 그가 직접 운전하는 차에 올라탔다. 운전을 하는 사람이 따로 있을 줄 알았는데 그는 그냥 평범하게 볼 수 있는 우리나라 중형차를 직접 운전했다.

"직접 운전하고 다녀?"

"그럼?"

"아니, 대부분 운전하는 사람도 있고 비서도 있고."

"그런 데 돈을 쓸 만큼 여유가 있는 당선인은 아니라."

자연스럽게 한 손으로 벨트를 매며 차를 출발시키는 도규의 옆모습을 그녀는 저도 모르게 빤히 바라보았다. 의외로 소탈한 모습에 놀랐다고 해야 할지, 어쩌면 이미 자신이 당연하다고 생각했던 국회의원의 모습을 깨주는 것에 놀랐다고 해야 할지.

우리나라 국회의원이라면 대부분이 기름을 흘리다 못해 쏟고 다니는 대형 세단에, 사람 두셋쯤은 줄줄이 달고 다녔다. 국회에 자주 출석도 하지 않으면서 연봉은 엄청나게 받아 챙기고, 나라를 위한 일에 썼다며 거둬들이는 세금을 흥청망청 쓰고.

그런 의원들이 전부 다인 건 아니었지만 대부분을 차지하고 있기는 했다. 왠지 모르게 이런 백로를 보고 있자니 마음이 씁쓸했다. 세월이 흘러도 저 마음가짐이 변하지 말아야 할 텐데.

"까마귀 노는 곳에 백로야 가지 마라."

그녀는 생각만 한다는 것이 저도 모르게 입 밖으로 말을 내뱉고 말았다. 순간 차 안에 정적이 흘렀다. 왜 김도규는 그 흔한 음악 하나 듣지 않는 것일까. 이럴 때 음악이라도 좀 흐르면 나을 텐데. 왠지 모르게 몸이 오싹, 거리며 추워지는 것 같았다. 조금 전까지만 해도 더워서 땀을 흘렸었는데.

올 여름이 유난히 빨리 오고 유례없는 폭염이 이어진다더니 벌써부터 더워지는 것 같았다. 이제 겨우 4월 중순에 작년엔 이맘때쯤 눈이 한 번 내려 난리가 났었는데⋯⋯. 영은 손을 들어 올려 괜히 얼굴에 부채질을 했다.

"더워?"

그가 조수석 창문을 살짝 내려주었다. 청량한 봄바람이 뺨을 스치고, 귀를, 머리카락을 스쳐 다시 뒤로 빠져나갔다. 그 바람은 옆으로 빠져나가 그의 머리카락이 흔들릴 정도로 존재감을 일깨워 준다.

그 존재감은 무척이나 커서 왠지 숨이 막힐 것만 같다. 그래, 김도규는 그렇게 멀리 있어도 확연히 느껴질 만큼 존재감이 큰 사람이었다. 그는 정말 마치 바람 같았다. 365일, 어디 어느 곳에 서 있어도 느낄 수 있는 바람 같은 존재였다.

"올해 많이 더울 것 같다던데. 벌써부터 이리 더워서 큰일이네."

어색한 것보다 아무 말이나 꺼내는 게 좋을 것 같았다. 슬쩍 고개를 숙여 오른쪽 발을 보니 슬쩍 드러난 발등이 살짝 부어 있는 것이 보였다. 아무래도 경찰서에 들어가면 또 민지의 책상을 털어 뿌리는 파스와 붙이는 파스를 덕지덕지 바르고 붕대로 동여매야 할 것 같았다. 그 어깨들을 확 고소를 해?

"많이 아파?"

"어? 아니, 그냥 좀 시큰거리는 정도. 이런 거 2, 3일이면 다나아."

취재를 나가서 이리저리 밀리다 보면 손목이나 발목이 삐는 것은 예사로 있는 일이었다. 맨 처음 회사에 들어와 회식을 했을 때 국장하고는 무려 소파 위에서 국장의 18번이라는 '레이니즘'에 맞춰 춤을 추다 사이좋게 넘어지지 않았던가.

그때 그녀의 다리는 국장의 펑퍼짐한 엉덩이에 깔리는 바람에 댕강 부러져 무려 두 달이나 깁스를 해야 했다. 그리고 국장은 그 넘어질 때의 여파로 인해 디스크에 걸려 수술을 받았다.

그 뒤로 은근히 국장이 그녀를 피하다가 결국 퇴사를 하면서 그때 디스크가 아니라 치질이었음을 고백했다. 자신 때문에 디스크에 걸린 줄 알고 얼마나 미안해하고 사무실 사람들에게 눈총을 받았었는데. 하지만 이미 지나간 일이라 그녀는 쿨하게 넘겼다.

"기자 일 힘들지 않아?"

"죽이게 힘들지. 그러고 보니 내가 왜 이 길로 들어섰더라? 내가 그때 민철 선배 따라 멋모르고 여기저기 시위 현장에 따라다니지만 않았어도……. 잠깐, 내가 왜 시위를 나갔더라? 아, 그때 너한테 차이고 이리저리 눈……."

입을 확 꿰매 버릴 수는 없는 걸까? 왜 괜히 말이 길어지게 만들어 긁어 부스럼을 만드는 것일까. 재빨리 입술을 깨물어 더 이상 말이 튀어나가는 것은 막았지만 이미 팩트는 다 나온 뒤였다.

슬쩍 눈동자를 굴려 옆을 보자 도규는 창틀에 팔꿈치를 올리고 주먹으로 입가를 가리고 있었다. 하지만 입가에 미세하게 남아 있는 웃음기는 숨길 수가 없었다.

아무래도 앞으로 신문을 볼 때 오늘의 운세 정도는 봐야 할 것 같았다. 오늘은 구설수가 없는지, 말을 조심해야 한다든지 그런 것들이라도 알 수 있게. 왜 그렇게 민지가 오늘의 운세나 별자리에 목숨을 걸고 보는지 오늘은 이해할 수 있었다. 그런 것들을 보면 그래도 제법 걱정을 하며 큰 틀 정도는 피해간다고 하던데. 앞으로 그녀도 별자리 신봉자가 되어보기로 했다.

"혹시 금요일 시간 괜찮아?"

"금요일?"

시간은 괜찮았다. 목, 금요일은 그녀가 월차를 내는 날이었으니까. 보통 이맘때가 오면 그녀는 미뤄두었던 월차를 이틀간 썼었다. 올해는 괜찮을 것 같아 고민을 했지만 혹시 몰라 이틀을 썼다.

"내가 좀 바……."

"내 생일이거든."

그녀가 바쁘다고 말할 걸 도규는 먼저 알고 있었음이 틀림없었다. 저 치고 들어오는 것 좀 보라지. 아무래도 정치인에 딱 맞는 것 같다. 여우 같은 녀석. 생일이라고 하는데 어떻게 또 바쁘다고 할 수 있겠는가. 게다가 친구들도 다 모일 텐데.

방금 전까지만 해도 도로가 꽉꽉 막히는 것 같더니 도규의 차는 어느덧 경찰서 앞에 도착해 브레이크를 밟고 있었다. 그녀는 양팔 가득 안고 있는 꽈배기 두 봉지 중 하나를 그에게 내밀었다.

"가서 사무실 사람들하고 좀 나눠 먹어. 생일파티 어디서 할 건데?"

"집."

그 집을 설마 또 가게 될 줄은 몰랐다. 차에서 내려 떨떠름한 얼굴로 영이 물었다.

"몇 시에 모이는데?"

"7시."

"늦지 않게 갈게. 뭐 필요한 건 없어?"

문을 닫기 직전인데 그는 아무 말도 하지 않았다. 하긴, 그에게 딱히 뭐 필요한 게 있을 것 같지는 않았다. 잠깐, 쓸데없는 데 돈을 쓸 만큼 많진 않다고 하더니 그 최상의 주상복합은 뭐란 말인가? 아니다. 그건 부모님이 마련해 주신 것일 수도 있으니까. 그게 중요한 건 아니었으니까.

도규는 품에 들고 있는, 꽈배기가 들어 있는 노르스름한 봉투를 내려다보고 있었다. 끝까지 아무 말 없는 걸 보니 정말 필요한 게 없는 모양이었다. 결국 그녀는 알겠다는 듯 고개를 끄덕이고 문을 닫았다. 이거 한 발자국 이제 디뎠을 뿐인데 찌릿찌릿한 게 정말 병원이라도 가야 하나 고민을 하게 만들었다.

"채영."

이름을 부르는 목소리에 뒤를 돌아보았다. 그가 핸들에 몸을 기댄 채 창문을 열고 그녀를 보고 있었다. 이름을 불렀으면 말을 해야지, 왜 쳐다보고만 있는 건가? 게다가 경찰서 앞에 이렇게 정차를 오래 해도 되나?

"필요한 거 생각났어?"

"채영이면 될 것 같다고."

필요한 게 뭐냐고 괜히 물어보았다. 뻔히 지금 김도규가 무엇에 제일 관심 있는지 알고 있으면서. 인정하고 싶지 않았지만 설마 그녀도 어장관리의 달인인 것일까? 아님 저도 모르는 사이 밀당을 하고 있었던 건가?

"그게 내가 바라는 기본적인 선물."

그녀가 아무 말도 하지 못하고 입을 쩍 벌리고 있자 그는 가볍게 웃으며 창문을 닫았다. 그의 차가 멀어지는 것을 보며 영은 고개를 푹 숙였다.

맡은 일이 재미있고, 나름대로는 최선을 다하며 생활하고 있

었다. 그렇게 늘 일상적인 일들이 편하게 즐겁게 넘어간다고 생
각했었다. 그런데 도규를 다시 만난 날부터 영은 정말이지 하루
하루가 아슬아슬하게만 흘러가는 것 같았다. 왠지 모를 긴장에
두 어깨엔 힘이 잔뜩 들어가 있다. 이런 긴장감은 대체 얼마만인
걸까? 우스운 건 그 긴장감이 그렇게 썩 기분이 나쁜 건 아니라
는 거였다.

20대의 그녀는 나름 치열하게 살았다고 말할 수 있었다. 그냥
앞만 바라보는 게 바빠서—물론 그렇게 된 것은 도규의 영향도 있었지
만—그저 치고 나가는 게 바빴다. 그래서 주위에서 무슨 말을 하
건 가령 '채불감'이나 혹은 '김도규한테 뻥 차인 애' 같은 이야
기를 들어도 별다른 신경이 쓰이지 않았다.

아니, 어쩌면 신경 쓰지 않기 위해서 그저 앞만 보고 달렸을
지도 모른다. 어쨌거나 정말 그렇게 살아왔고, 어느 순간에는
첫사랑이자 동경하던 사람이었던 도규가 더 이상 생각나지 않
았다. 그런데 막상 다시 도규를 만나게 되자 다시 한 번 20대를
돌아보게 되었다. 그전엔 한 번도 과거를 생각해 보지 않았었는
데.

대체 혼자서 뭐가 그렇게 바빴던 걸까. 잠깐 쉬어갈 생각을
하지 못했다. 그냥 무조건 전진을 하는 게 답이라고 생각했다.
영은 잠시 계단을 올라가기 전 경찰서 건물 로비에 있는 커다란
전신거울 속의 자신의 살펴보았다.

들고 있는 서류가방은 그녀가 처음 회사에 입사했을 때 진이

과외로 벌었다며 사준 가방이었다. 워낙 오래 들고 다녔더니 손 잡이 가죽은 해져 있고, 바닥 부분 역시 마찬가지였다. 무채색 계열의 늘 비슷한 셔츠나 바지 역시 언제 한 번 시간이 나면 동네 아울렛에 가서 죄다 비슷한 것들로 구매한 것들이었다.

이젠 남부럽지 않은 연봉을 받는다고도 할 수 있는데 정작 그녀는 자기 자신을 위해 투자한 게 없었다. 아주 크게 투자를 한 게 굳이 있다면 그건 자동차였다. 하지만 취재를 할 때 이동하기 힘드니 산 것뿐이었고, 투자라고 하기에도 민망했다. 기초 화장품도 다 바르고 다니기 귀찮아 수분크림 하나만 바르고 외출할 땐 비비크림 하나만 발랐다. 향수도 선물 받은 걸로만, 그것도 어쩌다 눈에 띄면 한 번씩 뿌렸다.

하지만 외관이 중요한 게 아니다. 그녀는 그저 열심히 살고 있다는 것 하나만으로도 스스로가 반짝반짝 빛이 나는 것 같았다. 누가 뭐래도 그녀는 그녀만의 길을 열심히 가고 있는 사람이었다. 그것도 최선을 다해서.

거울을 보다 근거 없는 자신감을 얻은 그녀는 당당하게 걷기 시작했다. 아니다. 근거 없는 자신감이 아니다. 무려 도규가 고백을 했다. 그것도 김도규가 그녀를 보고 첫사랑이라고 했다. 근거 없는 자신감이 아니다. 조금 오버하자면 한국대 여학생들 절반이 좋아했던 그 김도규가 그녀에게 사귀자며 고백을 했다. 그녀는 더 이상 채불감이 아니었다.

힘 솟는 자신감에 당당한 걸음으로 기자실을 향해 걸었다. 그

때 저 멀리서 민지가 커다란 키 때문인지 아주 급하게 걷는 것인
데 마치 킹콩이 뛰는 것처럼 순식간에 다가오고 있었다. 바로 옆
으로 붙은 민지가 그녀에게 팔짱을 끼고 구석으로 몰고 갔다. 범
인 취조하는 것도 아니고 이게 갑자기 뭐야 싶은데, 민지가 눈치
를 보듯 주위를 둘러보더니 고개를 숙이고 작은 목소리로 말했
다.

"진짜야?"

"다짜고짜 그렇게 물으면 내가 어떻게 답을 해야 하지?"

"심도규 말이야!"

"도규가 왜?"

"진짜야? 결혼할 여자 있다는 거? 그 여자랑 사귀는 거야? 지
금 인터넷 뒤집어졌어. 여초 카페들."

하여간 민지가 그놈의 여초 카페를 할 때부터 알아봤다. 이슈
에 민감하고, 또 잘생긴 남자에게 약한 곳이었다. 도규의 열애설
에 또 한 번 들썩한 모양이다. 아직 정식 국회의원이 된 것도 아
니고 당선자일 뿐인데, 그렇게 파급력을 일으킬 정도인가?

영은 잠시 눈동자를 굴렸다. 하긴, 그 얼굴이면 그럴 만도 하
다. 처음 신강오 의원이 나왔을 때도 그 반응은 상상을 초월했으
니까.

둘 모두 젊은 의원이었고 잘생겼다는 공통분모가 있었다. 물
론 전혀 다르게 생겼다. 신강오 의원이 이목구비가 완벽한 배우
형 같은 미남이라면 그녀의 눈에 도규는 선이 굵직하고 진하지

만 순해 보이는 인상이었다. 굳이 개로 비교를 하자면 진돗개 같다고 해야 하나? 남의 집 귀한 자식을 왜 개에 비교를 하고 있는지 혼자 고개를 흔들다 궁금함에 눈이 튀어나오기 직전인 민지가 보였다.

"그냥 동생이래. 집에서도 서로 잘 알고."

"정말? 그냥 동생 같은 애?"

"뭐, 진 변호사는 아닌 것 같기는 하지만……."

아주 작은 목소리로 말했는데 민지는 이미 '동생 같은 애'라는 말에 빠져 신이 나서 걸어가고 있었다. 당연히 그녀가 나중에 한 말은 그냥 혼잣말이 되고 말았다. 잘못 말한 건 없으니 어쨌든 더 이상 알 바 아니었다.

재빨리 발걸음을 빨리해 기자실로 들어서서, 사람들에게 인사를 하고 민경의 보고를 받았다. 인턴인 주제에 눈치도 제법이고 센스까지 있다. 이런 후배만 들어오면 참 편할 텐데. 그녀는 워낙 초기에 사고를 많이 치고 다녀서 선배들이 무척이나 피곤해했었다. 지금 생각하니 미안한 마음에 조만간 술이라도 사야 할 것 같았다.

"이거 좀 먹고 있어."

"고맙습니다."

이럴 줄 알았으면 꽈배기를 더 샀을 것이다. 내일이라도 사오면 되겠지, 생각하며 강력반 문을 열고 들어서는데 분위기가 험악했다.

"이 할매가 진짜, 누구 망하게 만들려고 작정했나! 그걸 누가 가져가래? 어?"

덩치가 큰 남자는 자신의 몸집의 반도 되지 않는 노인을 두고 삿대질을 하며 반말을 지껄이고 있었다. 이게 뭐야, 싶어 재빨리 민지의 옆구리를 찔렀다.

"뭐야? 왜 저래?"

"할머니가 폐지 줍는 분이신데 무가지를 가져다 좀 팔고 그러셨나 봐. 자식이 있는데 모시지도 않아서, 지원도 못 받으시고 혼자 셋방 사시는데……."

민지는 인상을 찌푸린 채 불편한 얼굴을 가득 하고선 그녀에게 설명을 해주었다. 남자는 차마 입에 담기도 힘든 말들을 계속해서 지껄여 대고 있었다.

"그동안 가져간 게 얼만 줄 알아? 고소야, 고소! 그러니 그 나이까지 그렇게 구질구질하게 살지. 뭐 해요, 경찰 양반. 나 지금 고소장 쓰겠다니까?"

물론 할머니가 한 건 범죄였다. 하지만 그렇다고 저렇게 대놓고 남을 무시해도 된단 말인가? 경찰들 역시 잔뜩 곤란한 얼굴을 하고 있었다.

"그럼 나는 어떻게 되는 거요?"

"어떻게 되긴! 감옥 가는 거지! 할매 철창행이라고."

"거기 가면 밥은 먹여주오?"

그 나지막한 말 한마디에 사무실에 적막이 찾아들었다. 그런데 저 남자 혼자만이 상황 파악을 하지 못한 모양이었다. 목에 핏대를 세우며 삿대질을 계속 해대는 것을 보니.

"이 뻔뻔한 할매 보소? 도적질한 주제에 또 내가 낸 세금으로 밥 먹겠다고? 뭐 이런 미친 할매가 다 있어?"

한눈에 보기에도 행색이 초라한 노인은 무척이나 말라 있었다. 지금 당장 쓰러진다 해도 이상하지 않을 만큼. 그런데 저 남자는 지금 뭐라고 하는 건가?

"이봐요! 그 돈 얼마예요? 합의해 주면 되잖아요!"

민지가 말릴 새도 없이 영이 치고 나갔다. 덩치는 뒤로 돌아보며 이건 또 뭐야, 하는 얼굴을 하고 있었다.

"그깟 돈 몇 푼 가지고 사람 무시하는 거 아닙니다. 다 가지고 태어나셨어요? 얼마냐고 묻잖아요, 합의금 얼마냐고!"

"이건 또 뭐……."

"채 기자님! 이러지 마세요."

"이거 좀 놔봐요. 이 남자가 너무 무례하잖아!"

"기, 기자?"

평소 친하게 지내는 장 경장이 그녀를 말렸다. 그런데 기자라는 말에 그 덩치의 표정이 순식간에 변했다. 무가지 회사를 운영한다니 펜의 힘은 그 누구보다 잘 알고 있을 것이다. 펜의 힘은 무시무시해서 아마도 그녀가 '피도 눈물도 없는 무가지'라는 기사를 쓴다면 순식간에 광고가 끊길 것이다.

결국 덩치는 고소를 취소하기로 하고 그녀가 보는 앞에서 할머니에게 말을 함부로 했다며 사과를 했다. 그런 덩치를 보면서도 영은 속이 답답하고 울분이 터지는 것 같았다. 힘없고 돈 없는 사람들은 이렇게 함부로 홀대받고 무시를 받아도 되는 건가? 왠지 눈물이 흘러나올 것 같아 입술을 꽉 깨물어 참아내었다.

"아가씨, 이거 고마워서 어떻게 은혜를 갚아야 할지……."

"식사는 하셨어요?"

할머니는 꼬깃꼬깃 접힌 천 원짜리 두 장을 손에 든 채 그녀의 눈길을 피하고 있었다. 설마 고맙다는 인사로 저 돈을 주려고 하신 걸까? 차오르려는 눈물을 꾹꾹 눌러 삼키며 영은 숨을 크게 들이켰다.

"나가서 저하고 식사하세요, 저도 밥을 못 먹었거든요."

오늘은 아무래도 밥을 먹다가 보낼 날인가 보다. 이미 점심을 두 번이나 먹은 그녀의 배는 더 이상 들어갈 구멍도 없이 꽉 차 있었다. 하지만 오늘 분명히 한 끼도 먹지 못했을 할머니를 이대로 보낼 수 없었다. 한사코 괜찮다며 거절하는 할머니를 모시고 경찰서 바로 앞에 있는 해장국집으로 들었다.

머리고기국밥 두 개와 수육을 시키자 빠르게 반찬들이 차려지기 시작했다. 반찬 그릇을 할머니 앞으로 밀어놓고, 국밥이 나오자 건더기를 건져 할머니의 그릇에 덜어주었다.

"나만 이렇게 주면 아가씨는 어떡해."

"전 다이어트 좀 해야 되거든요. 할머니 많이 드세요."

처음엔 제대로 먹지 못하던 할머니는 이내 많이 시장했는지 정신없이 국밥을 들이켜기 시작했다. 영은 자신 몫의 국밥도 할머니 앞으로 내밀었다.

소매가 다 해진 옷이나, 낡아서 밑창이 언제 떨어질지도 모르는 운동화. 마음이 서걱거리는 게 당장에라도 눈물이 떨어질 것 같아 그것을 몇 번이나 참아내었다. 그녀는 수육 하나를 더 포장해서 할머니의 손에 쥐어드리고 같이 국밥집을 빠져나왔다. 할머니는 그녀에게 몇 번이나 허리를 숙이며 고맙다고 말했고 영은 똑같이 인사를 하느라 허리를 열두 번은 더 숙여야 했다.

사람들은 의외의 일들에 많이 놀라곤 한다. 어제의 그 사건이 무척이나 충격적이었는지 경찰서 내는 그녀의 대한 이야기로 시끌벅적했다.

"채 기자님, 다시 봤습니다?"

"인간적이실 줄 알았어요."

그녀의 얼굴만 보면 '어이구, 우리 구영, 채구영 기자님'이라며 놀려댔던 사람들이었다. 어쨌거나 그녀는 한순간에 경찰서 내의 인기쟁이가 되었다. 이런 관심을 받아본 게 참 오랜만이라서 얼떨떨하기도 하고 쑥스럽기도 했다.

결코 이런 대우를 받으려고 그렇게 나선 건 아니었다. 아마 다른 사람들이 있었어도 그녀처럼 행동했을 것이다. 퇴근하기 전 들른 경찰서에서 이런저런 얼굴이 부끄러워질 이야기들을 들고 있으니 온몸이 오그라들 것 같았다.

후배인 경수 역시 그녀를 다른 사람 보듯 보고 있었다. 어차피 월차를 내는 거야 경수도 잘 알고 있는 일이었고 그녀는 가방을 들며 경수의 어깨를 툭 쳤다.

"나 없다고 이틀간 편하게 지내면 안 되는 거 알지? 특종은 무조건 잡아. 사고 쳐보라고. 원래 선배 같은 거 없을 때 그런 거 하는 거야."

"네, 선배님. 잘 다녀오세요."

"그럼 수고해라. 다들 수고하세요."

모두에게 인사를 하고 나와 경찰서를 나서는데 핸드폰이 울렸다. 익숙한 뒤 번호, 3434는 아직 저장을 하지 않았지만 누구인지 잘 알 수 있었다. 잠시 고민을 하는 사이 벨 소리가 끊겼다. 다행이다 싶어 안도의 한숨을 내쉬며 주머니로 핸드폰을 넣으려는데 벨 소리가 다시 울리기 시작했다. 결국 영은 화면을 손가락으로 밀었다.

〈내 전화 피해?〉

"피, 피하긴 누가! 내가 지금 들고 있는 짐이 많아서."

〈들고 있는 게 가방 하나뿐인데?〉

절로 헉, 소리가 났다. 지켜보고 있다는 뜻? 재빨리 고개를 돌려 주변을 살폈다. 그러자 건너편 횡단보도 앞에 서 있는 도규가 보였다. 오늘도 깔끔한 슈트 차림에 단정한 헤어스타일을 하고 있었다. 그리고 곧 신호가 바뀌자 그가 뚜벅뚜벅 걸어오기 시작했다.

당연히 금요일에나 만날 거라고 생각해서 벌써 만나게 될 건 예상하지 못했기에 그녀는 당황하고 있었다. 이건 분명히 갑자기 만나서 당황한 거지 그가 신경 쓰여서 이러는 것은 아니었다.

"자주…… 보네?"

그 말에 그는 픽 웃고는 가만히 그녀를 바라보았다. 이런, 아직 핸드폰도 끄지 못했다. 빨리 통화종료 버튼을 누르고 핸드폰을 주머니 안에 넣었다.

"어디 가는 길이야?"

"퇴근."

"차는?"

"동생 차가 고장 나는 바람에 빌려줬어. 가자, 바래다줄게."

그 말에 영은 고개를 번쩍 들었다. 하지만 도규와 눈이 마주치자마자 영은 다시 고개를 숙였다. 이러면 피하고 있다는 게 너무 티 날 것이다. 가까스로 고개를 들고 최대한 자연스럽게 마주보았는데 이미 그는 다 알고 있다는 표정을 짓고 있었다. 기자생활을 하면서 뻔뻔함이 생명이라고 생각했다. 그리고 실제로도 많이 뻔뻔해졌다고 생각했는데 그것도 아닌 모양이었다.

"아니야. 너 바쁘잖아."

"나도 퇴근하는 중."

영은 눈동자를 굴렸다. 어떻게 해서든 핑계를 좀 대야 했다.

"머리 굴러가는 소리 여기까지 들린다."

사람이 왜 생각을 하는 게 얼굴에 다 드러나는 걸까? 어릴 때부터 거짓말을 못하기는 했다. 어쩌다가 큰마음을 먹고 했다가 혼이 나기도 했다. 어릴 땐 몰랐는데 커서 알게 되었다, 그녀가 거짓말을 하면 100% 얼굴에 드러난다는 것을.

결국 영은 어느덧 그와 함께 도로를 건너고 주차장에 들어서서 도규의 차에 올라탔다. 그는 그녀에게 빠져나갈 틈을 주지 않으려는 사람 같았다. 왜 자꾸 그와 함께 있다 보면 어항 속에 갇혀 있는데 유리에 부딪쳐 뒤를 돌아보면 다시 큰 강이 보이는 것 같은 금붕어가 된 느낌일까. 그렇게 멍청한 머리는 아니라고 생각했는데 도규와 함께 있으면 자꾸 바보가 되는 느낌이었다.

"이사했다는 집으로 가면 되지?"

"주소 기억해?"

"그때 내비게이션에 찍어놨었잖아."

왜 이사를 했냐고 도규는 묻지 않았다. 이사를 한 이유를 바로 알아챘을 것이다. 차가 도로로 합류하고 나아가는 중에도 서로 아무 말도 없었다. 아니, 정확히는 그녀가 대화를 피하고 있었다.

그런 그녀의 분위기를 알아챈 그 역시 말을 하지 않고 있는 것뿐이었다. 영은 정말이지 이런 무겁고 불편한 분위기는 질색이었다. 남녀 사이에 고백을 하고 거절하고 하는 관계는 흔한데 왜 이렇게 불편해야 할까? 거기다 더 어이가 없는 건 불편해하고 있는 건 그녀 혼자뿐이라는 것이다.

누가 보면 그녀가 고백을 했다 차인 것으로 볼 것이다. 이건 자존감 같은 문제가 아니고 그녀는 원래 불편한 관계를 싫어했다. 정작 고백했다 차인 당사자는 괜찮은데 그녀 혼자 예민하게 굴고 있는 것인지도 몰랐다.

"일 많을 텐데 이렇게 빨리 퇴근해도 돼?"

"아직은 인턴 기간 같은 거니까."

영은 자연스럽게 말을 건넸다. 그도 핸들을 손가락으로 두들기며 자연스럽게 말을 이었다. 막상 이야기를 하면 아무렇지도 않은데. 하여간 괜한 생각을 하면 안 됐다. 인간은 괜한 상상으로 스스로를 괴롭게 마련이다. 그러지 말아야 하면서도 왜 일어나지도 않을 일들을 먼저 생각하고 걱정한단 말인가. 그건 정말 스스로를 나락으로 떨어뜨리는 일이었다.

"열심히 해야겠더라. 사람들 기대가 크던데?"

"배운 대로 열심히 해야지."

"잘할 거야, 넌."

"기본을 잃는 의원이 되고 싶지 않으니까 열심히 해야지."

사람들은 처음과 기본이라는 것을 무척이나 쉽게 생각하고 무시하기 일쑤였다. 사실은 그게 제일 중요한 것임에도 불구하고. 누구에게나 처음은 있다, 기본은 이런 것이다, 라고 하면서 아무것도 아닌 듯 말한다. 사실은 그것들을 밟고 왔으니 이렇게 성장할 수 있는 것이었는데도. 그것을 잃으면 모든 것이 무너진다는 것도 사람들은 모르는 것 같다.

한 번씩 이렇게 도규와 이야기를 나누다 보면 영은 새롭게 깨닫게 되는 것들이 많은 것 같았다. 어쨌거나 그는 배울 점이 많은 사람이었고, 한때 저런 사람을 좋아하고 동경했다는 건 그녀에게 있어 어떻게 보면 자부심이 될 수도 있는 일이었다.

"들어오라고 하는 당은 없어?"

"기자로 묻는 거야?"

"아니야. 그냥 친구로서 묻는 거야."

"물론 있어."

없을 수가 없을 것이다. 3선이 유력했던, 아니, 확정이라고 생각했던 후보를 떨어뜨린 신성이었다. 게다가 누구에게나 존경받았던 김관진 의원의 옆에서 보좌관을 했던 남자였다. 거기다 개인적으로도 도규가 바른 사람이라는 것은 그녀도 잘 알고 있는 사실이었다. 그녀가 보기에도 그런 사람인데 오랜 연륜을 쌓아오고, 사람 보는 눈에 일가견이 있는 그 사람들이 욕심을 내지 않을 리가 없을 것이다.

"우리가."

"우리?"

"친구인가?"

그의 물음에 그녀는 입을 다물고 말았다. 하지만 시선은 그를 향해 똑바로 고정되어 있었다. 운전을 하고 있어 시선을 앞만 고정하고 있었지만 도규의 신경이 영에게로 온통 쏠렸다는 것은 그녀 스스로도 느낄 수 있었다.

"너에겐 안된 일이지만 난 친구가 되고 싶은 마음이 없어. 그러니까 채영이 빨리 포기해 주면 좋겠는데."

"뭐?"

"조급하게 굴지 않으려고 했지만 조급해져. 나는 빨리 그 옆자리를 차지하고 싶은 남자니까."

Rebuff

❻
용서해, 기억해

어색함을, 불편함을 어떻게 줄여보려 말을 붙였는데 더 가중되고 말았다. 근래에 이렇게 얼굴을 붉힐 일이 몇 번이나 있었던가? 이것도 굉장히 오랜만이라 그런지 왠지 모르게 색다른 느낌을 받았다. 이건 창피한 건지 아니면 부끄러운 건지 그것도 아니면 설렘에 가슴이 뛰는 건지. 어쨌거나 심장 박동수가 정상적으로 돌아오기까지는 꽤 오랜 시간이 흘러야 할 것 같았다.

결국 집 앞까지 도착할 때까지 아무 말도 하지 못했다. 아니, 말을 할 수가 없었다. 그 공기 중에 부유하며 떠다니는 것들이 그녀의 어깨를 온통 짓누르고 있었으니까. 그저 고개를 숙인 채 괜히 죄 없는 손톱만 부딪치며 괜히 굳은살을 건들기도 하고 뜯기도 했다. 그렇게 혼자만의 어색한 세상에 빠져 있어 집 앞에 도착한 것도 모르고 있었다.

달칵, 하는 소리와 함께 그녀의 벨트가 풀렸다. 멍하니 앉아 있는 그녀를 대신해 그가 벨트를 풀어준 것이다. 영은 그제야 정신을 차리고 재빨리 주위를 둘러보았다. 눈에 익은 아파트 현관이 보이자 벌써 도착했다는 것을 알고 괜히 헛기침을 하며 가방끈을 움켜쥐었다.

"데려다 줘서 고마워, 가볼게."

하지만 문을 열 수 없었다. 그의 팔이 더 빠르게 다가와 그녀의 손목을 잡았기 때문이다. 원래 키가 큰 애들이 팔도 긴 모양인지 힘들이지도 않고 쉽게 멀찌감치 있는 그녀의 손목을 잡았다. 잡아 끌어당긴 탓에 영은 오른쪽 팔이 왼쪽으로 교차된 상태로 눈을 동그랗게 뜨고 도규를 바라보았다.

이렇게 가까이에서 뚫어져라 바라보는 것은 처음이었다. 두 사람의 얼굴 거리는 20㎝도 넘지 않을 만큼 가까웠다. 영은 저도 모르게 그대로 숨을 멈추고 말았다. 이성과 이런 좁은 밀실 안에서 닿아 있는 게 처음이었기 때문이다. 겨우 진정됐던 심장은 다시 빠르게 뛰기 시작했다. 심장 뛰는 소리가 원래 이렇게 컸던가? 아님, 요즘 나오는 차들이 좋아서 엔진 돌아가는 소리도 들리지 않게 만드는 건가.

"가능성이 없는 건 아닌 것 같은데?"

"뭐?"

"심장 소리, 다 들려."

거짓말, 이라는 말이 목구멍까지 나왔다가 다시 쭉 내려갔다. 하긴, 그녀의 귀에서 지금 심장 소리가 무척이나 크게 들려서 쥐구멍이라도 있으면 당장에라도 들어가고 싶었다.

"이제까지 남자친구도 없었다면서?"

누가 그딴 소리를 떠벌렸어, 라고 묻고 싶었지만 영은 입술을 질끈 깨물었다. 어차피 도규는 다른 친구들과 연락을 한 지 그녀보다 오래되었다. 그러니 그녀에 대해 이미 다 보고받고 결심을 진작 했을 것이다.

억울하다, 이럴 줄 알았으면 소개팅이라도 좀 해볼걸. 괜한 애사심에 회사에 충성을 다했던 20대의 세월이 이렇게나 아까울 수가.

"그거 나 때문이라고 생각해도 돼?"

그 말에 영은 잠시 멍해졌다.

사실, 모든 게 핑계다. 얼마든 소개팅 할 시간도 있었고 관심을 보이며 다가왔던 남자들도 있었다. 지금은 그저 일을 하고 싶다, 라는 핑계로 모두 거절해 왔었지만 마음엔 첫사랑의 그늘의 길게 드리워져 있었다.

그렇다고 도규와 사귀고 싶다거나 연애를 해보고 싶다고 생각했던 건 아니었다. 그냥 그 정도의 첫사랑의 마음을 깊이 가지고 있어도 괜찮을 거란 생각이 들었다.

그녀는 지금 하고 있는 일이 좋았고, 재미있었다. 때론 상실감을, 때론 보람을 느끼고 또 때론 절망을 또 때론 희망을 볼 때도 있었다. 그 반복되는 생활이 뭐가 좋으냐고 누군가는 물었지만 그녀는 이게 사람들의 희로애락을 바로 옆에서 볼 수 있는 특권이라고 말을 하기도 했었다. 그렇게 정신없이 시간을 보냈었다.

누군가에겐 긴 시간이었는지도 모르겠지만 그녀에겐 아주 그냥 찰나와도 같은 시간이었다. 아니, 어쩌면 허망하게 엄마를 보내고 어떻게든 외로울 시간을 만들지 않기 위해 닥치는 대로 일을 했을지도 모른다. 조금 더 솔직히 말하자면 이제는 누군가를 잃는다는 게…… 무서웠다.

그의 다른 손이 올라와 그녀의 볼을 쓸어내렸다. 그냥 아주 잠깐, 엄마를 떠올린 것뿐이었는데 눈물이 흘러내린 모양이다. 이젠 괜찮아졌다, 웃을 수도 있다 생각했지만 그건 그냥 짧은 생각이었던 모양이다. 그냥 생각을 하지 않았던 것뿐이지 엄마를 떠올리며 웃을 수 있는 건 아니었다.

"누군가를 잃는다는 게 무섭고 싫어."

아주 잠깐이었지만 도규의 얼굴에 무거운 그늘이 드리웠다. 영은 더 이상 도규를 바라보지 못한 채 살짝 눈꺼풀을 내리깔며 그의 눈을 피했다.

"비겁한 거 알아."

뭐가 비겁하다고 하는 걸까? 누가 비겁하다고 하는 걸까?

"너 지금 마음 약해져 있잖아."

애초에 단단한 마음이라는 게 있는 걸까? 존재하기는 하는 걸까? 그냥 무뎌지고 무뎌져 사람은 그 순간을 참고 견디며 즐긴다고 착각하는 게 아닐까?

"그걸 난 지금 파고들려고 하는 거야."

어디선가 들어본 적이 있는 것도 같다. 사람이 심적으로 힘들 때 기댈 수 있는 무언가를 찾아 헤맨다는 것을. 그럴 때 누군가가 손을 내밀면 덥석 잡는다고.

"생일 선물 먼저 받아가도 될까?"

그게 무슨 소리냐고 말하기 위해 살짝 고개를 들던 때였다. 입술로 말캉한 무엇인가가 와서 부딪치고, 뜨거운 숨결이 고스란히 느껴졌다. 부드러운 입술이, 뜨거운 혀가 그녀에게 입을 열어달라고 재촉을 한다. 누군가와의 이런 강한 스킨십이 처음이라 그녀는 그대로 굳어버리고 말았다. 놀라 벌어진 입속으로 그의 혀가 들어와 마음껏 헤집어댔음에도 불구하고 그녀는 아무런 반응조차 할 수 없었다.

10년 만에 그를 만났을 때 당했던 키스와는 또 다른 느낌이었다. 크고 뜨거운 손바닥이 그녀의 목덜미를 감싸 안자 영은 그제야 크게 떴던 눈을 천천히 감았다. 누군가 사람의 체온은 생각보다 훨씬 뜨겁다고 했다. 그것을 그녀는 태어나 처음으로 느끼게 되었다.

그가 도망가려는 그녀의 혀를 잡아 순식간에 낚아채 핥고 어르고, 또 놓아줬다 다시 잡는 것을 반복한다. 입술에서 나는 끈

적한 마찰음이 그녀의 귓가를 때리고, 목덜미를 감싸 안은 그의 긴 손가락은 마치 마사지를 하듯 부드럽게 그녀의 목을 간질인다. 이 모든 느낌이 낯설지만 불편하지는 않았다. 그냥 이 따뜻한 온기가 계속 함께했으면 하는 마음도 들 정도였다.

뜨겁고 마구잡이로 소유욕을 주장하던 혀가 빠져나가고, 부드럽고 뜨겁던 입술도 천천히 멀어졌다. 그녀는 멈추고 있던 숨을 한 번에 몰아쉬었다. 목을 감싸고 있던 손이 앞으로 돌아와 볼을 감싸고 그녀의 입술을 가볍게 쓸어내었다. 가까스로 눈을 뜬 영은 바로 앞에서 마주친 그의 눈빛을 피하고 싶었다. 하지만 온몸은 굳은 듯 움직여지지 않았다.

유난히 선이 뚜렷한 큰 눈동자는 그녀를 똑바로 마주 보고 있었다. 그리고 그 눈이 더 가까워진다고 느꼈을 때쯤 그의 입술이 그녀에게 살짝 닿았다 떨어졌다.

"더 욕심내고 싶은데 채영에겐 너무 벅찰 것 같아서."

"어?"

"다음 욕심은 보류."

그렇게 말한 그가 차에서 내렸다. 잠시 머릿속이 복잡해졌다. 그러니까 방금 전까지 그냥 평범한 이야기를 하고 있었다. 그리고 그에게 위로를 받고 있다고 생각했다. 그런데 갑자기 선물로 이야기가 넘어가더니 그녀는 지금…… 키스를 했다. 그것도 두 번째 키스를.

키스를 했다고 자각하는 순간 문이 열리며 시원한 봄바람이 그녀의 몸을 감쌌다. 아직도 얼이 빠져 있는 그녀를 보고 그는 팔을 뻗어 차에서 내릴 수 있게 도와주었다. 그녀의 가방을 단단히 손에 쥐어주고 현관 바로 앞까지 같이 걸어갔다.

"내 번호 보면 고민하지 말고 그냥 받아."

"뭐?"

"초조하고 불안하더라. 채영이 날 피하는 걸 보니까."

사실 그녀 스스로도 지금 감정 정리가 쉽지 않았다. 그래서 조금 피해보고 혼자 생각을 해보면 조금 더 객관적으로, 좀 더 나은 쪽으로 정리를 할 수 있지 않을까 생각했다.

"나도 지금 내 감정이 익숙하지가 않아서 당혹스러울 정도거든."

말도 안 된다고 생각했다. 그래, 김도규는 어쩌면 감정이 없는 사람이라고 생각했던 것도 같다. 언제나 늘 그는 입가에 미소를 머금고 따뜻한 눈빛을 하고 있었다. 마치 이 세상에 미워하는 사람은 하나도 없다는 얼굴로.

"첫사랑이라는 게 이렇게 강력한 힘을 가질 줄은 몰랐는데."

"첫…… 사랑."

그래, 도규는 그녀가 첫사랑이라고 말을 했었다. 왜 계속 자각하지 못하고 있었던 것일까. 어쩌면 스스로 계속 현실감을 느끼지 못했을지도 모르겠다.

"아무 조건도 보이지 않고 사람이 그냥 좋아질 수 있다는 게 이런 건 줄 몰랐어. 그래서 나도 지금 앞서 가는 욕심 잡아두려고 노력하는 중이야. 내가 보기에 채영은 느린 사람 같아서."

잘못 봤다. 그녀는 성질이 무척이나 급했다. 그래서 초조함이 많은 사람이었다.

"인정하는 것도, 감정도 느린 사람."

평소 같았으면 이렇게 계속 눈을 마주치는 사람이 있다면 피했을 것이다. 하지만 그녀는 계속 멍하니 자신을 뚫어지게 바라보는 그의 눈을 마주 보며 계속 좇고 있었다. 지금 눈앞에 있는 사람이 정말 김도규가 맞는지, 아니, 그녀가 지금 꿈을 꾼 건 아닌지 볼을 꼬집어보고 싶을 정도였다.

"밥이라도 먹여서 들여보내고 싶은데, 약속이 있어서."

"퇴근한다고……."

"조금이라도 채영하고 데이트 비슷한 거라도 하고 싶어서 핑계 댔던 거야. 사실 지금도 늦었거든."

"빨리 가봐."

"약속해, 금요일에 꼭 오겠다고."

얼떨떨한 얼굴로 그녀는 고개를 끄덕였다. 하지만 도규는 믿지 못하겠다는 듯 그녀의 새끼손가락까지 내놓으라고 말했다.

"유치원생도 아니고……."

"확실해?"

"갈게, 갈 거야."

"기대하고 있을게. 어서 들어가."

고개를 끄덕인 영은 비밀번호를 누르고 유리문이 열리자 안으로 들어섰다. 도규가 뒤로 한 걸음 물러서자 문이 닫혔다. 문이 완전히 닫히자 그가 가볍게 웃으며 고개를 끄덕이고 서둘러 차로 뛰어갔다.

정말 바쁜 약속이 있던 모양인지 그의 차가 빠른 속도로 눈앞에서 사라졌다. 그렇게 이미 사라져 버린 그의 모습을 찾던 영은 손을 들어 올려 볼을 꼬집었다. 아팠다, 그것도 엄청나게.

✤　✤　✤

알람을 맞춰놓지도 않았지만 새벽 5시가 되자 저절로 눈이 떠졌다. 침대에서 일어나 앉는데 그와 동시에 문이 살짝 열리며 진의 말간 얼굴이 드러났다.

"일어났네?"

"지금."

"씻고 나와, 출발하자."

영은 고개를 끄덕이고 자리에서 일어났다. 욕실로 들어가 깨끗하게 샤워를 한 뒤 그녀의 엄마가 좋아했던 초록색 티를 찾아 입었다. 이건 어느 순간부터 늘 이날이면 입게 되는 유니폼 같은 옷 중 하나가 되었다. 간단히 기초화장품을 바른 뒤 선크림과 비비크림만 발라 얼굴을 확인했다.

어제저녁 난데없는 키스 사건으로 빨리 잠들지 못했다. 그러고 보니 이날이 오면 전날 거의 울면서 잠이 들었는데, 울지 않은 건 5년 만에 처음이었다. 이걸 도규에게 고마워해야 할지⋯⋯.

영은 거울 속의 자신의 모습을 찬찬히 살폈다. 입술이 오늘따라 유난히 붉어 보이는 건 착각일 것이다. 늘 그녀는 입술이 립스틱을 발라놓은 것처럼 붉어 보인다는 소리를 들었었다. 그러니 그냥 이건 착각이다.

방에서 빠져나오자 진은 이미 현관 앞에서 준비해 놓은 짐들을 챙겨 들고 있었다. 채 경감까지 안방에서 나오자 세 사람은 집을 나섰다.

채 경감은 운전을 하고 그 조수석 자리엔 똘이가 마치 원래 주인인 것처럼 앉아 있었다. 뒷자리에 나란히 앉은 영과 진은 차창 밖으로 지나는 풍경을 보았다. 봄이 성큼 다가왔다. 벚꽃이 며칠만 있으면 만개할 것처럼 꽃봉오리를 틔어내고 있었고 간혹 몇 개의 나무는 시기를 조금 더 빨리 알아챘는지 분홍빛 꽃잎들을 자랑하듯 피워내고 있었다.

"진이 넌 요즘 병원에서 힘든 건 없고?"

"없어요, 교수님도 좋으시고. 그래도 올해는 레지던트가 세 명이나 와서 그나마 잠도 잘 자고 이렇게 나오고 하는 거죠."

하긴, 작년에 진은 이날 병원에서 빠져나오지 못했었다. 사실 이번에 나올 수 있었던 건 군대를 가기 진적이니 가능했을 것이다. 그리고 엄마는 올해 꼭 진을 보고 싶어 할 것 같았다.

사교육 없이 의대를 진학했던 진은 동네 사람들의 귀감이 되었다. 어렸을 때부터 영특했던 진을 엄마는 무척이나 자랑스러위했었다. 물론 진은 그녀에게도 자랑스러운 동생이었다.

"그래, 다음 주에 훈련소도 내려가니까 후배들 잘 챙겨주고. 아빠는 교육이 있어서 시간을 못 빼겠구나."

"어차피 4주 훈련하고 나오는 건데요, 뭘. 혼자 가도 돼요."

"왜 혼자 가. 내가 데려다 줄게."

"누나 고생할까 봐 그러지."

"고생은 무슨. 그거 뭐 몇 시간이나 걸린다고. 하나뿐인 동생이 군대를 가시는데 어떻게 혼자 보내냐? 가서 자장면 좀 먹여서 들여보내야지."

후배 중 누가 그랬는지 기억이 잘 나진 않지만 훈련소에 들어갔을 때 자장면을 먹지 못하고 들어갔던 게 제일 후회가 된다고 했었다. 그때 그 말을 듣고 그녀도 진이 군대에 간다면 꼭 중국 음식을 먹여서 들여보내겠다고 생각했다.

세 사람이 오순도순 이야기를 하며 시간을 보내다 보니 어느 덧 익숙한 산이 나타났다. 도로에서 보면 바로 보이는 선산 왼쪽 끝에 엄마의 무덤이 있었다. 상석엔 하얀 국화다발이 놓여 있었고, 향로석에는 하얀 봉투가 놓여져 있었다. 세 사람 모두 말은 하지 않았지만 누가 다녀갔는지 알고 있었다. 가해자의 부모는 늘 엄마의 기일이 되면 그 전날 찾아와 이렇게 꽃과 봉투를 놓고 사라졌다.

봉투에는 적지 않은 돈이 들어 있었고, 처음에 채 경감은 그 집에 찾아가 이런 건 됐으니 더 이상 찾아오지 말라고 했었다.

그 가해자의 부모는 그저 아무 말 없이 고개만 숙인 채 봉투를 받지 않았다고 했다. 그 뒤로 채 경감은 늘 그 봉투를 엄마의 이름으로 기부를 했다.

채 경감은 봉투와 꽃다발을 치우고 정성스레 준비해 온 음식물들을 내려놓았다. 진은 상석 앞으로 돗자리를 꺼내 펴고 무릎을 꿇고 앉아 제기에 음식과 과일들을 올리고 채 경감에게 건네주었다. 채 경감은 음식들을 상석에 정갈하게 놓고 준비가 다 되자 옆으로 걸어 나왔다.

"엄마한테 인사해야지."

늘 그렇게 말하고 난 뒤 채 경감은 뒤로 돌아서서 눈물을 닦아냈다. 처음엔 채 경감이 그저 뒤로 돌아서서 앞으로 보이는 호수를 보고 있다고 생각했다. 그런데 우연히 보게 되었다. 채 경감은 그 상태에서 움직일 수가 없었던 것이다. 조금이라도 움직이면 울먹이는 어깨를 자식들에게 보이게 될까 봐. 오늘도 역시 그런 채 경감을 모른 체한 영과 진은 향을 피우고 절을 두 번 올렸다.

어젯밤 채 경감과 그녀가 만든 몇 가지 종류의 전과 나물이 보이자 영은 픽 웃고 말았다. 엄마는 제사 음식을 하고 나면 꼭 저런 것들을 한데 비벼 먹는 걸 좋아했었다. 비빔밥을 싫어했던 그녀는 잘 먹지 않았지만 진은 엄마와 함께 숟가락을 들고 볼이 미어터질 듯 입에 넣고 먹었었다.

"엄마가 해준 비빔밥 먹고 싶다."

그 말에 진이 그녀를 돌아보았다. 늘 기일에 이곳에 오면 그녀는 아무 말도 하지 않았었다. 무덤 옆에 앉아 마치 봉분이 엄마라도 되는 듯 말을 거는 사람은 진이었다. 그런데 오늘은 그녀가 봉분에 기대어 앉아 마치 엄마의 머리카락을 쓰다듬듯 잔디를 쓸어내고 있었다.

"엄마, 어떤 식당을 갔는데 겉절이가 나온 거야. 그런데 엄마가 했던 맛이랑 정말 비슷하더라. 엄마가 요리는 다 잘했는데 겉절이는 맛이 없었잖아. 에이, 이 식당 망하겠네, 라고 혼자 말하면서 그걸 리필해서 계속 먹었다? 나…… 엄마가 해준 거 먹고 싶다. 엄마가 만들어줬던 거 아무거나. 나는 아직 투정을 부리고 싶은데 엄마가 없어……."

목이 메어 말이 잘 나오지 않았다. 목구멍 끝이 따끔거리고 조이는 것 같다. 눈물은 눈에 가득 고였는데 다행히도 흘러나오진 않는다. 영은 입술 끝에 힘을 주며 웃었다.

"벌써 서른이 넘어서 이젠 투정부리는 것 그만두려고. 나…… 그 사람들 용서할 수 없을 것 같았는데 이제 용서해 주려고. 엄마도, 그랬을 거 아니까 나도 그러려고. 나도…… 엄마 닮으려고. 엄마처럼 따뜻한 사람 되려고 노력할게. 그런데 엄마, 그 사람들 용서해도 엄말 잊는 건 아니야. 늘 엄마를 기억하고 있을게. 내가 죽을 때까지. 엄마, 이제 놓아줘서 미안. 다음에도 우리 엄마 해라. 그땐 오래오래 옆에 있어. 나하고 진이가 결혼하는 것도 보고, 애 낳는 것도 보고. 할머니 소리도 들어봐야지. 엄마,

나 낳아줘서 고마워. 엄마 딸로 태어나게 해줘서 고마워."

결국 어쩔 수 없이 무뎌지는 것이 사람이라고 했다. 어쩔 땐 괜찮은 것 같다가도, 또 어떨 땐 그리움과 슬픔이 사무치듯 올라올 때가 있었다. 그건 비단 그녀뿐만이 아닌 채 경감이나 진이 역시 마찬가지일 것이라고 생각했다. 그녀는 스스로 많이 성장해 가고 있다고 생각했다. 그런데 사실은 그날부터 그녀의 시간이 멈춰 있었던 것이다. 그래서 앞으로 나갈 생각을 차마 하지 못했다.

✢ ✢ ✢

올해 역시 엄마의 기일을 보내는 새벽 혼자 침대에 누워 끙끙 앓았다. 예전과 다른 점이 있다면 온종일 눈물을 흘리지 않게 된 것이다. 예전엔 아프면 서럽고, 엄마가 보고 싶은 마음에 혼자서 울어댔는데 올해는 조금 달랐다.

몸이 아팠지만 마음은 후련해져서 더 이상 눈물이 나오지 않았다. 꼭 독감에 걸리기 전처럼 온몸의 뼈 마디마디, 근육통이 한꺼번에 오는 것 같았다. 그래서 팔만 뻗으면 닿을 거리의 핸드폰이 반짝이고 있는데도 몸을 제대로 움직일 수가 없었다.

겨우 손을 뻗어 핸드폰을 집어 들었을 때 화면엔 부재중 전화 세 통이 떠올라 있었다. 손가락을 움직여 보았지만 그것도 멋대로 움직여지지 않아 락 장치가 쉽게 풀리지 않았다.

그만 포기를 하고 다시 자야겠다고 생각하는데 벨 소리가 울리기 시작했다. 겨우 눈꺼풀을 들어 올려보니 익숙한 번호가 떠올랐다. 어떻게든 받아야겠다는 생각에 가까스로 화면을 터치하고 스피커 모드로 돌렸다.

〈여보세요? 채영?〉

몇 번이나 헛기침을 하면서 목소리를 내기 위해 애를 썼다.

"여보세요."

마치 사포로 목을 긁는 듯한 느낌이 났다. 아파서 말도 제대로 하기 싫었다. 아니, 하고 싶어도 할 수가 없었다.

〈어디 아파? 아프면 한 번만 쳐봐.〉

머리도 좋은 남자. 아니, 이건 눈치가 빠르다고 해야 할까? 영은 손가락으로 마이크 부분을 한 번 툭, 쳤다.

〈회사야?〉

이번엔 두 번.

〈집?〉

이번엔 한 번. 그와 동시에 핸드폰 화면이 꺼졌고 영은 조용히 눈을 감았다. 어디에선가 시끄러운 소리가 나기 시작했다. 이게 꿈인지 현실인지 구분하기 어려울 정도였다.

천천히 눈을 떴을 때 전화를 받았을 때보다는 몸 상태가 조금은 나아졌다고 생각했다. 살짝 고개를 돌려보자 시계는 pm 6:10을 가리키고 있었다. 어제 집에 들어와 내내 끙끙 앓았던 모양이었다.

희미하게 들렸던 소리는 꿈이 아닌 모양이었다. 초인종과 핸드폰이 동시에 울리고 있었다. 핸드폰엔 도규의 이름이 떠 있었고 영은 서둘러 핸드폰을 받았다.

"여보세요?"

〈쓰러진 줄 알고 경비실 갈 뻔했어. 문 좀 열어주지?〉

"우리 집?"

〈전화 받았던 거 기억 안 나?〉

희미하지만 기억하고 있다. 자리에서 일어난 영은 재빨리 방에서 빠져나와 현관문으로 걸어갔다. 도어락을 풀고 문을 열자 슈트를 입고 있는 도규의 모습이 드러났다. 순식간에 집 안으로 들어온 도규가 그녀의 얼굴을 살폈다. 그러고 보니 어제 들어와 잠든 뒤로 거울을 한 번도 보지 않았다. 이 상황에서 얼굴이 걱정되는 건 역시 여자의 마음인가 싶어 왠지 모르게 웃음이 나올 뻔했다.

"병원은? 어디가 아픈 건데?"

도규는 무척이나 자연스럽게 먼저 손을 들어 올려 그녀의 이마에 대고 열을 체크했다. 이건 5년 내내 그랬듯 그냥 긴장을 하고 있던 것이 한꺼번에 터져 나오는 몸살이었다. 어릴 때부터 크게 아팠던 적이 없었던 그녀는 5년 전부터 늘 이때 아팠다.

마치 1년 내내 긴장하고 있던 모든 것들이 풀리면서 근육을 조여오듯 아파왔는데, 처음엔 병원으로 가서 근육 이완제까지 맞았다. 지금은 그냥 하룻밤 꼬박 앓고 자리에서 툭툭 털고 일어날 정도로 적응이 되었다.

열이 없다는 것을 확인한 도규는 안심이라는 듯 낮은 안도의 한숨을 내쉬었다. 크고 서늘한 손이 멀어지자 잠시 엉거주춤 서 있던 영이 살짝 뒤로 물러섰다.

"들어와."

그러고 보니 집을 청소했었던가? 재빨리 주위를 둘러보자 진이 병원에 가기 전 깨끗하게 청소를 해놓고 간 듯했다. 아니면 3일에 한 번씩 청소하러 오시는 아주머니가 오던 날인가, 싶어 달력을 보았다. 아주머니는 내일 오시니 청소를 한 사람은 다름 아닌 진이었다. 그렇다면 부엌엔 끓여놓은 죽이 있을 것이다.

"병원 가자."

"됐어. 그냥, 이맘때쯤은 늘 아파. 올해는 덜 아팠어."

"이맘때쯤?"

"어제가 엄마 기일이었거든."

그 말에 막 구두를 벗고 거실로 들어서던 도규는 잠시 멍한 표정을 지었다. 그리고 이내 정신을 차린 듯 유리문을 닫고 완전히 안으로 들어섰다. 그동안은 집이 그렇게 작다고 느끼지 못했는데 도규가 들어서자 어딘지 모르게 비좁아 보였다. 아니, 실제로 집은 넓은 편이었지만 그의 존재가 그녀에게 크게 느껴지는 것이라고 말하는 게 맞았다.

"밥은?"

"이제 먹어야지."

"나가서 죽 사올게."

"아냐, 부엌에 죽 있어."

나가려는 도규의 팔을 붙잡아 세웠다. 조금 전까지만 해도 느끼지 못했었는데 거실까지 뜨끈뜨끈한 것을 보니, 몸살에 걸릴 그녀를 알고 채 경감이 출근할 때 보일러는 틀어놓고 간 모양이었다.

영은 잠시 도규를 소파에 앉혀두고 아일랜드 식탁 벽면에 있는 보일러 버튼을 눌렀다. 아무래도 환기가 필요할 것 같아 거실 창을 열려고 하자 도규가 영을 제지했다.

"아직 몸 안 좋아 보여. 오늘은 바람도 차가우니까 이대로 있어. 내가 죽 데워줄게."

그는 그녀를 식탁 앞에 앉히고는 부엌 공간 안으로 들어섰다. 부엌은 거실과 따로 구분이 없이 뚫려 있었다. 구분이 되는 건 식탁과 붙어 있는 싱크대와 조리대 공간이었다. 그가 먼저 싱크대 앞에 서서 손을 깨끗이 씻더니 뒤로 돌아서서 냄비 안을 훑어보았다. 사실 죽이 있다는 건 추측이었는데 정말 있었는지, 그는 자연스럽게 불을 약하게 올리고 조리대 위에 있는 쟁반을 닦아냈다. 처음 오는 공간인데도 불구하고 꼭 익숙한 사람처럼 구는 도규가 낯설지가 않았다.

영은 식탁 앞에 앉아 도규의 모습을 물끄러미 바라보았다. 서랍장들을 열어보며 무엇이 있는지 파악하는 모습, 정성스럽게 죽을 젓는 모습, 그릇에 죽을 담는 모습. 그는 그릇을 쟁반

위에 올리고 그녀의 앞으로 내밀었다. 곧 다가와 앉을 거라고 생각했는데 그는 조리대 앞에 그대로 서서 그녀를 마주 보고 있었다.

"이쪽으로 와서 앉아."

그녀가 몸을 살짝 옆으로 옮기자 그는 젖은 손을 티슈에 닦아 내고 걸어와 앉았다.

"밥 먹었어?"

"아니."

"그럼 같이 먹자."

"배 안 고파."

"혼자 먹기 민망해서 그래."

결국 영이 자리에서 일어나려고 하자 도규가 그녀를 말렸다. 그리고 자신 몫의 죽을 떠와 그녀의 옆으로 다시 앉았다. 생각을 해보니 몸을 돌려 원목 식탁에 앉으면 마주 보고 먹을 수 있는데 왜 불편하게 앉아 있을까 생각을 했다. 그녀가 쟁반을 들고 일어서려고 하자 도규는 손목을 붙잡았다.

"그냥 이대로 먹어."

"불편하지 않아?"

"내가 널 마주 보고 앉아 있는 게 더 불편할 텐데."

그 말에 영은 끙 소리를 내며 고개를 숙였다. 도규의 말처럼 그냥 나란히 앉아 죽을 먹는 게 낫겠다 싶었다. 다진 새우가 들어간 죽은 간도 약해서 재료 본연의 맛이 느껴졌다. 그녀에게는 좋았지만 도규에게는 심심하지 않을까 생각됐다.

"간이 약하지 않아? 간장이라도 내올까? 그러고 보니 김치도 안 내놨네."

"맛있어. 그냥 먹자."

사실 입안이 깔깔해서 그냥 대충 몇 번 떠먹고 약을 먹을 생각이었다. 하지만 옆에 그가 앉아 그녀가 하는 행동들을 유심히 지켜보고 있었다. 눈이 옆에 달린 것도 아닌데 그의 눈빛이 고스란히 느껴졌다. 결국 반도 못 먹고 영은 들고 있던 숟가락을 내려놓았다.

도규는 물컵을 그녀의 앞으로 내밀었다. 굳이 더 먹으라는 말도 하지 않았다. 그는 자리에서 일어나 깨끗이 설거지를 했고 영은 자리에서 일어나 화장실로 들어갔다. 양치를 하고 차가운 물로 세수를 하니 정신이 조금 드는 것 같았다. 욕실에서 나오니 앞으로 다가온 그가 다시 한 번 그녀의 이마로 손을 가져갔다.

"열 없다니까."

"그래도 얼굴색이 안 좋아. 들어가서 누워. 너 자는 것만 보고 갈게."

그러고 보니 오늘 채 경감은 숙직이 있는 날이었다. 이 큰 집에 둘만 있다는 게 어쩐지 조금은 불안했다. 물론, 도규가 정말 짐승처럼 달려들진 않겠지만 이미 전적이 있었기 때문이다. 사귀는 사이도 아닌데 키스를 했다. 아니, 요즘은 뭐 자고 나서 사권다고도 하니까. 그래도 도규가 그렇게 배고픈 짐승처럼 덤벼들진 않을 거라고 영은 믿기로 했다.

"정말 아무 짓도 안 할게."

머릿속을 읽은 걸까? 아니면 긴장을 풀어주기 위해서인 걸까? 그의 농담에 그녀는 픽 웃고 말았다.

왠지 남에게 침실을 보여주는 건 조금 부끄러운 일이었다. 그러고 보니 대학 생활 이후로는 아예 누군가를 집에 데려와 본 적이 없었다. 게다가 남자가 그녀의 방에 들어온 건 처음이었다. 침대와 책상만 있는 방이었는데 왠지 여자에 대한 환상이 깨지지 않을까 싶었다.

그녀의 방은 정말 단순했다. 서재가 어차피 따로 있었으니 방 안은 침대와 화장대가 전부였다. 여자의 방치고는 물건 하나도 제대로 없어 삭막해 보인다며 엔틱 화장대는 준희가 선물해 준 것이었다.

당연히 방 안을 둘러볼 거라고 생각했는데 그는 먼저 침대 옆으로 서서 그녀가 눕기를 기다리고 있었다.

"약은?"

"그냥 자고 나면 괜찮아질 거야."

"그래, 우선 눕자."

얼떨결에 고개를 끄덕이고 침대에 눕긴 했다. 도규에게 전화가 왔을 때 전기장판을 끄고 가지 않아 시트 안은 따뜻했고 절로 몸이 풀리는 느낌도 들었다.

웬만하면 내일 아침까지도 정신을 차리지 못했을 텐데 역시 시간이라는 것이 약이라는 걸까? 아니면 마음이 조금은 가벼워져서 그런 걸까? 정말 이제 내일 일어나면 몸은 깨끗이 나을 것 같았다.

도규는 바닥에 앉아 잔뜩 걱정스러움이 가득한 얼굴로 그녀를 보고 있었다. 정말 아픈 환자도 아니었는데 왠지 그 눈빛을 받고 있기 민망해졌다. 그는 그녀의 손을 잡고 마치 마사지를 해주는 듯이 손가락 마디마디를 주물러 주고 있었다. 시원한 느낌에 저도 모르게 웃음이 나왔다.

"마사지 좀 해줄까?"

"그런 것도 할 줄 알아?"

"안마가 뭐 별 건가."

그렇게 말하며 그가 일어나 침대 옆으로 앉았다. 영은 자연스럽게 몸을 살짝 옆으로 옮기고 시트를 걷어내었다. 당선자의 안마를 받다니. 이런 호강이 또 언제 있을까 싶었다. 그가 이끄는 대로 엎드리자 목 뒤에서부터 어깨의 뭉친 근육까지 그는 부드럽게 안마를 하기 시작했다. 손이 커서 그런지 아니면 남자라 손아귀 힘이 좋아서 그런 건지 절로 시원하다는 느낌이 들었다.

등 근육까지 많이 뭉쳤다는 게 그의 안마로 느껴졌다. 그동안 일을 하면서 많이 익숙해졌다고 생각했다. 그런데 늘 긴장을 베이스로 깔아두고 사건을 취재하고, 기사를 썼다. 새삼 그게 느껴져 저도 모르게 웃음이 흘러나왔다.

"똑바로 누워봐."

등이 편하게 풀린다 싶을 때 도규의 목소리가 들렸다. 안마하는 스킬이 좋은 건지 이건 꼭 푸켓에 놀러 갔을 때 받았던 태국 마사지 같았다. 그때도 2시간 내내 마사지를 받으면서 저도 모르게 잠이 들었었다.

원래 스킨십에 익숙한 편이 아니라 절대 잠들지 못할 거라고 생각했었다. 거기다 마사지는 아프다고 생각했었는데 태국 마사지는 그냥 부드럽게 근육을 풀어주는 것이라 그냥 기분이 좋았었다. 그때의 느낌을 지금 받고 있었다.

"이런 마사지 받아보는 거 되게 오랜만이다."

"그래?"

"어릴 땐 몸살이나 근육통 때문에 아프면 아빠가 자주 주물러 주셨는데."

"요즘은 안 해주셔?"

"아빠도 나이 드셔서 그런지 전혀. 그리고 내가 해드려야 할 나이지."

눈앞이 가물거리고 자꾸 감기는 게 이대로 잠이 들 것 같았다. 잠이 들면 안 된다 싶으면서도 아주 잠깐씩 존 것 같았다. 팔을 문지르듯 안마를 해주는 느낌이 좋았다. 처음 집에 들어와 이마로 손을 가져다 댔을 때는 무척이나 서늘했는데 지금 그의 손은 계속되는 마찰로 인해서 뜨거울 정도였다.

"이래서 내일 내 생일파티는 올 수 있겠어?"

"생일파티 처음 해봐? 왜 그렇게 들떠 있어?"

"처음 해봐."

"정말?"

잠이 살짝 깨는 느낌이었다. 영은 눈을 슬쩍 떠서 도규를 바라보았다. 그는 안마에 온통 집중해 있었다. 입술을 꾹 깨물고 잘생긴 미간은 살짝 주름이 잡혀 있었다. 이건 그가 집중을 할 때 나오는 표정이었다.

같이 수업을 들을 때 저 집중하고 있는 얼굴이 좋아 옆모습을 몰래 훔쳐보았었다. 그땐 그렇게 멀어 보였던 그 김도규가 지금은 그녀를 위해 집중을 하고 있었다.

"어릴 땐 부모님도 늘 바쁘셨고, 나도 딱히 생일에 감흥이 없어서."

"어린애가 그러기 쉽지 않은데."

"애늙은이였나 보지."

"애늙은이 잘 어울린다. 얼굴 그대로에 키만 큰 거 아니야?"

"거의 그럴걸?"

그가 심드렁하게 대답했다. 정말 어릴 때 모습이 지금과 비슷할까? 그녀는 어릴 때의 모습이 거의 남아 있지 않았다.

"보고 싶다, 김도규 어린이."

"내일 보여줄게. 앨범은 꽤 많이 있어."

"바쁜데 나 때문에 시간 많이 할애하는 거 아니야?"

"그 정도 투자쯤은 해야지."

왠지 모르게 실실 웃음이 나왔다. 그 김도규가 그녀의 마음을 얻기 위해 시간을 투자한다는 게 신기하기도 하고, 재미있기도 했기 때문이다. 그때 그의 손길이 코끝에서 느껴졌다. 콧등에서 코끝으로 손가락을 슬쩍 쓸어내린 느낌에 영이 천천히 눈을 떴다.

"내가 누군가를 마음에 담지 못한 게 김도규 때문만은 아니야."

"알아."

"알아?"

그래, 그녀가 누군가를 사귀지 못한 건 그 때문이 아니었다. 그저 정말 인생에서 가장 큰 파도가 크게 휩쓸고 지나가 정신을 차릴 수 없었기 때문이다. 그리고 어제가 되어서야 그 파도가 잔잔해졌다.

"나는 스물한 살의 김도규가 미치도록 싫어질 때가 있거든. 그땐 의리를 지켜야 하는 게 당연한 줄 알았고, 다른 사람의 마음은 헤아릴 줄을 몰랐었거든. 그래서 나는 지금 꽤 초조해."

"김도규가?"

"지금 또다시 그때의 마음을 갖고 싶거든."

인내심이 긴 타입일 거라 생각했었다. 그런데 지금의 도규의 표정을 보니 조급하고 목말라 하는 것 같았다. 사람 마음이라는 게 참 이상해서 이대로 받아주고 싶기도, 또 받아주기 싫기도 했다. 왜 마음은 갈팡질팡하고 있는 걸까?

"마음뿐만 아니라, 몸도."

도규가 이런 말을 할 수 있을 거라곤 생각하지 못했다. 덕분에 놀란 그녀는 멍하니 그를 바라볼 뿐이었다. 그의 입술이 다시 천천히 열렸다.

"키스한다."

❼
기다림

    말끔한 얼굴로 출근을 한 그녀를 보고 제일 놀라워한 사람은 민철이었다. 그동안 어머니의 기일을 지내고 오면 그녀는 늘 어딘가 넋이 빠진 사람 같았기 때문이다. 꼭 며칠은 해쓱해진 얼굴로 좀비처럼 기어 다니곤 했었으니까.

    그런데 오늘 영은 평소와 다름없이 좋은 혈색을 하고 있었다. 물론, 볼살이 조금 빠진 듯했지만 작년과 비교해 보면 다른 인간이라고 할 수 있었다.

    "경찰서 다녀왔어?"

    "네. 기사도 써서 올리고, 좀 이따 다시 경찰서 들어가 봐야죠."

    "너 묘하게 얼굴이 좋아 보인다?"

"좀 많이 편해졌거든요."

그 말에 민철이 알겠다는 듯 고개를 끄덕였다. 어쨌거나 민철은 선배로서 그녀를 잘 이끌어주고, 또 은근히 챙겨주는 선배였다.

"참, 일요일에 우리 팀 회식 있다."

기사거리를 정리하는데 민철이 하는 말에 영은 대충 고개를 끄덕였다. 민철은 혀를 끌끌 차면서 노트북으로 고개를 돌렸다.

"너 컴퓨터 평소에 정리 좀 하고 살아라. 그러니 고장이 나지, 이 마이너스의 손아."

"이상하게 꼭 전자기기는 나한테 들어오면 금방 고장 나더라."

"네가 해먹은 노트북만 해도 몇 개냐? 나 아니었으면 너 진작 쫓겨났어."

"그래서 내가 잘하잖아요, 선배. 이거 왜 이러실까? 장……."

민철이 재빨리 손을 뻗어 그녀의 입을 막았다. 영은 인상을 구기며 민철의 손을 떼어냈다.

"퉤퉤, 더럽게."

"그래, 장가보내 줘서 고맙다. 됐냐?"

"내가 은근히 마담뚜에 소질이 있나? 이상하게 내가 소개시켜 주는 사람들은 다들 결혼이야. 나중에 그쪽으로 좀 나가볼까?"

"남 해줄 생각 말고 너도 연애 좀 해. 썩겠다, 썩겠어."

영은 더 이상 할 말이 없다는 듯 괜히 헛기침을 하며 기사 작성에 열을 올렸다. 그러고 보니 어제저녁 키스를 하려는 도규의 얼굴을 막아 세웠다. 어쨌거나 아직 사귀는 사이도 아닌데 벌써 키스 몇 번 했다고 그렇게 들이미는 건 왠지 그녀를 움츠러들게 만들었다. 어쩌면 연애에 대해 면역성이 없어 그런 것인지도 모른다. 연애도 해야 는다고 하더니 이럴 줄 알았으면 다가오는 남자를 다 쳐내지 말걸 그랬다.

"선배."

"왜?"

바쁜지 화면에서 눈을 떼지 못하고 자판을 치고 있는 민철을 보면서 영은 한숨을 푹 내쉬었다. 그리고 턱을 괴고 살짝 민철 쪽으로 몸을 돌렸다.

"그럼 소개 좀 시켜주지 그랬어요. 괜히 억울하네, 반짝반짝 빛나던 20대 그냥 다 날린 것 같아서."

그 말에 민철이 쳐다보지도 않고 비웃음을 날렸다. 그 웃음에 영의 얼굴이 살짝 찌푸려졌다.

"뭐야, 그 비웃음은?"

"소개? 야, 오는 남자도 다 쳐낸 게 채구영 기자거든?"

"그 구영이 좀 그만해요."

"그럼 채불감?"

영이 입술을 살짝 깨물고 가자미처럼 눈을 치켜뜬 채 민철을 노려보았다. 물론, 그럼에도 불구하고 위협은 없었다. 그녀야 워낙 혼자서 이런저런 묘한 표정 짓기 선수였기 때문이다.

"채불감은 무슨, 선배도 나중에 알면 깜짝 놀랄걸."

"뭘 놀라?"

"아니에요. 얼른 올리고 경찰서로 가야겠네."

서둘러 기사를 마무리하고 주변을 정리하기 시작했다. 이틀이나 쉬었으니 마음이 급했다. 물론, 새벽에 경찰서에 먼저 들러 이틀간 있었던 사건들을 파악하고, 보고받고 정리했지만, 또 그 사이 사건이 없는지 초원을 헤매는 하이에나처럼 침을 흘려야 했다.

다시 경찰서로 가기 위해 조급한 마음으로 가방에 노트북을 챙겨 넣는데 민철이 고개를 돌리며 물어왔다.

"참, 그 도규 열애설은 어떻게 된 거야?"

"그냥, 여동생 같은 애래요."

그냥 도규의 이름이 나왔는데 왜 또 심장이 주책 맞게 뛰는 건지 모르겠다. 거기다 자신과 관련된 이야기도 아니고 열애설에 대한 이야기였는데. 그러고 보니 도규의 열애설로 인터넷이 한바탕 난리가 났었다.

워낙 정신이 없어서 잊고 있었는데 예원의 얼굴이 떠올랐다. 강아지처럼 예쁘고 동그랗게 큰 눈이 인상적인 변호사였다. 한 번 재판장에서 봤을 때 생긴 것과 다르게 무척이나 강단 있고 똑부러진다고 생각했다. 요즘은 얼굴도 예쁜 사람들이 공부도 잘

하고 성공한다면서 투덜대던 경윤이 생각났다. 경찰서에 가기 전에 연예부도 좀 들러서 경윤을 봐야 할 것 같았다.

"저 나갑니다."

"일요일에 봐."

"네."

사람들에게 인사를 하고 부서에서 빠져나왔다. 하여간 경윤도 양반이 되긴 그른 모양이었다. 한참이나 찌든 얼굴을 하고 한 손엔 벤티 잔을 든 채 어기적어기적 걸어오고 있는 모습이라니. 역시 이 회사에 들어오면 누구든 좀비화가 되는 모양이었다.

"뭐야, 눈 좀 뜨고 다녀라. 그래도 오늘은 회사에 있네?"

"이때까지 밤샘하고 들어오는 거야. 이놈의 류태준, 내가 꼬리 잡고 말 거야!"

한쪽 주먹을 불끈 쥐고 말하는 경윤을 보니 태준에 대해 얽힌 게 많은 모양이었다. 류태준이라면 대한민국 최고의 영화배우였다. 과학고, 과학기술원 출신의 엘리트에 외모 역시 훌륭하지만 연기와 인성까지 훌륭하다며 사람들 사이에선 결혼하고 싶은 남자, 사위 삼고 싶은 남자로 유명했다.

그녀가 보기에도 류태준은 그 험난한 연예계에서 깨끗하고 겸손하게 차근차근 올라간 사람인데 경윤이 왜 이렇게 마음에 들어 하지 않는지 이해할 수가 없었다.

"류태준이면 봉사활동도 잘하고, 연기도 잘하고, 잘생기고,

자타공인 대한민국 최고의 남자잖아."

"나 걔랑 중학교 같이 나왔거든? 그거 다 가면이야. 아, 잡힐 것 같은데 안 잡힌단 말이야. 걔 분명히 만나는 여자 있어."

다른 사람도 아니고 연예부에서 탑을 달리고 있는 경윤이 이렇게 확신에 차서 말하는 것을 보니 정말 뭐가 있긴 있는 모양이었다.

경윤은 유능한 기자였고, 억측으로 기사를 쓰지도 않았다. 늘 정확하고 거대한 특종을 터뜨리는 스타 기자였다. 물론 연예인들은 경윤의 이름을 들으면 저승사자라도 만난 것처럼 덜덜 떤다고 하지만. 거기다 네티즌들은 경윤의 기사가 올라오면 신뢰성 100%라며 무조건 추천을 날린다고 했다.

"너 혹시 류태준 좋아해?"

그 말에 이제까지 퉁퉁 부어 뜬 건지 감은 건지도 몰랐던 경윤의 눈이 거짓말처럼 동그랗게 커졌다.

"내가? 하, 류태준을?"

저 말투와 입가에 걸린 비릿한 웃음은 영도 쉽게 알 수 있었다. 정말 어이가 없어 멘탈이 털린 것 같은 표정이었다.

"두고 봐라, 3개월 안에 내가 실체를 파헤쳐 줄 테니까."

"무슨 억하심정 있어?"

"그건 내 비밀. 그것까지 말하면 내가 정말 얼굴 팔리니까. 어쨌거나 그냥 걔는 재수 없어. 가면 쓴 애야. 웃을 때 봤어? 봤어? 입만 웃어, 눈은 절대 안 웃어. 너 다음에 정말 똑바로 봐라."

"잘만 생겼더만."

아무래도 영의 말이 마음에 들지 않는 모양이었다. 곧 잡아먹을 듯한 눈으로 노려보는 것을 보니. 그러다 눈 찢어지겠다고 말하려다 영은 입을 다물었다.

"근데 너 어디 가?"

"어디 가겠냐? 경찰서 가지."

"밥 먹고 가. 나 3일 내내 차 안에 박혀서 삼각김밥에 햄버거만 먹었어."

결국 영은 고개를 끄덕이고 경윤과 함께 회사 건물을 나섰다. 그리고 이제 겨우 오전 11시가 넘은 시각에 두 사람은 이제 막 문을 연 식당으로 들어와 오리불고기를 대면하고 있었다.

삼각김밥과 햄버거만 먹었다고 하면서 또 이런 기름진 고기가 입에 들어가는 모양이었다. 서비스로 나온 오리탕 뚝배기를 받으며 경윤은 입맛까지 다시고 있었다.

"소주 한 잔만 있으면 딱인데."

"이모, 사이다 두 병 주세요."

이 대낮부터 술을 마시고 싶어 하다니. 역시 한경윤은 독종 같은 기자다웠다. 곧 나온 음료수를 따라 건네주자 경윤은 아쉽지만 어쩔 수 없다는 얼굴을 하며 치얼스를 외치고 잔을 부딪쳤다.

"이따 밤에 한잔할까?"

"오늘 약속 있는데……."

"뭐야, 채구영도 약속이 다 있는데 나는 왜 이런 인생이야."

또 자책을 하고 있다. 똑 부러지고 야무진 경윤은 늘 연애만 하면 이상하게 오래가지 못했다. 대부분 남자들이 먼저 접근을 하는데 하나같이 2개월도 버티지 못하고 나가떨어졌다. 남자들 말로는 이상하게 경윤의 기자 같은 촉 때문에 무섭다고 했다.

"그냥 동창들 만나는 거야."

"나도 동창들이나 만, 아니다. 집에 가서 혼자 치맥이나 해야지. 참, 김도규 열애설 아주 거하게 났더라?"

사람들은 왜 그녀만 보면 다들 도규의 연애설을 떠올리는 걸까. 역시 그녀를 알고 있는 사람들이라면 김도규가 떠오르는 게 당연한 걸까? 하긴, 도규의 그림자는 그녀를 대학 내내 쫓아다녔었다.

회사에 들어와서는 용의자를 향해 잘 부탁한다며 90도로 인사를 해 구영이 쫓아다녔고. 그래도 다행이라고 생각할 건 '채불감' 보다 '채구영' 이 더 오래 지속되고 있었다. 채불감보다는 차라리 채구영이 더 나았다. 영은 스스로 생각해도 참 무한긍정 이라며 스스로를 칭찬하고 싶었다.

"그 변호사 엄청 유명하던데? 얼짱 변호사라고 그러면서. 집 안도 부자에 성격도 좋은데다 정의감도 있다고 하고."

"아……."

하긴, 원래 다들 끼리끼리 논다고 하지 않던가. 대학 시절 도규를 따라 봉사활동을 갔을 때 그의 모임에 있다던 친구를 만났었는데, 이름만 대면 알 만한 병원을 무려 전국구로 가지고 있는 집안의 사람이었었다.

그땐 별생각 없었는데 사회에 나와 세상을 알고 보니 사람들은 다 끼리끼리 만난다는 것을 깨닫게 되었다. 이런저런 세상의 부조리를 많이 접하며 이 세상이 진짜 돈이 다인 거냐고 민철에게 물었던 적도 있었다. 그녀가 알고 있던 세상은 무척이나 좁았었다.

"둘이 잘 어울리던데. 도규는 뭐라는 말 없어?"

"어? 그냥…… 어릴 때부터 보던 동생 같은 애라고."

사무실에서 민철에게는 나중에 사실을 알면 깜짝 놀랄 거라고 빈정댔는데 급 자신감이 떨어졌다. 어쨌거나 집안은 선택해서 태어날 수 있는 게 아니었다.

영은 고개를 저었다. 사람이 사람을 만나는 건데 그런 연결까지는 짓고 싶지 않았다. 막말로 지금 도규와 사귄다고 해서 결혼을 할 것도 아닌데. 아니, 지금도 사귀는 것이 아닌데. 앞으로 어떻게 될지도 모르는데 벌써부터 괜한 걱정은 하기 싫었다. 그리고 원래 걱정을 사서 하는 성격도 아니었다.

"그래? 그러고 보니 김도규도 얼굴 보면 속을 알 수 없단 말이야. 거 류태준이랑 비슷한 인간 같다니까. 하긴, 정치가들이 다 구리긴 하지. 신강오 빼고."

정치인들이라면 학을 떼면서도 신 의원은 좋아하는 모양이었다. 하긴, 신 의원은 젊은데도 패기가 있고, 줏대가 있으며, 강직

하다고 하는 인사였다. 아버지가 몇 선이나 한 힘 있는 국회의원 인데다 다음 대통령으로까지 거론되고 있는데도 어떤 건방짐이나 허세 같은 것도 없었다. 정치인 중 그 정도면 인간 대 인간으로서 괜찮다고도 생각했다.

"아무튼 너도 김도규랑 너무 가까이 지내지 마."

"왜?"

"언제 물들지 어떻게 알아. 괜히 엮여서 좋을 거 없다니까. 이거 먹고 빨리 들어가서 기사 써야겠다. 써야 할 게 아주 산더미야."

그때부터 경윤은 흡입신공을 보여주었다. 뜨거운 것도 어찌나 빠르게 잘 먹는지 영은 고기도 몇 점 입으로 가져가지 못했다. 볶음밥까지 2인분을 시켜 깨끗하게 긁어 먹은 뒤 경윤은 배가 부르니 우선 들어가서 빨리 기사를 쓰고 쉬어야겠다며 회사를 향해 뛰어갔다. 저렇게 성질이 급하니 맨날 체했다며 소화제를 달고 다니지.

영은 고개를 저으며 경찰서를 향해 발길을 돌렸다. 그런데 이상하게 오늘따라 옆구리가 가려운 느낌에 고개를 틀자 재킷 주머니에 핸드폰을 넣어놨던 것이 기억났다. 재빨리 핸드폰을 보자 액정에 '김도규'라는 이름이 떠다녔다. 저도 모르게 망설이다 재빨리 전화를 받았다. 그때와 같이 들키면 정말 얼굴을 들면목이 없을 것 같았다.

"여보세요?"

〈몸은 좀 어때?〉

"괜찮아. 컨디션도 좋고."

〈점심은?〉

"이제 막 먹고 나오는 중."

어색할 거라고 생각했는데 의외로 편안했다. 얼굴을 보고 있지 않아서 그런지도 모른다. 어쨌거나 핸드폰으로 흘러나오는 그의 음성은 성우나 배우처럼 무척이나 좋았다. 제일 처음 목소리를 들었을 때부터 가수를 해도 좋겠다고 생각했었다.

〈빨리 먹었네?〉

"친구가 배고프다고 해서. 너 인기 좋은가 봐?"

〈인기?〉

"나 만나는 사람마다 다 열애설에 대해서 물어봐."

〈채영도 신경은 쓰이는 거지?〉

신경이 안 쓰인다면 당연히 거짓말이었다. 더군다나 상대가 워낙 엘리트 여성이 아니던가. 뭐, 어쨌거나 자기 비하는 하고 싶지 않았다.

"밥 먹었어?"

〈이제 먹으려고.〉

자꾸 이렇게 일상적인 이야기를 하다 영은 뭔가 빠뜨린 것만 같이 초조해졌다. 이런, 오늘은 어쨌거나 그녀가 먼저 도규에게 전화를 했어야 했다.

"참, 생일 축하해."

고맙다는 말이라도 들려올 줄 알았는데 도규는 아무 말이 없었다. 전화가 끊긴 건가 싶어 귀에서 떼고 액정을 보는데 여전히 통화 시간은 흘러가고 있었다.

"김도규?"

〈아, 고마워.〉

옆에 있는 사람이 뭐라고 하는 걸 보니 이야기 중인 모양이었다. 아무래도 빨리 전화를 끊어야 그도 식사를 할 것 같았다.

"미역국은 먹었어?"

〈본가에서 자서 어머니가 해주셨어.〉

"다행이네. 빨리 밥 먹어."

〈빨리 끊고 싶은 모양이다?〉

"그게 아니라 바빠 보여서."

〈그럼 저녁에 보자.〉

뭘 받고 싶냐고 물어보고 싶었는데 정말 바빴는지 전화가 바로 끊겼다. 물론 그는 선물로 딱히 바라는 게 없다고 했지만 그래도 뭔가 하나 사주고 싶었다. 얼굴에 빨간 리본끈이라도 매달고 가면 기겁하겠지 싶었다.

스스로 생각해도 어이가 없어 영은 길거리에서 크게 웃고 말았다. 지나가는 사람들의 시선에 아무 일도 없었던 척 괜히 핸드폰을 들여다보았다.

아무래도 이제 국회의원이 되고 정장을 많이 입으니 셔츠와 넥타이 정도면 무난하겠단 생각이 들었다. 신사복을 파는 층으로 들어서서 무난한 브랜드 매장 안을 훑어보았다.

"선물 찾으세요?"

"네. 30대 초반 정도의 남잔데 셔츠와 넥타이를 선물하고 싶
거든요. 너무 유행 타는 게 아니면 좋겠는데."

"외형이 어떻게 되세요?"

외형을 어떻게 설명하면 좋을까. 역시 사람을 보고 진돗개 같
다고 하면 안 될 것 같아 영은 고민스러워 살짝 고개를 갸웃거렸
다.

"아, 혹시 김도규라고 이번에 당선된……."

"어머, 당연히 알죠. 저도 그분 뽑았는데요."

"딱 그렇게 생겼어요."

"남자친구분이 미남이시네요."

물론 직원은 말은 그렇게 해도 그녀의 이야기를 믿지 않는 듯
했다. 하긴, 그 김도규가 그녀를 좋아할 거라고 누가 생각할 수
있을까.

직원이 추천해 준 것들 중 너무 튀진 않지만 세련된 것으로 골
라 포장한 것을 받은 뒤 백화점을 빠져나와 다시 경찰서로 향했
다.

그런데 경찰서에 들어서는데 이상하게 사람들 표정이 싱글벙
글했다. 경찰서에 뭐 좋은 일이라도 있는 건지 평소엔 인사를 해
도 피하거나 대충 고개를 끄덕이던 사람들이 오늘따라 그녀에게
무척이나 친절했다. 심지어 먼저 인사를 하며 캔커피를 주고 가

는 사람들도 있어서 무서울 정도였다.

거기다 채구영 기자님도 아니고 오늘은 채영 기자님이라면서 어찌나 친절하게 말을 해주는지. 영은 알 수 없어 고개를 살짝 갸웃거리며 기자실로 들어섰다. 사람들에게 인사를 하고 경수를 향해 걸어갔다.

"경수야, 뭐 사건은 없었어?"

"사건 있죠."

"뭔데? 특종? 너 잡았어?"

"선배요."

"선배? 나?"

그냥 평범한 사회부 기잔데 사건 같은 게 있을 리가 없었다. 그냥 사고를 몰고 다니는 기자라고 처음 회사에 들어왔을 때는 욕을 많이 들었었지만. 요즘은 그래도 꽤 일 잘한다는 말도 많이 들었는데. 갑자기 억울함이 몰려왔다.

"경찰서 내 사람들이 다 선배님 다시 봤다고 난리잖아요. 그렇게 인간적인 줄도 모르고 그동안 놀려왔다고. 생각해 보니 몇 년간 그렇게 놀려도 화 한 번 안 냈다고 하면서 선배 다시 보기 운동 벌어졌어요."

"인간적?"

"그 할머니요. 무가지 할머니."

그 말에 영이 저도 모르게 허허, 웃고 말았다. 아마 그 자리에 여느 다른 기자가 있었어도 그녀처럼 했을 것이다. 그날도 사람들이 칭찬을 하더니 며칠 지나고 더 부풀려진 모양이었다.

괜한 칭찬을 받은 것 같아 영은 머리를 긁적이며 쑥스러운 얼굴을 계속 숨기지 못했다. 물론 채구영 기자라고 놀리지 않는 게 며칠 가진 않겠지만, 사람들의 기자에 대한 인식이 바뀌었다는 것은 그녀에게 꽤 고무적인 일이었다.

"선배 완전 인기 최고던데요?"

"그럼 이제 수월하게 기사거리 좀 던져 주고 그러려나? 그 강력 5반에 까칠한 형사 있잖아. 강주영 형사. 맨날 소리 지르고 니기라고 하는데. 대체적으로 강력 5반이 좀 거칠긴 하지만."

"한 번 가봐요. 아까 거기 반장님이 선배 칭찬 엄청 하던데. 사람 괜찮다고 하면서."

경수의 말에 또 영은 들뜬 마음으로 기자실을 빠져나와 강력반이 있는 곳으로 계단을 올라가기 시작했다. 강력반이면 출동도 많이 해야 할 텐데 왜 3층에 있는지 모르겠다고 혼자 중얼거리면서 신이 나 문을 두드리고 살짝 열었다.

우렁차게 인사를 하려던 순간 팔이 찢겨진 셔츠에 입술이 터져 피를 닦고 있는 남자와 눈이 부딪쳤다. 그때까지만 해도 웃고 있던 영의 얼굴이 꼭 귀신이라도 본 것처럼 굳었다. 그 남자는 다름 아닌 김도규였다.

숨이 턱턱 막힌다는 게 이럴 때 쓰이는 모양이었다. 도규와의 통화를 끝내고 백화점에 들러 선물을 사고 경찰서로 돌아온 건 약 30분 남짓의 시간이었다. 도규는 통화를 끊고 식사를 하러 간다고 했는데 어떻게 이곳에, 그것도 강력반에 저 얼굴을 하고 있는 것일까?

제대로 얼굴을 맞은 건지 입술이 찢어져 피가 나오고 있었고, 왼쪽 턱 밑쪽은 벌써 멍이 올라와 있었다. 넥타이는 보이지도 않고 푸른빛의 셔츠는 엉망으로 찢겨 있었다. 늘 왁스를 발라 단정했던 머리카락도 제멋대로 흐트러져 있었고, 앉지도 못한 채 의자 등받이에 손을 기대고 한쪽 다리에만 힘을 주고 엉거주춤하게 서 있는 것을 보니 발목도 이상이 있는 것 같았다.

그 몰골을 한 채로 형사와 웃으며 이야기를 나누고 있던 도규도 슬쩍 고개를 돌려 옮기려다 다시 설마 하는 표정으로 돌아보았다.

그의 얼굴에 낭패의 빛이 어렸다. 이런 모습을 보여주기 싫었던 걸까? 하지만 경찰서에 오게 된 이상 그녀가 알 수 있는 일이었다.

"우리 채 기자님 오셨네요?"

"네, 반장님. 그런데 이게 어떻게……."

"김 당선인께서 차 절도범 잡아주셨습니다."

차 절도범을?

쉽게 이해가 가지 않아 영은 황당한 얼굴로 반장을 바라보다 도규를 향해 고개를 돌렸다. 그는 조금 난처한 듯 슬쩍 웃음을 흘렸다. 강력 5팀에 기자들이 단 한 명도 없는 걸 보니 아직 다른 기자들은 냄새를 맡지 못한 모양이었다.

"그런데 채 기자님, 이거 당선인께서 기사 같은 거 안 내고 싶으시다는데……. 우리 채 기자님 인간적이시니까 그냥 봐주시면."

평소에 그녀만 보면, 아니, 기자들만 보면 썩은 표정으로 피하거나 무시하기 일쑤였던 5팀 반장이 무려 그녀를 향해 웃으면서 부탁을 하고 있었다. 거기다 우리라는 대명사까지 붙여 쓰다니. 물론 기자로서의 소명이 있긴 하지만 본인이 싫다면 이걸 기사화 시킬 생각은 없었다.

가만히 앉아서 영은 이야기를 듣기 시작했다.

점심을 막 먹으러 가기 위해 그는 차에 앉아 비서를 기다리고 있었다고 했다. 그녀와 전화를 막 끊었을 때 뒤에서 꽤 강한 힘으로 어떤 차가 박더니, 멈춰 서지도 않고 그대로 도망을 치자 도규가 그대로 차를 몰아 쫓아갔다.

뒤에서 쫓아오는 경찰차와 스피커로 울리는 소리를 듣고 절도범이라는 걸 알아챈 그는 그때부터 레이싱 실력을 발휘해 앞으로 가 그 차를 막아 세웠단다. 경찰서의 서쪽으로는 바로 공단이 나와 도로가 굉장히 넓고, 이 시간대면 지나다니는 차들도 많이 없었다. 그들은 도심에서 무려 속도 120으로 추격전을 벌였다고 했다.

그 와중에 그의 차는 엉망이 되었고, 뒤에서 쫓아온 경찰차에도 포위를 당하자 이젠 절도범들이 차를 버리고 도망을 가는데 도규도 본능적으로 뛰어가 놈들을 잡았다고 했다. 레이싱은 슈

마허를 능가했지만, 싸움에는 재능이 없었다는 반장의 말이 이어졌다. 어떻게든 한 놈을 잡아 세웠는데 날아오는 주먹을 피하지 못하고 턱을 강타당했다. 턱이 으스러질 것 같은 통증이 왔을 텐데도 불구하고 그는 놈을 놓치지 않고 잡았다고 했다.

영이 기가 막힌 얼굴로 도규를 바라보자 그는 픽 웃었다. 그러다 이내 찢겨진 입술이 아픈지 저도 모르게 인상을 찌푸리는 게 보였다. 그러고 보니 범인을 잡기 위해 도로에서 구른 모양인지 셔츠도 아스팔트로 인해 까만 자국이 군데군데 묻어 있었다. 생일 선물로 셔츠를 사오길 다행이라고 생각했다.

"깡이 좋은 거야, 생각이 없는 거야?"

"그냥, 둘 다?"

"호신술은 안 배웠나 봐?"

"몸 쓰는 건 별로 재능이 없어서."

영은 그를 알고 난 뒤 처음으로 빈정거리고 있었다. 물론, 마음속으로 그가 미워서 하는 빈정거림이 아니라 걱정스러운 마음이 그렇게 표현되고 있는 것뿐이었다. 그냥, 그 상황에선 그렇게 되었다라고 말하면 될 것을 그녀가 빈정거리는 것을 뻔히 알면서 그는 친절히 답을 해주고 있었다.

아직 밥도 먹지 못했다는 도규를 보고 그냥 경찰서 식당을 갈까 하다 저 몰골로는 도저히 갈 수 없다고 판단했다. 결국 도규는 기자들의 눈에 띄지 않기 위해 마치 범인처럼 슈트 재킷으로 얼굴을 가린 채 재빨리 건물에서 빠져나와 그녀의 차로 향했다.

뒷좌석에서 쇼핑백을 꺼내 운전석으로 앉은 영은 그에게 그것을 건네주었다. 도규는 이게 뭐냐는 듯한 얼굴로 그녀를 바라보았다.

"그래도 생일인데 아예 선물을 안 살 수 없잖아."

"고마워."

선물을 받을 거라곤 전혀 예상도 해보지 못한 얼굴을 하고 있는 도규를 보고 있자니, 영은 왠지 마음이 불편해졌다.

그녀도 이젠 꽤 높은 연봉을 받고 있는 사회의 일원이었다. 선물 정도는 마음만 먹으면 할 수 있었다. 딱히 자기 자신을 위해 쓰는 일은 별로 없었지만 주변 사람에게 선물할 때는 아끼지 않는 편이었다. 그러고 보니 그에겐 뭔가를 딱히 사주었던 기억이 없었다. 하긴, 사주려고 해도 같이 지냈던 시간이 워낙 짧기도 했다. 몇 번인가 밥을 사주려고 했지만 그때마다 그가 계산을 하거나 또 타이밍이 맞지 않았다.

"네 취향 아닐지도 몰라. 어떤 브랜드 입는지도 모르고. 그냥 동생 입는 브랜드로 샀는데 마음에 들지 모르겠네. 그래도 지금은 꽤 유용할걸?"

그가 고개를 끄덕이더니 쇼핑백에서 상자를 꺼내 열었다. 거기엔 파스텔 빛의 분홍색 셔츠가 들어 있었다. 색을 확인한 도규가 잠시 할 말을 잃은 듯 셔츠만 빤히 바라보고 있었다.

물건을 고르기 위해 그냥 딱 김도규같이 생겼다, 라고 말을 해주었다. 직원은 그 이야기를 듣고 거침없이 물건을 골라주었다.

그녀 역시 그 두 가지를 보고 역시 직원은 다르다고 생각했다. 고민할 것 없이 그 두 개를 바로 사서 나왔다. 어쨌거나 정말 그 '김도규'에게 선물을 할 것이었고 베테랑으로 보이는 직원이 추천하는 것이니 어색할 리가 없다고 생각했다. 그리고 이렇게 맞춰보니 정말 도규에게 색이 잘 받았다. 그러고 보니 직원이 그런 말도 했었다.

"정치인이라 그런가? 솔직히 잘생기긴 했지만 인상이 유한 편은 아니시잖아요. 좀 딱딱해 보이시게 늘 푸른빛이나 무채색 계열 셔츠만 입으시던데, 저는 이런 게 정말 잘 어울릴 거라고 생각했거든요."

사실 직원의 말에 영은 동의를 하지 못했다. 그녀가 보는 그는 이목구비가 뚜렷하지만 그래도 제법 유해 보인다고 생각했었다. 하지만 남들의 눈에 그는 날카로운 이목구비로 보이는 모양이었다.

직원의 말은 정말 딱이었다. 도규에겐 저런 따뜻하고 포근해 보이는 색상도 잘 어울렸다. 잠시 고민을 하는 듯하던 도규는 아무 말 없이 셔츠를 벗기 시작했다. 여기서 무슨 짓이냐고 그녀가 말하기 전에 그의 민소매 셔츠가 보이자 영은 안도의 한숨을 내쉬었다. 막상 고민을 끝내자 도규는 군말 없이 빠르게 셔츠를 입고 단추를 채웠다.

"사이즈 딱 맞네? 내 사이즈 알았어?"

"직원 언니한테 김도규 같은 사람이 입을 거라고 했거든."

너무 솔직한 대답이었던 걸까? 그가 또다시 웃음을 터뜨리다 입술에 난 상처 때문에 인상을 찌푸렸다. 영은 생각난 듯 팔을 뻗어 글로브 박스를 열었다. 그런데 운전석에선 거리가 꽤 멀어 그의 허벅지에 거의 가슴을 대고 눕는 꼴이 되었다.

그걸 전혀 의식하지 못했던 영은 더욱더 팔을 뻗어 결국엔 연고를 찾아내었다. 그리고 스스로가 장하다는 듯 웃으며 몸을 일으키는데, 시트에 허리를 세운 채 꼿꼿이 앉아 있는 도규를 보고 고개를 갸웃거렸다.

"왜? 많이 아파?"

그가 살짝 고개를 젓자 그녀는 연고를 내밀었다. 그런데도 불구하고 도규는 받을 생각도 하지 않고 있었다. 그렇다고 해도 그녀가 직접 입술에 발라주기는 조금 민망해서 그녀는 우물쭈물 연고만 들고 있었다. 그런데 그때 그가 고개를 살짝 돌리며 그녀를 바라보고 턱을 내밀었다. 강력반에서 봤을 때까지만 해도 약간 푸른빛이었는데 지금은 거의 보랏빛으로 바뀌어 있었다.

"병원 가야 되는 거 아니야?"

"이 정도 가지고 병원은 무슨. 약 발라줘."

"차에 많이 있는 게 거울이야. 보고 발라."

무뚝뚝한 그녀의 반응에 그가 슬쩍 웃음을 흘리며 연고를 받아갔다. 그리고 사이드미러를 보고 상처가 난 입술 부위에 연고를 살짝 발랐다.

영은 자신이 착각을 하고 있었다고 생각했다. 그는 왠지 섬세하게 생겨 저런 것도 잘 바를 것이라고 생각했었다. 그런데 역시 남자는 남잔지 피딱지가 굳어 있는데 그냥 그 위에 엉성하게 덧대어 바르고 있었다.

"이리 내. 내가 발라줄게."

"이 정도면 된 것 같은데."

"상처 부위에 발라야지. 너 은근히 허당이다?"

도규는 군말 없이 그녀의 손에 연고를 다시 들려주었다. 영은 물티슈를 꺼내 그의 입술을 살짝 눌러 피딱지를 제거했다. 꽤 아플 텐데도 불구하고 그는 신음 소리도 내지 않고 살짝 눈을 감고 있었다.

막상 그의 입술을 만지던 영은 잊고 있던 기억이 순식간에 떠올랐다. 키스를 했었다. 그것도 엄청 진하게 두 번이나. 어디서 그런 용기가 나서 연고를 발라준다고 했던 걸까. 하지만 괜히 혼자 오버하고 있는 것인지도 몰랐다. 그는 그 키스에 대해서 전혀 생각도 하지 않고 있는 것 같았다.

"윽."

저도 모르게 긴장해서 상처 부위를 닦는데 손가락에 힘이 들어간 모양이었다. 역시 아프긴 아픈지 신음 소리를 흘리는 것을 보니 그도 평범한 인간이구나 싶어 웃음이 나왔다. 그가 한쪽 눈만 살짝 떠서 그녀를 바라보았다.

"왜 웃어?"

"김도규도 아픈 거 아는구나 싶어서."

"내가 철인도 아니고 아픈 게 당연하지."

그가 슬쩍 그렇게 말을 흘리며 다시 눈을 감았다. 쓰라린 건지 미간에 살짝 힘이 들어가 있는 게 보인다. 짙은 눈썹은 한 번씩 꿈틀거리고 있었다. 그리고 영은 새로운 것을 발견했다.

그는 속눈썹이 무척이나 길고 숱이 많았다. 왠지 송아지가 떠올랐다. 하긴, 그는 잘생긴 이목구비를 갖고 있었지만 그중에서도 눈이 참 예쁘다고 생각했었다. 어쩌면 그게 이 속눈썹 때문일지도 몰랐다.

"제법이더라, 채영?"

"어? 뭐가?"

그녀는 건성으로 대답하면서 그의 입술에 난 상처에 집중했다. 드디어 피딱지가 다 제거되었다. 이제 약만 살살 얇게 바르면 될 것 같았다.

"꽤 발육 좋다?"

"발육?"

"뽕 넣은 것도 아니던데?"

이게 무슨 소리야 싶다가 그녀는 깨달았다. 이 연고를 꺼내기 위해 몸을 숙였을 때 그의 허벅지에 가슴이 닿았다. 그럼 그가 굳어져 있던 게…… 얼굴로 열이 확 올라왔다. 그녀의 손가락이 사정없이 입술의 상처를 꾹 눌렀다. 자신의 잘못을 알았는지 이번엔 윽, 소리도 내지 못한 채 그가 미간을 확 찌푸렸다.

"뭐야, 이제 국회의원 될 사람이 지금 성희롱을 해?"

"성희롱은 무슨."

"그거 성희롱이거든?"

"누가 먼저 가져다 댔는데."

"그건 이거 꺼내려다가 그런 거 아니야."

"그보다 듣고 싶은 말이 있는데."

순식간에 화제를 돌리는 것을 보니 확실히 정치인의 피가 흐르고 있는 게 틀림없었다. 하긴, 그녀도 실제로 얼굴을 보고 해주고 싶은 말이 있긴 했었다.

"통화할 때 했잖아."

"얼굴 보고 하는 거와는 다르지 않나?"

"생일 축하해."

"살면서 생일에 큰 감흥은 없었는데."

"어떻게 감흥이 없어?"

"오늘은 내 생일에 감사하게 되네."

왜 생일에 감사한다는 걸까? 보통 그건 낳아주신 부모님께 하는 말이 아니던가? 그녀가 생각을 하며 눈동자를 굴리자 그가 시트를 살짝 뒤로 젖히며 몸을 기대었다.

"나중에 말해줄게."

"하나도 안 궁금하거든?"

"표정은 그게 아니던데?"

은근히 이럴 때보면 여우 같은 면이 있다. 하긴, 정치인들은
앙큼한 게 여우 같다고들 하니까. 영은 한숨을 푹 내쉬며 그대로
차를 출발시켰다.

✠   ✠   ✠

근처의 허름한 식당에서 백반을 먹고 다시 경찰서로 돌아왔
다. 어차피 그의 사무실은 경찰서 앞이었으니 주차장에서 헤어
지면 되었다. 그는 저녁 약속을 다시 한 번 꺼냈고 영은 꼭 가겠
다고 고개를 끄덕였다.

그는 정말 생일파티라는 것에 환상을 갖고 있는 걸까? 하긴,
태어나서 생일파티를 해본 적이 없다고 하니 이해할 만도 했다.
그래도 그렇지, 서른이 넘은 남자가 생일에 설렘을 갖고 있는 걸
보니 조금은 귀여운 면이 있다는 생각이 들었다.

"딱 맞춰서 간다고 했잖아."

"기다리고 싶지 않아서 그래."

그 기다림이라는 게 뜻이 두 가지가 있다는 것을 그녀도 알 수
있었다. 어쨌거나 오늘은 그와의 관계에 대해 확신을 내주어야
만 했다. 더 이상 끌 수도, 또 끌 것도 없다는 것을 스스로가 깨
달았기 때문이다.

그와 헤어진 뒤 경찰서로 돌아오자 영은 경수가 말한 대로 자
신의 인기를 다시 한 번 실감할 수 있었다. 어딜 가나 그녀에 대

한 칭찬이 이어졌다. 하긴, 강력 5팀 반장이 그녀를 칭찬했으니 경찰서 내에 있는 모든 사람들의 칭찬을 받은 것과 다름없었다. 거기다 뭐 하나 제대로 가르쳐 주는 법 없던 강력 5팀의 강 형사가 그녀에게 뜻밖의 기사거리도 던져 주었다. 나중에 꼭 밥을 산다는 말을 하고 그녀는 신이 나 기자실로 돌아와 자리에 앉자마자 기사를 쓰기 시작했다.

옆에서 경수가 힐끔힐끔 쳐다보는 것이 느껴졌지만 그녀는 오늘 꽤 기분이 좋은 상태였다. 사실 며칠 전까지만 해도 도규를 보면 꼭 '지사', 즉 지옥에서 온 사자를 보는 느낌이었는데 이젠 은근히 기대까지 되다니. 그러면서도 영은 스스로의 감정에 헷갈렸다.

이게 정말 첫사랑이기 때문에 마음이 들뜨는 것인지, 아니면 또다시 도규가 좋아졌는지. 아니, 그건 중요한 게 아니다. 이미 마음은 결정을 내린 뒤였으니까.

어쨌거나 지금 중요한 건 그와 벌써 키스를 두 번이나 했다는 것이다. 그것도 생각만으로도 얼굴이 폭탄처럼 펑 터질 것 같은 진한 키스를. 사람들이 왜 키스를 영혼의 섹스라고 말하는지 알 것도 같았다. 그러다 영은 자신의 머리를 주먹으로 재빨리 때렸다.

못하는 생각이 없다. 키스한 지 얼마나 됐다고 벌써 섹스를 머릿속에 떠올리다니. 언제부터 이런 음란마귀가 내려앉았단 말인가. 그녀는 음란마귀를 쫓아내기 위해 주문을 외웠다.

"가라, 가라, 음마. 가라, 가라, 음마."

"네?"

"아냐. 혼자 주문 외우는 거야."

"선배 안 들어가요? 오늘 약속 있다면서요."

경수의 말에 고개를 돌리자 시계는 벌써 6시 30분을 가리키고 있었다. 이런, 러시아워에 걸리고 말았다. 도규는 7시까지 오라고 했다. 지금 여기서 지하철을 타고 뛰어도 5분 정도는 늦을 것 같았다. 그녀는 재빨리 노트북을 챙겨 넣으며 얼렁뚱땅 인사를 하고 뛰기 시작했다.

지하철을 향해 뛰면서도 노트북은 뭐 한다고 또 챙겼는지 자신의 손을 때리고 싶을 정도였다. 어쨌거나 오늘은 바로 금요일이었고 사람들은 밀릴 정도로 많았다. 하지만 그녀는 불굴의 의지로 몸을 지하철 안으로 구겨 넣었다. 그녀는 어떻게든 약속을 지키고 싶어 최선을 다하고 있었다. 다행히 그녀가 내려가자마자 지하철이 도착해서 제시간에는 도착할 수 있을 것 같았다.

우르르 몰려 나가는 사람들 틈으로 그녀도 합류했다. 그리고 다시 한 번 봐도 으리으리해 보이는 건물을 쭉 올려다보고 안으로 들어섰다.

그래도 생일인데 케이크에 초는 꽂아야 할 것 같았다. 수제 케이크 전문집이라는 간판이 보이자 그녀는 그곳으로 재빨리 걸어갔다. 수제 케이크 집은 종류가 많지는 않았지만 한눈에 보기에도 맛있어 보이는 케이크들이 전시되어 있었다.

"이 딸기 많이 들어간 거에도 초 올려도 되나요?"

"그럼요. 딸기 타르트도 맛있어요."

"그럼 이걸로 주실래요?"

"초는 몇 개 드릴까요?"

"서른하나요."

얼마 전까지만 해도 도규와 만나는 게 참 불편하다고 생각했는데 이젠 가슴이 설레다니. 역시 여자의 마음은 갈대였다. 예쁘게 포장된 노란 박스를 들고 그녀는 설레는 마음으로 빵집을 나섰다.

다시 그의 아파트로 돌아와 엘리베이터에 들어서서 비밀번호를 누르고 몸을 돌려 거울 속의 모습을 살폈다. 묶어났던 머리카락은 사람들 틈에 섞여 아주 엉망진창이었다. 재빨리 머리끈을 이용해 질끈 묶고는 얼굴을 훑었다. 그래도 오늘은 아이라인을 그리지 않아 팬더가 되지는 않았다.

이럴 줄 알았으면 화장실에라도 들러서 비비크림이라도 바르는 건데 그랬다. 하지만 곧 도규의 집에 도착할 텐데 그럴 시간이 없다는 게 안타까웠다. 알게 된 지 4년 만에 기사를 준 한 형사가 고마워 기사를 쓴다고 오후 시간을 내내 보낸 게 문제가 될 줄이야.

이래서 남자친구가 생기지 않는 거라며 민지와 늘 서로의 직업을 한탄했었다. 물론 이런 직업을 갖고 있는 여자들 중에 늘 깔끔하게 옷을 입고, 화장도 잘하는 사람들이 있었다. 그저 두 사람이 게으른 것뿐이었다.

문이 열린다는 소리와 함께 영은 결심을 한 듯 한숨을 크게 한 번 내쉬고 마치 스스로를 격려하듯 고개를 한 번 끄덕였다.

엘리베이터 문이 열리고 가벼운 걸음으로 기둥을 막 하나 돌았을 때 그녀는 들고 있던 가방을 떨어뜨릴 뻔했다. 식탁에 앉아 예원과 입을 맞추고 있는 사람은 다름 아닌 김도규였다.

심장에서 피가 싹 빠져나가는 기분이다. 손가락 끝이 저릿거리는 게 힘을 주고 싶었지만 줄 수가 없었다. 결국 손가락에 쥐가 내리고, 그녀는 들고 있던 노란 상자를 바닥에 떨어뜨리고 말았다. 대리석에 떨어진 상자가 내는 둔탁한 소리에 적막이 깨졌다.

8

Envy

　그나마 노트북이 든 백팩은 어깨에 걸치고 있어 떨어지지 않아 다행이라고 해야 하는 걸까? 상자를 빨리 주워야겠다는 생각이 들었는데 깜짝 놀라며 뒤로 돌아본 예원과 눈이 마주쳤다.

　놀란 듯 재빨리 의자에서 일어나는 예원을 보고 영은 쓰게 웃었다. 당혹스러움과 부끄러움이 가득 드러난 예원의 얼굴은 발그레한 홍조로 인해 붉게 물들어 있었는데 그게 또 예뻐 보인다. 하긴, 처음 봤을 때도 얼굴이 참 예쁘다고 생각했었다. 어쨌거나 예원의 생김새는 영의 기준에 부합하는 적합한 얼굴이었다.

　그런데 가슴이 싸한 건 역시 그녀가 그를 예전의 지나간 첫사랑으로 보지 못하고 있다는 증거이다. 그걸 알기 위해 오늘 여기까지 왔고, 이제 슬슬 마음을 정하려고 하지 않았던가. 지금 느끼는 감정이 생소하다는 것 정도는 그녀도 잘 알고 있었다. 그리고 이게 친구들이 그렇게 말해왔던 거라는 것도.

"채 기자님?"

예원의 목소리는 무척이나 작고 낮았다. 영은 살짝 고개를 끄덕인 뒤 시선을 돌렸다. 의자에 앉은 채 등을 벽에 기대고 있는 도규는 눈이 감긴 채 깊이 잠에 빠져 있는 것 같았다. 그렇다면 예원에게 키스를 당하고 있었다는 말이 된다. 당연히 곱지 않은 말투가 튀어나갔다.

"잘 지내셨어요, 진 변호사님?"

"저기, 그게……. 네. 그런데 벨 소리 같은 거 못 들었는데……."

"도규가 초대해서 왔어요."

"여기 비밀번호 알고 계세요?"

방금 전까지만 해도 당혹감으로 얼굴이 붉어졌던 예원의 얼굴이 순식간에 납빛이 되었다. 사람 얼굴색이 이렇게 금방 붉었다 파래질 수도 있구나 싶어 영은 왠지 모르게 웃음이 나올 뻔했다.

"오빠가 가르쳐 줬어요?"

사람의 눈빛이 어떻게 저렇게 변할 수 있을까? 방금 전까지만 해도 저렇게 여우처럼 표독스럽지는 않았는데. 어쨌거나 예원은 도규를 좋아하고 있는 여자였다. 좋아하는 남자가 살고 있는 집의 비밀번호를 알고 있는 다른 여자라면 당연히 저런 눈빛을 할 만도 하다. 하지만 중요한 건 일방적으로 그냥 좋아하는 사람일 뿐이지, 두 사람의 관계가 이성적으로 딱히 이어져 있는 건 아닌 듯했다.

"알고 있으면 안 되나요?"

이렇게 된 이상 파이트다. 그녀도 어차피 오늘 여기서 결판을 내려왔는데 물러설 것도 없었다. 물론, 현재 두 사람은 혹시라도 도규가 깰까 봐 서로 찢어 죽이려는 눈빛은 보내고 있으면서 목소리만은 한없이 작았다.

아무래도 목소리가 커질까 봐 영은 고갯짓으로 옥외 정원을 가리켰다. 잠시 움찔하던 예원은 그녀가 먼저 옥외 정원으로 나가자 곧 뒤따라왔다. 이거 꼭 '너 따라와' 하는 불량청소년이 된 느낌이었다. 나이가 몇인데 이런 유치한 짓을, 이라고 생각하다 영은 재빨리 고개를 저었다.

그런데 문제는 막상 정원으로 나오자 해야 할 말이 생각이 안 난다는 것이었다. 분명히 저 공간에 있을 때까지만 해도 할 말이 꽤 많았었는데. 이렇게 우물쭈물대다간 기세가 예원에게 넘어가는데.

"기자님이 비밀번호를 어떻게 알고 있어요?"

이런, 기세가 이미 넘어갔다. 저렇게 고음을 가지고 있으면서 조금 전까지 어떻게 그 정도로 목소리를 낮출 수 있었던 걸

까? 역시 좋아하는 남자에겐 좋은 이미지만 심어주고 싶다 이
건가?

"도규가 가르쳐 줬어요."

거짓말이 아니다. 묻지도 않았는데 가르쳐 준 것은 바로 그였
으니까. 그녀의 말에 예원은 어퍼컷이라도 한 대 먹은 것처럼 얼
굴이 일그러졌다. 예쁜 얼굴이 일그러지는 건 왠지 조금 안타깝
다.

하긴, 이래서 경윤이 영을 보고 연예계는 맞지 않다고 했었
다. 예쁜 애들만 보면 사족을 못 쓰고, 기사도 객관적으로 쓰지
못할 것 같다고. 어쨌거나 농담 반, 진담 반이었지만 영은 경윤
이 보는 눈이 남다르다고 생각했었다.

지금도 앞에 엄청난 라이벌이 있는데 예쁘다는 이유 하나만
으로 마음이 살랑살랑 흔들리지 않는가. 그녀는 생각을 정정했
다. 예쁜 것들에겐 가시가 있다고 생각해야 한다. 그리고 가시에
찔리면 아프다는 것도.

"오빠가요?"

"네."

"채 기자님 오빠하고 무슨 사이예요?"

"친구 사이요."

우선 지금은 그런 사이였다. 딱히 어떤 관계가 명확하지 않
은, 10년 전부터 알고 지내왔던 친구 사이. 그게 제일 정확한 두
사람의 관계였다.

"기껏 친구에게 지금 오빠가 가족들에게도 가르쳐 주지 않은 비밀번호를 가르쳐 주었다는 거예요?"

"진 변호사님은 여기 어떻게 오셨어요?"

"제 말에 먼저 대답하세요."

이런, 역시 변호사라 그런지 쉽게 넘어오지 않는다. 자연스럽게 화제를 바꿀 수 있을 거라고 생각했는데. 영은 슬쩍 목덜미를 긁적였다.

"친구니까 알 수도 있는 거지, 뭐. 그리고 내가 그거 다 일일이 설명해야 해요? 진 변호사님이야말로 도규랑 무슨 관계인데?"

예원은 기가 턱 막히는 모양이었다. 그렇게 말 잘하던 여자가 꿀 먹은 벙어리가 되니 영은 왠지 모를 자신감이 더 넘쳐흘렀다. 사실 속으로 변호사를 이겼다는 만족감에 혼자 웃을 뻔하기도 했다.

여기서 설마 김도규가 채영을 좋아한다고 하더라, 라고 말을 하면 기절할까? 하지만 영은 말하지 않기로 했다. 왠지 모르겠지만 지금은 그가 자신을 좋아한다는 것을 혼자만 알고 싶었기 때문이다.

"도규랑 약속 있었어요?"

"그건 아니지만."

"그런데 왜 여기 있어요?"

"오빠 생일이고 해서 선물 주려고 왔는데 오빠가 아파트 앞에서 갑자기 쓰러졌거든요."

쓰러졌다고?

영이 그 말에 놀라서 고개를 돌렸다. 하지만 안타깝게도 여기에서 도규의 모습이 보일 리가 없었다. 당장 가서 확인을 하고 싶었지만 앞에 예원이 있어 그럴 수가 없었다. 분명히 점심을 먹고 다시 헤어질 때까지만 해도 도규는 딱히 아픈 곳이 없어 보였다. 입술에 난 상처와 턱에 생긴 멍 때문에 다른 아픈 곳을 캐치하지 못한 것일까? 그러다 영은 깨달았다. 그가 분명히 경찰서에서는 다리를 절뚝이고 있었다. 하지만 강력반을 나서는 순간부터는 그런 기색을 보이지 않아서 완전히 잊고 말았다.

"발등에 미세하게 금이 가 있다고 해서 깁스하고 돌아왔어요."

뼈에 금이 갔었다면 정말 아팠을 것이다. 그런데 그는 정말 내색 하나 없었다. 그녀 같았으면 당장 병원으로 갔었을 것이다. 그래서 오늘 유난히 그의 얼굴이 하얗게 보였던 걸까? 알아주지 못해 미안한 마음이 울컥 솟아올라 왔다.

"그런데 채 기자님은 어떻게 오신 거예요?"

"생일이라…… 파티를 한다고 해서……."

방금 전까지만 해도 예원을 꺾었다며 혼자 속으로 휘파람을 불고 있었다. 그런데 지금 그녀의 신경은 온통 도규에게로 가 있었다.

"변호사님은 그만 가주시는 게 맞을 것 같네요."

"네?"

"도규가 초대한 건 저뿐인 것 같은데."

"혹시…… 오빠 좋아해요?"

예원의 목소리가 가느다랗게 떨리는 것이 느껴졌다. 여기선 어떤 대답을 해야 할까. 하지만 지금은 어떻게든 예원을 보내고 도규의 얼굴을 보는 게 급선무였다.

"김도규가 절 좋아한다고 하네요."

끝까지 혼자 알고 싶었지만 하는 수 없이 뱉어냈다. 지금 그녀가 여기서 이렇게 얼굴을 보며 마주 보고 있어야 할 상대가 예원이 아니었기 때문이다.

예원의 얼굴에 놀라움과 부러움, 질투가 가득 섞이자 영은 더이상 보지 못하고 뒤돌아섰다. 영이 막 문을 열고 거실로 들어섰을 때 예원이 먼저 나와 핸드백을 들고 현관문이 있는 쪽으로 걸어 나갔다.

문이 닫힘과 동시에 영은 백팩을 소파에 내려두고 식탁 앞으로 걸어갔다. 그리고 의자에 앉아 자세를 바꿔 식탁 위에 얼굴을 올린 채 잠들어 있는 그의 얼굴을 천천히 살폈다. 치료를 받아서인지 그의 얼굴색은 제법 평소처럼 돌아와 있었다. 약 기운에 그는 깊은 잠에 빠져들어 있는 것 같았다. 누군가의 얼굴을 이렇게 말없이 바라본 적이 있던가? 아마도 없었을 것이다.

영은 천천히 팔을 뻗었다. 그의 얼굴을 볼 때면 코가 늘 예쁘다고 생각했다. 높게 쭉 뻗은 코를 보고 언제나 만져 봤으면 좋겠다고 생각했었다. 용기가 없어서 만져 보지 못했다. '한 번 만져 봐도 돼?' 라고 물었으면 그는 언제든 허락을 해주었을 텐데. 결국 용기가 없던 그녀는 자고 있는 그를 보며 몰래 콧대를 한 번 쓸어보았다.

정말 깊게 잠에 빠져 있는지 간지러울 법한데도 불구하고, 그는 인상을 찌푸리는 것 하나 없이 처음 모습 그대로 잠들어 있었다. 그러다 그녀의 눈에 들어온 거슬리는 것이 있었다.

티슈를 한 장 뽑아내어 그의 입술을 슬쩍 눌러 닦아내었다. 거기엔 방금 전 예원이 입술에 바르고 있던 오렌지 빛 틴트가 묻어 있었다. 그걸 보고 영은 저도 모르게 픽 웃고 말았다. 자고 있는 사람에게 이게 뭐 하는 짓인지……. 더 이상 만지는 것은 그만두고 마음껏 감상이나 하자 싶었다.

그는 분명히 자고 있어서 모를 테지만, 이렇게 바라보고 있는 그녀는 왠지 모르게 꼭 도규와 함께 강의를 받던 그 시절로 돌아간 것 같았다. 몰래 누군가를 훔쳐보는 게 꼭 그때와 같았기 때문이다.

조금 다른 점이 있다면 그땐 다른 사람들의 눈을 피해 그를 봐야 한다는 것이었고, 지금은 마음껏 바라볼 수 있다는 것이었다. 물론, 그가 눈을 뜨고 있었다면 이렇게 바라보지 못했겠지만.

그의 얼굴에서 제일 좋아하는 이마에서 떨어지는 코 선을 보는 게 좋았다. 그가 기분 나쁠 수도 있겠지만 어차피 지금은 잠이 들어 누군가가 바라보는 걸 알지도 못할 것이다. 입술을 맞췄는데도 까맣게 모르고 저렇게 잠에 빠져 있으니까. 물론 예원이 그에게 입을 맞추었다는 건 화나는 일이었다. 하지만 도규에게는 화가 나지 않았다. 그는 잠들어 있었고, 입술을 맞추었는지 알 수도 없을 테니까.

그냥 확 소독하는 의미로 도둑 키스라도 할까 하다 영은 참기로 했다. 결과적으로 그녀는 간이 작았다. 그래서 혹시라도 입을 맞추고 있을 때나 혹은 입술을 가져다 댈 때 그가 눈이라도 뜨면 다신 볼 수 없을 것 같았기 때문이다. 심장에 무리가 가는 짓은 지금 이렇게 훔쳐보고 있는 것만으로도 족했다.

속눈썹이 간지러웠다. 아니, 눈이 간지러운 건가? 손을 들어 올려 어떻게든 간지러움을 없애보려고 했다. 하지만 그것도 잠시, 조금 있으면 또 속눈썹이 간지러웠다. 꼭 벌 같은 것이 다가와 앞에서 얼쩡대는 느낌이라고 해야 할까?

확 쳐내려고 했지만 이놈의 벌은 어찌나 빠른지 그것도 쉽지 않았다. 그러다 이게 정말 벌이면 어쩌지 싶어 재빨리 눈을 떴다. 벌에게 쏘일 수는 없는 일이었으니까. 하지만 눈을 떴을 때 마주한 건 벌이 아닌, 입가에 미소를 짓고 있는 도규였다.

그냥 바라보고 있다는 게 저도 모르게 잠이 든 모양이었다. 그 아까운 시간에 잠이 들었다니, 그녀는 자신을 책망하고 싶을 정도였다.

"잘 잤어?"

"너, 다리!"

그녀가 벌떡 몸을 일으키며 그의 다리를 가리켰다. 그가 고개를 슬쩍 내려 깁스한 다리를 보더니 멋쩍게 웃고 말았다.

"왜 아프다고 말 안 했어!"

"그땐 정말 아프지 않았어."

"거짓말하지 마. 분명히 너 강력반에 있었을 때 제대로 앉지도 못하고 엉거주춤 서 있었잖아. 그때 나도 정신이 없어서 그냥 넘어갔었는데."

"정말 괜찮았었다니까."

그가 부드럽게 웃으며 정말 별거 아니라는 듯 그녀의 머리를 한 번 쓰다듬었다. 왠지 모르게 속에서 울컥 솟아오를 것 같아 그저 고개만 숙였다. 왜 거짓말을 하는 걸까. 그냥 아프다고, 사실은 많이 아팠다고 하면 됐을 텐데.

"채영."

그의 목소리는 낮고, 진중하고, 또 따뜻하다. 그래서 결국은 그 목소리에 이끌려 고개를 들 수밖에 없었다. 바보같이 눈물이 또 그렁그렁 맺혀 있진 않을까 싶어, 일부러 두 눈에 힘을 주어 부릅뜨려고 애를 썼다. 그런데 왜 그럴 때 있지 않은가. 태양을 마주 보고 나서 눈을 뜨고 싶은데 잘 떠지지 않고 자꾸만 눈물이 흘러나올 때. 지금이 딱 그런 느낌이었다.

"왜 그래, 어디 아파?"

다정한 목소리에 결국은 눈물이 흘러내렸다. 왜 이렇게 바보 같을까. 왜 이렇게 자꾸 이 사람 앞에만 서면 어려지는 것인지 모르겠다. 분명히 동갑이고, 친구인데도 불구하고 도규의 앞에만 서면 꼭 어린아이가 되는 느낌이 들었다.

"그 괜찮다가, 정말 괜찮다가 맞아?"

그의 커다란 손이 그녀의 얼굴로 다가오려다가 멈추었다. 잠시 멍한 얼굴로 그녀를 바라보던 그가 이내 픽 웃고는 티슈를 뽑아 건네주었다. 그것을 받아 든 영은 눈물을 닦아내고 코까지 풀어냈다.

이제 얼굴이 엉망진창인 건 신경도 쓰이지 않았다. 그냥 화가 났다. 괜찮지도 않으면서 대체 왜 괜찮다고 하는 걸까. 걱정 끼치기 싫어서? 어쩌면 김도규는 그냥 힘든 것쯤은 무시해야 하는 사람인 걸까?

생각에 빠져 있던 영은 마치 뒤통수를 망치로 한 대 맞은 것처럼 멍해졌다. 정작 그에 대해서 뭘 제대로 아는 게 없었다. 아니, 알기 위해 노력도 하지 않았다. 기사거리를 찾을 땐 그렇게 애를 쓰면서, 하나라도 놓치지 않기 위해 스토커라도 된 것처럼 굴면서 왜 정작 그에 대해서는 아무것도 알아보려고 하지 않았던 걸까.

인정하자. 아니, 인정해야 했다. 그녀는 이미 시간이 오래 흐른 뒤에도 그가 좋았다. 좋아서, 알고 싶지 않았던 것이다. 모순되게도 그랬었다. 은연중 알고 있는 그가 가진 배경이라든지, 여러 가지 이해관계를. 그래서 더 깊이 빠지면 안 된다고 스스로에게 최면을 걸었던 것인지도 모른다.

"뼈가 부러진 것도 아닌데, 정말 이 정도는 괜찮아."

"그럴 땐 나 정말 아프다, 많이 아파. 이렇게 말해야 하는 거거든?"

"그랬으면 좋겠는데 정말 괜찮아."

"너 열 때문에 쓰러지기까지 했잖아."

"그건 골절이 되면 열이 오르는……. 예원이 만났어?"

이주 잠시였지만 그가 긴장하고 있다는 게 공기 중으로 느껴졌다. 영은 저도 모르게 괜히 눈동자를 굴리며 그의 시선을 피했다. 그 여자가 네가 자고 있는 사이 키스를 하고 있더라, 라고 저도 모르게 말을 하게 될까 봐.

사실 세 살이나 어린 여자에게 질투 같은 걸 하는 모습은 보여주고 싶지 않았다. 어차피 그가 정말 동생이나 다름없다고 선을 그은 사람인데 괜히 그 사람을 질투해서 내가 이렇게 속 좁은 여자다, 라는 걸 들키고 싶지 않았기 때문이다.

속으로 혹 치고 오르는 열을 참아내기 위해 자리에서 일어섰다. 그리고 집 주인에게 묻지도 않고 캔맥주들을 꺼내와 식탁에 내려두고 다시 앉았다. 캔 하나를 뜯어 입으로 가져가 순식간에 절반을 마시고 내려놓았다. 그때 도규의 긴 손가락이 캔을 따려고 하고 있었다. 영은 재빨리 팔을 뻗어 그의 손을 제지했다.

"환자가 지금 맥주를 마시려고 그래?"

"이 정도쯤은……."

"뼈 완전히 붙기 전까지는 금지야."

"내 뼈가 다 붙을 때까지 옆에서 감시하겠다는 말이야?"

"못할 것도 없지."

눈에서 불길이 확 일어 올랐다. 어쨌거나 그가 빨리 나아야 했다. 이제 곧 정식 국회의원도 되고 그렇다 보면 얼굴도 보기 바빠질 것이다. 그전에 다리가 완벽히 나아야 했고, 그가 왜 다쳤는지에 대한 기사도 쓰지 않기로 했기 때문에, 어떻게든 그때까진 깁스를 벗어야 했다. 턱에 있는 멍 정도야 일주일 정도면 사라질 것이고, 만약이라도 남아 있다 해도 메이크업 정도로 가릴 수 있게 될 것이다.

이런저런 생각을 하다가 영은 이럴 때가 아니라는 것을 깨달았다. 남들이 보면 이상한 데 집착한다고 할지도 모르겠지만 우선은 그가 솔직해지기를 원했다. 물론, 정작 그녀도 솔직하지 못했지만. 영은 왠지 양심이 찔려서 괜히 헛기침을 하며 나머지 맥주를 한입에 털어 넣었다.

"그거 괜찮은데?"

"뭐?"

"네가 내 옆에 있어주겠다는 거."

"그건……."

"내가 원했던 생일선물이었잖아."

가슴이 쿵, 소리를 울렸다. 그래, 이젠 정말 인정하자. 그녀는 10년 전의 김도규도 좋아했지만, 지금의 김도규는 조금 더 좋아졌다.

사람이 사람에게 속박될 수 없다고 생각한다. 결혼이라는 건 가치관이나 가정환경이 다른 사람들끼리 만나 환상을 가지고 하는 거라고 생각했다. 그녀는 엄마가 돌아가시기 전까지 이상적인 가정에서 살았었다. 그래서 내가 만들어야 할 가족이라는 것에 대해 딱히 기대를 하고 있는 것이 없었다.

이미 충분히 가족 안에서 안정을 느끼고 살아왔기에 꼭 결혼을 해야겠다고 생각한 적이 없었다. 그래서 그 목적이 없기 때문에 연애에도 별다른 관심이 없었을지도 모른다. 한마디로 모든 게 넘치는 과잉이라 절박함을 몰랐을지도…….

이내 영은 고개를 흔들었다. 언제부터 이런 염세적인 생각을 하고 살았다고. 지금은 그저 앞만 보고, 앞에 있는 사람만 보고 똑바로 나아가는 게 중요했다. 지금 그의 앞에 있는 사람은 바로 김도규였다. 그녀의 첫사랑이자, 다시 좋아지기 시작하는 사람. 저도 모르게 도규를 떠올릴 때면 웃음이 나온다. 그저 그냥, 어떻게 설명할 수 없지만 존재만으로도 좋은 사람이었다. 그가 들으면 비웃을지도 모르지만 왠지 모르게 뻔하기도 하고 유치한 질문을 하고 싶어졌다.

"도규야."

왜 그저 이름을 부르는 것뿐인데 목소리가 떨리는 것일까?

그녀는 맥주 한 캔을 다시 앞으로 끌어와 한 모금을 꿀꺽 삼켰다. 그는 대답을 기다리는 듯 그녀를 빤히 바라보고 있었다. 꼭 까만 진돗개를 보는 것 같은 느낌에 영은 저도 모르게 웃고 말았다.

그녀의 미소의 의미를 못 알아챈 듯 그가 고개를 살짝 옆으로 기울였다. 그녀는 손을 뻗어 마치 강아지에게 하듯 그의 단정한 머리카락을 보며 뒤통수를 쓸어내렸다. 이제껏 몰랐는데 그는 뒤가 동그란 짱구머리를 가지고 있었다.

"강아지?"

그저 생각만 했을 뿐이었는데 그가 바로 알아챈 듯했다. 영은 웃음을 참지 못하며 고개를 끄덕이고 말았다. 어쩌면 기분이 나쁠 수도 있었다. 하지만 그는 그렇게 생각하지 않는 모양인지 오히려 그녀가 더 쓰다듬기 편하게 몸을 식탁 앞으로 붙이며 고개를 살짝 숙여주기까지 했다. 정말 덩치가 큰 강아지가 다가와 만져 달라 말하는 것 같은 느낌이 들었다.

"내 옆에 네가 있었으면 좋겠어."

그때까지 꼭 쓰다듬을 느끼듯 기분 좋은 표정을 하고 있던 그의 얼굴이 살짝 굳어지는 게 보였다. 하지만 그게 기분이 나빠 굳은 게 아니라는 것쯤은 그녀도 알 수 있었다. 영은 식탁에 팔을 올려 턱을 괴고 도규의 올이 가는 까만 머리카락을 손가락으로 꼬아댔다. 왁스를 발라서 그런지 그의 머리카락은 그녀가 만지는 대로 자리를 잡았다. 마치 스타일링을 해주듯 조금 더 손을 움직이자 단정했던 머리카락이 순식간에 조금씩 떠오르며 꼭 대학 시절의 그를 떠올리게 만들었다.

"채영."

"맞아, 내가 넘어갔어."

그가 살짝 고개를 들어 올리자 그녀의 손이 식탁 위로 툭 떨어졌다. 그가 웃음을 띠우며 그녀의 손을 잡았다. 긴 손가락이 그녀의 손등을 쓸어내리며 간지럽혔다. 하지만 그게 싫지 않아 그녀는 그에게 손을 맡겼다. 그 따스한 온기가 손등을 타고 점점 번져 가기 시작했다. 꼭 마음의 온도가 그렇게 변해가는 것처럼 느껴졌다.

"그땐, 그랬을 수도 있겠다 싶어. 이제 겨우 20대 초반이고, 친한 친구와 좋아하는 여자가 겹쳤을 때 의리 때문에 먼저 뒤로 물러설 수도 있을 거라고."

영은 그렇게 생각했다. 아마 경은이 되었든 미주가 되었든 좋아하는 남자가 겹치면 아마 그녀 역시 도규처럼 상대를 포기했을 것이다.

"바보 같았지, 그렇게 물러서면 안 됐었는데."

의외의 말에 영의 눈이 동그랗게 커졌다. 그러면 그땐 그게 당연한 일인 줄 알았다, 라는 식으로 이야기할 거라고 생각했다. 말 그대로 그건 그냥 혼자 생각하는 것뿐이었지만.

"사실은 그때 내 감정에 헷갈리고 있었어."

그 말이 이해가 가지 않아 영은 잠시 침묵했다. 그는 그녀의 손등을 쓰다듬는 걸 멈추지 않았다. 그저 버릇처럼, 늘 했던 것처럼 손가락을 메트로놈같이 일정하게 움직이고 있었다. 왠지 조금 간지럽기도 하고, 따뜻해서 그녀는 그게 참 좋다고 생각했다.

"누군가가 마음에 들어오는 게 처음이라서. 그땐 나도 기껏 스물하나 먹은 애송이였고, 첫사랑의 의미라는 게 뭔지도 몰랐어. 그 마음이 그렇게 오래갈 수 있을 거라곤 생각도 못했었어. 당연히 눈앞에 보이지 않으면 잊혀지겠지, 그런 막연한 생각을 했었어."

참 씁쓸한 목소리와 말투에 영은 아무 말도 하지 못했다. 그의 목소리는 왠지 모르게 화를 참는 것 같기도 했고, 억눌림이 강한 음성이었다. 그때를 다시 회상하는 게 아마도 싫은 모양이다.

그녀 역시 이런저런 놀림을 받았던 것들이 많았지만 지금 돌이켜 생각해 보면 그렇게까지 나쁜 추억은 아니었다. 그냥 세상을 살아오면서 강렬하게 지나간 첫사랑이라고 생각했다. 그런 식으로 누군가를 좋아해 보지 못한 사람들도 많았으니까.

"나는 네가 내 첫사랑이라서 참 좋았다고 생각해."

"난 아니야."

그 말에 영의 눈이 단번에 튀어나올 듯 커졌다. 첫사랑이라 좋지 않았다는 말인 걸까? 언제는 첫사랑이라서 좋다더니. 그녀의 놀란 얼굴에 그가 슬쩍 웃음을 터뜨렸다. 다른 손으로 살짝 입가를 가리며 웃던 그는 턱 선을 가볍게 쓸어내렸다.

"아니, 네가 첫사랑이라 좋지 않다는 게 아니라 그냥 그렇게 넘어갔다는 게 싫다는 거야."

"하지만 난 지금도 좋은 것 같아."

"왜?"

"그땐 어렸고, 만약 우리가 친구가 아닌 다른 관계가 되었다면 서로가 미숙하니까 이해를 하지 못하고 다신 얼굴도 보기 싫을 정도로 싫어하게 되어서 헤어졌을 수도 있지 않을까? 가령, 우리 앞으로 다신 얼굴도 보지 말자, 연락도 하지 말자 이러면서."

그저 가정일 뿐이었지만 그는 마음에 들지 않는 듯했다. 반듯한 미간에 주름이 잡힐 정도로 인상을 찌푸리고 있는 것을 보니.

정말 기분이 상한 걸까? 그는 한참 동안 말을 하지 않고 있었다. 어쩌면 그 상황을 상상해 보고 있는 것인지도 몰랐다. 잡고 있는 손에 점점 힘이 들어가는 것을 보니 그녀의 생각이 맞는 것 같았다.

"김도규."

"어?"

"많이 아파?"

"어디가?"

"다리."

두 사람의 시선이 자연히 그가 깁스하고 있는 다리로 내려갔다. 고개를 살짝 저었지만 그녀가 툭 하고 발을 밀자 그가 눈을 질끈 감았다.

"아프지 않기는, 아프네."

"그건 건드리니까."

"진통제가 다 됐나? 약 어디 있어?"

"안 먹는 게 좋을 것 같아."

"왜?"

"약에 대한 면역력이 약한 건지 먹으면 졸려서 정신을 못 차릴 정도거든. 어렸을 때부터 그랬어."

"그런데 진 변호사는 여기 어떻게 들어온 거야?"

"너 오기 전에 집에 먼저 와서 정리를 좀 해두려고 했었거든. 예원이가 건물 앞에 있었는데 거기서 열 때문에 좀 휘청했었어. 병원에 가서 깁스하고 약을 먹고 나왔는데, 사실 정신이 조금 가물가물해. 약 때문에 잠에 취했었거든. 침대에 누워 있다가 뭣 좀 해봐야겠다고 생각해서 나왔는데, 식탁 앞에 앉아서 이 상태로 계속 존 거야."

"약에 정말 약하면 앞으로 약 먹으면 안 되겠다."

"채영 앞에서만 먹을게."

"그래, 내 앞에서만 먹어. 괜히 남 좋은 일 시키지 말고."

"남 좋은 일?"

"나 사실은 아까 와서 네 뺨 때리려고 했거든."

그 말에 그의 눈이 살짝 커졌다. 하긴, 그냥 말이 과격한 것뿐
이지 정말 때리려고 한 건 아니다. 그냥 이게 무슨 짓이냐고 예
원을 떨어뜨릴까 말까 살짝 고민했었으니까. 아마, 그녀가 상자
를 떨어뜨리지 않고, 예원이 알아차리지 못했다면 그렇게 했을
것이다.

"진 변호사가……. 아니야."

"예원이가 뭘?"

"됐어, 별거 아니었어."

"말해, 재영."

역시 정치가이긴 한 모양이다. 조금 전까지만 해도 순둥순둥
한 진돗개 강아지 같다고 생각했었다. 그런데 순식간에 표정이
바뀌어 꼭 사냥 직전의 눈빛처럼 느껴졌다. 그런 묘한 카리스마
같은 것이 느껴져 영은 슬쩍 입술을 깨물었다. 그의 손가락이 위
로 올라와 입술을 깨물지 못하게 만들었다.

"그렇게 입술 깨물지 마."

"어?"

"자꾸 핏방울 맺히더라."

그건 그녀가 몇 년 전까지만 해도 알지 못했던 버릇이었다.
엄마가 돌아가시기 며칠 전에 기사 때문에 물을 먹고 힘들어했
던 때가 있었다. 정확히 무슨 기사였는지는 기억나지 않지만 엄
마가 그때 그랬다. 예쁜 입술에 자꾸만 피가 맺히는 게 가슴이
아프다고. 그 뒤론 입술을 깨물고 싶지 않아 몇 번이나 의식을

했지만, 그럼에도 불구하고 여전히 영은 그 버릇을 멈추지 못했다.

"말해봐, 진 변호사가 뭘 했는데?"

왠지 모르게 영은 속이 뻥 뚫리는 느낌이 들었다. 은근히 그가 다정스럽게 예원의 이름을 부르는 게 마음이 들지 않았는데 설마 그걸 눈치챈 것일까? 그녀를 따라서 진 변호사라고 부르다니. 저도 모르게 입술이 자꾸 호를 그리려 하고 있었다.

"너 입술 간수 잘하라고."

"뭐?"

"나 안 왔으면 그대로 당했을걸?"

그래도 예원의 자존심을 위해 정말 입을 맞추고 있었다는 말은 하지 않기로 했다. 하지만 이미 그것만으로도 도규는 신경이 쓰이는 모양이었다. 길게 한숨을 내쉬고 이내 당혹스런 표정을 짓는 것을 보니.

"맹세하는데 이 집에 들어왔던 사람은 부모님하고 너 말고는 없어."

"없었다고 해야지."

"아깐 약에 너무 취해서……. 예원이를 집 앞에서 보냈다고 생각했는데 그게 아니었나 봐. 기분이 나빴으면 사과할게."

이상하게 저자세로 나오는 도규를 보자 그게 묘하게 승리감에 기분이 좋아지면서도, 그가 그러지 않았으면 좋겠다는 모순되는 생각을 하게 됐다. 어쨌거나 그는 강한 모습이 어울리는 남자였다.

"그렇게 저자세로 나올 필요 없어."

"그건 내가 미안해서 그런 거야."

"네가 저자세로 나오는 게 싫어. 그냥, 이제 정치인인데……
강한 모습, 강인한 모습 보여줬으면 좋겠어."

"채영 앞에서 난 그냥 남자야. 평범한 남자."

영이 눈을 크게 떴다. 그는 상체를 앞으로 숙이더니 그녀의
동그란 이마에 입을 맞추었다. 그의 갑작스런 입맞춤에도, 가슴
이 간지러운 이야기에도 놀라움을 숨길 수가 없었다.

"사랑하는 여자 앞에선 얼마든지 약해질 수 있는 그런 남자
야. 그러니까 채영이 나 좀 불쌍하게 여겨서 굽어살펴 달라고 부
탁하는 거야."

사실 그를 위해 간단한 음식이라도 만들어주고 싶었다. 하지
만 골절 때문인지 얼굴이 살짝 붉어질 정도로 열이 오르는 그를
보고 계속 앉아 있을 수는 없었다. 진통제를 먹이고 침대에 눕힌
뒤 그가 깊이 잠에 빠질 때까지 기다렸다.

도규는 정말 괜찮다고 했지만 영은 절대 안 된다며 고개를 저
었다. 할 수 없이 약을 먹고 자리에 누운 도규는 시간이 얼마 지
나지 않아 정말 순식간에 약기운이 도는지 잠에 빠져들었다.

그냥 나올까 하다가 주방으로 가 식재료를 뒤졌다.

죽을 만들다 영은 깨달았다. 그가 생일파티에 친구들을 부르

지 않았다고. 그의 얄팍한 수에 넘어갔다는 생각이 들자 저도 모르게 웃음이 터져 나왔다.

내일 아침 그가 먹을 수 있는 간단한 샐러드와 야채 죽을 만들어놓고 도규의 집을 빠져나왔다. 집으로 갈까 하다 어차피 내일도 출근을 하지 않는다는 생각에 경찰서에 한 번 들르기로 했다.

길거리에서 파는 붕어빵을 사기 위해 앞에 서서 기다렸다. 이제 곧 붕어빵도 들어간다는데 이때 아니면 못 먹지 않을까 싶었다. 이제 막 노릇노릇하게 구워진 붕어빵과 호떡을 두 손에 들고 번갈아 가며 입에 넣었다. 그렇지 않아도 퇴근 시간 때쯤 배가 고프다고 생각했는데 도규의 집에 가 이런저런 이야기를 하다 보니 벌써 시각은 10시가 넘어가 있었다.

배는 먹을 걸 달라고 아우성을 쳤고 그녀는 신나게 붕어빵을 입안에 구겨 넣고 호떡 먹을 준비를 했다. 막 호떡을 한입 물었을 때였다. 웃으며 몸을 돌리는데 이쪽으로 걸어오는 익숙한 얼굴과 눈이 마주쳤다. 이게 뭔가 싶어 그녀는 먹던 것을 멈추고 마치 먹지 않은 것처럼 입을 꾹 다물었다. 하지만 양 볼이 빵빵해서 먹은 것을 들키지 않을 수가 없었다.

"채 기자."

"그게…… 국장님. 제가 이걸 먹으려고 먹고 있던 게 아니고……."

목이 막히더라도 그냥 덩어리째 한입에 꿀꺽 삼키고 말을 했어야 했는데, 바보처럼 반응을 먼저 하다 보니 말하면서 입 밖으로 붕어빵이 튀어나오고 말았다. 왠지 상사에게 간식 먹는 모습을 보이는 게 당황스러웠다.

"뭘 그리 어려워해?"

이상하게 정치부장은 어렵지 않은데 직속 선배인 사회부장은 어려웠다. 처음부터 같은 학교 출신이라며 못하면 망신이니 알아서 잘 처신하라는 사회부장 말 때문에 더욱 조심하고 있었다.

그러고 보면 회식도 잦은데 사회부장과는 술도 거의 마셔보지 못했었다. 사회부장은 팔을 뻗어 붕어빵 하나를 들어 입으로 넣었다.

"나도 이거 좋아해."

"많이 드십시오, 제가 사는 겁니다."

이런, 하필 삐끼 같은 말투가 튀어나오다니. 마치 '어서 오십쇼, 부킹 200%입니다'라고 말하는 것과 말투가 비슷했다. 그녀의 말투에 사회부장이 피식 웃더니 붕어빵을 다시 입으로 가져갔다.

"요즘 일 잘 잡던데."

"다 부장님 지도편달 덕분입니다."

"김도규랑 친하다면서?"

이런, 하필 도규 이야기라니. 그래도 그녀가 괜히 겁먹을 필요는 없었다. 어차피 그녀가 정치부 기사를 딴 건 정치부장이 시켜서였다. 그리고 정치부장도 사회부장에게 이야기를 해놓았다고 했고. 그리고 말을 하지 않아서 그렇지 입사 초기에 회식을 하다 '레이니즘' 댄서를 하라며 전 국장의 춤사위에 그녀를 밀어 넣은 것도 사회부장이었다.

신나게 레이니즘을 부르던 전 국장의 곁에서 춤을 추다 밀려 넘어져 그 펑퍼짐한 엉덩이에 깔려 발등이 부러졌었지 않던가. 물론 사회부장은 기억이 안 난다며 시침을 뚝 뗐지만. 이것저것 서러운 것을 말하라면 노트 한 권은 쓸 수 있었다.

"동문 아니야?"

"걔는 법대고 저는 언론이라 별로 안 친했었습니다."

"채 기자, 나도 소문 다 들었어."

"소, 소문이요?"

"죽자사자 쫓아다녔다면서? 물론 채 기자가."

대체 그 소문은 어디까지 난 것일까? 그냥 고백 한 번 하고 차인 게 다였다. 그리고 그렇게 죽자사자 쫓아다닌 적도 없었다. 게다가 어떻게 나이 차가 스무 살 이상 나는 사람들까지 이 사실을 알고 있는 걸까. 아무래도 주위 사람들은 죄다 입이 싸서 탈이었다.

"그, 그건 어릴 때 연예인을 좋아했던 그런 감정이었습니다."

지금은 이렇게 빠져나가야 했다. 그때 도규는 정말 연예인 같은 존재였다. 그를 알고 있는 사람들이 동경하고 좋아하는 그런 감정이라고 생각했었으니까. 물론 차였을 때 그런 생각을 했었다. 도규가 받아주었다면 남들의 부러움을 받으며 당연히 사귀었겠지만.

"영수 말 들어보니 둘이 꽤 친하다던데? 선거날도 남아서 둘이 이야기했다면서."

"부장님이 영수 선배를 아십니까?"

"왜 몰라? 영수 놈이 말 안 해? 나 학교 다닐 때 운동했었어."

이런, 사회부장이 운동권이었다는 소문만 들었지 정말 운동권이었을 줄은 몰랐다. 저 사회부장이라면 그냥 얌전히 뒤에서 운동만 했을 리가 없다. 말 그대로 직속 선배라는 뜻이었다.

"몰래 뒤 좀 캐봐."

"네?"

"김도규. 거물급이라는 소문이 있어."

"전 정치부 아닌데……."

"김도규에 대한 특종, 무조건 잡아, 채 기자가. 놓치면 좌천될 각오해."

9
위로

씻다가도 한숨, 자다가도 한숨, 전화를 받다가도, 화장실에 가서도 한숨이 절로 나왔다. 간만에 쉬는 토요일에 마음이 이렇게 불편한 건 오랜만이었다. 진의 방으로 가서 이것저것 챙겨 들고 병원으로 가려고 나서는데 또다시 절로 한숨이 나왔다. 그 와중에도 진이 좋아하는 양념게장도 챙겨 넣었다.

어떻게 된 병원이 군대를 가기 전까지도 쉬는 날을 주지 않는 것인지 머리가 지끈거렸다. 하긴, 워낙 사람이 부족한 과라 어쩔 수 없다고 생각하면서도 마음이 짠해지는 건 어쩔 수 없었다.

막상 응급실로 가려고 해도 발길이 떨어지지 않았다. 역시 그녀는 아직까지 응급실에 대한 트라우마가 남아 있었다. 하는 수 없이 간호사들이 있는 스테이션으로 발걸음을 옮겼다.

"누나!"

뒤쪽에서 들리는 목소리에 영은 몸을 돌렸다. 파란 수술복 위로 흰 가운을 펄럭이며 뛰어오는 진은 큰 키 때문에 그 보폭도 상당해서 순식간에 그녀의 앞으로 걸어왔다. 그리고 익숙한 듯 그녀의 손에 들려 있는 것들을 자신의 손으로 가지고 갔다. 자연스럽게 두 사람은 발걸음을 옮기며 영이 물었다.

"지금 시간 괜찮아?"

"2시간 정도 쉴 수 있어."

"그럼 들어가서 좀 자. 다크서클이 턱밑까지 내려온다."

"오늘 많이 잤는데. 간만에 좀 한가해서."

정말이냐는 듯 진이 얼굴을 쓸어내렸다. 물론 농담으로 한 말이다. 두 사람 다 흰 피부를 갖고 있어 기본적으로 늘 다크서클은 탑재해 있었다. 그게 조금 잠을 못 자면 꼭 너구리처럼 변해서 문제였지만 대체적으로 깨끗한 피부였다.

"화장품은 다 썼어?"

"거의 써가는 것 같은데."

"새로 사줄게. 훈련소 갈 때 가져가야지."

"나가자, 맛있는 거 사줄게."

영이 고개를 끄덕이며 의국으로 들어섰다. 그래도 치우고는 사는 건지 나름대로 주변 환경이 깨끗했다. 탁자 위에는 불어터진 라면이 주인을 찾지 못한 채 놓여 있었지만. 아마 진도 저렇게 먹다가 콜을 받고 나갈 때가 많을 것이다. 하고 싶은 일을 열심히 하며 산다는 건 행복한 일이겠지만, 그래도 동생이라 그런지 안쓰러운 마음이 먼저 드는 건 어쩔 수 없었다.

피가 덕지덕지 묻은 의사 가운을 벗어 던진 진은 꽤나 멋져 보였다. 대체적으로 쇼핑할 시간도 없어 옷도 대부분 그녀가 사다 주는 것이었다. 잠잘 시간도 모자란데 쇼핑을 하는 건 사치라며 진은 그냥 수술복에 가운이면 된다고 했다. 하지만 그걸 입고 외출은 할 수 없다고 그녀가 타박을 하며 한 번씩 사다 주고는 했다.

정작 본인 물건은 잘 사지도 않으면서 그녀는 진에게 되도록 좋은 브랜드, 좋은 디자인의 옷을 사다 주었다. 여기저기서 들어 보고, 또 본 결과 대부분의 의사들이 꽤나 고가의 브랜드를 선호한다는 것을 알았다. 하긴, 사회적 지위도 있으니 그럴 만도 하다고 생각했었다. 워낙 쇼핑에 관심이 없던 그녀도 그러다 보니 지금은 베테랑 수준이 되었다.

날이 따뜻해 그냥 흰 셔츠에 검정색 바지를 입은 것뿐이었는데도 진은 꽤 근사했다. 머리를 자를 시간도 없는 건지 커트 머리치고는 꽤 길었지만 그것도 그녀가 왁스를 찾아 스타일링을 잡아주니 멋있었다. 누구 동생인지 인물 참 훤하다, 하는 말이 절로 나왔다.

"뭐 먹고 싶어?"

"너 먹고 싶은 거."

"누나 먹고 싶은 거 고르라니까."

"나는 맨날 하는 게 외식이고 회식이야. 너 맨날 병원에서 라면이나 자장면 같은 거 먹으니 그렇게 얼굴이 뜨지."

영이 고개를 저으며 말하자 진은 피식 웃었다. 어차피 시간도 많이 없어 두 사람은 병원 근처에 있는 이탈리아 요리 전문점으로 들어갔다. 파스타와 샐러드, 피자를 시키고 주문했던 에이드가 나오자 잘 저어 마셨다. 시원한 음료수가 목을 타고 넘어가자 속이 뻥 뚫리는 느낌이었다.

"좋다고 따라다니는 아가씨들은 좀 없어?"

"피 냄새 묻히고 좀비처럼 걸어 다니는 아저씨를 누가 좋다고 하겠어?"

"내 동생이라서 이런 말 하는 거 아닌데 너 좀 생겼거든?"

어쨌거나 객관적으로든 주관적으로든 진은 잘생겼다는 말을 많이 듣는 편이었다. 이목구비가 지나치게 단정한 게 꼭 샌님 같다며 남자들이 좋아하는 외모는 아니었지만 여자들은 열광을 했다.

그 예로 그녀의 친구 몇 명이 진을 좋아했다. 결국 한 친구는 정말 진과 비슷하게 닮은 외모의 남자와 결혼에 골인까지 했다.

"너 외모 엄청 따지고 그러는 거 아니야?"

"그런 거 아니야."

"그런데 연애 왜 안 해?"

"그러는 누난?"

그 물음에 영이 입술을 삐죽였다. 어차피 그녀가 모태솔로라는 사실은 다들 잘 알고 있는 사실이었다. 그런데 여기서 진에게 사귀는 사람이 있다고 말을 해야 할까? 그냥, 그 이야기는 조금 더 뒤로 미루기로 했다. 훈련소에 갈 때나 말을 해야지 지금 말하면 아마 진은 궁금해서 잠도 자지 못할 것이다. 그나마 군대를 가면 지금보다야 생각할 시간이 훨씬 많아질 것 같았다.

"나야 뭐, 좋다는 사람도 없고."

"누나도 예뻐."

"이거 자뻑 남매인가요?"

그 말에 진이 픽 웃으며 고개를 저었다. 시켰던 음식들이 차려지자 넓다고 생각했던 테이블이 비좁아 보일 정도였다. 음식이 나오자 진은 며칠은 굶은 사람처럼 열심히 입으로 가져가기 시작했다.

"밥 못 먹었어?"

"아니. 습관이지, 무조건 먹을 시간 있을 때 입에 넣고 보는 건."

"의사가 자기 건강은 챙길 수나 있겠어?"

작년에 같은 병원 의사가 과로사했다는 이야기를 듣고 그때부터 더욱 걱정이 앞섰다. 채 경감 역시 걱정이 됐는지 진이 휴가를 받았을 때 병원으로 데리고 가 종합검진을 받게 했다. 물론 그때 그녀도 같이 끌려가서 검사를 받았다. 두 사람 다 워낙 타고난 건강 체질이라 그런지 꽤 바쁜 일상에 제대로 챙겨 먹지도 못하는데도 불구하고 별다른 이상이 없었다.

"누난 왜 그렇게 못 먹어? 걱정 있어?"

마음 정리가 쉽게 되질 않는다. 진을 만나면 그래도 잡생각이 좀 사라질 줄 알았는데 여전히 그 문제는 꽤 커서 마음속에 계속 남아 있는 모양이었다.

"너 결혼 언제쯤 할래?"

"여자도 없는데 결혼은 무슨. 나중에, 제대하고 전문의 따고 그때쯤이면 한 서른다섯?"

"나 만약에 백수 되면 용돈 좀 줄래?"

"일 힘들어? 아니면 공부 더 하려고? 그 정도는 충분히 케어해 줄 수 있어."

말만으로도 고마웠다. 그게 참 큰 힘이 되고 위로가 되어 영은 왠지 눈물이 날 것 같았다. 동생이라 그런지 늘 진이 어리다고 생각했었다. 그런데 지금은 이렇게 그녀를 위해줄 수 있는 큰 어른이 되었다.

"그냥 해본 말이야."

"진심으로 하는 말이야. 공부 더 하고 싶으면 해도 되고, 쉬고 싶으면 좀 쉬어도 돼. 솔직히 누나 일 힘들고 위험해 보일 때도 있더라."

"재미있어. 나중에 정말 힘들면 그때 말할게."

"누나."

고르곤졸라를 꿀에 푹 찍어 한입 베어 문 영이 말하라는 듯 고개를 끄덕였다. 잠시 머뭇거리는 듯하던 진이 고개를 흔들자 그녀는 들고 있던 피자를 내려놓았다.

"뭔데?"

"그냥, 아버지 친구 만들어 드리면 어떨까 해서."

돌려 말을 했지만 그녀는 바로 알아들을 수 있었다. 입안에 든 피자를 씹으며 생각을 하던 영은 길게 한숨을 내쉬었다.

"그건 아빠 혼자 알아서 하시게 두자."

"아버지 성격에 저렇게 계속 혼자일 것 같으셔서."

진의 말에도 일리가 있었다. 아픔은 시간으로 달래지겠지만 비워진 옆자리는 시간이 지난다고 해서 채워지는 건 아니었다. 채 경감은 아직 젊었다. 이제 겨우 쉰넷이었고 앞으로 살아갈 인생을 길게 잡는다면, 이제 겨우 절반밖에 살지 않았다.

"저번에도 말했는데 아빠가 알아서 하신다고 해서 난 또 생각을 못 하고 있었네."

"누나."

"왜?"

"아버지 경찰서는 찾아가 봤어?"

"아니. 경찰서? 지구대 아니고?"

"모르고 있었네?"

"내가 뭘 몰라?"

"경정으로 승진하셨잖아."

그 말에 영은 인상을 살짝 찌푸렸다. 그러고 보니 집에 늦게 들어갈 때도 채 경감의 방에는 불이 켜져 있었다. 그냥 독서를 하시나 보다 생각했었는데 알고 보니 승진시험 공부를 하고 있었던 모양이다. 그것도 모르고 영은 뭐 하나 해드린 게 없었다.

"진짜 몰랐어?"

"몰랐지. 그럼 승진하신 지 한 달 넘으셨단 거야?"

"갑갑하다, 정말."

"진짜 몰랐네."

"오늘 나 대신 아버지한테 좀 가."

그렇게 말하며 진이 봉투 하나를 내밀었다. 이게 뭔가 싶어 보니 그건 자동차 계약서였고, 잠시 그것을 물끄러미 훑어보던 영의 눈이 곧 튀어나올 것처럼 커졌다.

"영맨에게 부탁해서 번호판까지 다 붙였어. 그냥 아버지에게 가져가면 돼."

"너 혼자 이런 걸 준비했어?"

"그냥 모은 거랑, 친구가 주식하잖아. 그걸로 꽤 벌었거든. 아버지 차 오래됐잖아. 하나 해드리고 싶었어."

"말이라도 하지. 같이했으면 좋잖아."

"거기 누나가 준 용돈들도 포함되어 있어. 같이하는 거야."

"이게 한두 푼도 아니고 너 진짜……."

"그러니까 누나 걱정하지 말고 일 힘들면 그만둬도 돼."

"그게 문제가 아니라 주식 같은 거 함부로 하는 거 아니고."

"알아. 말했잖아. 워낙 믿을 만한 친구고, 그래서 절반 정도만 투자했는데 꽤 벌었다니까. 그리고 지금은 주식 안 하니까 걱정 말고. 나도 운이 좋아서 그렇게 번 거야. 그러니까 누나, 정말 힘들면 말해. 누나 직업 폄하하거나 무시하려는 거 절대 아니니까. 나는 누나가 공부를 계속 해도 좋을 거라고 생각하거든."

영은 고개를 끄덕이며 다시 피자 조각을 입에 넣었다. 앞에 앉아 있는 동생이 오늘은 정말 거인처럼 커 보였다. 그녀가 기댈 수 있을 정도로.

✦ ✦ ✦

진이 알려준 자동차 대리점으로 가 자동차를 꼼꼼히 훑었다. 그녀가 차를 샀을 때 인연이 있던 영맨은 무척이나 반가워했다. 그리고 또 이렇게 찾아주어 고맙다는 말까지 하며 그녀가 떠날 때까지 인사를 하고 있었다.

차를 끌고 진이 알려준 경찰서로 향했다. 하나뿐인 딸이 왜 이렇게 무심했던 걸까. 승진을 했다는 것도, 발령이 나 경찰서로 옮겼다는 것도 모르고 있었다니. 혼자만 일이 바쁘다고 생각하고 살았던 스스로를 탓해야 했다.

"어떻게 오셨습니까?"

"국제일…… 아니, 채지훈 경정님 찾아왔는데요."

"관계가 어떻게 되십니까?"

"아버지예요."

"안쪽으로 차 대십시오."

"고맙습니다."

익숙한 차가 보였다. 그건 바로 채 경정의 차였다. 바로 그 옆으로 차를 세워 주차를 하고 내려서 핸드폰을 찾아 뒤졌다. 수신호가 얼마 가지 않아 채 경정이 전화를 받았다.

〈그래, 딸.〉

"토요일에 경찰서는 왜 나오셨대? 앞으로 좀 나오시죠?"

〈앞?〉

"아빠 차 옆이에요."

〈허허, 그래. 진이 녀석이 말한 모양이지?〉

"아빠는 어떻게 언질도 없었던 거야. 완전히 딸 불효녀로 만들어요."

〈금방 내려갈게.〉

전화가 끊기자 영은 로비가 있는 쪽으로 걸어갔다. 그때 안쪽에서 채 경정이 걸음을 바삐 해 걸어 나오고 있었다. 영은 서둘러 팔을 흔들었다.

"아빠!"

"여기까지 웬일이야?"

"아빠 모시고 가서 맛있는 거 사드리려고 그러죠. 특별히 아빠 좋아하시는 장어집으로 예약해 뒀어요."

"무슨 날이야?"

"당연히 날이지. 아빠 승진하신 턱 내는 날."

영은 그렇게 말하며 채 경정의 손에 스마트키를 쥐어주었다. 이게 뭐냐는 눈빛에 영은 조용히 키를 가리켰다.

"운전 대신해 달라고?"

그렇게 말하며 채 경정이 열림 버튼을 누르자 삑, 하는 소리와 함께 라이트에 불이 들어왔다. 작년쯤이었나 채 경정은 차를 한 번 바꾸어볼까, 하며 지나가듯 말했었다. 하지만 막상 가격이 너무 올랐다며 채 경정은 고민을 하다 이내 차를 사야겠다는 말을 다시 철회했다. 진은 그때의 모델명을 기억하고 이 차를 뽑았던 게 틀림없었다. 채 경정은 놀란 얼굴을 감추지 못하고 있었다.

"진이가 아빠 승진하셨다고 사드리는 거래요."

"그 녀석이 무슨 돈이 있어서."

"모아놓은 것하고 운이 좋아 돈을 좀 벌었대요."

"그냥 두고 쓰지."

"걔 능력 좋잖아요. 그리고 걔 대학 다닐 때 그 비싼 의학교재 다 아빠가 사주신 거거든? 이제 무를 수도 없어요. 내가 몰고 왔어. 중고차 된 거 아시죠? 못 팔아요."

그녀의 너스레에 결국 채 경정이 웃고 말았다. 눈물이 그렁그렁한 채 웃고 있는 채 경정은 많은 감정들이 스쳐 지나가는 모양이었다. 진에게 전화를 걸어 통화를 하는 채 경정의 음성은 살짝 떨려왔다.

채 경정은 아마도 이런 경험을 엄마와 함께 나누고 싶었을 것이다. 영은 입술 안쪽 살을 깨물며 애써 눈물을 참아내었다. 채 경정의 앞에서 또 울고 싶지는 않았다.

간단한 차 조작법을 알려 드린 다음, 예약해 놓은 식당 앞에서 만나자는 이야기를 하고 영은 채 경정의 예전 차에 올라탔다. 시트와 미러를 조절하는데 핸드폰이 울리기 시작했다. 액정을 보니 도규의 이름이 떠다니고 있었다.

"응."

〈집?〉

"아니, 밖이야."

〈데이트할까?〉

"데이트? 갑자기?"

〈채영.〉

"응?"

〈잊었어?〉

"뭐가?"

〈우리 사귀기로 한 사이야.〉

그 말에 영이 픽 웃었다. 그녀의 웃음소리에 그가 불퉁한 목소리를 내었다.

〈그 웃음의 의미는?〉

"나도 알아, 우리가 그런 사이인 거. 그런데 갑자기 데이트하자고 하니까 그렇지."

〈사귀는 사이에 데이트는 당연한 거잖아.〉

생각해 보니 그녀는 연애 초짜였다. 친구들이나 회사 사람들을 보면 늘 하는 말이 '데이트를 했는데'였다. 하긴, 남녀가 사귀면 데이트를 하고, 통화를 하는 게 당연한 일이었다. 어떻게 그런 생각을 하지 못했던 걸까.

아니, 어쩌면 정말 김도규와 사귄다는 것을 스스로가 믿지 못하고 있었을지도 모른다. 그것도 아니면 현실인지 아닌지 생각하고 있었을지도. 하긴, 몇 번이나 볼을 꼬집기도 했었다.

〈죽 맛있더라.〉

"다행이다. 그냥 집에 있는 걸로 대충 만들었어. 뭐 다른 거 먹고 싶은 거 없어? 장 봐서 내일 갈게."

〈내일?〉

"나 지금 데이트 중이거든."

그 말에 반대편에서 아무런 반응이 없었다. 전화가 끊긴 건가 싶어 핸드폰을 귀에서 떼어보니 아직도 통화 시간은 흘러가고 있었다.

"여보세요? 김도규?"

〈데이트?〉

낮은 음성이었지만 살짝 신경질적인 말투라는 것을 알 수 있었다. 이게 바로 질투라는 거구나 싶어, 그게 신기하면서도 믿기지 않아 절로 웃음이 흘러나왔다. 영은 슬쩍 머리를 긁적이며 괜히 미러를 보며 얼굴을 훑었다.

"2차 데이트."

〈바람 피워?〉

그녀의 말투에 장난기가 들어 있는 것을 캐치해 낸 모양인지 거짓말처럼 그의 목소리가 평온해졌다. 사실 조금 전까지만 해도 사회부장의 말이 계속 머리를 때려대고 있었다. 그런데 도규의 목소리를 듣자마자 불안한 마음이 순식간에 가셨다. 그는 그녀에게 존재 자체만으로도 의지가 되고 위로가 되는 사람이었다. 새삼 그런 감정들을 느끼자 일순 마음이 커다란 파도가 들이닥친 것처럼 일렁거렸다.

"나는 평생 바람 같은 건 못 피울 것 같아."

〈채영.〉

"누군가를 좋아하게 된다는 감정, 못 느껴볼 줄 알았는데."

왠지 모르게 목이 메어와 잠시 동안 말을 잇지 못했다. 그는 아무 말도 없었다. 그 역시 그녀의 말을 기다리고 있는 게 틀림없었다.

"내가 어떤 결정을 해도 너는 존중해 줄 거지?"

〈물론이야.〉

"무슨 일이 있어도 날 믿을 거야?"

〈무슨 일 있어?〉

순식간에 그의 목소리가 걱정으로 젖어들었다. 심장이 저릿거리고 아파오는 것도 같다. 손가락 끝이 손톱으로 눌러도 별다른 감각이 느껴지지 않는다. 마치 몸속에서 피가 다 빠져나가기라도 한 것처럼.

"아니. 김도규가 정말 좋다고 생각해서."

〈그게 억울해?〉

아니라고 말을 해야 하는데 목이 메어 소리가 나오지 않았다. 그저 고개를 저었다. 그가 보지 못하는데도 불구하고 꼭 앞에서 보고 있는 것처럼 고개를 빠르게 저었다.

〈더 억울한 사람은 나일걸?〉

"뭐?"

울음 섞인 목소리가 흘러나오고 말았다. 하지만 짧은 목소리와 통화 음질 때문에 그는 제대로 듣지 못했을지도 모른다.

〈하루 종일 채영 생각만 해. 틈만 나면. 어느새 그렇게 됐어. 정말, 나도 모르는 사이에. 내가 채영을 참 많이 사랑하게 되었구나. 그 생각을 하며 아침에도 눈을 떠. 그리고 내 곁에 채영이 누워 있으면 좋겠다고 생각해.〉

"김도규."

〈안고 싶다.〉

얼굴이 붉어졌을 것이다. 그건 거울을 보지 않아도 알 수 있었다. 온몸으로 열이 후끈 올라와 절로 숨을 헐떡이게 만들었다. 그런데 핸드폰 너머로 웃음 실린 도규의 목소리가 들려왔다.

〈야한 생각 했어?〉

"내, 내가 그런데 면역이, 어? 말이야, 어?"

이런, 너무 당황했다. 말이 정리가 되지 않아 제대로 나오지가 않는다. 나름 기자로서 공력이 붙어서 이제 웬만하면 밀리지 않는다고 생각했는데. 친구들도 한 번씩 만나면 아무렇지 않게 음담패설을 늘어놓고는 했다. 그리고 회사에서도 마찬가지였다. 그래서 잘 적응하고 있고 또 이젠 되받아칠 수도 있다고 생각했다. 그런데 막상 눈앞에 현실로 닥치자 말 그대로 초짜 티를 내고 있었다.

핸드폰 너머에선 정말 웃음이 터진 듯 그의 웃음소리가 한참이나 울려 퍼졌다. 그냥 말 그대로 그는 '안고 싶다' 였는데 그녀는 더 오버해서 생각한 것이다. 언제부터 이런 음란마귀가 찾아온 것일까. 혀를 이대로 꽉 깨물고 싶을 정도였다.

〈그렇게 생각했다면 나는 기쁜데?〉

"너 갑자기 막 중년 아저씨 같이 보이려고 한다?"

〈그래서 1차 데이트는 누구였고, 2차 데이트는 누구였는데?〉

사람을 당황하게 만드는 게 취미인 걸까? 꼭 그렇게 만들어놓고 또 화제를 자연스럽게 돌리는 것도 능숙하게 잘한다. 직업을 연관 지어 생각하지 않으려고 해도, 그는 사람을 손바닥 위에 놓고 이리저리 굴리는 데에 도가 튼 사람처럼 보였다.

그가 무표정한 얼굴을 하고 있을 때는 무슨 생각을 하는지 도무지 읽을 수가 없었다. 얼굴을 보고도 무슨 생각을 하는지 맞추기 쉽지 않은데 그는 목소리만으로도 사람의 속마음을 읽어낼 수 있는 능력이 있는 모양이었다.

〈남자친구에게 찔려서 말 못하겠어?〉

"1차는 채진이랑 했고, 2차는 지금부터 할 거야."

〈아버지?〉

너무 거리낌 없이 주변을 다 공개한 건가 싶었다. 이렇게야 쉽게 주변 사람들을 간파 당하다니.

"내가 만날 남자가 같은 성씨 쓰는 사람들밖에 없는 줄 알아?"

〈또 누가 있으신데?〉

장난기 다분한 목소리에 결국 영은 픽 웃고 말았다. 하긴, 있지도 않은 사람을 만들어내는 건 고욕이었다. 다른 남자들처럼 속아 넘어가 주길 바란 스스로가 바보 같아졌다.

"그래요, 전 인기 없는 여잡니다."

〈누가 인기 없대?〉

"주변에 남자란 같은 성씨에 같은 피가 흐르는 사람들뿐이야."

〈난 아니잖아.〉

"나 지금 말장난할 시간 없어. 아빠 혼자 기다리실 거야, 밥 먹고 갈까? 먹고 싶은 거 있으면 문자 보내."

〈올 거야?〉

왠지 의외인 듯한 목소리였다. 언제는 남자친구라고 떵떵 큰 소리치더니 온다는 건 싫다는 건가? 물론 그게 아니라는 건 알고 있었지만 슬쩍 놀려보고 싶은 건 어쩌면 사귀는 사람이라 그러는 건지도 모른다.

"가지 말까?"

〈아니, 얼마든 환영이지. 곧 본격적으로 일 시작하게 되면 보고 싶어도 못 볼 때가 많을 텐데.〉

씁쓸하게 들리는 말투에 영은 마치 앞에 도규가 있는 것처럼 고개를 끄덕이고 말았다. 상대적으로 그녀는 여유가 생기고 시간이 많아질 것이다. 바쁘게 나라 일을 돌보는 도규의 등을 바라보며 외로워지진 않을까?

이제껏 그녀는 늘 자신이 가는 길을 혼자서 판단하고 걸어왔다. 하지만 이번엔 이상하게도 누군가와 상의를 하고 싶어진다. 친구들이 그랬었다. 남자친구가 있으면 든든하고, 의지하게 된다고. 작은 일도 상의하게 되니 참 좋은 것 같다고. 그땐 그 말들이 이해되지 않았는데 이젠 그녀도 그런 마음이 되어가고 있었다.

정말 여기서 이야기가 더 길어지면 안 될 것 같아 이따 보자는 말을 하고 전화를 끊었다. 서둘러 시동을 걸고 막 차를 출발시키면서 영은 조수석을 슥 훑었다. 그러고 보니 이 차엔 참 많은 추억들이 있었다. 이 차로 그녀는 처음 운전을 배웠고, 엄마는 직접 연수를 시켜주었었다.

이 차로 가족 모두가 전국 일주를 하기도 했고, 밥을 먹기 위해 잠시 내렸다가 갑자기 시동이 걸리지 않아 견인차에 실려 끌려간 적도 있었다. 그렇게 네 식구의 추억이 고스란히 담겨 있는 그런 차였다. 이 차를 채 경정도 떠나보내기 쉽지 않을 거란 생각에 코끝이 시큰해졌다. 영은 마치 다독이듯 핸들을 툭툭 치고 서둘러 약속 장소로 향했다.

늘 그렇지만 채 경정과의 데이트는 즐거웠다. 유머가 있는 채 경정은 경찰서 내에서도 인기가 많았다.

그녀는 처음에 친구들이 '경찰'이라는 단어를 무척이나 딱딱하게 생각한다는 것을 알았다. 그래서 일부러 아버지의 직업을 물어보아도 그냥 공무원이라고 대답했고, 친구들도 집에 놀러오거나 할 때면 채 경정의 유머에 즐겁게 웃었었다. 어느 날 경찰청에서 회의가 있었던 것인지 정복을 입은 채 집에 돌아온 채 경정의 모습을 보고 친구들이 놀라워했었다. 하지만 경찰도 딱딱하기만 한 건 아니구나, 하는 인식도 심어주었다.

물론 그녀도 기자 생활을 하면서 많은 경찰들을 만나보았다. 그중에는 채 경정 같은 타입도 있었고, 다소 권위적이고 딱딱한 사람들도 있었다. 그냥 직업만 경찰일 뿐이지 어차피 사람 모여 사는 곳은 다 비슷비슷했다.

"장어엔 소준데."

"다음 주에 건강검진 하러 가시거든? 인간적으로 술은 좀 줄

입시다."

"딸도 좀 줄여. 매일이 술이더라."

티는 내지 않으려고 했다. 술을 마셔도 걱정 끼치지 않으려 꼭 가글은 하고 들어갔는데 이미 채 경정에게 다 들킨 모양이었다.

정말 입사 초기 때는 대학에 막 들어갔을 때보다도 훨씬 더 많이 마셨다. 대학 때 마신 술은 술도 아닐 정도로. 그래도 요즘은 주 3일 정도로 줄였는데 나이도 서른을 넘어가니 슬슬 더는 못 받겠다며 그녀의 몸은 항의를 하고 있는 중이기도 했다.

20대에는 몇 시간만 자고 일어나도 말짱해졌는데 요즘은 하루를 꼬박 쉬어야 했으니. 하긴, 지난 10년간 알코올을 분해하느라 간이 참 많은 희생을 했었다. 그래서 요즘은 술 마신 다음날 간을 위해 콩나물국을 많이 마셔주려고 노력하고 있었다. 콩나물은 아스파라긴을 많이 함유하고 있으니 몸에 좋을 거라고 생각하면서.

"요즘 그래도 좀 줄었어요, 절반 정도는."

예전엔 정말 뒤도 생각하지 않고 마구잡이로 달리며 폭주하는 스타일이었다. 그런데 나이가 들고 몸이 점점 힘겨워지면서 정말 버틸 수 있을 정도로만 마시고 있었다. 술에 쩔어가는 모습을 볼 때마다 나이를 먹는다는 걸 실감하다니, 왠지 조금 서러워졌다.

"참, 화요일인가? 준희 아줌마 만났는데."

"김준희?"

준희는 채 경정과 중학교 때부터 동창이라고 했다. 그렇게 많이 친한 편은 아니었고 한 동네에서 자라서 그냥 이름 정도만 아는 사이였는데 대학에 들어가면서부터 많이 친해졌다고 했다.

채 경정은 대학교 재학 중 결혼을 하게 되었는데, 모든 사람들이 말릴 때 유일하게 혼자 축하해 준 사람도 준희 아줌마라고 말을 했었다. 엄마와 준희 아줌마도 친한 사이였는데 엄마가 돌아가시게 되면서 준희 아줌마는 집에 잘 오지도 않았고, 만나더라도 거의 밖에서 만났다. 변호사인 준희 아줌마의 일이 워낙 바쁘기도 했지만 이상하게 엄마가 돌아가신 뒤로 채 경정과의 사이가 멀어진 듯했다. 그전엔 세 사람이 자주 만나 술을 마시는 일도 많았다.

"그 녀석, 잘살고 있대?"

"정말 두 분 그 연세에 싸우셨어?"

"싸우긴, 그 녀석이 재작년에 다짜고짜 화를 내더니 연락을 끊었지."

"재작년에? 왜?"

"결혼기념일 때 내가 숙직이었는데, 어떻게 그런 날 숙직을 잡냐고 한 소리 하더니 연락도 안 하더라."

그 말을 하며 채 경정은 씁쓸하게 웃으며 마치 음료수가 소주라도 되는 양 마시며 인상을 찌푸렸다.

오랜 인연이었다, 거의 35년 이상을 친구로 알고 지내온. 거기다 준희 아줌마는 골드미스였고 잘나가는 판사에서 현재는 변호사를 하고 있었다. 로펌 대표로 바쁘게 살고 있는 준희 아줌마는 배울 점이 많고 참 많이 존경스러운 사람이기도 했다.

"아줌마, 남자친구랑 헤어지신 것 같던데."

"송변?"

영이 고개를 끄덕였다. 절대 독신이라며 연애만 했던 준희 아줌마는 나이 50이 넘어가면서 연애도 시들해졌다고 했다. 한국의 사만다를 꿈꾼다고 하던 준희 아줌마는 여전히 싱그럽고 열정이 넘쳤다. 겉보기엔 40도 넘어 보이지 않는 외모에 여전히 많은 대시를 받고 있었지만 이젠 그것도 재미없다고 말하며 고개를 저었다.

"아빠 또 꽁해서 연락도 안 했지? 좀 해요, 투닥거리며 잘만 노시더니 왜 나이 먹고 절교야. 피차 같이 늙어가는 처지에."

"너 김준희가 롤모델이라고 하더니 설마 너도 독신 꿈꾸고 그런 건 아니지? 아빠 정년 내에는 가야 한다. 그동안 뿌린 게 얼만데."

"왜 또 얘기가 거기로 튀어. 아무튼 갈게요. 아빠 정년 내에는 가. 아직 10년 가까이 남았네, 뭐가 문제야. 그 안에 가면 되는 거죠?"

"아빤 빨리 사위 보고 싶다."

채 경정이 왜 그런 말을 하는지 영도 잘 알고 있었다. 그녀가 의지하고 기댈 사람이 생겼으면 좋겠다는 채 경정의 바람을 왜 모르겠는가. 하지만 그녀는 아직 결혼을 생각해 본 적이 없었다. 도규와도 이제 겨우 사귀는 사이였고, 결혼이라는 건 늘 저 멀리 있다고 생각했었으니까. 그리고 되도록 이 상태를 오래도록 이어갔으면 좋겠다고 생각했다.

채 경정은 아무래도 진이 근무하는 병원에 한 번 들러야겠다고 말했다. 영도 조금 늦을 테니 기다리지 말고 주무시라는 말을 하고, 포장된 장어구이를 들고 도규의 집으로 향했다.

이곳에 올 때마다 느끼는 거지만 워낙 세련되고 으리으리한 건축물 때문에 은근히 기가 눌리는 느낌이 들었다. 여긴 지하주차장 즉, 건물 밑에 깔려있기 때문이다, 라고 말도 안 되는 생각을 하며 재빨리 엘리베이터 위로 올라탔다.

장어를 구운 숯불 냄새가 옷에서 나는 건 아닌지 심히 걱정스러웠다. 그래도 생강과 마늘은 피해서 장어를 먹었는데. 가글을 한 번 더 하고 오는 건데 하는 후회도 들었다. 그러다 영은 이내 고개를 저었다. 이놈의 음란마귀는 한 번 들어온 뒤로 어찌나 딱 달라붙었는지 떨어질 생각을 하지 않는다.

그녀가 엘리베이터에서 내리자 도규는 이미 앞으로 나와 기다리고 있었다. 다리에 하고 있는 깁스 때문에 목발을 짚고 선 그는 여전히 불편해 보였다. 영은 재빨리 손을 들어 올려 그의 이마로 가지고 갔다. 다행히 열은 없어 안도의 숨을 내쉬었다.

"어린애 아니니까 걱정 안 해도 돼."

"원래 골절되면 열 많이 나거든. 내가 해봐서 알잖아."

"어디 부러진 적 있었어?"

"오래됐어. 회식하다가 술에 좀 취해서……."

"넘어졌어?"

"그건 비밀이야."

어떻게 소파 위에서 국장의 18번인 '레이니즘'에 맞춰 춤을 추다 떨어져 국장의 엉덩이에 깔렸다고 말을 할 수 있겠는가. 아무튼 그날 뒤로 국장이 그만둘 때까지 국장의 18번의 1 자만 나와도 국장의 서슬 퍼런 눈치를 받아야 했다.

"이리 와, 장어 사왔어."

그가 내려놓은 커피를 가지고 다가와 앉을 동안 영은 자연스럽게 식탁 위로 포장해 온 장어를 펼치는데 시선이 느껴졌다. 고개를 슬쩍 들자 도규가 반대편에 앉아 그녀의 얼굴을 빤히 바라보고 있었다. 갑작스럽게 느낀 시선에 뭔가 쑥스러우면서도 그의 시선이 자신에게로 온전히 향해 있다는 게 좋았다.

"뭘 그렇게 빤히 봐?"

"신기해서."

"뭐가?"

"채영이 내 앞에서 그렇게 편한 모습으로 있다는 게 신기해서."

너와 단둘이 있을 땐 전혀 편하지 않고 오히려 긴장된다, 라는 목소리가 입 밖으로 치고 나오려고 했지만 꾹 참아내었다. 어쨌거나 누군가를 사귀게 된다는 게 이렇게 신경 쓰이고 피곤한 일인 줄 알았으면 진작 다른 누군가를 사귀어 면역을 좀 길렀을 것이다. 물론 그게 기분 나쁘게 신경 쓰이고 피곤하다는 건 아니었다. 다만 연애에도 참 많은 노력이 필요하다는 걸 깨닫고 있는 중이었다.

"인사 가도 돼?"

"인사?"

"다음 달 안에 갔으면 좋겠는데, 국회 들어가고 그러면 정신 없어질 것 같거든."

"우리 집?"

그녀가 되묻자 오히려 도규는 당황한 표정이었다. 그럼 그 인사가 무슨 뜻인 줄 몰랐냐는 뜻 같았다. 당황한 영의 분주했던 손이 멈추자 그의 표정이 살짝 굳어졌다.

"우리 사귄 것도 얼마 안 됐고, 난 지금이 좋은 것 같은데."

"나 쉬운 마음으로 사귀고 있는 거 아니야."

"그건 나도 마찬가지……."

"결혼 생각하고 사귀는 거란 뜻이야."

전혀 짐작도 못하고 있었다. 아니, 왠지 김도규와 결혼이라는 건 어울리지 않는다고 은연중 생각하고 있었을지도 모른다. 그래서 사실 도규와 사귀고 있는 게 사실인지 아닌지 오히려 자신이 확인을 하고 싶을 정도였다.

약간 부스스한 머리에 투박한 커피잔을 들고 앉아 있는 도규는 마치 잡지에서 막 빠져나온 것처럼 근사해 보였으나 표정만은 그렇지 못했다.

뭔가 살짝 얼이 빠져 있는 것도 같고, 생각에 빠진 것도, 그것도 아니면 화가 난 것 같기도 했다. 이렇게까지 그에게 많은 표정 변화가 있을 거라곤 생각을 하지 못했다. 대체적으로 그는 무표정할 때가 많았다. 대부분이 진지한 얼굴이었고 어쩌다 한 번씩 웃을 때도 그저 가지런한 치아를 드러내거나 입매만 올릴 때가 많았다. 입꼬리가 살짝 올라가 있어 그렇게 웃어도 마치 환히 웃는 것 같이 보였다. 그래서 그녀는 대학 시절 그가 웃는 모습을 좋아했다. 그는 좀처럼 보여주지 않았지만.

"채영은, 아니야?"

마치 누군가가 입을 막고 있는 것 같았다. 뭐라고 말을 해야 하는데 입은 꼭 본드로 붙인 것처럼 움직이질 않는다. 그가 씁쓸하게 웃으며 머그를 내려놓았다.

"내가 성급했어. 몰아붙이려는 건 아니야."

"저기……."

"좀 더 생각하자. 서로 생각할 시간이 필요한 것 같으니까."

연애는 원래 이렇게 머리를 많이 굴려야 하는 건가? 그것도 아니면 도규의 생각을 읽지 못하는 자신이 정상인 것일까. 그의 표정에 생각이 조금 드러나면 좋을 텐데, 그는 포커페이스가 잘 어울리는 사람이었다. 그래도 사람 보는 눈을 많이 키웠다고 생각했는데 도규의 앞에선 통하지 않았다.

문득 그가 정말 멀리 있는 사람처럼 느껴졌다. 꼭 이 건물이 도규 같았고 이 건물 바로 뒤편에 있는 산동네가 꼭 그녀처럼 느껴졌다. 자존감이 낮다고 생각해 본 적이 없었는데 왜 스스로가 이렇게 초라해지는 것처럼 느껴지는 것일까. 어쩌면 그와 시작할 때 어차피 끝이 있다고 생각했던 건 아니었을까? 무의식중에 정말 그렇게 생각했을지도 모르겠다.

"나 주려고 사온 거 아니야?"

그의 음성은 평소와 다름이 없었다. 그런데 꼭 그녀의 생각을 읽기라도 한 것처럼 느껴진다면 그것은 착각인 것일까? 영은 그냥 고개를 끄덕이며 재빨리 나무젓가락을 그의 앞으로 내밀었다.

연애라는 게 꼭 핑크빛만 있는 건 아니라고 생각했다. 그런데 시작부터 모든 먹구름이 그녀를 향해 달려오는 것처럼 느껴졌다. 우선 그녀는 기자라는 직업을 가지고 있었고, 그건 어쩌면 도규가 가진 직업과 계속 맞부딪칠 수밖에 없는 것인지도 모른다. 그는 그런 부분에 대해 그녀보다 앞서 생각했을지도 모른다. 그럼에도 불구하고 그녀와 시작하고 싶다고 말한 건 바로 그였다.

"천천히 먹어."

영은 장국을 열어 그의 앞으로 내밀며 말했다. 그리고 보니 싱크대는 물기 하나 없이 깨끗했다. 깔끔한 그의 성격을 대변해

주기라도 하는 듯 어지럽혀진 것들이 하나도 없었다. 설마 오늘 하루 종일 그녀가 끓여놓고 갔던 죽만 먹은 걸까? 그건 겨우 한 그릇 반 정도밖에 되지 않는 양이었다. 그것도 죽이니 밥으로 치자면 한 그릇도 되지 않을 것이다.

"오늘 밥 안 먹었어?"

"먹었어, 죽 있었잖아."

"그거 얼마 안 되잖아."

"괜찮아. 배 안 고팠어."

"환자가 왜 그렇게 자각이 없어. 나 이 집 가정부로 취직할까?"

"무조건 합격."

언제 심각한 생각을 했었나 싶게 그녀가 장난을 걸었다. 그도 가볍게 손가락을 튕기며 말했다. 그러면서 그녀의 입으로 자연스럽게 장어 한 토막을 넣어주었다.

"장난으로 하는 말 아닌데."

"나도 장난 아니야."

"나 월급 세다."

"그 정도는 나도 능력 돼."

"저금 많이 해두셨나 봐요?"

"은행 VIP 정도?"

눈이 살짝 가늘어진 채로 웃는 그의 모습이 좋았다. 이건 대학을 다닐 때도 한 번도 보지 못했던 웃음이었다. 몰랐다, 그가 웃을 때 이렇게 눈매가 가늘어진다는 것을.

이 평화스러움을 깨고 싶지 않았다. 하지만 그녀는 그를 위해 결정을 해야 했다. 이건 충동적으로 하는 말이 아니었다. 그녀는 이 일을 좋아했지만 지금은 그를 조금 더 좋아해 보기로 마음먹었다.

"나 사표 낼까 생각 중이야."

"사표?"

방금 전까지 웃고 있었던 게 거짓말이었던 것처럼 그의 얼굴이 순식간에 굳었다. 잘생긴 미간엔 주름이 잡히고, 짙은 눈썹은 위로 치켜 올라갔다.

"그냥, 회의도 좀 느껴지고. 내가 뭘 하고 있는 건지 모를 때도 있고."

"꿈 아니었어?"

"그냥 목구멍이 포도청이라고 붙은 데가 거기밖에 없어서 들어갔던 거야. 그냥 하다 보니까 지금까지 한 거고."

"채영, 나 지금 장난하는 거 아니야. 그 일 좋아하잖아. 무슨 일이야?"

"그냥, 재미가 없어졌어."

방금 전까지만 해도 그는 당황한 표정이었다면 지금은 화가 난 게 분명했다. 그냥 늘 짓는 무표정이었지만 그것만큼은 그녀도 느낄 수 있었다.

"재미? 그런 일을 넌 재미로 했어? 넌 재미로 그렇게 펜을 놀렸어? 실망이다."

그 실망이라는 말이 그녀를 고개 숙이게 만들었다. 위로를 받고 싶었던 사람에게 비난을 받는다는 건 가슴에 큰 생채기를 남기는 일이었다.

⓾

기로

　사람이 눈을 질끈 감고 상상했던 곳으로 몸이 옮겨질 수 있다면 얼마나 좋을까? 오늘은 그동안의 모든 피곤이 한꺼번에 몰려와 그대로 침대 속으로 기어들어 가고 싶다고 생각했다. 이제 왜 여기에 있는지조차도 이해가 되지 않을 지경이었다.

　힘든 일이 있을 때면 얼굴을 보지 않고 시간을 두는 것이 정답일지도 모른다. 조금 전까지는 그가 보고 싶어 죽을 것 같았는데, 지금은 아니라니 무척이나 모순적이었다. 이렇게까지 마음이 갈대였던 사람이었나 싶어 스스로가 위축되었다.

　"갈게."

　그녀가 자리에서 일어나려고 했지만 그가 손목을 잡아 다시 앉히는 바람에 움직일 수가 없었다. 왠지 똑바로 바라보았다가는 어린아이처럼 눈물을 뚝뚝 흘릴 것만 같아 시선을 내리깔았다.

도규가 낮은 한숨을 내쉬고 잡고 있는 손목에 힘이 풀리는 게 느껴졌다. 느슨한 손아귀 힘에 빼내려고 했지만 그는 틈만 만들어주었을 뿐 놓아줄 생각은 없는 것 같아 보였다. 그녀의 손목이 수갑처럼 그의 손바닥에 잡혀 있었다.

"무슨 일이 있는지를 설명해 줘야 할 거 아니야."

그 간다는 말 한마디조차도 울컥해서 제대로 말도 못 내뱉을 뻔했다. 그런데 여기서 그에게 어떤 설명을 어떻게 할 수 있을까? 넌 이제 시작하는 새내기 의원이고, 난 이리저리 뛰고 뒹굴었던 기자다. 그러니 난 어디 잡지사로든 취직을 하면 된다. 괜히 너와 엮여 힘들게 할 생각은 없다, 라고 말을 하면 그는 알겠다고 하며 고개를 끄덕여 줄까? 말도 안 되는 소리였다.

"네가 뻔히 좋아하는 일이라는 거 알고 있는데 그런 이유로 그만둘 이유가 없잖아. 내가 알아듣게 설명을 해줘. 화를 내고 싶었던 건 아니야."

도규 역시 방금 전 자신이 무거운 말을 내뱉었다는 것을 스스로 잘 알고 있는 듯했다. 하지만 철회를 할 생각은 없는 듯 그의 짙은 눈썹이 살짝 아래로 휘었다.

그래, 인정한다. 그녀는 늘 무슨 일이든 혼자 결정을 해왔다. 그것을 30년이 넘게 해왔기에 이제 와서 고친다는 것이 쉽지 않았다.

피가 이어진 가족과의 사이에서도 대화가 많이 필요한데 하물며 오해가 쉽게 생길 수 있는 연인과의 관계에서 대화는 더욱 더 중요한 것이었다. 그런데 그녀는 늘 해왔던 그대로 상대방은 안중에도 없었다.

"지금 하는 일 좋아해?"

난데없는 물음이라고 생각한 건지 그의 표정이 살짝 굳었다. 하지만 이내 풀리며 고개를 살짝 끄덕였다. 그녀의 얼굴에서도 긴장감이 풀렸다. 도규는 손목을 잡고 있던 것을 풀고 그녀의 손등을 덮어 감싸 쥐었다. 무척이나 커다란 손은 그녀의 손이 거의 보이지 않을 정도로 감춰 버렸다.

"앞으로 어깨에 짐이 많아질 텐데 걱정되진 않아?"

"취재하시는 겁니까, 채 기자님?"

영은 도규가 자신을 편하게 해주려 일부러 장난을 걸고 있는 걸 알고 있었다. 평소 같았으면 웃으면서 넘겼을 것이다. 그것도 아니면 맞받아쳐 주거나. 그런데 지금은 저 농담이 농담 같지가 않다.

"사람들이 꼭 누가 좋다고 해서 다 함께할 수 있는 건 아니잖아."

애써 장난을 걸고 있던 도규의 표정이 순식간에 굳었다. 그의 목소리가 딱딱해졌다.

"갑자기 그게 무슨 소리야?"

"너하고 내 직업이 부딪쳐."

더 이상 피하지 않고 도규의 눈을 똑바로 보고 말했다. 그녀는 스스로에게 떳떳했다. 정말로 이렇게 서로의 직업으로 부딪쳐 피투성이가 되기 전에 서로 놓아주는 게 옳은 일이었다. 아마, 연애라는 걸 처음 해봐서 잔뜩 움츠리고 겁먹고 있었던 것 같았다. 서로에게 피해가 간다면 감정이 더 깊어지기 전에 끝내는 게 최우선이었다. 그녀는 소심한 것이었지 자존감이 낮은 사람은 아니었다.

기자와 국회의원은 흔히 악어새와 악어라고 부르기도 했다. 국회의원들은 자신들의 행보를 위해 얼마든 기자를 이용한다. 그리고 기자들은 그런 국회의원들을 잘 케어해 준다. 그렇게 서로 공생하는 듯하다 악어새인 기자는 순식간에 하이에나로 변해 부상을 당해 피를 흘리고 있는 사자를 공격할 수도 있다.

현재 그녀는 사회부이지만 정치와 관계되지 않은 기사를 아예 쓰지 않을 거라고 배제할 순 없다. 거기다 정치부장은 그녀를 다음 인사발령 때 정치부로 데려갈 예정이었다. 그 상황에서 그와 계속 만남을 이어간다? 그렇지 않아도 말 많은 이 동네에서 소문에 휩쓸려 두 사람이 상처를 받을 건 뻔한 일이었다. 그나마 그녀는 낫겠지만 공인인 그의 평판은 우스워질 수도 있다. 그녀가 사실대로의 기사를 썼다 하더라도 '국회의원의 연인' 이라는 타이틀로 얼마든 도움을 받을 거라고 사람들은 멋대로 상상할 것이다. 그건 닥치지 않아도 알 수 있는 일이었다.

아주 잠시 동안 멍한 얼굴로 그녀를 똑바로 바라보고 있던 도규가 먼저 시선을 피했다. 순간이었지만 영의 눈이 커졌다. 그의 검은 눈동자가 초점을 제대로 맞출 수 없다는 듯 좌우로 흔들렸기 때문이다. 손등을 포개고 있는 그의 손에 더욱 힘이 가해지더니 이젠 피까지 통하지 않을 정도로 쥐고 있었다.

그가 혼자 머릿속으로 생각을 정리하고 있다는 것을 알 수 있었다. 그는 생각을 할 때면 주먹을 꽉 쥐는 편인 것 같았다. 머그 손잡이를 쥐고 있는 그의 다른 손은 끝이 하얗게 질릴 정도로 힘이 들어가 있었다.

결국 더 이상 참지 못한 영의 입술에서 낮은 신음이 터져 나왔다. 도규는 정신이 든 듯 고개를 들어 올리며 그녀의 손을 놓아주었다. 이 실내에 차가운 바람이 불 리가 없는데도 그의 온기가 사라지자 손이 꽁꽁 어는 느낌이 들었다.

"내가 국회의원이라서?"

"그리고 내가 기자라서."

"하지만……."

"통괄적으로 정치는 사회에 들어가. 너와 내가 같은 대학 출신이고, 또 인연이 있었다는 이유로 오더가 내려왔고, 그 오더를 수행하지 않으면 난 좌천돼."

"채영."

"그러니까 감정이 더 깊어지기 전에 이 정도에서 끝내는 게 현명하다고 보는데. 넌 어때? 내게 일을 그만두라고 하지도 못할 것 아냐. 너 역시 그 일을 그만두지 못할 거고."

그러고 보면 그녀는 이럴 때 또 의외로 대담한 구석이 있었다.

아니, 어쩌면 주변이 귀찮아지는 게 싫어 일부러 소심한 척을 하고 있었을지도 모른다. 막상 이렇게 이야기를 꺼내고 보니 왜 그렇게 겁을 먹었나 싶었다. 의외로 담담한 건 영이었고 당황한 쪽은 도규였다. 무엇인가를 이야기하고 싶은데 정리가 되지 않는 것인지, 그는 몇 번이나 입을 열었다 다물기를 반복하고 있었다.

"첫사랑 그거, 의외로 별거 아닐 수도 있는 거잖아."

"넌! 감정 지우는 게 그렇게 쉬워? 내가 아무것도 아니었어?"

이렇게까지 큰 그의 음성은 처음 들어본다. 아니, 이렇게 완연히 흥분한 모습을 보는 것도 처음이었다. 그러니까 그녀가 이별이라는 것을 말하는 순간부터 그는 처음인 모습을 많이 보여주었다.

그전까지는 사실 의심을 하기도 했었다. 과연 김도규가 정말 채영을 좋아하는 걸까, 감정이 있는 걸까 하는 것들. 무엇을 말하든 그는 늘 이성적이고 냉철해 보였으니까. 그런데 이렇게 흥분하며 감정적인 모습을 보여주자 그가 이제껏 스스로를 잘 컨트롤할 줄 아는 사람이었다는 것을 알 수 있었다.

"어려워."

그렇게 말하며 얼굴이 붉어진 도규를 보자 이상하게도 마음이 편해지고 있었다. 이제껏 늘 그를 만나면서 긴장을 했던 것 같은데, 사귀기로 한 게 얼마 되지도 않았는데 벌써 헤어짐을 이야기하고 있다. 연애 초반의 설렘에 들떠야 하는 여자답지 않게 이젠 정말 멀어지는 사이가 될 거라고 생각하자 저도 모르게 긴장이 풀렸다. 진작 이런 긴장을 놓았더라면 조금 더 편했을까?

아니면 이렇게 고민을 하기 전에 조금 더 돌아갈 수 있는 길을 만들 수 있었을까? 하지만 뒤늦은 생각은 독이 되는 거나 마찬가지였다. 괜한 희망고문은 좋지 않은 것이다.

"누군가를 좋아해 본 것도, 만나본 것도 처음이라서 아마 시간이 꽤 흘러도 이 감정 지우는 건 참 힘들 거야. 아마 난 네가 회사를 그만두라고 했으면 정말 그만뒀을 거야. 그런데 막상 또 이렇게 되니까 차분해지네. 우리 아직 젊잖아. 살아갈 날도 많고. 인연이 된다면 나중에 또 만날 수도 있을 거고."

"지금, 헤어지자고 하는 거야?"

지독히 낮은 목소리에, 화를 잔뜩 억누르고 있다는 것을 알려주고 있는 표정은 오히려 그녀를 웃게 만들었다. 물론 즐거워 웃는 건 아니었다. 어이가 없고, 허탈한 그런 웃음이었다. 어쩌면 이 웃음의 뜻을 모르는 도규의 입장에서는 더욱 화가 날지도 모르겠다.

"나는 선택권이 없어."

"정확히 어떤 오더가 내려온 건데?"

"김도규에 대한 특종. 그게 무엇이 되었든 잡으라는 거."

그 말에 그가 더 이상 참지 못하겠는지 주먹을 들어 올려 식탁을 쾅 소리가 나도록 내려쳤다. 그리고 결국 자리에서 일어나 머리카락을 거칠게 쓸어 올렸다.

"잡아! 뭐든 기사화해. 내가 다 알려줄게. 고작 지금 그딴 거 가지고 헤어지자고 하는 거야?"

"그딴 거? 김도규에 대한 기사를 쓰는 기자가 사실은 김도규의 여자라고 밝혀지는 순간 우리 신문사의 신뢰도는 바닥이야. 그리고 김도규라는 국회의원의 좋은 평판도 곤두박질을 치겠지. 난 그 둘 다 싫어. 너 말했었잖아. 나 같은 국회의원 한 명쯤 있어도 괜찮겠구나, 생각하게 만들겠다고. 나도 그런 국회의원 갖고 싶어."

알고 있다. 그는 자신을 위해 그녀의 일을 그만두라고 할 사람이 아니라는 것을. 그 말이 몇 번이나 입 밖으로 치고 나오려고 해도 그는 무던히 그것을 삼켜 내리고 있었다. 손으로 입을 막고 다른 한 손으론 허리를 쥐어 잡은 채 그는 몇 번이나 스스로를 진정시키려고 했다.

"이만 갈게. 우리 둘 다 생각 정리가 필요한 것 같으니까."

영은 천천히 자리에서 일어섰다. 방금 전 그가 잡았던 손목이, 손이 저리듯 아파왔다. 애써 스스로 괜찮다고 생각했는데 몸은 그게 아닌 모양이었다. 다리는 제대로 힘을 줄 수 없었고 지금 밟고 있는 땅이 제대로 된 땅인지도 헷갈릴 정도였다. 하지만 애써 아무렇지 않은 척 걸음을 옮겼다. 주저앉는 건 엘리베이터 문이 닫히고 난 그 뒤라야 했다.

"가지 마."

등 뒤에서 들려오는 작은 목소리는 다리를 타고 등줄기를 올라 귀 안으로 스며들어 왔다. 고요한 공간 속에서 들리는 소리는 오로지 심장 소리뿐이었다. 마구잡이로 뛰기 시작한 심장이 이젠 갈비뼈를 뚫고 튀어나올 것 같았다. 이를 질끈 물고 두 손에 있는 힘껏 힘을 주었다. 그리고 걷는 걸음을 멈추지 않았다.

엘리베이터에 올라타 뒤로 돌아섰을 때 망연자실한 얼굴로 서 있는 도규가 보였다. 그를 향해 그녀는 입꼬리를 올리며 웃어 보였다. 그리고 문이 닫히자마자 입술 안쪽 살을 깨물며 표정을 풀지 않으려 애를 썼다. 하지만 눈물은 이내 볼을 타고 흘러내렸다.

생각의 정리라고 했지만 그는 아무 말도 하지 않았다. 그건 이별을 뜻하는 일이라는 걸 연애 경험이 없는 그녀도 바로 느낄 수 있었다. 이별이라는 건 나이가 들어도 힘든 법이다. 하물며 첫사랑과의 헤어짐은 더욱더 아프고 쓰라린 법이었다. 마치 가슴이 뻥 뚫린 것 같아서 제대로 숨을 쉴 수가 없었다.

✢ ✢ ✢

어떤 정신으로 집으로 돌아와 채 경정에게 인사를 하고, 씻고, 잠이 들었는지 모르겠다. 일어나 보니 시계는 오후 3시를 향하고 있었고 그녀는 슬슬 일어서서 회식에 갈 준비를 하고 있었다. 평소 같으면 샤워부터 시작해 외출 준비까지 30분이면 끝났겠지만 그녀는 넋이 나간 사람처럼 세월아 네월아 씻고 나와 옷을 입고, 간단히 화장을 했다.

사실 이별이라는 것을 하면 보통 드라마나 영화에 나오는 주인공들처럼 펑펑 울 줄 알았다. 그런데 의외로 눈물이라는 건 나오지 않았다. 그리고 원래 그렇게 헤어지고 나오면 남자주인공인 여자주인공에게 미친 듯이 전화를 해댄다. 하지만 그에게선 단 한 통의 부재중 전화도 남겨져 있지 않았다. 혹시라도 아파트 앞에서 기다리고 있는 건 아닐까 하는 택도 없는 생각을 했다. 그건 정말로 혼자만의 상상이었다. 텅 비어 있는 아파트 앞을 나서 택시에 올라탔다.

회식은 6시부터 시작한다고 알고 있었는데, 회식 장소에 도착하니 이미 다들 거나하게 취해 있었다. 점심을 먹기 시작하면서부터 낮술을 마신 듯했다. 그녀 역시 이 신문사에 들어오고 나서 낮술에 대한 진정한 문화를 배웠다. 인턴들도 단단히 취해 있는 것을 보아하니 캡인 현성이 인턴들을 붙잡고 무조건 글라스로 소주를 부어주었음이 틀림없었다.

"오, 이게 누구야. 우리 채구영이 이리 오시오."

"그러시오, 우리 채불감이 이리 오시오."

벌써 혀가 꼬여서 저승사자와도 같은 손짓을 하고 있는 민철을 보니 절로 한숨이 나왔다. 국밥집에서 대낮부터 이게 웬 망신인가. 횟집으로 가기 전에 혹시나 해서 국밥집에 들러본 게 다행이었다.

게다가 부장까지 이미 꽐라가 되어 했던 말을 또 하고 있었다. 그녀가 국밥집에 들어서서 똑같이 듣는 세 번째 이야기였다. 그녀는 이왕 온 회식 즐기자는 생각에 민철의 앞으로 가서 앉았다. 그리고 그 옆에 있는 캡이자 10기수 선배인 현성은 순식간에 소주를 국그릇에 넘치지 않게 붓는 신공을 발휘했다.

"우리의 모토가 뭐다?"

"마시자, 먹자, 죽자."

"어허! 목소리가 작다!"

그녀는 7년차의 사회부 기자였다. 그런데 아무리 사회부에서 캡은 하늘이고 아버지라고는 하지만, 이제 슬슬 이런 것도 졸업할 때가 되었다고 생각했다. 하지만 역시 캡은 캡이다. 거기다 인턴들까지 있는데 우리의 캡을 기죽일 수는 없었다. 거기다 이놈의 사회부는 서열이 어찌나 확실한지 선배라면 껌뻑 죽는 곳이었다.

"마시자! 먹자! 죽자!"

시원하게 외치고서는 투명한 소주가 가득 들어 있는 국그릇이 마치 신성한 불로초(不老草) 탕약이라도 되는 듯 무릎까지 꿇고 입으로 가지고 갔다. 한 번에 꿀꺽꿀꺽 소주가 식도를 타고 넘어가자 속이 후끈거리며 정신이 바짝 들었다. 이런 광경을 인턴들은 처음 보는지 두 눈을 휘둥그레 뜬 채 그녀를 보고 있었다. 소주 한 방울까지 탈탈 털어 꿀꺽 삼킨 영은 탁, 소리가 나도록 그릇을 내려놓았다.

"횟집 가신다면서요."

"가야지, 지금 가야지."

"이 인턴 새끼들 뭐 해? 하늘 같은 부장님 안 뫼시냐?"

민철이 흐느적거리며 일어나자 현성이 재빨리 인턴들을 향해 눈빛을 쏘았다. 그 눈빛에 인턴들이 후다닥 일어나서 부장에게로 뛰어갔다. 말이 뛰어갔다지 이미 술에 취해 다리가 풀려 휘청거리는 수준이었다. 그녀 역시 빈속에 소주를 한 번에 넘겨서 그런지 속이 영 말이 아니었다.

결국 횟집으로 옮기기 전 약국에 들러 속을 편하게 해주고 위장을 보호해 준다는 약을 탈탈 털어 먹었다. 이미 몸속으로 퍼져버린 소주는 어쩔 수 없겠지만 앞으로 방대하게 마셔야 할 양 정도는 이 약으로 좀 피해가기를 바라는, 간사한 기도를 했다.

역시 빈속에는 술을 마실 게 아니었다. 이제 나이도 있는데 몸 좀 보호해야 할 필요가 있었다. 게다가 또 혼자 늙어가는 처지에 피부에 주름까지 생긴다면 정말 우울할 것 같았다. 이제부터라도 기능성 화장품들 좀 사서 발라 스스로에게 투자를 하기로 굳게 마음먹었다. 내일 퇴근만 하면 당장 백화점으로 달려가 쓸어 모아야지 생각을 하며 약국을 나섰다.

바로 건너편에 있는 회식집 앞은 이미 아수라장이었다. 부장은 삿대질을 하고 있었고, 배가 불룩 튀어나온 채 흰 앞치마를 하고 있는 남자는 식칼을 들고 삿대질에 저항하고 있었다. 영의 두 눈이 휘둥그레졌다. 대체 이게 무슨 일인가 싶어 재빨리 뛰어갔다.

"이 수조, 내가 사면 될 거 아뇨!"

부장은 또 왜 저러는 걸까? 부장은 커다란 수조를 가리키며 큰소리를 떵떵 치고 있었다. 그것도 하필 횟집에서 제일 비싸다고 하는 도미들이 가득 들어가 있는 수조였다.

"아니, 이 양반이 말이면 단 줄 아나! 당신 돌았어? 술 처먹었으면 곱게 집에 가서 처잘 일이지 어디다가 오줌을 싸!"

그 말에 영의 입이 쩍 벌어졌다. 그럼 지금 저 앞에 식칼을 들고 있는 사람은 바로 이 횟집 사장이었고, 그럼 부장은 화장실인 줄 알고 이 수조에 소변을 보았단 말인가? 절로 하늘이 노랗게 뜨는 느낌이 들었다.

그녀만 빼고 사람들이 죄다 취한 상태라 뭐가 잘못된 것인지도 모르는 것 같았다. 그나마 여기가 골목이고 사람들이 없어서 누군가가 부장의 번데기를 보지 않은 게 다행이었다. 평범한 누군가가 봤으면 아마 변태라고 112에 신고를 했을지도 모른다.

"아니! 이 양반이 지금 이분이 어떤 분이신 줄 알고 삿대질이야!"

이런, 현성을 말려야 했다. 현성은 평소 선후배 서열이 최고인 그야말로 보수 중의 보수였다. 정말 이 사회부의 서열이란 군대보다 더했다. 그러니 지금 부장에게 대드는 사람은 무조건 적으로 보일 것이다.

"이것들이 술 처먹었으면 발 닦고 잠이나 처잘 일이지. 에이, 씨발."

"뭐어? 쉬발? 야이, 쉬바로마. 우리 부장님한테 욕하냐, 지금?"

그리고 순식간이었다. 사람을 칠 것 같은 기세로 현성이 사장에게로 달려들었다. 덩치가 말 그대로 소 같은 현성이 덤벼들자 사장이 몸을 움츠렸다. 그리고 그 순간 술 취한 현성은 발이 꼬여 그대로 사장을 덮치며 넘어지고 말았다.

"아이고, 허리야! 사람 죽네!"

"사장님! 괜찮으세요?"

영은 재빨리 뛰어가 현성을 발로 밀어 걷어치웠다. 어차피 술에 취해 본인이 무슨 짓을 하고 있는지도 모를 텐데 발로 찼다고 기억할 리도 없었다. 영은 허리를 부여잡는 사장을 일으켜 세우며 어디 다치진 않았는지 여기저기 살폈다.

사장의 배엔 살짝 피가 묻어 있었다. 하여간 실연 기념으로 술 좀 진탕 먹고 꼬장 좀 부려보려고 했더니, 이놈의 선배들은 도움을 안 주고 있었다. 하긴, 그녀의 인생에 드라마 같이 술술 풀릴 일은 없었다. 영은 재빨리 90도로 허리를 숙이며 인사했다.

"사장님, 죄송합니다. 이 인간들이 대낮부터 술을 처먹어서 제정신이 아니에요. 한 번만 용서해 주세요, 거기다 다치신 것 같은데 이거 어떻게, 저희가 다 변상해 드리겠습니다."

"아, 아, 아가씨."

방금 전까지 욕을 하며 얼굴이 홍당무처럼 붉었던 사장의 얼굴이 지금은 시체처럼 새파래졌다. 그리고 말을 더듬으며 그녀의 뒤를 가리키고 있었다.

"사장님, 왜 그러세요? 많이 아프세요?"

"아, 아가씨 뒤에……."

"뭐요?"

공손하게 두 손을 앞으로 모은 채로 영은 고개만 돌려 뒤를 보았다. 뒤를 보니 그녀가 발로 걷어차서 고꾸라져 있던 현성이 머리가 아픈지 고개를 흔들며 자리에서 가까스로 일어나고 있었다.

"선배! 그렇다고 이렇게 덤벼들……."

영의 눈이 곧 터질 풍선처럼 부풀어 올랐다. 어쩐지, 사장은 커다란 식칼을 들고 있는데 넘어지면서 쨍그랑 소리가 안 난다고 했다. 그 문제의 식칼이 현성의 왼쪽 옆구리에 찔려 있었고 곧 하얀 셔츠 위로 붉은 피가 번지기 시작했다.

"아이고야, 엉덩이가 아파야 하는데 왜 배가 아프냐?"

"서, 선배!"

"어라? 이게 뭐야?"

술에 취한 현성이 식칼의 손잡이로 손을 뻗었다. 그리고 곧 누가 찔렀는지 모를 비명 소리가 골목길에 울려 퍼졌고 그녀는 바람보다 더 빠르게 현성의 앞으로 뛰어가 주먹으로 턱을 후려쳤다. 저기서 칼을 뽑아버린다면 정말 과다출혈로 현성이 죽을지도 몰랐다.

술에 취했어도 하극상은 알아보았는지 현성의 눈이 땡그랗게 변했다. 그리고 다행히 식칼로 가던 손이 앞으로 향하며 그녀를 가리켰다.

"야! 채구영! 너 이 새끼, 지금 하늘 같은 선배에게 주먹 날린

거 맞아? 내가 지금 채구영한테 한 대 맞은 거 맞지?"

"119 불러요! 빨리! 이 인간은 덩치도 소 같아서 맞아도 기절도 안 하고 난리야!"

결국 회식은 옆구리 칼침으로 끝이 났다. 그렇게 현성은 국제일보 사회부 최초로 칼침을 맞은 기자가 되었다.

119가 도착해 앰블런스에 실려 가면서도 현성은 아직도 충격을 먹은 듯 손가락으로 그녀를 가리키는 것을 멈추지 않았다. 아무래도 칼에 맞은 사실보다 까마득한 후배에게 맞았다는 사실을 인정할 수 없는 듯했다.

"야이, 채구영이 너, 너, 너…… 감히 선배한테, 으억……."

"말 좀 하지 마요! 병원 가서 칼 빼야 되니까!"

"너 지금 그때 그깟 유자차 내가 좀 먹었다고 복수하냐? 이 쪼잔한 자, 악!"

그랬다. 그녀에겐 3차 난이 있었다. 그중 처음이 바로 유자의 난이었다. 그땐 회사에 들어온 지 얼마 되지 않았을 때였고, 카이스트 출신 연구원을 따라 취재를 했었다. 그때 그 연구원은 우주항공센터에서 일을 하고 있었고 취재를 하면서 어쩌다 쫓아다니다 보니 남도 끝까지 가게 되었다.

거기서 알게 된 분이 직접 담근 청정 유자로 만들어 보냈다는 유자청을 받았다. 워낙 추운 겨울이었고 경찰서에서 나와 코끝과 손이 빨개진 채로 사무실로 신이 나 들어왔다. 바로 전날 유자청이 도착했다는 소식을 듣고 재빨리 들어가 먹을 생각이었는데 그녀의 책상 위엔 내용물이 텅텅 비어버린 유리병만이 남아 있었다. 아무리 선배라 해도 엄연히 남의 물건에 손을 대다니. 상하관계가 뚜렷한 이 놈의 사회부를 언제쯤 탈출할 수 있을까.

그야말로 눈물이 뚝뚝 떨어질 뻔한 것을 애써 참아내었다. 그때 얼마나 서러웠는지 선배고 뭐고 정말 다 엎어버리고 싶을 정도였다. 그때 이 앞에 있는 현성이 제일 먼저 그 유자청을 꺼내 맛있다면서 하루 만에 죄다 먹었다는 것을 알게 되었다.

어쨌거나 그땐 티를 내지 않는다고 했는데 그 유자차로 인해 그녀가 삐쳤다는 건 온 사무실에 죄다 소문이 다 났었다.

그때까지만 해도 난(亂)이라고 불리어지진 않았는데 2차 자연산 광어와 3차 증정 컵까지 이어지자 그것은 채영의 난이라고 정의되었다. 그리고 그 모든 난의 선봉엔 바로 이현성이 있었다.

그 자연산 광어 역시 그녀가 취재를 했던 어부가 직접 보내주었다. 무려 열 마리나 보내주었는데, 그녀가 취재를 나갔다 온 사이 모두가 해치워 버렸다. 그때도 정말 인내를 가지고 참아내었다. 중요한 건 3차 난이었는데, 그녀는 증정품이라면 목숨을 걸었다.

그때 막 사무실 앞에 새로운 커피숍이 오픈을 했는데 오후 12시부터 30개 한정으로 컵을 나누어 준다는 소식에 그녀는 아침부터 안절부절못했다. 그런 그녀를 잘 알고 있는 현성은 그때가 때마침 발렌타인데이에 가까워져 있었는데 '초코 케이크 만드는 레시피' 원고 5매를 써오라 하지 않나, '발렌타인데이의 유례' 같은 원고를 자꾸 써오라며 일을 주었다. 한마디로 증정품을 받지 못하게 만들기 위해 밖으로 나갈 시간을 주지 않고 있던 것이었다. 현성은 그녀가 발을 동동 구르며 안절부절 못하는 모습을 보는 걸 재미있어 했다.

선배는 하늘이라는 말 때문에 원고를 쓸 수밖에 없었던 영은 결국 득템을 하지 못했고 그녀를 얼마나 불쌍하게 봤는지 결국 인턴이 그녀에게 그 컵을 내밀었다. '이거 정말 받아도 돼?' 라며 그녀는 정말 강아지 같은 눈을 하고 인턴을 바라보았고, 그 장면을 본 현성은 뭐가 웃겨 죽겠는지 허리도 펴지 못하고 웃어댔었다. 덕분에 그녀는 삐쳐서 3일이나 넘게 현성에게 말을 걸지 않았고, 현성이 말을 걸어도 묻고 싶었지만 그놈의 선후배가 뭔지 아예 무시할 수는 없어 네, 아니오라고 단답형으로만 대답했다.

어쨌거나 그녀가 회사에서 당한 모든 그 농담성 '난' 에 연관이 되어 있는 사람은 현성이었고 워낙 독특한 성격답게 이것저것 문제가 많았다. 오죽하면 별명이 '개' 일까.

"환자분, 흥분하시면 안 돼요. 좀 참으세요."

옆에서 멱살이 잡히려고 하는 그녀가 안쓰러웠는지 결국 119대원이 말려주었다. 그녀는 장화 신은 고양이 눈을 하고 119대원을 바라보았다.

회식은 그야말로 난장판으로 끝이 났고 그녀는 왜 취한 상태가 아닌지 스스로를 원망하고 싶었다. 국제일보의 '개'가 술에 취해 칼침을 맞았다는 소문에 이젠 국장까지 달려오고 있다니. 차라리 편의점에 가서 소주 한 병을 확 마셔 버릴까 잠시 진지한 고민을 했다. 조금 취한 상태로 있으면 그녀도 실실 웃으며 헛소리를 할 수 있지 않을까?

지금 술에 취해 있어야 할 사람은, 알코올은 진정으로 원하는 사람은 바로 그녀였다. 정말이지 그녀의 주위는 무슨 도움을 주지 않는다. 현성은 무사히 응급 수술실로 들어갔고, 후배들은 그 뒤에 우르르 몰려왔다.

차라리 그냥 다들 집으로 가든지 2차를 가든지 하지, 그래도 캡은 캡이라고 여기까지 쫓아온 걸 보고 그녀는 한숨을 푹 내쉬었다.

죄다 술에 쩔어서 대기 의자에 나란히 앉아 정신을 차리지 못하고 있는 걸 보니 절로 속이 답답해져 왔다. 국장이 오면 털릴 사람은 그녀 혼자였다. 물론 죄다 일어나 혼이 나겠지만 술에 쩔어 저것들이 기억이나 하겠는가?

그나마 다행인 건 민철이 부장을 데리고 들어갔다는 것이었다. 그때였다. 복도 저 끝에서 무엇인가가 쿵쿵 소리를 내며 들어오고 있었다. 고개를 돌리지 않아도 국장이라는 것을 알 수 있었다. 그녀가 오뚝이처럼 재빨리 일어섰다. 그러니까 어디서부터 어떻게 설명을 해야 하나 머리를 열심히 굴릴 때였다.

"야, 채영!"

여기선 당연히 이현성이라는 이름이 나와야 정상이었다. 그런데 왜 그녀의 이름이 불린 걸까? 설마 이 많은 인간들 중에 유일하게 취하지 않은 사람이 그녀라는 것을 알아챈 것일까? 재빨리 일어나려다가 그대로 앞으로 넘어져 코를 박을 뻔했다.

"국장님 오셨……."

"너 이 새끼, 뭐 하는 새끼야?"

"네?"

"김도규 너보고 잡으라고 했어, 안 했어!"

그 이름 석 자를 듣는 순간 명치가 마치 칼로 찔리는 느낌이 들었다. 그래도 오늘 정신이 없어 잠시 잊고 있었는데, 다시 그 이름을 듣자 가슴이 욱신거리고 눈물이 핑 도는 게 바람만 불어도 눈물이 후드득 떨어질 것 같았다.

원래 그녀가 이렇게까지 감성적인 사람은 아니었다. 그냥 그 채영의 난들은 정말 일과는 하나도 상관없는 것들이었고, 일 관련해서 크게 혼쭐나 본 적은 없었다. 그런데 지금 국장은 그녀가 입사를 한 이래 처음으로 불같이 화를 내는 얼굴을 하고 있었다.

"그게 무슨 말씀이신지……."

"김도규가 차 절도범 잡아서 경찰서 난리 났었다며? 그리고 경찰서에서 제일 처음 본 게 너고!"

"그건 그쪽에서 그냥 별일도 아닌데 비밀로 해주었으면 좋겠다고 해서……."

"인마! 네가 그러고도 기자야? 햇병아리 인턴한테 그런 기사를 빼앗겨? 정신 안 차릴래? 머리에 피도 안 마른 인턴한테 물먹으니까 속이 시원하냐?"

영의 시선이 옆으로 돌아갔다. 그러고 보니 인사를 받았었다, 강민경이라고. 워낙 집안이 죄다 정치권과 연결되어 유명 인사들한테도 삼촌, 삼촌 한다고 했던가? 조용히 넘어가고 싶다는 도규의 말을 들어준 게 잘못된 거였을까? 그녀는 역시 그 순간도 기자로서의 자격을 저버렸던 걸까?

"거기다 너 또 무가지 사장 물도 먹였다면서?"

"그건······."

"너 이딴 식으로 사람 피곤하게 하지 말고, 시집가서 애나 키우고 살아라. 어? 이럴 거면 기자 왜 해? 눈앞에 있는 것도 못 주워 먹는 병신이!"

어찌나 국장의 목소리가 컸던지 복도에 있는 의료 관계자나 환자들, 그리고 후배들도 정신을 차린 듯 눈을 죄다 둥그렇게 뜨고 두 사람을 바라보고 있었다.

그동안 취재를 할 때면 자존심이라는 걸 아예 모르는 사람처럼 살았다. 그저 기사를 뜨기 위해서는 개가 되든, 하이에나가 되든 특종을 물어오기 위해서라면 물불 가리지 않았었다. 그래도 최선을 다했고, 나름대로 회사에서 인정도 받고 있다고 생각했다. 그런데 국장은 어떻게 김도규 사건 하나 놓쳤다는 이유로 그녀를 기자 자격도 없는 쓰레기 취급을 하는 걸까.

늘 가방 한구석에 넣고 다녔던 사직서는 그녀의 자존심이 한 번씩 밟힐 때마다 늘어났었다. 그게 지금 몇 장 정도 되었더라. 못 세도 아마 백 장은 넘지 않았을까 싶다. 치사하고 더러워도 좀 참아보자, 했는데 그 마음들이 우르르 무너지는 건 후배들 앞에서 한마디로 '개쪽'을 당해서인 걸까, 아니면 여자의 몸으로 문화부나 연예부도 아닌 사회부 기자를 하고 있다고 무시를 당해서인 걸까?

아무래도 국밥집에서 먹었던 그 소주 한 병의 위력이 이제야 발휘가 되는 모양이었다. 그렇지 않았으면 그녀는 단번에 허리를 숙이며 '죄송합니다'를 복창하듯 외쳐 댔을 테니까. 입을 꾹 다물고 고개를 숙이고 있자 국장은 더 화가 난 모양이었다. 이 새끼, 저 새끼, 아주 온 동네 새끼들을 부르며 욕을 퍼붓는 것을 보니.

이런 더러운 꼴을 보자고 이 자리에 7년간이나 버티고 있었던 건 아니었다. 국장은 마치 김도규에게 감정이라도 있는 사람처럼 굴고 있었다.

그것도 아니라면 그녀에게 했던 기대가 어마어마했는데 인턴, 그것도 겨우 6개월짜리 테스트를 거치고 있는 애한테 빼앗겨서인지. 아니면 고위 간부들과 연이 닿아 있다는 인턴에게 그녀의 자리를 물려주기 위해서인지도 모른다. 지금 몇 년째 기자 채용은 동결되고 있고, 그녀가 빠져 준다면 저 인턴에게 자리를 물려줄 수도 있을 테니.

"제가……."

그때였다. 이때까지 국장의 엄청난 사자후와도 같은 고함에 다들 이쪽을 보느라 복도가 쥐죽은 듯 조용했었다. 그런데 한순간에 주변이 소란스러워지기 시작했다.

"그만두면은 되……."

물론 이 소리는 개미 걸어가는 소리보다도 작아서 국장의 귀에 들리지 않을 것이다. 그녀도 슬쩍 눈치를 보며 말을 하고 있었으니까. 어째서인지 국장의 시선은 그녀에게 고정되어 있는 게 아니라 오른쪽, 즉 응급실을 보고 있었다.

뭔가 싶어 그녀도 슬쩍 고개를 돌리는 순간, 믿을 수 없는 광경에 두 눈이 튀어 나올 만큼 커졌다. 흰 셔츠에, 정장 바지 그리고 한쪽 다리에 깁스를 한 채 부스스한 머리카락이 이마를 가리고 있는 사람은 다름 아닌 김도규였다.

그녀는 너무나 놀라서 저도 모르게 억, 소리를 내며 딸꾹질을 하고 말았다. 하지만 국장의 귀에는 아무것도 안 들리고 오로지 도규만 보이는 모양이었다.

"기, 김도규? 야, 채. 김도규가 여긴 어떻게 있어?"

이쪽은 보지도 않은 채, 시선은 도규에게 고정하고 손으로만 그녀를 향해 가리키고 있는 국장을 보며 영은 저도 모르겠다는 듯 고개를 내저었다. 방금 전까지만 해도 그녀를 측은지심, 혹은 무시하는 듯 바라보고 있던 후배들과 인턴들도 갑작스런 호랑이의 등장에 놀란 듯 일제히 기립을 한 채 굳어 있었다.

사람이 참 이상한 게 방금 전까지만 해도 까마득한 후배들 앞에서 그렇게 혼이 날 때는 나오지도 않던 눈물이 왜 그의 얼굴을 본 순간 무작정 삐져 나오려고 하는 걸까. 너무나 덤덤하게 그에게 이별을 고한 건 다름 아닌 그녀였다.

"아니, 이게 누구십니까? 김도규 당선자님 아니십……."

이제껏 인상을 쓰고 있었다는 게 거짓말인 것처럼 국장은 환히 웃으며 도규를 향해 손을 뻗고 있었다. 하지만 그는 그런 국장은 보이지도 않는지 순식간에 지나치며 그녀에게 다가와 양팔을 붙잡고 몸을 위아래로 훑기 시작했다.

"어디야? 어딜 찔렸어? 의사는? 의사는 뭐래?"

"그게 내가……."

"왜 그렇게 위험하게 움직여! 어쩌다가 칼에 맞은 거야?"

"김도규."

"안 아파? 치료는?"

"김도규! 정신 차려. 칼에 찔린 거 나 아니야."

방금 전까지만 해도 그의 얼굴을 보자마자 눈물이 날 것 같았다. 그런데 잔뜩 흥분한 채 그녀가 다쳤다고 오해를 하고 있는 그를 보자 이젠 웃음이 흘러나올 뻔했다. 그런데 양 옆쪽에서 시선이 가득 느껴졌다.

그래, 방금 전까지 그녀는 김도규의 대박 기사를 무려 타 매체도 아닌 같은 회사의 인턴에게 빼앗겼다고 크게 혼나던 중이었다.

"뭐? 그럼 누군데?"

"우리…… 선배."

그 말이 끝남과 동시에 그가 그녀를 와락 끌어당겨 안았다. 그렇지 않아도 가뜩이나 모두의 시선을 받고 있어서 부담스러워 죽겠는데, 그는 주변이 보이지도 않는 모양이었다. 어떻게든 떼어내 보려고 했지만 남자의 힘을 그녀가 어떻게 할 수 있는 건 아니었다.

그때 얼빠진 고양이처럼 눈이 동그랗게 변해 있는 국장과 눈이 마주쳤다. 젠장, 진짜 망했다.

"어떻게 된 거야? 사람들이 죄다 네가 실려갔다고 하던데."

그가 품 안에서 그녀를 겨우 떼어내며 양손으로 얼굴을 붙잡고 물었다. 이런 다정한 스킨십은 지금으로선 무척이나 곤란하단다, 라고 말을 할 수 있으면 얼마나 좋을까?

"김 의원님하고 채 기자가 그러니까, 대학 동기였던 거…… 아닙니까?"

평소엔 천 년 묵은 여우처럼 눈치도 빠릿빠릿하던 국장은 지금 사태 파악이 안 되는 모양이었다. 그것도 아니면 방금 전까지 그렇게 무시하고 깔보던 후배가 무려 김도규와 거리낌 없는 스킨십을 하고 있는 것이 꿈인지 생신지 구분이 안 되는 것일까? 아니, 정확히는 그가 혼자 하는 일방적인 걱정과 스킨십이었지만. 그리고 그제야 옆에 있는 사람이 그의 눈에도 들어온 듯 보였다.

"누구십니까?"

"아, 처음 뵙는군요. 여기 있습니다. 유명규라고 합니다."

국장은 주머니에서 명함을 꺼내 도규의 앞으로 내밀었다. 그는 천천히 훑더니 이내 미간을 찌푸리며 국장을 바라보았다. 그리고 왼쪽 팔을 뻗어 그녀의 손을 잡아당겼다. 그 힘에 그녀는 몸이 휘청거리며 그의 옆구리에 거의 안기다시피 기대게 될 수밖에 없었다. 그러자 후배들의 눈이 다시 굴러가는 소리가 들릴 정도로 움직이며 커졌다.

"반갑습니다. 유명규 국장님, 김도규입니다."

"그러니까 채 기자가……."

"제 여자친구입니다."

그야말로 순식간에 응급수술실 앞이 아수라장이 됐다. 복도가 떠내려가라 소리를 치는 여자들 덕에 그녀는 저도 모르게 귀를 막고 말았다.

도규는 영이 생각했던 것보다 훨씬 인기가 많은 모양이다. 하긴 미혼에 집안도 좋고 능력까지 있는 남자였다. 이런 남자가 연예인 급으로 인기가 없다는 게 이상할 일이었다.

"그럼 이만 실례해도 되겠습니까?"

"네? 무, 물론입니다. 그런데 저기 우리 채 기자는……."

"회식 끝난 거 아닙니까? 기자는 사생활 없나요?"

"아, 아닙니다."

"그럼 이만 실례합니다."

그가 그녀의 손을 이끌고 걷기 시작했다. 엉겁결에 끌려가면서도 그녀는 뒤를 돌아보느라 정신이 없었다. 국장 및 후배들은 모두 얼이 빠진 채로 걷고 있는 두 사람을 보고 있는 상태였다.

아무래도 뒤를 돌아보고 걸으면 넘어질 것 같아 다시 앞을 보았을 땐 그가 깁스한 사람이라고 믿기 힘들 정도로 빠르게 걷고 있었다.

"너 다리!"

"걱정되면 그냥 조용히 따라와."

물론 걱정이 된다. 아니, 애초에 걱정할 자격이 있기나 한 걸까? 결국 서로를 위해 헤어지기로 했다. 그런데 방금, 그는 자신의 입으로 그녀가 여자친구라고 공표를 하고 말았다. 그것도 신문사 사람들을 상대로. 그녀는 사람들의 시선을 피하기 위해 고개를 숙인 채 그의 손에 이끌려 걸을 뿐이었다.

택시에 올라타서도 영은 고개를 숙인 채 입을 다물었다. 도규 역시 택시기사가 듣는 앞에서 대화를 하고 싶지 않은 것인지 아무 말 없이 차창 밖만 보고 있었다. 긴장을 하고 있어서인지 손에 점차 식은땀이 흘러 미끄러워지는 것 같았다. 손을 빼내려고 했지만 그는 아프지 않게 힘을 주고서 놓아주지 않았다. 마치 그건 앞으로도 놓지 않겠다는 뜻이 아닐까 하는 생각이 들었다.

그의 집으로 돌아와 소파에 마주 보고 앉았을 때는 이상하게 어색하게 말을 찾지 못하고 그저 뒤통수만 긁적였다. 잠시 방 안으로 사라진 것 같던 그는 다시 나와 그녀의 앞으로 옷가지를 내밀었다.

"피 때문에 엉망이야, 좀 씻고 나와."

"안 그래도 조금 찝찝했거든. 고마워."

찝찝하기는. 이때까지 어색하고 당황해서 아무 생각도 못했었다. 서둘러 그의 손에서 옷가지를 받아 들고 욕실로 향했다. 욕실도 넓어서 조금 더 오버하자면 그녀의 방 정도만 한 크기였다.

다행히 의사는 생명에 지장이 없다고 했지만 현성은 꽤 피를 흘린 상태였다. 그 순간 얼마나 힘을 주어 그녀의 몸을 지팡이로 썼던지 절로 몸이 수그러져 목발이 되고 말았다. 그런데 대체 어떤 목발이 되었기에 브래지어에도 피가 묻은 걸까. 이걸 이대로 입자니 찝찝하고 그렇다고 입지 않을 수도 없었다.

팔을 뻗어 그가 건네준 옷가지를 살펴보았다. 그래도 지금이 아직 꽃샘추위가 기승을 부려서 다행이라고 해야 할까? 조금 두터운 감이 있는 라운드 티셔츠는 안이 기모로 되어 있어 속옷을 입지 않아도 티가 나지 않을 것 같았다. 그녀는 조심스럽게 자신이 입고 있던 옷에 속옷을 싸고 곧 바로 뜨거운 물이 쏟아지는 해바라기 샤워기 밑으로 들어갔다.

뜨거운 물이 전신을 감싸자 하루 종일 안고 있던 긴장이 풀리는 것 같아 그녀는 그대로 주저앉고 말았다. 그리고 한참 동안이나 뜨거운 물을 맞으며 스스로를 진정시키려 노력했다.

어쨌거나 그렇게 씻는 것까지는 좋았다. 막상 그의 옷을 입고 거울 앞에 서자 그녀는 문을 나서야 할지 말아야 할지 고민을 해야 했다. 그의 트레이닝복 바지는 길어서 밑단을 두 번이나 접었고, 끈으로 허리를 졸라맸다.

라운드 티셔츠는 생각보다 훨씬 커서 그녀의 몸을 꼭 넝마를 주워 입은 것처럼 보이게 만들었다. 그는 키가 크지만 슬림하고 마른 몸매를 하고 있다고 생각했는데 그래도 남자인 모양이었다.

이대로 밖을 나가야 하나 잠시 고민을 하다 어차피 계속 욕실에 있을 수 없다는 것을 깨달았다. 수건을 머리에 얹은 채 욕실을 빠져나오자 역시 씻은 건지 안방에서 머리를 털며 나오는 도규와 눈이 마주쳤다.

"혹시, 여자 로션은 없지?"

"나가서 좀 사올까?"

"아냐, 그 다리로 무슨. 그러고 보니 다리 괜찮아? 아까 너무 빨리 걷고, 목발도 없었잖아."

"그 정도는 괜찮아. 차라도 한잔할까?"

그녀가 고개를 끄덕이자 그는 그냥 소파에 앉아 있으라며 부엌으로 들어갔다. 그래도 깁스까지 하고 있는 환자인데 도와주어야 하지 않을까 생각했다. 하지만 속옷을 입고 있지 않아서인지 자꾸 행동에 제약이 걸렸다. 그녀는 그냥 모르쇠로 일관하기로 했다.

당연히 커피를 가지고 올 줄 알았는데 그가 가지고 온 머그에는 그냥 투명한 물이 담겨 있었다. 컵이 뜨겁지도 않고 미지근한 걸 봐서는 그냥 물을 떠온 건가 싶었다.

"술 냄새 나더라."

"어? 아, 맞다. 2차 옮기기 전에 한잔했었지."

괜히 눈동자를 굴리며 잔을 입으로 가져가 한 모금 삼켰다. 그제야 이게 꿀물이라는 것을 깨달았다. 달콤한 아카시아향이 코끝을 맴돌자 지금 자신이 어디에 있고, 누구와 함께 마주 보고 있는지 정확히 인식이 되었다. 그야말로 오늘 하루는 너무나 버라이어티해서 지금 이게 꿈이 아닌가 생각될 정도였다.

"나 병원에 있는 건 어떻게 알았어?"

"그 차 절도범들 때문에 경찰서 갔다가. 채 기자님이 칼에 찔렸다면서 경찰들이 웅성거리더라고."

"아, 신고……."

"그 횟집 사장님이 오셨는데 그 이후는 나도 잘 모르겠어. 어쨌거나 그 이야기 듣자마자 정신없이 병원으로 갔으니까."

그가 어떻게 병원으로 오게 됐는지 이해가 되었다. 그녀도 내일이면 경찰서에 출두해서 목격자로서 사건 정황을 설명해야 할 것 같았다. 어차피 횟집 앞에서 많은 사람들이 이미 구경을 하고 있었기 때문에 목격자들은 충분히 많았겠지만.

"의도는 아니었는데……. 일이 이렇게 돼서 유감이야."

"어?"

"신문사 사람들 우리 사이 다 알게 됐을 거 아니야."

잠시 잊고 있었다. 아무리 그녀가 사직서를 내고 신문사를 그만둔다고 해도 떠들기 좋아하는 사람들은 이런저런 유언비어를 만들어낼 것이다. 그나마 다행이라면 그와 연관된 기사를 쓰지 않았다는 것? 물론, 그가 이변으로 당선되는 순간 그 자리에 있어 1면으로 기사를 올리기는 했지만. 그거야 그와는 딱히 상관 없는 일이었고, 그녀는 다친 후배를 위해 대타로 뛰었던 것뿐이었다.

"그런데 나 후회 안 해."

"후회?"

"사람들 앞에서 채영이 내 여자라고 말한 거."

어제부터 온종일 했던 긴장이 한꺼번에 풀려 절로 눈가로 열이 몰려왔다. 앞이 흐려지고, 이내 눈물이 볼을 타고 흘러내렸다. 참아내려 눈동자를 굴리며 천장을 보았지만 이미 흘러내린 눈물을 참아내기는 힘들었다. 원래 이렇게 눈물이 많은 편이 아니었는데 그를 만나고서는 꼭 울보가 된 느낌이었다.

"내 직업 때문에 제약이 없다고는 말할 수 없어. 내가 벽이 되어줄게. 그냥, 내 여자가 되어주면 좋겠다."

어느덧 앞으로 다가온 그가 그녀의 손을 붙잡고 바닥에 앉은 채 그녀를 올려다보고 있었다. 도규의 얼굴을 제대로 보고 싶은데 속절없이 쏟아지는 눈물 때문에 볼 수가 없었다. 목이 메어 목소리도 나오지 않았고 입술이 딱 붙어 떨어지지도 않았다.

"어제 그렇게 가버리고 난 뒤에 숨조차 제대로 못 쉬었어."

병원에서 도규를 발견했을 때 하루 만에 그의 얼굴이 해쓱해진 게 보일 정도였다. 마음이 편안해지는 건 불안해했던 게 그녀 혼자만이 아니었다는 것 때문이다. 그 역시 똑같이 불안해하고, 그녀를 놓칠까 전전긍긍했던 게 틀림없었다.

"어차피 난 채영을 놓을 생각이 없어서, 시간을 좀 주고 싶었던 것뿐이야. 그런데 이젠 그 시간도 주기 싫어."

영은 그저 고개만 끄덕였다.

"내가 채영의 꿈을 망쳐 버린 것 같아서 나도 속이 편한 것만은 아니야."

그가 굽혔던 무릎을 일으켜 시선을 맞추었다. 말을 할 수가 없어 그녀는 그의 위로에 그저 또 고개만을 끄덕일 수밖에 없었다.

"내 여자가 돼줘, 채영."

잡힌 손에 힘이 들어가는가 싶더니 이내 입술이 왈칵 부딪쳐 왔다. 그와 동시에 그녀는 두 눈을 질끈 감았다.

Rebuff

⑪

첫사랑입니다

아침 햇살이 이렇게 파괴력이 있을 것이라곤 상상도 하지 못했다. 그동안 새벽 내내 경찰서를 들락날락하면서 떠오르는 해를 많이 보았었는데 오늘만큼은 평소와 달랐다. 이제 새벽 6시가 막 넘은 시각, 어느새 길어진 해는 온전히 떠올라 잠들어 있는 도규의 모습을 온전히 보여주었다.

영은 옆으로 멍하니 누워 잠들어 있는 그의 모습을 빤히 바라보았다. 팔이 드러난 회색의 민소매 셔츠에 머리카락은 흐트러진 채 엎드려 자고 있는 그의 모습은 어른인 남자라기보다 꼭 어린애 같았다. 얼마나 이 얼굴을 보고 있었을까, 이러고 있어선 안 된다는 생각이 들어 천천히 자리에서 일어났다. 곤히 잠들어 있는 그를 깨우고 싶지 않았다.

메모지와 볼펜을 찾아내 '먼저 갈게' 라고 쓴 다음 작은 탁자 위에 있는 핸드폰 밑으로 끼워 넣었다. 어쨌거나 안방에서 나오긴 했지만, 어제 입고 있던 피 묻은 옷은 입을 수가 없어 가방에 넣은 다음 가슴팍을 가리고 도규의 집을 빠져나왔다.

아파트를 벗어나자마자 서 있는 택시를 발견하고 재빨리 집 주소를 댄 다음 고개를 돌려 맨 위층을 올려다보았다. 밑에선 아무것도 보이지 않았지만 지금 저기에선 도규가 잠들어 있었다. 그전까지는 마치 저 맨 위가 꼭 그처럼 느껴져 무거웠는데 그런 생각을 했던 게 거짓말인 것처럼 이젠 마음이나 몸이 가벼웠다.

혼자 실실 웃기도 하고 인상을 찌푸리기도 하다가 한숨을 내쉬기를 반복했다. 백미러로 꼭 미친X 보듯 보고 있는 택시기사와 눈이 마주쳤다. 택시기사는 황급히 시선을 돌리며 괜한 헛기침을 했다. 아저씨, 저 미친 애는 아니랍니다, 라고 말을 해주려다 영은 스스로 오해를 하게 만들었다고 인정하기로 했다. 집 앞에 도착하자 재빨리 요금을 지불하고 택시를 벗어났다.

현재 시각은 6시 45분.

경찰서는 9시까지 출근이니 아직 채 경정이 자고 있을 거라고 생각했다. 하지만 현관문을 열고 들어서는 순간 부엌에서 나오는 채 경정을 보고 영은 마치 동상이 된 듯 그대로 굳어버렸다. 옷이라도 자신의 옷을 입고 있으면 상관이 없지만, 지금 영이 걸치고 있는 건 도규의 옷이었다. 그것도 펑퍼짐하기 짝이 없어 누가 봐도 남자 옷임을 알 수 있었다.

"회식이 이제 끝난 거냐?"

하긴, 회식을 한 번 했다 하면 동이 틀 때까지 마시는 게 일상 다반사였다. 처음엔 걱정을 하던 채 경정도 기자의 회식 문화를 어느 정도 이해를 하면서 적당히 마시라는 말만 했었다.

"아빠, 벌써 깨셨어?"

"목이 말라서. 좀 더 자야지. 그런데 옷 꼴이 그게 뭐냐? 진이 한테 빌려 입었냐?"

다행히 채 경정은 눈썰미가 없는 편이었다. 그러니까 앞머리를 자르거나, 염색 혹은 파마를 해도 잘 알아보지 못했다. 하물며 패션엔 더 관심이 없는 채 경정이 이 옷이 누구 옷인지는 알리가 없었다.

"진이 것은 아니고 좀 뒹굴어서."

"술 좀 조금만 마셔."

"좀 더 주무세요, 전 씻고 나가봐야 돼요."

"그래, 잘 다녀오고."

영이 고개를 끄덕이자 채 경정은 픽 웃으며 다시 안방으로 들어갔다. 그녀는 안도의 한숨을 내쉬고 재빨리 방으로 들어가 속옷을 챙겨 들고 욕실로 들어섰다. 거울 앞에 서서 티를 벗으려던 영의 눈에 빨간 반점들이 들어왔다. 그것을 보고 저도 모르게 비명이 흘러나올 것 같아 재빨리 입을 막았다.

제대로 말하자면 어젯밤엔 아무 일도 없었다. 아니, 아무 일도 없는 건 아니었지만 정말 바로 직전에 두 사람은 행동을 멈추었다. 우선 그녀는 배란기였고, 그의 집에는 콘돔이 없었다.

도규는 나가서 콘돔을 사오겠다고 했지만 영이 그의 바짓자락을 잡고 말렸다. 얼굴이 알려진 그가 콘돔을 사러 가게 할 수는 없었다. 차라리 자신이 가겠다고 했는데 그는 밤이 늦었다며 고개를 저었다. 어차피 아파트 건너편에 바로 편의점인데 위험할 게 없다고 했지만 그는 본인이 조금 자제심을 가지면 된다고 했다.

아이고, 이 양반아. 내가 자제심을 못 기르겠다라는 말이 목구멍을 치고 올라왔지만 영은 그냥 고개만 끄덕였다. 어쨌거나 그 직전까지 갔으니 몸 여기저기에 흔적이 남는 것도 당연한 걸까? 아직도 몸에서는 그의 숨결과 손길이 고스란히 느껴졌다. 또 음란마귀에 빙의하기 전에 씻어야 했다.

그나마 거리가 멀어서 다행이었지 이 목덜미에 훤히 드러나 있는 키스마크를 만약 채 경정이 보았다면, 상상만으로도 얼굴이 불타올랐다. 서둘러 샤워를 마치고 방으로 들어가 책상에 앉아 화장을 하기 시작했다.

그동안은 워낙 취재와 언제 어디에서 일이 터질지 몰라 메이크업은 자제하는 편이었다. 하지만 오늘은 날이 날이니만큼 제대로 메이크업을 마치고, 평소 잘 입지 않는 정장까지 꺼내 입었다. 흰 블라우스의 마지막 단추까지 꼼꼼히 채우고 재킷을 걸쳤다. 그리고 그녀는 경쾌한 발걸음으로 당당히 집을 나섰다.

국밥집 앞에 있는 채 경정의 차를 가져와야 했기 때문에 택시를 타고 경찰서로 향했다. 경찰서로 가서 후배들을 만나고 9시까지 사무실로 들어가면 될 것 같았다. 경찰서 앞에 도착해 택시에서 내려 옷매무새를 다시 한 번 살피고 경찰서로 들어섰다. 그런데 사람들이 그녀를 힐끔힐끔 쳐다보고 지나치는 게 심상치 않았다.

평소에 오가던 인사가 오늘따라 없어서 이상하다고 생각하며 설마 벌써 그런 일이 벌어졌을까, 의심을 했는데 저 복도 끝에서 커다란 키를 가지고 마치 캥거루처럼 껑충껑충 뛰어오는 민지를 보고 그녀는 자리에서 멈춰 섰다. 그리고 얼굴에 궁금증이 가득한 민지의 얼굴 앞으로 손바닥을 척 내밀었다.

"잠깐!"

"채구영!"

"질문은 세 가지만 받겠다!"

"대박, 세상에! 내가 말이 안 나와서. 이거, 진짜야?"

"그래. 다음 질문."

"이거 누가 기자 아니랄까 봐. 언제부터야?"

"사귄 건 며칠 안 됐어. 마지막 질문."

"인터넷 지금 난리야. 너 대학 때부터 죽어라 김도규 쫓아다녔다고, 아주 그냥 여자들이 너의 승리라면서 비법 좀 알자고 난리다. 너 완전 신데렐라 등극이야. 국회의원과 사회부 기자의 사랑이라고, 아주 그냥 로미오와 줄리엣 아니냐면서."

사람들은 그냥 로미오와 줄리엣 정도로 생각할 수도 있을지도 모른다. 하지만 현실은 그녀가 줄리엣이 아니라는 것을 잘 알려주고 있었다.

"야, 자토."

"왜?"

"그동안 기사 내놓으라고 나한테 달달 볶여서 고생 많았다."

"뭐야, 너 왜 그래?"

"국회의원과 기자를 누가 좋게 봐. 나 오늘 사표 내러 가."

그 말에 민지의 두 눈이 번쩍 뜨였다. 밤샘 근무를 했는지 눈은 토깽이처럼 붉어져 가지고 눈을 크게 뜨자 공포가 따로 없었다. 저기서 피 분장만 하고 있으면 기담의 그 엄마 귀신으로 보일 것 같았다.

"미쳤어? 김도규가 그만두래?"

"아니."

"그럼?"

"내가, 그만두는 거야."

"김도규를 위해서?"

"도규에게 그만두라고 할 순 없잖아."

"야!"

"걘 시민들이 직접 뽑은 사람이야. 열심히 일해야지. 그리고 이런 국회의원도 있구나, 사람들이 생각했으면 좋겠어. 나는 내가 하고 싶었던 또 다른 일을 하면 돼."

늘 잡아먹지 못해 안달이었던 민지는 처음으로 그녀의 말에 감동받은 얼굴을 하고 있었다. 두 손을 가슴 앞에 모은 채로 초롱초롱 바라보고 있는 게 평소라면 그녀에게도 감동이었겠지만, 지금은 저 토끼 같은 눈을 하고 있으니 공포가 따로 없었다.

"너 밤 샜어?"

"잠복근무."

"들어가서 좀 쉬어라. 피눈물 나겠다."

"진짜? 그 정도야? 야, 아무튼 너 결혼하면 부케는 내 거다. 그런데 사표는 조금 성급한 거 아니야? 너희 회사 패션 잡지도 있고 그렇잖아."

영은 고개를 저었다. 이미 그녀가 김도규의 여자친구라는 것이 알려진 이상 사람들은 어떻게든 연관 지어 생각할 것이다. 그렇다면 투명하고 정직한 보도가 목표인 회사 이미지엔 얼룩이 질 것이다. 그녀는 서로서로 상처받지 않는 방법을 택한 것이었다.

"나 정말 괜찮아. 그런데 너도 들었지? 우리 선배 칼침 맞았잖냐."

"그렇지 않아도 애들 병원 다녀왔대. 그냥 쌍방과실로 끝나나 봐. 너희 선배가 쪽팔리니 말하지 말라고 신신당부했다는데 이미 소문은 다 퍼졌지."

"내가 그렇게 나대다가 언젠간 사고 한번 칠 줄 알았어."

"횟집 사장님도 넋이 나가셨더라."

어쨌거나 부장은 수조 안의 물고기 값을 죄다 치르고 수조까지 갈아주기로 했다는 결론이 나왔다.

민지의 어깨를 토닥이고 그녀는 기자실로 들어섰다. 바쁘게 움직이던 사람들이 그녀의 등장에 마치 영화라도 찍는 것처럼 행동을 멈추었다.

"선배."

"보고는 잘 마쳤어?"

"네. 그런데 선배, 그거 사실이에요?"

경수는 여전히 멍한 얼굴로 그녀를 보고 묻고 있었다. 주어가 빠졌음에도 무슨 말을 하고 있는지 충분히 알아들었다. 그리고 기자실에 있는 사람들 모두가 그녀를 주시하고 있다는 것도.

"사귄 건 며칠 안 됐어."

"대박. 열 번 찍어 안 넘어가는 나무 없다더니, 김도규가 사귀재요?"

"경수야, 송경수? 도규가 네 친구니? 너보다 무려 네 살이 많으신 사람이에요."

"죄송해요, 너무 경황이 없어서. 김 의원님 어제 병원에서 완전 멋있으셨다던데. 거기 있던 사람들 다 소리 지르고 난리 났었다면서요."

난리야 났었다. 워낙 도규의 인기가 하늘을 찌르다 보니. 거기다 거기엔 젊은 여자들도 많았다. 그녀는 젊은 여자들이 일개 국회의원에게 그렇게 관심이 많은 줄은 처음 알았다. 그것도 물론 다른 사람도 아닌 김도규였으니 가능한 일이었겠지만.

여기저기서 물어오는 질문에 간단히 대답을 해주며 그녀는 짐을 이것저것 챙겼다. 그런 그녀를 물끄러미 보던 경수가 넌지시 물어왔다.

"선배, 그만두실 거예요?"

"응."

어제까지만 해도 당연히 그와 헤어질 거라고 생각했고, 회사를 그만둘 순 없다고 생각했었다. 그래서 하루 종일 체기가 있는 듯 속이 답답했는데, 오늘은 거짓말처럼 정신이 맑아졌다.

물론 일은 그녀가 좋아하는 것이었지만, 그녀는 상황에 맞춰 행동하는 것도 잘 알고 있는 사람이었다. 그와 함께할 수 있는 최선의 방법이기도 했다.

"그렇게 미련 없이 그만두실 만큼 김 의원님 좋아하세요?"

"경수야, 나 김도규가 첫사랑이야."

"알아요."

뭐에 삐쳤는지 경수는 입술을 앞으로 댓발은 내밀고는 툴툴거리고 있었다. 경수는 정말 오랜만에 들어온 후배였고, 또한 그녀의 밑으로 들어와 애정이 각별하기는 했다. 경수 역시 그녀를 친한 선배라고 생각했을 텐데, 이렇게 갑자기 그만두게 되니 섭섭할 수도 있을 것이다. 영은 경수의 팔을 어깨로 툭 쳤다.

"인마, 섭섭해서 그래? 걱정 마. 자주 놀러 올게."

"미묘한 감정이라고 해야 하나? 마치 아버지가 된 느낌?"

"나보다 네 살 어린 아버지 둔 적 없거든요?"

"아무튼 진짜 느낌 이상하단 말이에요. 저는 선배가 회사 그만둔다는 생각도 안 해봤고, 남자 만난다는 생각도 못해봤거든요."

"야, 나도 인간이거든? 너는 여자친구 만들어서 잘만 놀러 다니는데, 나는 그것도 안 되냐?"

하여간 그놈의 모태솔로라는 건 사람들에게 이상한 환상을 심어주었다. 그것도 안 좋은 쪽으로만. 믿고 있던 경수 역시 이런 반응을 보이다니. 이걸 확 한 대 때릴 수도 없고. 그야말로 주먹이 울었다.

"그런데 김 의원님은 정혼자 있다, 막 난리 났었잖아요."

"그냥 친한 여동생이래."

"선배. 남녀 사이에 친한 여동생, 친한 이성친구 이런 거 다 뻥이거든요?"

"송경수, 해보자는 거냐?"

그렇지 않아도 예원 때문에 꽤 질투를 했었다. 아니, 고맙다고 해야 하는 걸까? 어쨌거나 예원 때문에 도규에 대한 감정도 정확히 알아챈 것이 틀림없었으니. 물론 그렇다고 해서 예원이 곱게 보이는 건 아니었다. 예원도 도규를 꽤 오랜 시간 좋아했을 텐데 아무래도 오늘 마음이 상할 것 같았다.

그녀는 고개를 슥 돌려 책상 위의 신문 1면에 나와 있는 도규의 얼굴을 바라보았다. 어쨌거나 현재는 그가 핫 이슈이기는 한 모양이다. 국회의원의 열애기사가 1면에 떡하니 보도되어 있다니.

인터넷에서 주로 젊은 층에서만 인지도가 있었던 도규는 어쩌면 이번 기회에 전국적으로 얼굴을 떨칠지도 모를 일이었다. 그의 인지도를 쌓는 건 그렇다 쳐도 좋지 않은 루머가 떠돌면 어쩌나 싶어 그녀는 저도 모르게 한숨을 내쉬었다. 벌써부터 진예원 변호사와 양다리였다, 어쨌다 하는 루머들이 성행하는 모양이었다.

"선배."

"어?"

"뭐가 그렇게 걱정돼요?"

"그냥, 이것저것."

"선배 그동안 당당하게 잘살아왔잖아요. 아니 땐 굴뚝에 연기 난다는 게 이쪽 세계긴 하지만 걱정 마세요. 제가 선배 루머성 글 나오면 바로 기사 쓸게요."

"고맙다, 그래도 내가 후배 하나는 잘 뒀나 보다. 사무실 가볼게."

"선배, 들어다 드릴게요."

그녀는 고개를 끄덕이고 경수와 함께 경찰서를 나섰다. 그녀의 짐을 날라주기로 한 경수는 상자 속에 들어가 있는 짐이 꽤 될 텐데도 불구하고 군말이 없었다. 평소 같으면 무겁다, 나눠 들자 엄살을 피웠을 텐데. 분명 오늘 열애설이 터지지 않았다면 사람들은 죄다 현성의 칼침에 대해 난리를 부렸을 것이다.

회사를 위해선 차라리 이게 다행인가 싶을 정도로 현성은 운이 좋은 사람이었다. 전에는 음주운전으로 난동을 부려서 시말서까지 쓰지 않았던가. 성격이 워낙 '개'인지라 경찰들도 되도록 현성과 엮이고 싶지 않아 했다.

하루는 현성이 술을 마시고 음주운전을 했는데 그 '개' 같은 성격을 잘 아는 경찰들이 그냥 가라고 손짓을 했다. 현성은 잘 가다 이내 유턴을 해서 돌아와 경찰들을 향해 '야, 이 민중의 시뱅이들아. 음주운전한 새끼 왜 안 잡아? 어?'라고 난동을 부려 인턴을 하느라 선배들이 진탕 땀을 흘려야 했다. 그런데 그날 지역 의원의 비리가 터지면서 현성에 대한 기사는 단 한 줄도 나오지 않았다. 하여간 전생에 무슨 덕을 그렇게 쌓고 살았는지 '개'이면서 운은 '신' 급이었다.

국밥집 앞으로 와 트렁크에 상자를 싣고 나서 경수는 이마에 배인 땀을 슥 훔쳤다. 땀이 흐르는데도 불구하고 투덜대지 않고 여기까지 짐을 가지고 와준 경수가 참 고마웠다.

"선배, 회사 일 처리하고 전화 줘요."

"그래, 조만간 밥 사줄게."

"밥은 무슨. 김 의원님이 술 정도는 대접해 주시겠죠?"

"그 술 내가 사준다. 갈게, 수고해."

경수가 고개를 끄덕이며 먼저 경찰서를 향해 돌아갔다. 막 차에 올라서는데 가방 안에서 진동이 느껴졌다. 재빨리 꺼내 보니 도규의 이름이 떠다니고 있었다.

"여보세요?"

〈전화 왜 이렇게 안 받아?〉

"전화했었어? 계속 가방에 넣고 있어서 몰랐어. 내 핸드폰 불통 났었겠네."

〈오늘 좀 피곤할 거야. 괜찮지? 왜 먼저 갔어. 데려다 줬을 텐데.〉

"깁스한 다리로 운전하려고? 택시 타고 금방 갔어."

어제 그 직전까지 갔던 터라 어색하진 않을까 걱정했는데 의외로 아무렇지도 않아 스스로가 신기할 지경이었다. 하긴, 모태솔로인 시절엔 키스하고 얼굴을 어떻게 보냐며 혼자 호들갑을 떨었었다. 막상 해보니 그건 좋은 것이었고, 또 하고 싶은 것이었다. 아, 이런 음란마귀. 목소리를 듣는 것만으로 또 음란마귀를 소환해 내다니. 영은 머리를 주먹으로 한 대 때렸다.

"바쁘지 않아?"

〈아파트 나오자마자 기자들 상대하느라 조금 힘들었던 거 빼고는.〉

생각해 보니 새벽에 그렇게 나왔는데 다른 기자들에게 걸리지 않은 게 천만다행이었다. 하긴, 그 모습으로 나오는 그녀를 사람들은 아마 상상도 하지 못했을 것이다.

〈채영.〉

"어?"

〈난 채영이 무슨 선택을 하든 존중할 거야. 무슨 선택을 하든 내 여자인 것도 변하지 않을 거고.〉

표현을 잘하지 못하는 성격일 거라고 생각했다. 하지만 그는 한 번 정해지자 모든 것에 거침이 없었다. 그 단단함이 좋고 편안했다.

"나는 내가 존중할 수 있는 사람이 내 곁에 있으면 참 좋겠다고 생각했었어. 그리고 네가 그런 남자라서 참 다행이야."

〈사람 과부하 걸려 쓰러뜨릴 생각이야?〉

"무슨 소리야?"

〈며칠 동안 썼던 에너지가 아마 내가 10년간 썼던 것과 비슷할걸? 이제 마음 좀 편하게 가져도 되는 거지?〉

그 말에 영은 픽 웃고 말았다. 그녀 역시 지난 며칠간이 정말 몇 년 같았으니 그의 말에 쉽게 동조할 수 있었다. 저녁에 보자는 말을 한 후 전화를 끊고 부재중 전화를 확인했다. 여기저기서 걸려온 전화들과 문자들로 정신이 없었다.

핸드폰을 우선 놓아두고 그녀는 시동을 켜자 DMB가 켜졌다. 기어가 D에 있을 때는 음성밖에 들리지 않았지만 거기에서 흥분이 가득 느껴지는 아나운서의 목소리에 그녀는 다시 기어를 P로 옮겼다.

"아침부터 정말 대한민국을 떠들썩하게 만든 열애설이네요. 직접 취재 다녀오신 슬기 씨는 어땠나요?"

적어도 이 열애설이 3일은 갈 거라는 것에 그녀의 퇴직금을 몽땅 걸 수 있었다. 유명인과 사귄다는 건 이런 것이라는 것을 실감했다.

"보기와는 다르게 김도규 당선자는 굉장히 로맨티스트인 것 같았고, 또한 상대방을 많이 배려하고 있다는 게 느껴질 정도였습니다. 오늘 이른 아침, 저희 굿모닝에서 단독으로 취재한 영상 보시겠습니다."

정말 국회의원이 아니라 연예인이 아닌가 싶을 정도의 인기라고 생각됐다. 영은 웃으며 고개를 절레절레 저었다. 기자의 목소리가 들리고 이내 나직한 음성으로 인사를 하는 도규의 목소리가 들려왔다. 그리고 그의 얼굴이 작은 화면에 드러났다. 영상으로 보는 그의 얼굴은 실제로 보는 것보다 조금 덜 날카로워 보였다.

"다들 관심이 많잖아요. 이번에 용감하게 차 절도범까지 몸싸움을 벌이면서 잡으셔서 화제가 됐었는데 바로 연인을 공개하셔서 지금 대한민국이 떠들썩합니다. 두 분이 대학 동기라고 하셨는데 그때부터 인연이 되신 건가요?"

"사귄 지는 얼마 되지 않았습니다."

"그런데 직업이 부딪쳐서 갈등이 있으셨을 것 같은데."

도규는 부드럽게 웃으며 고개를 끄덕였다. 그녀는 그 직업 때문에 그에게 이별을 고했었다. 물론 단 하루 만에 이별은 없던 일이 되었지만.

"그래서 그 친구가 헤어지자고 하더라구요."

이런, 그런 말은 하지 않을 줄 알았는데. 인터넷에 그녀를 향한 욕들이 줄줄이 올라오는 게 눈에 보일 정도였다.

"당선자님은 뭐라고 하셨어요?"
"못 놓게 밀어붙여서 이렇게 인터뷰하고 있는 거겠죠?"
"당선자님께서 붙잡으신 건가요?"

그 말에 도규는 잠시 말이 없었다. 아무래도 그녀에 대한 욕 지분율이 조금 더 올라갈 것 같았다. 이것참, 밥 안 먹어도 배부르고 오래 살겠단 생각이 들었다.

"제 첫사랑입니다."

왠지 웃음이 피식 나왔다. 자신이 누군가에게 첫사랑이었다,

라고 생각해 본 적이 한 번도 없었다. 그만큼 그녀는 그런 감정에 관심을 두고 있지 않았기 때문이다. 정식 인터뷰가 아니었기 때문인지 도규는 그 이야기를 끝으로 고개를 숙인 채 바삐 발걸음을 옮겼다.

깁스를 한 다리로 어정쩡 걷는 누군가의 뒷모습이라면 안타깝거나 아니면 조금은 우스꽝스럽게 보일지도 모른다. 하지만 그는 여전히 긴 다리로 모델 같은 워킹을 뽐내며 택시로 걸어가고 있었다. 그러면서도 카메라를 들이미는 기자들을 보면서도 미소를 잃지 않았다.

영은 다시 기어를 D에 놓고 사이드미러를 살펴본 뒤 액셀을 힘 있게 밟았다. 시원스럽게 도로로 합류하고 창문을 열어 시원한 봄기운을 만끽했다. 아니, 만끽하려고 했다. 이놈의 중국발 황사만 아니었다면. 희뿌연 도심에서 창문을 열고 달릴 수조차 없다니. 아무래도 조만간 공기 좋은 곳으로 여행이라도 가야 할 것 같았다. 이제 그녀에게 남는 것이라곤 시간뿐이 아니던가.

사무실을 들어설 때면 늘 마음이 두 가지 중 하나였다. 썩 괜찮은 기사를 써서 의기양양했던 것과, 여기저기 빼앗기고 결국 의기소침했던 마음. 오늘은 그 둘 중 어느 것도 아니었고 그저 시원하다는 생각이 들었다. 사표를 내게 된다면 씁쓸한 마음이 크진 않을까 생각했는데 생각과는 다르게 훨씬 마음이 가뿐하고 가벼웠다.

엘리베이터가 한 층, 한 층 설 때마다 그녀를 바라보는 사람들의 시선은 점점 더 많이 따라오고 있었다. 아무래도 막판에 정말 큰 이슈 덩어리를 회사에 안겨주고 가는구나 싶었다. 엘리베이터에 타고 있는 사람들 중 그나마 친한 사람이 없다는 게 다행일까? 그냥 어색하게 인사를 하고서는 그 안에서 빠져나왔다.

그녀가 막 사무실 안쪽으로 들어섰을 때 시끌벅적하던 공기가 순식간에 얼어붙은 듯 고요해졌다. 이렇게까지 남들의 주목을 받아보는 것은 처음 있는 일이라 왜지 어색하기도 하고 쑥스럽기도 했다. 늘 취재만 하러 다니고 카메라와 녹음기를 들이밀 생각만 했지 그 앞에 서본 적은 없었다.

그러다 새삼 도규가 대단하다고 생각됐다. 그 많은 카메라와 기자들을 여유롭게 상대하고 웃는 모습까지 보여주다니. 그녀는 아마 그런 대상이 된다면 딱딱하게 굳어서 표정도 어색하게 따로 놀 것 같았다.

"어우, 우리 채 기자 왔어?"

민철은 오바 육바를 떨며 그녀의 어깨에 손을 올리고 의자에 편히 앉을 수 있게 해주었다. 그리고 보니 민철은 그녀가 여기까지 올 수 있게 도와준 참 고마운 선배였다. 이왕이면 이런 특종을 민철에게 주었으면 더욱 좋았었겠지만, 갑자기 도규가 병원으로 달려와 터뜨리는 바람에 이렇게 세상에 알려지고 말았다.

도규와의 관계가 조금 더 안정적이 되면 그때 민철에게 말할 생각이었는데, 어제까지만 해도 헤어질 생각을 하고 있어서 말을 할 일이 없을 거라고 생각했었다. 하지만 어제 있었던 현성의 칼침 때문에 그는 공개적으로 사귀고 있다는 사이라 공표를 했고, 하루아침에 김도규의 연애가 대한민국을 흔들었다. 워낙 하루아침에 일어난 일이라 민철에게 말을 해주지 못한 게 미안했다.

"선배, 그게, 사실은 제일 먼저 선배에게 말하고 싶었는데……."

"괜찮아. 살다 보면 의도치 않은 일도 생기고 그런 거지, 뭐. 그런데 도규 그 자식, 병원에서 영화 찍었다면서?"

영화 정도까지는 아니었지만 남들 눈에는 그렇게 보였을 수도 있겠다 싶어 영은 그냥 어색하게 웃고 말았다. 그러다 주위를 둘러보니 사람들이 곁에 오고 싶어 하지만 선뜻 오지 못하는 게 보였다. 후배들조차 '구영 선배' 하며 늘 그녀를 은근히 무시하는 투로 말을 했었다.

사실 선후배 관계가 엄격한 이곳에서 그나마 곁을 내주고 분위기를 부드럽게 만들어주는 그녀가 편해서 그랬다는 것도 영은 잘 알고 있었다. 그런데 그녀의 남자친구가 무려 김도규라는 사실을 알고 난 뒤로 다들 가까이 다가오기 힘든 모양이었다.

그냥 사귀는 사람의 직업이 국회의원인 것뿐이었지 정작 별다를 게 없는 똑같은 사람이다. 하지만 사람들은 우선 감투를 쓰고 있다고 생각하면 그때부터 괜한 거부감을 느끼거나 멀어지려고 했다.

"어린이들, 왜 눈치만 보고 그렇게 서 있어?"

평소와 다름없는 그녀의 말투에 그제야 굳어져 있던 얼굴들을 펴고 후배들이 다가왔다. 그녀는 쿨하게 그동안 몰래 숨겨두었던 간식거리들이 들어 있는 서랍의 열쇠를 풀어 모두에게 나누어주었다. 맨 마지막 서랍은 다른 서랍보다 두 배 이상 컸는데 그곳은 채구영만의 보물 상자라며 탐내는 사람들이 많았다.

늘 떨어지지 않게 초콜릿 종류를 어마어마하게 사다 두었는데 그건 그녀가 조금이라도 배가 고프면 사나워지고, 손이 떨리는 걸 스스로 알고 있어서 알아서 응급용으로 구비해 두었던 것들이었다.

그동안 누가 하나만 달라고 해도 노려보며 줄까 말까 하던 영이 그 보물 상자를 모두 털자 다들 의아해하면서도 좋아했다. 하지만 늘 제일 많이 욕심을 내던 민철만이 받을 생각도 하지 않고 심각한 얼굴로 그녀를 보고 있었다.

"야, 채영."

"선배."

"너 설마 그만둘 거야?"

그 말에 신이 나서 간식거리를 받던 사람들의 웃음소리가 멈췄다. 하여간…… 사표를 내기도 전에 채구영이 회사를 그만둔다는 소문이 쫙 퍼질 것 같았다.

슬쩍 눈치를 보니 아직 부장은 오지도 않은 것 같았다. 아마 어제 그렇게 과음을 하고 숙직실에 와서 뻗어 있는 게 틀림없었다. 어차피 이제 곧 9시가 되니 어슬렁어슬렁 걸어오겠지만 영은 꼴 보기 싫은 부장에게도 간식거리를 조금 챙겨주자 생각했다. 해장을 무려 초콜릿으로 하는 괴기한 입맛의 부장이었으니까.

"그만두면 뭐 먹고 살라고?"

"먹여 살려주겠단 사람 많던데."

"뭐? 김도규가 결혼하자고 했어?"

이 사람, 또 오버한다. 누가 기자 아니라고 할까 봐. 그녀는 고개를 저었다.

"뭐야, 결혼하자고도 안 했는데 그만둬? 너 그러다가 틀어지면 어쩌려고 그러냐?"

"설마 틀어질까요?"

"설마가 사람 잡는 거 몰라? 참, 그 집안에선 너 알아? 그 집안 유명하잖아."

"유명이오?"

알고 있다. 그의 아버지가 전직 판사였고 지금은 은퇴한 뒤 첼리스트인 어머니와 함께 공연을 보거나 봉사활동을 다니신다고. 그리고 워낙 빨리 결혼하신 어머니가 아직 50대 초반에 대학 교수 직을 맡고 계셔서 수업이 있는 날엔 기사 노릇도 하신다고 들었다. 하긴, 도규에게 들은 건 그것이 전부였다.

"흠흠, 너 우선 나 좀 보자."

원래 민철이 모두의 눈을 피해서 보자고 하는 사람이 아니었다. 후배들에게 물러가라고 하면 물러가라고 했지 먼저 자리에서 일어날 사람이 절대 아니었다. 엉덩이 무겁기로는 최강이었는데 저렇게 먼저 일어나서 휴게실로 향하는 것을 보니 정말 심각한 이야기를 할 모양이다. 영은 후배들에게 맛있게 먹으라고 말한 뒤 재빨리 일어나 민철의 뒤를 밟았다.

9시가 가까워지자 휴게실은 텅텅 비어 있었다. 민철은 이미 자판기에서 차가운 음료수를 빼내서 한 번에 다 들이켠 뒤 캔을 마구잡이로 구긴 뒤 휴지통으로 집어 던졌다. 그걸로도 모자랐는지 또 주머니를 뒤지는 민철을 보며 영은 마치 신참기자에 빙의된 듯 재빨리 주머니에서 동전을 꺼내 평소 민철이 사랑하는 밀크티를 꺼내 앞으로 내밀었다. 민철은 옳지 내 새끼 잘한다, 하는 얼굴로 캔을 받아 들고 자리로 가서 앉았다. 그녀도 커피 하나를 뽑아 들고 민철의 앞으로 가서 앉았다.

"뭔데요?"

"인마, 좀 마시고 하자. 성질은 급해가지고."

"급한 게 누군데? 그나저나 부장님 언제 일어나실까 모르겠네."

"왜? 빨리 사표 내고 회사 벗어나고 싶냐?"

"여행을 언제 가봤는지 기억도 안 나요. 내가 뭐 휴가를 제대로 받은 적이 있길 하나, 어쩌나. 그런데 어제 그렇게 병원에서 국장님께 한 소리 듣는데 내가 이제까지 뭘 고민하면서 상대를 힘들게 했나, 그런 생각 들더라구요."

"상대를 힘들게 해?"

그 상대가 도규라는 건 민철도 이미 잘 알고 있었다. 그는 무척이나 걱정스러운 얼굴을 한 채 그녀를 바라보고 있었다. 말로는 인마, 점마 해도 민철은 그녀를 참 많이 아껴주었다. 하긴, 학교를 다닐 때도 시위 현장에 나갔다가 경찰에게 쫓겨 몽둥이로 맞을 뻔했는데, 민철이 삐쩍 마른 몸으로 그녀를 보호하며 장렬하게 등을 그 곤봉에 내주었다.

정말 그 곤봉 자국이 그대로 민철의 등에 남아 멍이 들었다. 물론, 그건 다 너를 위해서였으니 나을 때까지 시중을 들어라, 라고 명령해서 한 달간이나 잔심부름을 해준 것은 비밀이었다.

"그땐 우선 내 위주로 생각했어요. 우선 초선의원이고 이리저리 말도 많을 거고, 또 사귀고 있는 사람이 기자라면 안 좋게 볼 것도 뻔하고."

"그거야 그렇지. 네가 기사를 쓰면 그것도 국회의원 입에서 나온 거 아닌가 할 거고, 또 어쩌다 특종이라도 잡으면 보는 눈초리는 더 고약해질 거고. 그러고 보면 우리 채 기자가 엉뚱한 데에서 특종 많이 터뜨렸는데 말이야."

그녀는 우스갯소리로 뒷걸음치다 쥐 잡은 격이 많았었다. 운이 있는 편이 아니었는데 정말 뒷걸음질 치다 잡은 특종이 많은 편이었다. 그것도 아니면 대타를 뛰게 된 곳에서 잡게 되던가. 이번 총선에서도 대신 가서 툴툴거리다 잡지 않았던가.

"그래서 네가 그만두는 게 김도규를 위한 일이다?"

"우선 저는 7년간 열심히 달려왔고, 그냥 주어진 일이 있으니 열심히 했던 것 같아요."

"그래서 관두면 뭐 하려고?"

"꿈 찾아가려고."

"꿈이 뭔데?"

"왜 다들 남의 꿈이 궁금하실까. 그건 비밀입니다. 그나저나 하고 싶은 말이 뭐였어요?"

"김도규 옛날에도 꽤 말 많긴 했었는데, 그 야당 실세랑 이어져 있다던데."

"야당 실세?"

"일명 흑석동 어르신."

"신용태?"

신용태라면 신강오 의원 아버지로 전 당대표를 지낸 인물에 다음 대선주자로 당선이 유력한 사람이었다. 워낙 사람이 바르고 청렴결백하다고 해서 국민들의 지지도 많이 받고 있었다. 물론 말도 안 되는 수구세력들에겐 미운 오리로 찍혀서 이것저것 고생도 많았지만 어쨌거나 그 안에서도 꽤 능력을 인정받고, 사람으로서 존경할 점이 많다며 다들 고개를 끄덕이는 분위기였다. 그래서 다음 대통령은 지구가 멸망하지 않는 한 신용태라며 사람들은 인정하고 있었다.

그런데 이리저리 머리를 굴려봐도 딱히 연결점이 있는 것 같지 않았다. 대부분 새해가 되면 대통령보다도 흑석동 어르신을 뵈러 간다는 의원들이 더 많을 지경이었다. 하지만 도규는 김관진 의원 보좌관일 때도 그렇고, 후보로 나왔을 때도, 당선이 됐을 때도 그곳으로 발걸음을 한 적이 없었다. 게다가 신용태와 신강오가 소속된 국민당에 들어가지도 않았고, 들어갈 생각도 없다고 했다. 어디서 접점을 찾아야 하는 걸까.

"근데 선배 왜 안 터뜨렸어요?"

"굳이 그쪽에서 말도 하지 않고, 또 덮고 싶어 하는 것 같아서. 사실 미행 비슷한 것도 좀 했었는데 안 걸리더라고. 그리고 나도 의원으로서의 김도규를 존중하는 거야. 쉽게 갈 수 있는 길 돌아가는 거 보고."

하긴, 진작 신용태와 관련이 있다는 소문이 퍼졌으면 그는 훨씬 더 쉽게 당선이 되었을 수도 있었을 것이다. 그만큼 신용태라는 거대한 산은 국회의원을 열망하는 자들에겐 그 속에 들어가 작은 나무 하나라도 되고 싶게 만드는 사람이었으니까.

허나, 신용태 역시 워낙 사리분별 정확하고 공사의 구분이 확실해 아무나 받아들이지 않았다. 같은 당원이라고 해서 무조건 감싸거나 안고 가는 것도 없었다. 그럼 분명함 때문에 신용태는 지금 최고의 자리에 오를 수 있었던 것인지도 모른다. 하지만 이렇게 민철이 말을 하는 걸 보니 신용태는 도규를 꽤 눈여겨보았음이 틀림없었다.

"워낙 신 대표가 김관진 의원과 오래된 친구이기도 했고. 또 도규가 보좌관 일 하던 시절에 자주 봤겠지."

"제가 관두고 다 정리되면 선배에게 제일 먼저 특종 힌트 날릴게요."

"무슨 특종?"

물론 그녀가 도규와 신용태의 관계에 대해서 말을 한 게 아니라는 것을 민철은 잘 알고 있었다. 민철이 이 악의 구렁텅이, 즉 신문사로 그녀를 끌고 왔다며 예전엔 도규를 원망했었다. 하지만 살면서 이런 사람을 만날 수 있다는 것도 참 행운이라고 생각했다.

"뭐, 가령 우리가 헤어진다든지 혹은 결혼한다든지."

"정말이야? 결혼하려고?"

"그건 잘 모르겠어요. 물론 서로 나이가 있어서 대충 만날 수도 없는 거긴 하고……."

"인마, 김도규가 TV로 무려 채영이 첫사랑이라고 공표했어. 그럼 단 하나지. 김도규야 뻔히 자기 부모를 어떻게든 설득시킬 것 같고. 뭐, 너희 틀어지면 어쩌냐고 한 건 그냥 농담으로 한 거고."

그러고 보니 왜 그런 생각을 하지 못한 걸까. 그는 한 번 뱉은 말을 다시 되돌릴 사람이 아니었다. 그렇게까지 대놓고 공표를 했다는 것은 이미 그의 마음은 확신으로 차 있다는 뜻이었다. 재빨리 핸드폰을 찾으려고 했지만 차 조수석에 두고 왔다는 것을 깨달았다.

"들어가자. 회의 들어가야 돼. 넌 부장님께 사표내고."

민철이 자리에서 일어서자 그녀도 커피를 한꺼번에 넣어 털고 휴게실을 나섰다. 텅 빈 복도를 걸으며 그녀는 허리를 꼿꼿이 세우고 다시 사무실로 들어갔다. 책상 앞으로 가 가방에서 사표가 들어 있는 봉투를 꺼내 들고 부장의 책상 앞으로 걸어갔다. 여전히 숙취에 절어 있는 얼굴로 고개를 숙인 채 한숨만 푹푹 내쉬는 부장을 보고 책상을 두 번 두드린 다음 봉투를 내밀었다.

다크서클은 턱 밑까지 내려와 있고 수염이 듬성듬성 난 부장이 그녀를 올려다보았다. 그리고 이 봉투가 뭐냐는 듯 한 번 보더니 앞에 써진 사직서(辭職書)를 보고 단춧구멍 같은 두 눈이 튀어나올 듯 번쩍 뜨였다.

"사직서? 야, 채."

"저 지금 회사 들어와서 처음으로 갑(甲)이 되는 거예요, 부장님."

"너 인마!"

"그동안 정말 많이 배웠습니다."

"이야기 들었다. 나도 국장님께 명령받은 거고. 또 국장님도 워낙 너 예뻐라 하시고, 또 실망스러운 마음에 병원에서 그렇게 하신 모양인데……."

"마음 같아선 확, 사표를 던지고 싶다가도 기자라면 그럴 수도 있다고 생각합니다. 제가 사사로운 감정에 휘둘려서 기자의 본분을 잊은 것도 맞습니다. 솔직히 어제 자존심이 상하지 않았다면 거짓말이겠지만, 저도 이제는 제 꿈을 좇고 싶어서요."

봉투를 손에 쥔 채 할 말을 찾지 못하는 부장을 보며 그녀는 씩 웃어 보였다. 부장은 그런 그녀를 보고 쯧, 소리를 내며 한숨을 내쉬었다.

"채, 김 의원하고 결혼할 거냐?"

"왜 꼭 연애를 한다고 하면 결혼으로 다들 연결시키세요?"

"너 그냥 다른 부서로 이동하면 되잖냐. 그냥 문화부나……."

"부장님, 저 제 꿈 좇고 싶다니까요."

"그놈의 꿈이 뭔데!"

"현모양처요."

✤ ✤ ✤

국장은 그렇게 퍼부었던 것이 미안했던지 그녀가 인수인계를 완전히 마치고 나갈 때까지 끝까지 얼굴도 보여주지 않았다.

그동안 도규의 연애 상대가 일반인이라는 소문이 퍼지면서 인터넷에선 많은 관심이 줄었지만 역시 기자들 사이에선 소문이 쫙 퍼져 인수인계가 될 때까지 계속 눈초리를 받아야 했다. 물론 경찰서와 취재 현장은 더 이상 나가지 않고 사무실에서 인수인계를 하면서 시간을 보내는 게 다행이었다.

지난주에는 진이 훈련소에 가는 것도 같이 다녀왔고, 주말에는 채 경정과 1박 2일로 강천산에 가서 등산도 하고, 순창 한정식도 먹고 돌아왔다. 여행을 하는 도중 사직서를 냈다는 말을 했지만 채 경정은 그동안 고생했다는 말 외에 별다른 말은 하지 않았다. 도규는 주말에도 얼굴을 못 본다며, 바로 채 경정에게 인사를 오겠다며 바로 오늘로 약속을 정했다.

채 경정에게도 남자친구가 있다는 말을 했을 때 의외라는 표정이었으나 인사를 온다는 말에 착잡하기도 하면서도 기쁜 모양이었다. 여러 가지 감정이 복합되어 살짝 눈물이 어려 있는 채 경정을 보면서 그녀 역시 눈물을 참기 위해 애를 써야 했다.

어쨌거나 7년간 정들었던 회사를 나서자 마지막이라는 생각에 조금의 섭섭함과 아쉬움, 그러면서도 시원함이 한꺼번에 몰려왔다. 그리고 약속 장소를 향해 씩씩하게 걸었다.

이미 약속 장소로 정해놓았던 한정식집에 채 경정이 도착해 있었고, 그녀는 자연스럽게 그 옆에 앉으려고 했다. 하지만 채 경정이 안 된다며 맞은편에 그녀를 앉게 만들었다.

"왜요? 둘이 나란히 앉아 있는 거 보고 어울리는지 안 어울리는지 판단하시려고?"

"당연하지."

"우리 아빠, 좀 긴장하셨구나? 그렇게 딱딱한 애는 아니니까 걱정 마세요."

물론 어른을 대하는 도규를 직접 보지는 못했지만 그라면 충분히 잘할 수 있을 거라고 생각했다. 그때 문이 열리며 깔끔한 슈트를 입은 도규가 들어섰다. 도규가 보이자마자 채 경정은 자리에서 일어났다.

"혹시 김도규 의원님? 방을 잘못 찾으신 듯한데."

차라리 채 경정에게 먼저 그 남자친구가 도규라는 것을 알려줄 걸 그랬나, 하는 생각이 들었다.

뉴스나 신문을 잘 챙기는 채 경정이 도규를 모를 리가 없었다. 게다가 지역구 의원 아닌가. 그리고 서로 누구를 뽑았다, 말을 하진 않지만 분위기상으로 채 경정이 도규를 뽑았다는 것 정도는 알 수 있었다.

어리둥절한 표정으로 서 있는 채 경정을 보고 도규가 그녀를 바라보았다. 그녀는 괜히 미안한 마음에 고개를 좌우로 살짝 저었다.

"아버님, 처음 뵙겠습니다. 김도규라고 합니다."

"아버님?"

채 경정이 의아한 말투로 묻자 그는 고개를 꾸벅 숙이며 앞에 무릎을 꿇고 앉았다. 갑작스런 그의 행동에 놀란 건 그녀뿐만이 아니었다. 채 경정은 놀란 얼굴을 감추지 못했지만 평소 눈치가 빠른 채 경정은 그의 정체를 알아챈 듯 허탈한 웃음을 지었다.

"이런 분을 딸 남자친구로 맞을 줄은 몰랐는데. 그만 일어나시고 자리로 오시죠."

"아버님."

채 경정이 일어나 자리로 오라고 권했는데도 불구하고 그는 말없이 그대로 앉아 있었다. 그리고 채 경정을 향해 곧은 눈으로 말했다.

"남자친구로 인사를 드리기 위해 이 자리에 나온 게 아닙니다. 결혼하고 싶습니다. 영이, 저에게 주십시오."

Rebuff

Epilogue 1

　결혼을 서두르는 도규를 보면서 영은 참 의아하다고 생각했
다. 원래 급한 성격이 아니었던 것 같은데 도규는 그녀와 사귀는
순간부터 결혼을 밀어붙이고 있었다. 어쨌거나, 그의 집안에서
는 그와의 결혼을 두 손 들고 환영했다. 사실 조금은 의외였던
것도 있었다.

　물론 도규를 본다면 그가 어떤 집안에서, 어떻게 자라왔는지
정도는 어림짐작할 수 있었다. 그래도 사람의 뿌리 깊은 인식이
라는 것은 잘 변하지 않아서 결혼 허락이라는 것이 쉽지 않을 것
으로 생각하고 있었다. 하지만 그의 부모님인 석균과 정인은 그
녀를 귀한 손님이라도 맞는 것처럼 환대를 해주었다. 그리고 이
런 딱딱하고 멋없는 아들을 데려가 주어서 고맙다는 말까지 하

셨다.

이야기를 하다 예원에 대한 이야기가 나왔는데 어릴 때부터 두 집안 사이가 좋았다고 했다. 그리고 워낙 예원이 도규를 좋다고 하니 어른들끼리 그럼 사돈이 되는 게 어떠냐고 장난식으로 말을 했는데 정작 도규가 흥미를 보이지 않았다는 말도 해주었다. 혹시 독신주의자가 되는 건 아닐까 싶어 정인은 많이 걱정했다고 했다.

"사실 조금 서두르는 감이 있지 않나 싶어서 저는 좀 걱정하고 있었거든요."

"안 그래도 그 녀석 계속 툴툴대잖니, 결혼식이 12월로 잡혀서 너무 멀다고. 그래도 어쩌겠니? 사돈어르신께서 잡은 길일인데 불평을 말할 수나 있겠니?"

오늘은 정인과 함께 저녁을 먹기로 했다. 도규는 당선자에서 국회의원 신분이 되면서부터 눈코 뜰 새 없이 바빠지기 시작했다. 일주일에 얼굴을 두 번 정도 볼 수 있으면 다행이었다. 밥이라도 함께 먹고 싶었지만 차 안에서 삼각김밥이나 햄버거라도 먹을 수 있으면 다행이었다.

도규는 순정남에 지고지순하다며 인기가 치솟았지만 그보다 신문사에서의 인터뷰 때문에 더욱 많은 주목을 받았다.

그는 주어진 4년의 시간 동안 최선을 다할 예정이며, 당에 소속될 일도 없고, 재출마도 없을 거라고 똑똑히 말했다. 그리고 비록 고개 돌리고 싶고 머리 아프다며 알고 싶지 않다 하더라도 당신들이 뽑은 자신이 바른길을 가고 있는지 4년간 잘 지켜봐 달라고 했다. 이제 초선인데 너무 단정 짓는 거 아니냐는 말들도 있었다. 그러면서도 한번 손에 쥔 권력을 손에서 놓는 게 쉽지 않다는 걸 알고 있다면서 그렇게 말해주어 고맙다며 사람들은 오히려 그를 향해 격려의 박수를 보내주었다.

그런 도규를 보면서 영도 조금은 의외라고 생각했다. 보통 저 정도의 지지를 받고 인기가 높아진다면 자연스럽게 다음 임기도 노리는 사람들이 대부분이었다. 아니, 서로 다시 하지 못해 안달 이지 않던가. 하지만 그는 정말 딱 정해진 시간 동안만 국민을 위해 최선을 다할 거라고 했다.

게다가 결혼도 휴가를 얻어 딱 4박 5일간의 시간을 얻었는데, 덕분에 두 사람의 신혼여행지는 자연스럽게 국내로 정해졌다. 물론 아직 어디로 가야 할지 정하진 않았지만 그녀는 차를 타고 다니면서 발길이 닿는 곳으로 향하는 것도 좋겠다고 생각했다.

"짧더라도 신혼여행인데 국외로 나가는 게 어떠니? 그럼 알 아볼 사람도 좀 덜할 것 같고."

"왔다 갔다 하루 다 쓰잖아요. 시간도 없는데. 그리고 저는 정 말 어디로 가든 상관없어요. 사실 여행도 고등학교 이후에 거의 처음이거든요."

사실 도규는 신혼여행을 제주도로 가자고 했다. 하지만 그녀 는 이제 혼자 해보는 여행이니 혼자 제주도를 여행해 보고 싶다 고 했다. 회사를 들어간 후 제대로 여행을 다녀 보지도 못해 꼭 하고 싶었던 일이라며 도규를 설득했다.

벌써 한 달간 지낼 숙소도 마련해 놓았고, 일주일 뒤면 제주도로 떠날 것이다. 그렇지 않아도 얼굴 볼 시간도 부족한데 꼭 제주도까지 가야겠냐며 도규는 섭섭한 투로 말을 했었다. 그러나 이내 그녀의 선택을 존중해 주었다. 혼자만의 여행이 좋다는 것을 그도 느껴봤기 때문이다.

유학이 결정되고 한 달 반 정도의 시간이 남았을 때 그는 혼자서 유럽으로 배낭여행을 떠났다고 했다. 그때 유명한 관광지가 아닌 주로 시골을 떠돌았다고 했는데 느꼈던 것들이 많았다며 이내 그녀의 여행을 이해해 주었다.

다만 걱정을 했던 건 그녀가 여자라는 것이었고, 사랑이 충만한 섬이 제주라며 혹시나 괜히 다른 남자가 들러붙지 않을까 하는 쓸데없는 질투심을 내보였다. 세상에서 눈에 콩깍지가 가장 단단히 쓰인 사람은 김도규뿐일 거라며 그녀는 고개를 절레절레 저었다. 결국 두 사람의 신혼여행지는 강원도 여행으로 정해졌다.

"그런데 아버님은 왜 오늘 같이 안 오셨어요? 제가 맛있는 거 사드리려고 했는데."

"그렇지 않아도 오고 싶다고 난리셨는데 연수원 동기모임에 빠질 수 없다고 난리시잖니. 내일로 약속 잡으시라는 거 겨우 말렸다. 내일 간만에 도규 시간 난다면서? 둘이 데이트 좀 해야지."

그 말에 영의 얼굴이 살짝 붉어졌다. 도규의 집은 생각했던 것보다 훨씬 개방적이고 자유로웠다. 일이 많아 도규는 잠자는 시간을 아껴가며 데이트를 했다. 그가 일이 끝나는 시간은 빠르면 밤 11시나 새벽이 되기 일쑤였다. 덕분에 두 사람의 데이트는 거의 새벽에 있었다. 아무리 결혼을 약속한 사이라고 해도 이렇게 흔쾌히 시간을 보낼 수 있게 배려해 주는 부모님도 없을 거라고 생각했다. 물론 의외의 복병이 있었으니, 바로 채 경정이었다.

제발 혼기 놓치기 전, 또 본인이 퇴직을 하기 전 시집 좀 가라며 그녀를 닦달해 놓고서는 막상 사위가 될 사람이 오니 채 경정은 무척이나 섭섭해 했다. 물론 도규 자체가 마음에 들지 않는다는 뜻은 아니었다. 다만 저런 직업의 사람을 만나게 된다면 그녀가 많은 마음고생을 하게 되지 않을까 걱정되었기 때문이다. 그리고 사실 섭섭함이 훨씬 큰 문제였다. 말로는 빨리 시집을 가라고 했지만 채 경정은 그것이 그냥 말뿐이었다고 했다. 사실 품 안의 자식인지라 놓는 게 쉽지 않았다고 했다.

이른 나이에 결혼을 해 얻게 된 첫딸인지라 키우면서 실수도 많이 했고, 또 그러다 보니 워낙 남다른 정이 가는 자식이라고 했다. 그리고 또 워낙 본인을 많이 닮아 애틋하다면서 채 경정을 술을 잔뜩 마시고서는 도규에게 딸을 울리면 너 죽고 다 죽는 거라는 말도 안 되는 협박까지 했다. 그렇게 술에 취한 채 경정의 모습을 오랜만에 본 그녀 역시 당황을 했다. 채 경정은 그대로 누워 커다란 베개를 껴안고 꼭 그게 엄마라도 되는 것처럼 한탄을 했다.

"미자야, 우리가 곱게 끼운 딸내미를 저런 도둑놈한테 넙죽 주게 생겼다. 쬐깐한 자식이 와서 우리 딸내미 던져 주란다."

미자라는 이름에 살짝 술에 취해 있던 도규가 웃음을 참지 못하고 픽 웃고 말았다. 그런 도규의 모습을 보면서 채 경정은 벌떡 일어나 앉으며 베개를 꼭 끌어안았다.

"아이고, 미자야. 저놈이 우리 마누라 이름을 비웃는다. 아이고, 미자야."

물론 엄마의 이름이 미자인 것을 도규는 알고 있었지만 그렇게 듣고 있으니 우스운 모양이었다. 하긴, 어렸을 때 부모님 성함을 물어볼 때 '오미자'라고 하면 대부분 듣는 사람들이 웃었었다. 그리고 영은 채 경정이 술에 취해 저렇게 투덜거리는 것이 보기 좋았다. 웬만하면 말술이라고 술에 취하는 법이 거의 없었지만, 엄마가 살아생전 채 경정이 한 번씩 술에 취해 오면 저렇게 꼭 어린애 같은 애교를 부렸었다. 그 모습을 참 오랜만에 보아서 영은 꼭 그때로 돌아간 것 같아 웃고 말았다.

정인과 식사를 마치고 근처 디저트 카페에 가서 막 홍차와 케이크를 가져와 앉았을 때 석균이 헐레벌떡 뛰어 들어왔다. 이곳에 오고 싶어 술 한 잔도 하지 않았다는 석균의 말에 정인이 고개를 내저었다.

"그렇게 며느리 보고 싶으셔서 어떻게 그동안 참으셨대요?"

"그러니까 도규 이 자식이, 빨리 데려왔으면 이 사달 안 났을 거 아니야."

여기 오고 싶어 밥도 허겁지겁 먹고 왔다는 석균의 말에 영이 웃으며 자리에서 일어났다. 그리고 석균을 위해 아이스 초코와 샌드위치, 조각 케이크 몇 종류를 더 사서 테이블로 돌아왔다. 석균의 식성은 꽤 의외였다.

커피보다는 이런 단 음료수를 훨씬 좋아한다는 말에 영은 인사를 갈 때 동네에서 유명하다는 수제 초콜릿 세트를 사갔었다. 그때 석균의 얼굴은 꼭 크리스마스 선물을 받은 어린아이처럼 싱글벙글 웃고 있어 그녀는 참지 못하고 웃고 말았었다.

"참, 내가 이제 생각난 건데 그때 눈치챘으면 우리 며느리를 10년 전에는 얻을 수 있었어요."

"10년 전? 그게 무슨 소리야?"

정인의 말에 영 역시 궁금해지는 건 마찬가지였다. 10년 전에 며느리를 얻을 수 있었다니 그게 무슨 말인 걸까? 설마 첫사랑만 그녀이고 다른 사귄 여자가 있었다는 뜻인가?

"그때 도규가 스물한 살 땐가 스물두 살 땐가 나는 사춘기 때도 오지 않았던 질풍노도의 시기가 온 줄 알았지 뭐니. 그런데 조금 살펴보니 꼭 실연당한 것처럼 굴더라. 대학 막 들어갔을 때도 한 번도 그런 적 없던 녀석이 잔뜩 술에 취해 오기 일쑤고, 방에 들어가 보면 빈 소주병도 굴러다니고. 그때 취해서 '채영'이라는 말을 몇 번 했는데 나는 그게 이름이라고 생각도 못했지 뭐니."

그러니까 대학 시절 영이 고백했을 때 그는 시원하게 찼었다. 그 당시의 도규는 스물한 살의 이제 막 어른이 된 남자였고 당연히 그 또래엔 우정이 더 먼저라고 했었다. 그렇게 거절하고 죽도록 후회했다는 도규의 말을 믿지 않았는데, 이렇게 정인에게 듣고 나니 왠지 웃음이 나왔다.

그도 똑같이 사랑에 열병을 앓는 평범한 남자였다. 그러고 보면 그녀는 정작 사귀고 있으면서도 그가 평범한 남자와는 조금 거리가 있다고 생각했다. 그건 그를 볼 때 저도 모르게 한 꺼풀 씌워 봤던 것이다. 늘 어른스럽고 이성적이라 저도 모르게 그는 차분히 행동하는 게 당연한 거라고 생각했던 것이다. 따지고 보면 둘은 동갑인 친구였는데.

석균, 정인과 헤어지고 영은 집으로 갈까 하다 오늘 채 경정이 숙직이라는 사실을 떠올렸다. 가볍게 핸들을 돌려 도규의 집으로 향했다. 물론 내일 약속이 있으니 함께 있을 수 있지만 벌써 일주일 이상이나 얼굴을 보지 못했다. 짧게 얼굴이라도 보려면 그 편이 나을 것 같아서였다.

막 엘리베이터 위로 올라타 비밀번호를 누르다 영은 문득 궁금증이 일었다. 왜 많고 많은 숫자 중 비밀번호가 0926인 것일까? 딱히 떠올려 보아도 그 날짜에 연관된 숫자는 나오지 않았다. 두 사람의 생일도 아니었고, 딱히 다른 기념일인 것도 아니었다. 도규에게 물어보고 싶었지만 늘 혼자만 생각하고 나중엔 잊어버린 게 대부분이었다.

그는 성격답게 그 바쁜 와중에도 집 안을 늘 깔끔하게 정리를 해두고 나갔다. 싱크대에 물기 하나 보이지 않는 걸 보며 영은 고개를 저었다. 정말 이럴 때면 지구인이 맞는 것인지 의심이 갈 정도였다. 뭐 할 게 없나 살피다 세탁기 안의 속옷 더미를 발견했다. 세탁할 시간이 없었던 것인지 새 상표가 뜯어진 채 쓰레기통에 버려져 있는 것이 보였다. 재빨리 세탁기를 돌리고 옷 방으로 들어갔다.

상표도 채 떼지 못한 속옷들과 옷들이 보였다. 그것들을 정리하고, 속옷도 한 번 빨아 입는 게 좋겠단 생각도 들어 마저 세탁기에 넣었다. 자리에 앉아 책을 보다 세탁기가 다 돌아갔다는 알림 소리가 들려 빨래들을 널어두고 다시 자리로 돌아와 책을 집어 들었다.

요즘 제일 많이 하는 게 독서였는데 덕분에 도규의 서재에 있는 책들을 거의 다 읽어가고 있었다. 하루에 2, 3권 정도는 너끈했기 때문에 아무도 없는 도규의 집에서 보내는 것도 익숙해져 있었다. 그래서 편히 입을 수 있는 옷들도 몇 가지 가져다 두어 거의 자신의 집처럼 활용하고 있었다.

무언가가 부드럽게 얼굴을 쓰다듬고, 간질이기도 했다. 하지만 그것도 잠시, 다시 그 온기가 사라지자 그녀는 더 깊은 잠에 빠져들었다. 달그락거리는 소리가 들리고, 물소리가 들려 천천히 눈을 뜨자 하얀 셔츠에 트레이닝복 바지를 입고 싱크대 앞에서 분주히 움직이는 그의 뒷모습이 보였다.

얌전히 자리에서 일어난 영은 앞에 있는 라임차를 한 모금 마시고 그의 뒤로 천천히 걸어갔다. 무엇에 그렇게 열중하고 있는 것인지 그는 여전히 싱크대 앞에서 집중하고 있었다. 영은 재빨리 그의 허리로 팔을 둘러 뒤에서 껴안았다.

"일어났어?"

"뭐 해?"

"채영이 좋아하는 양송이수프 만들어."

슬라이스 해놓은 양송이버섯을 크림수프 안으로 넣는 도규를 보며 그대로 팔에 힘을 주었다. 그가 왼쪽으로 움직이면 그녀의 발도 자연히 왼쪽으로, 그가 오른쪽으로 움직이면 그녀의 발도 자연히 오른쪽으로 움직였다. 귀찮을 법한데도 불구하고 그는 그녀가 달라붙어 있는 채로 있어주었다.

"왔으면 깨우지."

"온 지 얼마 안 됐어, 한 30분?"

그는 오자마자 샤워를 했던 모양인지 아직 머리카락이 젖어 있어 있었다. 머리카락이라도 말리고 만들지라는 생각에 그녀의 손이 자연스럽게 허리에서 떨어졌다. 그의 머리카락을 만지려고 손을 뻗었는데 그가 다시 그녀의 손을 허리로 두르게 했다.

"이렇게 딱 달라붙어 있는데 안 불편해?"

"안 불편해. 참, 다다음주에 나도 제주도에 갈 거야."

"제주도?"

"결혼식에 초대받았거든. 그때 같이 가자."

"누구 결혼식?"

"사촌 형수 부모님이 사정상 조금 늦은 결혼식을 하신다더라고."

여름과 가을 사이의 날씨에 결혼식을 올리는 것도 신기했지만 사촌의 결혼식도 아니고 사촌 형수의 부모님 결혼식이라니. 문득 궁금해졌지만 그날 가면 궁금증이 풀릴 거라고 생각했다. 그때 잠시 잊고 있던 기억이 되살아났다.

"참, 나 궁금한 게 있는데."

"말해봐."

"비밀번호가 왜 0926이야?"

오늘은 잊지 않고 물었다. 잠시 주걱으로 수프를 젓던 그의 손길이 멈칫했다. 이거 무슨 큰 비밀이라도 있나 싶어 영은 그의 등에 턱을 세우고 올려다보았다. 그래 봤자 옆모습만 보여 그의 날카로운 턱 선과 콧날밖에 보이지 않아 정작 보고 싶었던 표정을 보지 못했다.

"그냥 비밀로 하면 안 될까?"

"뭐야, 큰 비밀이야?"

"그냥 나 혼자 알고 싶어서."

"이거 순순히 말 안 하는 걸 보니 수상한데? 뭐야, 솔직히 말해봐. 나 말고 다른 여자랑 연관된 숫자야?"

"전국적으로 난 소문 다 내놨는데, 내 인생에 여자는 채영밖에 없었다고. 그런데 어떻게 그런 엉뚱한 상상을 해?"

물론 그때의 그 인터뷰로 그녀의 안티카페까지 생겼다. 정확히 말하자면 도규의 팬 사이트 회원들이 그의 연애 소식에 배신감을 느끼고 나가서 만든 카페였는데 거의 그녀의 욕으로 도배되어 있다고 해도 과언이 아니었다.

정작 영은 원래 유명인과 사귀면 그 정도의 관심을 받는 건 당연한 거다, 라고 쿨하게 넘어갔는데 되레 미주와 경은이 난리였다. 그리고 그 글을 자기들만 보고 알았으면 됐지 꼭 그녀에게 전달을 하고는 했다. 물론 그의 일관성 있는 태도로 인해 곧 그 카페는 폐쇄되었지만 여전히 그가 한 번씩 이슈가 될 때면 그녀에 대한 이야기들이 한 번씩 오르내리곤 했다.

어차피 그녀의 신상을 다른 사람들은 모르고, 그와 데이트를 하고 싶어도 시간이 없어 할 수 없으니 더 이상 알려지는 일은 없었다. 기자들은 그래도 의리가 있었던 것인지 그녀에 대해 별다른 신상을 공개하지 않았다. 성실한 기자였다, 퇴사를 하고 지금은 공부 중이라는 약간의 거짓말을 보태서 기사를 써주었다.

"그럼 말해봐. 그 숫자 뭔데?"

"그거 말하면 채영이 도망갈지도 몰라서."

"내가 왜 도망가?"

"집착 강한 남자라고."

"안 도망갈 테니까 말해봐."

"그날이 처음이었거든."

"무슨 처음?"

"채영이 내게 말을 건 처음."

그 말에 영의 몸이 살짝 그의 등에서 멀어졌다. 그는 자연스럽게 뒤로 돌면서 그녀와 시선을 맞추기 위해 무릎을 굽혔다.

"왜? 믿기 힘들어?"

"설마……."

"첫눈에 반했어."

"김도규."

"오늘 집에 들어가야 돼?"

정신이 없었다. 우선 비밀번호에 그런 사연이 있다는 것도 몰랐고, 그저 막연히 같이 시간을 보내다 그녀가 좋아졌을 거라고 생각을 했는데 첫눈에 반했었다니. 왠지 믿어지지 않기도 하고, 또 그의 눈동자가 너무도 맑아 믿지 않을 수가 없었다.

"내가 결혼할 때까지는 참으려고 했는데 도무지 안 될 것 같아서."

"어?"

"갖고 싶어."

"싫어."

단번에 거절의 대답이 나오자 그는 잠시 당황한 표정을 짓더니 픽 웃고 말았다. 역시 설렁한 여자가 아니라며 다시 뒤돌아서려는 그의 팔을 잡은 영이 도규의 목에 팔을 둘렀다.

"내가 가질 건데, 김도규를."

그의 입술에 묘한 미소가 떠오르며 점차 가까워졌다. 그녀는 눈을 감고 그에게 한 걸음 더 다가갔다.

Rebuff

Epilogue 2

　제주도로 가기 전 도규는 두 부녀에게 데이트를 신청했다. 처음엔 무슨 데이트인가 싶었는데 차를 타고 가는 풍경이 익숙했다. 그리고 그 장소를 알게 되었을 때 영은 울컥하는 마음에 아무 말도 할 수 없었다.

　그는 정성스럽게 싸온 음식들을 엄마의 무덤 앞에 차리며 절을 올렸다. 채 경정도 눈시울이 붉어진 채 하늘을 보고 있었다. 정신이 없어서 엄마에게 인사를 와야 한다는 것을 잊고 있었다. 그것을 먼저 생각해 준 그가 고마워 그녀는 말없이 손을 잡았다.

　"미자가 그렇게 사위를 보고 싶어 했었는데……."

　도규가 종이컵에 소주를 부어 채 경정에게 건네주었다. 채 경정은 그렇게 말하며 소주를 마시곤 허허 웃었다.

"사실은 영이가 고등학교 졸업하자마자 시집보내고 싶어 선 자리도 좀 알아봤었지."

그 말에 도규의 눈이 번뜩였다. 아니, 그녀의 착각일지도 모른다. 어쨌거나 그녀는 선을 볼 의지도 없었고, 보지도 않았기 때문에 그에게 켕기는 것도 없었다. 그리고 부모님이 그런 일을 추진하고 있다는 것조차 아예 몰랐다.

"이렇게 멋진 사위 얻는 거 우리 미자도 봤으면 좋았을 텐데."

"장모님 뵌 적 있습니다."

그 말에 막 소주를 따르려고 하던 채 경정의 행동이 멈추었다. 그러고 보니 대학 시절 사진전을 보고 오는 길에 마주쳐 밥을 먹은 적이 있었다. 그때 채 경정은 숙직이라 집에 들어오지 못했었다.

도규는 채 경정의 옆에 앉아 두런두런 이야기를 하기 시작했다. 사실 정인과 석균은 자신들의 아들이지만 참 무뚝뚝하다고 말했었다. 집안이 화목한 편이나 그는 대체적으로 이야기를 듣는 정도이지 말은 많이 하지 않는다고 들었다. 하지만 도규는 채 경정 앞에서는 스스럼없이 꼭 오래된 친구, 혹은 스승과 제자 사이처럼 이야기를 나누는 것을 좋아했다.

그때 영은 깨달았다. 그가 그녀와 가족이 되기 위해 참 많은 노력을 하고 있다는 것을. 보이지 않는 배려를 늘 받고 있었다. 그것을 당연한 것으로 여기지 않게 되어 다행이었다. 그녀는 존경할 수 있는 배우자를 만난 것에 감사드렸다.

결국 채 경정은 기분 좋게 취했다. 다행히 엄마가 사위가 될 사람을 보고 갔다는 것에 채 경정은 한시름 놓은 것 같았다.

오후 5시 비행기인 그녀를 위해 세 사람은 서둘러 공항으로 향했다. 그녀는 혼자 갈 수 있다며 차에서 내리지 말라고 했지만 도규와 채 경정은 그럴 순 없다고 말하며 그녀를 배웅하기 위해 공항 건물 안으로 함께 들어섰다.

처음엔 반응이 없던 사람들 중 누구 하나가 '김도규다' 라는 말을 했다. 그리고 그 순간부터 사람들의 시선이 모조리 좇아왔다. 어쨌거나 그는 국회의원 활동을 시작하면서부터 많은 주목을 받고 있었다.

활동을 시작한 지 이제 겨우 3개월이 넘었지만 발의 건수도 많아 몇 번이나 화제가 되었고 알아보는 사람들도 더욱 많아졌다. 게다가 모교에서 주최했던 강연도 나갔는데 자리가 꽉 차서 사람들이 비상계단에 앉아 들었다는 기사까지 보았다. 그의 인기가 높아질수록 데이트에 제약이 많아지는 것도 사실이었다. 그럴 때마다 최대한 빨리 결혼을 하자는 도규의 의견을 무시한 것 같아 미안하기도 했다.

티켓을 발권받고 게이트로 들어가기 전 영은 채 경정을 끌어안았다. 채 경정은 따뜻하게 그녀를 안아주었다.

"아빠, 휴가 때 내려오셔야 돼요."

"그래. 여행 즐겁게 하고 있어. 먼저 주차장에 가 있을 테니 이야기 좀 나누고 오게."

채 경정이 두 사람을 위해 자리를 피해주는 것을 알고 있었다. 도규는 차에서 좀 쉬고 계시라며 채 경정에게 차 키를 건네주었다. 채 경정이 멀어지자 도규는 팔을 뻗어 그녀를 안아왔다. 사람들의 시선이 신경 쓰이는 그녀와는 다르게 그는 둔감한 것인지 아니면 요즘 계속 시선을 느껴서 즐기고 있는 것인지 주변 상황은 보지도 않았다.

"일주일 뒤에 보자."

포옹을 풀기 전 그는 가볍게 그녀의 정수리에 입을 맞추었다. 옆에서 꺅, 하는 소리가 터져 나왔지만 이번엔 그녀도 신경 쓰지 않았다. 유명인과 사귄다는 건 어느 정도 뻔뻔함을 얼굴에 깔아야 하는 일이었다.

"갈게."

영은 손을 흔들고 있는 도규를 뒤로하고 게이트 안으로 들어섰다. 그와 헤어지는 건 아쉬웠지만 혼자서 하는 여행은 또 다른 설렘을 가져왔다.

제주도는 수학여행 때 가본 뒤로 한 번도 가보지 못했었다. 늘 가고 싶다 말만 했었지 이렇게 행동으로 옮기기가 쉽지 않았기 때문이다. 그녀는 신이 난 얼굴로 걷기 시작했다.

✦　✦　✦

처음 제주도에 내려왔을 때는 한 달간 지내기로 한 오피스텔에 짐도 제대로 풀지 않고 잠을 잤다. 3일 내내 자고 싶을 때 자고, 일어나고 싶을 때 일어나는 자유를 만끽했다. 4일째에는 오름도 다녀왔고, 5일째에는 우도에도 다녀왔다. 땅콩아이스크림을 먹으며 사진을 찍어 도규에게 보내기도 했다.

6일째에는 쇠소깍에 가서 천혜향주스도 마시고 그를 위해 레드향과 천혜향도 샀다. 그리고 도규가 오면 그때 같이 카누를 타보기로 결심하며 돌아섰다.

그리고 드디어 7일이 되는 날 그녀는 한달음에 공항으로 달려갔다. 그가 도착하기 30분 전부터 들떠 기다리기 시작했다. 시실 같은 곳에 있을 때야 며칠씩 얼굴을 보지 못해도 언제든 보고 싶으면 갈 수 있는 거리라는 생각에 별다른 그리움을 느끼지 못했었다. 하지만 같은 나라라고 해도 제주는 먼 곳이었고, 새삼스레 그에 대한 그리움을 사뭇 느끼게 되었다.

비행기가 도착했다는 방송이 흐르고 몇 분 있자 문이 열리며 사람들이 쏟아져 나오기 시작했다. 그녀는 자리를 옮겨가며 도규를 찾아내기 위해 이리저리 움직였다. 하지만 점점 사람들이 뜸해지기 시작하는 시점까지 그는 보이지 않았다.

비행기가 도착한 뒤 벌써 20분이 지나 있었고, 이젠 문도 열리지 않았다. 혹시 시간을 잘못 알았나 싶어 확인했지만 그녀가 잘못 알고 있는 게 아니었다. 게다가 그는 아직 핸드폰을 켜지도 않은 상태인 듯 전화도 받지 않았다.

결혼식에 가기 위해 평소엔 잘 입지도 않는 원피스까지 입고 구두를 신었다. 오랜만에 높은 하이힐을 신어서 그런지 이제 발이 아파왔다. 그녀는 공항 내에 마련되어 있는 벤치에 앉아 구두를 벗고 발을 쭉 뻗었다. 그냥 플랫슈즈를 신을 걸 괜히 멋을 내 보겠다며 힐을 신은 모양이다.

다시 힐을 신기 위해 발을 모으는데 긴 그림자가 내려앉았다. 고개를 들자 말끔한 슈트를 입은 도규가 한쪽 무릎을 굽힌 채 힐을 들어 그녀의 발에 신겨주고 있었다. 너무 놀라서 그녀는 말도 없이 그를 빤히 바라보았다.

"비행기 못 탄 줄 알았어."

"사람들이 많아서 늦게 내리는 게 좋겠더라고."

"그럼 핸드폰을 좀 켰어야지."

"고모하고 이야기 좀 하느라."

고모라는 말에 입술을 삐죽 내밀고 있던 영의 시선이 도규의 옆으로 살짝 옮겨갔다. 거기엔 단아한 얼굴을 한 중년의 미인이 그녀를 바라보며 미소 짓고 있었다. 그녀는 재빨리 일어나 꾸벅 인사를 했다.

"만나서 반가워요, 도규 고모예요."

"안녕하세요. 채영이라고 합니다."

"생각했던 것보다 훨씬 미인이네. 우리 집 식구들이 이렇게 얼굴을 밝힌다니까. 인사는 나중에 정식으로 하기로 해요."

언젠가 한 번 그가 이야기한 적 있던 고모는 예상했던 것보다 훨씬 젊은 미인이었다. 그렇게 어색한 인사를 마치고 세 사람은 결혼식이 있다는 별장으로 이동했다.

사돈 어르신의 결혼식으로 초대를 받아 온 것이라 인사는 나중에 정식으로 자리를 마련해 하는 게 좋겠다는 고모의 말씀에 영은 고개를 끄덕였다. 얼굴도장은 결혼한 후에 찍는 게 좋겠다고 세 사람은 의견을 모았다. '결혼하기 전까지는 혹시 모르잖아요' 라는 영의 농담에 도규는 살짝 인상을 찌푸렸지만 결국 그녀의 의견을 존중해 주었다. 잠시 인사를 하고 오겠다고 말하며 고모와 함께 걸어갔다.

고풍스러운 외관이 한눈에 보이는 곳으로 걸어가서 영은 사람들을 둘러보았다. 거리가 멀어서 잘 보이진 않았지만 초대된 사람들은 많이 없는 듯했다. 그때 영의 고개가 한곳에서 멈춰 섰다.

거리가 멀어도 아주 잘 보이는 사람이 있었다. 작고 가늘어 보이는 여자의 앞에서 부드럽게 웃고 있는 사람은 다름 아닌 신강오 의원이었다. 그리고 신강오 의원은 도규의 고모와 함께 이야기를 나누었고 또 곧 결혼식의 주인으로 보이는 사람들과도 반갑게 인사를 나누었다.

이게 무슨 상황인가 싶어 주위를 둘러보았지만 또 다른 국회의원들은 보이지 않았다. 그럼 이 결혼식에 초대된 국회의원이 신강오와 도규뿐이라는 소리였다. 그래, 그러고 보니 민철이 분명 두 사람 사이에 무엇인가가 있다고 했었다.

"왜 이렇게 멀리까지 나와 있어?"

"친척이었어?"

"강오 형?"

아주 자연스럽게 입에서 형이라는 말이 나오자 영의 눈이 튀어나올 만큼 커졌다. 이건 틀림없는 대형 기사거리였다.

"사촌."

"어떻게?"

"고모 아들."

"헉!"

"내가 고모께 부탁드렸어, 웬만하면 화제가 되지 않았으면 좋겠다고."

왠지 대형 특종을 앞에서 놓친 것과 같은 허무함이 몰려들었다. 물론 그녀는 더 이상 기자가 아니었으나 역시 배운 게 도둑질이라고, 여전히 기자의 모습이 남아 있었다.

"그래서 흑석동 어르신께 인사를 안 갔었구나."

"덕분에 우리 아버지는 불만 많으셔. 아들 잘못 둬서 매형하고 이제 한 잔도 잘 못하신다고."

"너 나중에 임기 끝나면 민철 선배에게 이거 다 줘야겠다."

"그렇게 해."

그럼 민철은 아마 그녀에게 적어도 1분기 정도는 잘해줄 것이다. 마치 벌써부터 기사거리를 던져 준 것처럼 콧노래가 흘러나왔다.

중년 부부의 결혼식이 시작되고 두 사람은 멀리서 그 결혼식을 바라보았다. 커다란 느티나무 아래의 그늘에서 결혼식을 바라보느라 아직 남아 있는 뜨거운 여름이 기운이 조금씩 사라졌다. 그때 도규가 팔을 뻗어오며 그녀의 손을 잡았다. 그리고 네 번째 손가락에서 느껴지는 이물감에 그녀가 고개를 숙였다. 그녀의 손가락에는 심플한 금반지가 끼워져 있었다.

"마음 같아서는 다이아몬드로 해주고 싶었지만 예전에 네가 이야기한 적 있잖아. 시에라리온의 아이들이 다이아몬드로 인해 피를 흘린다고. 그래서 금반지로 준비했는데. 마음에 안 들어?"

영은 재빨리 고개를 저었다. 저 멀리서 현악 4중주의 음악이 들려오기 시작했다. 도규는 그녀의 앞에 한쪽 무릎을 굽히고 앉아 왼손을 잡았다.

"아직 이 말을 안 한 것 같아서."

"무슨 말?"

그가 품 안에서 장미 한 송이를 꺼내 들고 그녀의 앞으로 내밀었다. 그리곤 마치 인사를 하는 것처럼 살짝 고개를 숙였다.

"저와 결혼해 주시겠습니까?"

The End

안녕하세요, 최양윤입니다.

이퓨럽미 이후로 왠지 오랜만인 것 같은 인사를 드리게 되었네요. 잘 지내셨나요?

책이 나올 때마다 생각하는 건데 참 신기하기도 하고 마음이 벅차기도 합니다. 여전히 글을 쓰는 것은 참 즐겁습니다. 또 많은 것을 생각하게 하기도 만듭니다.

처음 리버프를 쓸 때는 정말 아무 생각 없이 김애정님의 미스테이크에 나오는 신강오 의원의 사촌 동생을 버리기 아깝다며 좀 빌려올까, 하면서 시작하게 된 글입니다. 국회의원과 밀접한 관계가 있는 건 여러 가지 직업이 많겠지만 기자도 잘 어울릴 것 같아 그렇게 주인공들이 탄생하게 되었습니다.

사실, 제가 기자라는 직업을 잘 몰라 어떻게 써야 하나 했는데 모 기자님의 도움으로 나름 생생하게 담아낸다고 했는데 그게 잘 전달이 되었는지 모르겠어요, 하하.

    세상에 좋은 국회의원, 좋은 기자가 많아졌으면 좋겠다는 생각으로 그렇게 저의 판타지를 부려보았습니다. 다시 한 번 후기를 쓰면서 모 기자님께 정말 감사하다는 말을 꼭 하고 싶습니다. 신이 나 이것저것 많은 사건사고 이야기를 해주신 기자님 고맙습니다.

    이렇게 리버프가 책으로 나오기까지 도움을 주신 청어람 출판사, 또 제가 많이 힘들게 한 담당자이신 손수화 편집자님. 여전히 우리가 왜 좀 더 빨리 만나지 못했을까 아쉬워하는 우리 아모르 식구들, 늘 사랑하는 가족들. 정말 진심으로 고맙습니다.

    어느덧 매서웠던 겨울이 가고, 따뜻한 봄이 왔습니다. 우리의 주변 상황도 따뜻하게 풀렸으면 하는 바람으로 이만 글을 줄입니다. 늘 행복하시고, 즐거운 일만 가득하시길 바랄게요. 저는 다음 글로 또 인사드리겠습니다.

봄날에,
최양윤

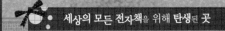

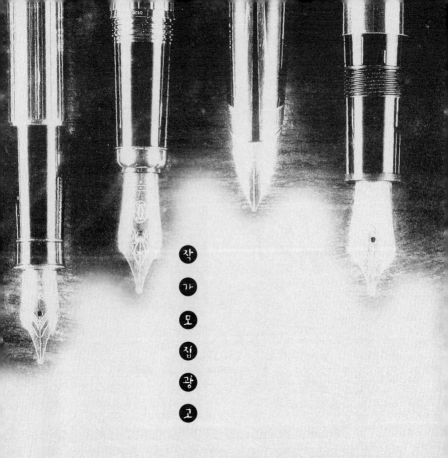

作
家
모
집
광
고

도서출판 청어람의 문은 항상 열려 있습니다.
실력있는 작가 분들의 많은 관심 부탁드립니다.

TEL:032-656-4452 • FAX:032-656-4453
http://www.chungeoram.com
e-mail:chungeorambook@daum.net